¡Más de Meta Mad Books!

Traducciones:

From Swann's Side (1913)
Volume One of *In Search of Lost Time*
Newly Translated into English
by Marcel Proust
9781763641723

Siddhartha: An Indian Poem (1922)
by Hermann Hesse
Translated by David R. Smith
9781763726260

Steppenwolf
By Herman Hesse
Translated by David R. Smith
9781763726253

I was in Great Perplexity:
New Translations of my Favorite Kafka Stories
Translated by David R. Smith
9781763641716

Ficción original:

River: A Dark Romance in the Kishotenketsu Style
Mia Sandalwood
9781763512160

The Book Depository:
Tales from the Children of the Egg, 2nd Ed.
David Apricot
9781763641709

John Free and Intervention X: The Bodhisattva Wars
by David Apricot
9781763622913

Santa Susana es una precuela de *The Campbell Club* (2024). *Santa Susana* está ambientada entre 1978 y 1981, cuando Robbie es un adolescente, mientras que *The Campbell Club* tiene lugar entre 1985 y 1989. Puedes leer cualquiera de los dos libros primero.

The Campbell Club:
An Historical Romance, 1985
David R. Smith
9781763726277

SANTA SUSANA

Mesa, mi corazón

David R. Smith
Meta Mad Books

ISBN: 978-1763853973
Portada diseñada por el autor.
5.5 x 8.5 pulgadas
Compuesto en California FB 10pt.

Segunda edición – Versión en español.

Este libro es una obra de ficción. Cualquier parecido de los personajes con personas reales, vivas o fallecidas, es pura coincidencia.

Este libro lo ha escrito el autor; ¡él ha escrito cada palabra! Las ediciones en otros idiomas se traducen mediante un proceso propio que incluye inteligencia artificial. El autor es responsable de la exactitud (o falta de ella) de la traducción.

PARA MI HERMANA, QUE NO PUDO IR.

SANTA
SUSANA

Mesa, mi corazón

David R. Smith
Meta Mad Books

UNA NOVELA SOBRE EL AMOR PROHIBIDO. Y LA COMIDA
DE LA CAFETERÍA.

Las partes del pollo

Había una vez una santa, Susana,
que halló su verdad por una ruta arcana,
mas cuando el amor llegó
su alma lo abrazó—
y clavó un clavo en la ilusión más vana.

PARTE UNO — La Caída de Culo a Larga Distancia

Una joven potrilla muy bella
Pensaba que la sci-fi era aquella
Mas cuando fue tocada
Por espada alienada
Su trasero quedó con centella

Había olvidado por completo el rostro de mi padre. Mi madre me tendió el teléfono —era un teléfono de pared en la cocina con un cable largo y canela como un cordón umbilical— y me pidió que hablara con él. Era 1978 y yo era un adolescente. Tenía 15 años.

—¿Hola? ¿Papá?

—Hola, hijo, ¿cómo estás?

—Bien. Estaba mirando *Star Trek*. ¿Y tú?

—Muy bien. Me alegra oír tu voz. Siento que haya pasado tanto tiempo. ¿Te interrumpo la cena?

—No, está bien.

—¿Qué episodio es, el de *Star Trek*?

—¿Cómo? Ah, ese en que Spock, ya sabes, como que se le pone dura. Se rió. —Ah, sí. El *Pon farr*. Bueno, supongo que nos pasa a todos... Escucha, tu madre y yo estuvimos hablando. Surgió una oportunidad. Me preguntaba si te gustaría estudiar aquí.

—¿Quieres decir mudarnos allá?

—Sí. Hay un colegio preparatorio en los cerros, cerca de donde vivo, un colegio privado. Se llama Kickshaw. Es un colegio solo para chicos. Ahora tengo más dinero, así que esto lo podría hacer por ti. Me preguntaba si te gustaría ir.

—Vaya, papá, eso suena increíble. No sé. ¿Es una oferta por tiempo limitado?

Se rió. —Bueno, probablemente tengamos que presentar la solicitud, hacer el papeleo y todo eso. Sé que es bastante repentino. Pero no te preocupes. Es principalmente, ya sabes, cuestión de dinero. Así funciona este mundo nuestro. Así que lo más probable es que podamos conseguirte una plaza.

—¿Qué, eres rico? ¿Estás diciendo que eres rico?

Volvió a reír. —No, hijo, para nada. Me dedico a vender bienes raíces. Pero el mercado aquí en Santa Bárbara se ha animado mucho.

—Bueno. Mola. —No sabía qué pensar de todo aquello. Como ya dije, había pasado mucho tiempo y no recordaba bien a mi padre. No había fotos suyas en casa de mi madre, quizá por razones obvias; y la verdad es que en aquella época teníamos menos fotos. La fotografía costaba dinero y era algo que se reservaba para ocasiones especiales. Claro que por ahí tendríamos un montón de Polaroids. Pero mi madre las escondía.

A falta de imágenes, me imaginaba que mi padre se parecía un poco a James T. Kirk: moreno, bien plantado, quizá algo menos atlético que Kirk pero igualmente un personaje dinámico, una figura de acción. Un líder. Lo último que sabía de él, de años atrás, era que trabajaba como mecánico. Recordaba, con esa vaguedad propia de la niñez, haberlo visitado en el trabajo, de la mano de mi madre, en un concesionario Volkswagen. Lo encontramos en el taller impecablemente limpio del fondo, y me regaló como recuerdo una válvula de motor de acero doblada y quemada.

—Creo que a tu madre le parece bien —decía—. Que vengas aquí. Sin presiones. Habla con ella, ¿de acuerdo? Habla con ella y me dirá qué decidís los dos.

Mis padres se divorciaron cuando yo era muy pequeño, y ella se volvió a casar poco después con un ingeniero eléctrico llamado Sam Harmon. Tenía el pelo gris en las sienes, como un acorazado pintado de gris, y era físicamente un ejemplar bastante sólido de *homo economicus*; lo que más me llamó la atención fueron sus brazos. Eran brazos cortos de granjero, con antebrazos gruesos que habían absorbido el bronceado del campo, como Popeye, bajo el sol de Florida; y sus dedos rechonchos colgaban al final de los brazos junto a unos pulgares macizos. Su pecho barrilesco me recordaba un poco a Tregonsee el Rigeliano de la serie *Lensman*. Sam, decía mi madre, había trabajado en granjas de Kansas de joven. O quizá en Iowa. Era un amante del bistec y mi madre se desesperaba abasteciendo el hibachi de carbón; era parte del ritual habitual abrasar la carne sudorosa y engordada sobre las brasas. Sin duda Yahvé se habría complacido con el olor de esa pira. Bistec con mantequilla. Mazorca de maíz. Ensalada de col fría de la nevera. Sam trabajaba para Lockheed; llevaba un protector de bolsillo de vinilo blanco sobre los bolsillos de sus camisas de trabajo blancas, y a veces vestía traje negro. Sus zapatos Oxford siempre estaban impecablemente lustrados, negros y pulidos como piedra negra, casi de ónix, aunque nunca lo vi hacerlo; algún negro debía hacérselo. Iba a decir "negrito", de los que lustraban zapatos, que así se decía entonces. Sus zapatos, en todo caso, resplandecían de manera gloriosa; casi podía imaginarme al muchacho trabajándolos con saliva y betún. A mí no me importaría lustrar zapatos, la verdad. Creo que

el trabajo honesto es el trabajo honesto. Pero en fin, me estoy desviando.

Poco después de casarse, nos mudamos a Florida por su trabajo. Se
iba por las mañanas y regresaba cansado por las noches a un vaso
enorme de licor. Era siempre lo mismo: vodka con Seven-Up. Mi madre se lo preparaba con hielo. El vaso era tan grande como un cubo.
No creo que fuera Tupperware, aunque en aquella época teníamos
mucho Tupperware en la cocina.

Esos vasos no eran para mí: obviamente eran demasiado grandes, y
además no eran míos; yo tenía mis propios vasos, también del mismo
plástico verde, para el zumo y la leche. Al parecer, Sam ayudaba a evitar que los cohetes que parecían lanzarse regularmente desde las plataformas de Cabo Kennedy se cayeran. Fui entendiendo su trabajo
con el tiempo, pero nunca del todo la realidad de lo que hacía. Y no
me importaba. Podría inventarme fácilmente una historia sobre ello
sin mucho esfuerzo, si fuera necesario.

Tenía dos hermanos menores, hijos de Sam: Jackie y Sam Junior. Yo
era probablemente diez años mayor que Jackie. Eran pequeños y tenían a mi madre corriendo sin parar.

Así era nuestra casa, y mi madre, que era ama de casa (como se dice
hoy, aunque entonces era simplemente una madre normal), nos pro-
tegía mucho. Cuando mi perro, Kwai-Chang, murió por la mordedura
de una serpiente cabeza de cobre, no me lo dijo. Lo que pasó fue que
ese perro, un beagle, tenía la costumbre de cavar un túnel bajo la valla
del patio trasero.

Más allá de esa valla no había más que una arboleda de maderas duras, una zona de bosque denso, en gran parte sombreada por el espeso
sotobosque. Con los años, toda esa zona sería desmontada para construir casas (como comprobé más tarde al visitar mi casa de la infancia:
esa zona de juegos boscosa había desaparecido por completo veinte
años después). Pero en aquel momento estaba "sin urbanizar", lo que
significa "naturaleza aún no arrasada con fines de lucro". Recuerdo
jugar allí y la alegría de abrirme paso con un machete a través de den-
sos laberintos de zarzamoras silvestres, chupándome los cortes de las
espinas. Era muy divertido; mis amigos y yo recorríamos el bosque
buscando viejos naranjales abandonados llenos de fruta ácida y sucia,
o construíamos un puente de tablones sobre una zanja maloliente
llena de cangrejos de río y violetas africanas.

El perro no participaba en esas expediciones, lo cual, pensándolo bien, puede haber sido culpa mía y la razón por la que siempre intentaba escaparse. Pero a esa edad solo me preocupaba yo mismo y no los sentimientos ni las necesidades de los demás.

Un día Kwai-Chang se escabulló y desapareció varias horas. Al volver de la escuela, no lo encontré en casa como de costumbre; conocía mi rutina y me estaría esperando. Pero ese día, no. Al mirar al patio trasero no vi nada, pero entonces oí un débil gemido. Al acercarme a la valla, vi que Kwai-Chang yacía en el agujero que había cavado, pero con la cabeza orientada hacia adentro, no hacia afuera. Intentaba arrastrarse hasta el patio. Su cuerpo estaba cubierto de sangre.

Eché a correr hacia la casa gritando: —¡Mamá! ¡Ven rápido! ¡Date prisa! —y ella salió corriendo y envolvimos al perro en una manta vieja, y mi madre condujo el enorme Ford Galaxie 500 verde hasta el veterinario. Ese coche era enorme. No creo que la gente de hoy entienda lo que es un motor V-8. Era como algo que Darth Vader habría conducido. El cacharro parecía un tanque de la Primera Guerra Mundial. Al principio creí que a Kwai-Chang le habían disparado con una escopeta, pues tenía unas marcas pequeñas que parecían de perdigones; pero no: eran las marcas de los colmillos de una serpiente cabeza de cobre. Se llevaron al perro al consultorio y yo me quedé sentado, estoico, en la sala de espera mientras mi madre, sosteniendo la manta vieja ya ensangrentada, desaparecía con el veterinario. Al cabo de un rato ella regresó y me explicó que Kwai-Chang "necesitaba quedarse en el veterinario para recuperarse". Y no volví a saber nada de él. Pasaron unos días y parecía que no iba a volver a casa.

—Mamá, ¿cómo está Kwai-Chang? —La miré a la cara, pero ella no me devolvió la mirada.

—Sigue mejorando, hijo —dijo. Miraba a otro lado, concentrada en su costura. No entendí por qué.

—Pero mamá, ¿podemos ir a verlo?

Esto pareció quebrar su entereza. Me miró y habló en voz muy baja.

—Robbie, Kwai-Chang murió.

—¿Qué?

—Murió pocos minutos después de que lo lleváramos al veterinario.

—¿Pero por qué no me lo dijiste? No pude despedirme de él. —Entonces rompí a llorar.

—Lo siento, Robbie.

Después de eso, mi madre no quería dejarme ir al bosque, pero yo iba igual. Simplemente no se lo contaba. De vez en cuando volvía a casa con una garrapata incrustada, la muy cabrona metida en el cuello o en la coronilla, y ella me la quitaba con pinzas. (Así que, obviamente, sabía perfectamente lo que hacía). Pero no decía nada y armaba un gran escándalo a cuenta de la garrapata. Le daban un miedo morboso esas cosas. Estaba convencida de que las garrapatas transmitían enfermedades terribles, igual que los mosquitos que la obsesionaban cuando se posaban sobre Sam Junior, y quizá fuera cierto; pero ninguno de esos miedos iba a quitarme las ganas de divertirme con el machete.

Hay algunas cosas más que vale la pena contar sobre mi vida en Florida antes de irme a Kickshaw. Estas historias tendrán alguna relación con lo que ocurrió después.

En primer lugar, dado que mi padrastro era de cuello blanco, que tenía una buena posición (al menos hasta cierto punto; teníamos un velero, por ejemplo), que vivíamos en una urbanización cara donde solo había gente blanca, tuve muy poca relación con los afroamericanos. Mis amigos del barrio los llamaban niggers o espantapájaros, porque eran palurdos evangélicos con padres del Ku Klux Klan, pero yo no tenía esos malos hábitos lingüísticos; era californiano (así lo veía yo).

Es decir, a los 15 años pensaba que los californianos eran seres más iluminados. Puede que lo sean, o lo fueran. El odio nunca tuvo cabida en mi vocabulario, ni entonces ni ahora. Aun así, había muy poca gente negra en las inmediaciones. Ni siquiera la escuela secundaria me abrió mucho al mundo más allá de nuestro enclave de la Gran Muralla Blanca con Pollo Frito.

No fue hasta mi último año en Florida, mi noveno grado de bachillerato en Titusville High, cuando compartí aula con chicos negros. Eso sí que fue un cambio.

Lo que quiero decir es que mi opinión sobre la raza era un asunto abstracto: mi actitud altanera de californiano ilustrado y noble entre klansmanes no se ponía a prueba. Ciertamente el nuestro era un barrio blanco perfectamente delimitado; no era para ellos. El lugar se llamaba Hickory Hills; ese era el nombre de la urbanización. Estaba aislado al final de un tramo de carretera, quizá a dieciséis kilómetros de Titusville, y lo he comprobado: en esa parte de Florida sí hay nogales americanos. Así que el nombre no era del todo arbitrario. Aun así, lo talaron todo para construir las casas. No recuerdo haber visto ningún nogal. En fin, volviendo a la gente negra: mi momento de prueba aún no había llegado y tal vez solo ocurriría por casualidad.

Vivíamos en una calle llamada Mahogany Lane. Pues bien, en Mahogany Lane (con toda la ironía del mundo) fue donde se mudó la primera familia negra. Fue mi madre quien hizo el chiste. "No hay árboles de caoba, pero ahora sí que hay vecinos de caoba." Eso fue el año anterior a la llamada de mi padre.

Debo retroceder un poco y explicar que heredé una ruta de reparto de periódicos del hijo del vecino de al lado. Era bastante mayor que yo —creo que tenía 17 años—, se estaba independizando, tenía coche —creo que un Camaro—, y se marchaba a un destino desconocido — no era propio de mí preguntar—, así que me ofrecieron la ruta. Quizá lo organizó mi madre. En cualquier caso, empecé a repartir periódicos. Lo hacía en bicicleta, con una bolsa de lona de doble cara cargada de periódicos.

Merece la pena detenerse en esto del reparto de periódicos por la alegría pura e inmaculada de ejecutar el lanzamiento: primero doblaba y ataba los periódicos con gomas elásticas verdes, con la tinta manchando mis palmas y yemas de los dedos; luego preparaba la bolsa, por delante y por detrás, y me la ponía. Si era una mañana lluviosa, añadía un paso más: metía los periódicos en bolsas de plástico. Después montaba en la bici —habiendo metido periódicos adicionales en una cesta que abarcaba la rueda delantera a ambos lados— y recorría el barrio en la oscuridad, bajo las estrellas o la luna, o el silencio de las nubes. Al acercarme a una casa que necesitaba un periódico, sacaba uno de la bolsa de lona y lo lanzaba en dirección a la casa con un único movimiento circular y fluido. El proyectil de papel ganaba velocidad de manera explosiva al extender mi brazo; salía de mi mano con un chasquido satisfactorio. Luego volaba por el aire con gracia y aplomo, me parecía, e impactaba finalmente en su destino: una puerta principal, una entrada, o quizá el escalón elegido. Esta técnica de lanzamiento era bastante parecida a la de lanzar una pelota de críquet; había mucho de muñeca. Sin embargo, sé que esa comparación con el críquet no le dice nada a un americano. Lanzar un balón de fútbol americano podría ser lo más cercano, pero tampoco del todo. En cualquier caso, era mágico, y era la mejor parte de toda la experiencia del reparto. Me encantaba lanzar periódicos. Desde mi posición, mi "POV", veía cómo los periódicos salían de mi mano y abandonaban mi gran círculo (el círculo que rodeaba mi cuerpo, que podía sentir); el periódico comenzaba entonces a girar sobre su propio eje, como un planeta, y con algo de tiempo y práctica podía hacerlo aterrizar en el lugar exacto que yo eligiera.

Más tarde entendí que aquello era Zen; la experiencia análoga exacta a la del tiro con arco en *Zen en el arte del tiro con arco* de Eugen Herrigel. Sin embargo, en su momento no relacioné conscientemente esa acción con *Zen en el arte del tiro con arco*, aunque luego tuve el libro. Solo en Kickshaw, cuando aquello se aplicó al frisbee, conecté las piezas. Y de hecho, esa habilidad fue probablemente la razón por la que me hice amigo de Christian. Pero esa historia tendrá que esperar.

Era repartidor de periódicos. Como la mayoría sabe, el negocio funcionaba así, o al menos así era entonces: te llegaba una factura que tenías que pagar por los periódicos; luego tenías que ir a "cobrar" de cada cliente el coste de ese mes en efectivo; y finalmente lo que quedaba después de descontar las penalizaciones y los recargos por periódicos entregados tarde o no entregados —el timo de la empresa, que se quedaba con todo lo que podía— eso era tu ganancia. Para un adulto con una o dos rutas, apenas era para comer.

Pero para mí, ese trabajo era tremendamente lucrativo. Ganaba algo así como cincuenta dólares al mes: una suma asombrosa para un chico de 14 años en aquellos tiempos. Claro que trabajaba siete días a la semana y me levantaba a las cinco de la mañana, *pero tenía dinero.* No mi familia: yo, personalmente. Cambió por completo mi posición social. Mis amigos se quedaron alucinados cuando pude comprarme una bicicleta nueva de diez velocidades, pero a todos les dije que estaba ahorrando para un telescopio. Eso era verdad; me veía como un futuro científico, quizá astrónomo. Sin duda me encantaba la historia natural. El dinero también me hacía sentir bien, simplemente por sí mismo.

Ahora puedo terminar la historia que empecé sobre los Johnson. Sí, la familia negra de Mahogany Lane eran los Johnson. "Los negros", dijo mi padrastro, "se han colado." Lo dijo cuando pensó que yo no estaba al alcance del oído. Pero lo oí perfectamente.

Luego los Johnson se suscribieron al periódico. Vi que el pedido había llegado en mis papeles de la mañana, en la hoja encima del fajo, y me detuve un momento a mirar la dirección, solo para asegurarme. No se me ocurrió excluirlos, como había hecho con los Henderson, cuyo hijo era un matón. Al fin y al cabo, era mi ruta. Pero yo no era un intolerante como Sam, de eso estaba seguro. Habría repartido hasta a extraterrestres. Así que, por supuesto, la gente negra podía ser parte de mi ruta.

Y así empecé a repartirles. Era muy meticuloso; quería que mi servicio fuera impecable. Ni una gota de lluvia sobre el periódico, ni que se perdiera entre los arbustos o debajo de un coche, jamás. Siempre en la puerta, siempre fácil de encontrar.

Pero cuando llegó el momento de cobrar, no lo hice. Una persona normal habría querido su dinero. Pero la verdad es que tenía miedo. Era un miedo estúpido y ridículo, del tipo que tiene un niño. Sencillamente no les cobraba. Veía su ticket en el libro de cobros y lo pasaba de largo, como si no existiera. Y pasaba justo por delante de su casa cuando iba a cobrar, con la cara girada, como para evitar la posibilidad de ver a un ser humano dentro de la casa. Evitaba esa casa como la peste de día. Por las mañanas temprano estaba bien, cuando estaba solo con mi Zen y mi plegado de papel y mi técnica de lanzamiento zen usando el gran círculo de mi cuerpo, en el aire fresco de la madrugada, con las estrellas aún en el cielo y el sol aún debatiendo si era razonable salir. Pero de día, cuando alguien podría estar despierto y dando vueltas en la gran casa roja —sí, estaba pintada de rojo, como en la canción de Jimi Hendrix—, no. De ninguna manera.

Ese miedo irracional no carecía, sin embargo, de fundamento. La razón era la siguiente: el joven Reggie Johnson, de unos 16 o 17 años, muy alto y de piel muy oscura (uno de esos afroamericanos que se parecen un poco a los zulúes tal como los retrataban los nativos en la película *Zulú* de 1964 con Michael Caine, que yo había visto en televisión), se había presentado a la puerta. Era durante un momento de actividad febril, una de esas ocasiones de conexión vecinal que me parecía raro que ocurrieran. Era Halloween. Yo estaba a cargo de repartir caramelos después de regresar de mi propio recorrido de Halloween. Era tarde, y la mayoría de los niños —de hecho todos los más pequeños del barrio— ya habían pasado. Mis hermanos menores ya estaban acostados. Reinaba el silencio y yo daba por concluidas mis obligaciones; acababa de emprender el importantísimo proceso de clasificar el botín de mi cubito de calabaza de plástico, cuando sonó el timbre. Era Reggie Johnson, aunque en ese momento yo no lo sabía. —¡Shaka! —grité.

En efecto, Reggie se había disfrazado del sanguinario rey zulú, con lanza y capa de piel de león (quizá sea un recuerdo falso, pero sin duda tenía una presencia imponente), y gritó: —¡Truco o trato! — mientras extendía la bolsa de caramelos de Halloween más grande que yo hubiera visto jamás. Era una funda de almohada blanca, llena al menos hasta tres cuartas partes. Era mucho más de lo que yo había recogido, y mucho más de lo que cualquier otro hubiera podido acumular en toda esa noche. Creo que yo no habría podido ni levantar la bolsa, que él llevaba con soltura y naturalidad.

Le metí un Snickers en miniatura en la bolsa, lo saqué de mi mano con un rápido movimiento de dedos, y él desapareció casi de inmediato, fundiéndose en la oscuridad de la noche sin hacer ruido. Su atletismo, su estatura y su actitud con ese disfraz eran aterradores.

Ese miedo irracional a los Johnson se prolongó un tiempo. Era como un peso que cargaba, y no se lo conté a nadie. Ni a mi madre, y desde luego no a Sam.

Pero no estaba destinado a evitar el contacto con los Johnson para siempre. Es la ley del karma: lo que siembras, recoges. Y mi prueba estaba a punto de comenzar. Ocurrió un día mientras hacía el cobro. Pasaba junto a la gran casa roja con la mirada apartada, cuando oí una voz de hombre.

—¡Oye, chico! ¡Eh, tú!

Me giré y vi a un hombre negro de más edad, quizá cincuenta años, haciéndome señas. Llevaba traje y corbata sobre el pecho ancho y la barriga prominente, como si acabara de llegar del trabajo. El bajo de sus pantalones arrugados descansaba sobre sus zapatos negros y lustrados. Y, en efecto, era casi la hora de cenar, así que su llegada tenía sentido. Había cometido la imprudencia de pasar por delante de su gran casa roja en el momento equivocado. Salió de la puerta y me abordó. Me quedé paralizado por el terror. —¿Sí? Hola.

—Tú, hijo. ¿Eres nuestro repartidor de periódicos? —Su voz tenía el espeso acento del Sur, como si la lluvia de Alabama hubiera empapado a sus antepasados.

—Sí —dije.

—Me alegra saberlo. Ven aquí.

No me quedaba otra opción; tuve que caminar hacia la casa. Me acerqué y él me tendió su gran mano. Nos la estrechamos, y su mano era cálida y muy grande, como la de un hombre que pudiera sostener un balón de baloncesto con una sola mano. —Soy Clarence Johnson.

—Robert Gray. Puedes llamarme Robbie.

—Robbie. Gracias. —Ahora sonreía—. Quería decirte lo contento que estoy con el periódico. Siempre llega muy temprano. Me gusta. Me levanto temprano. Y cuando llueve, siempre está envuelto en plástico a salvo en mi porche.

—Sí, señor —dije.

—Pero tenía una pregunta.

—¿Señor? —En ese momento supe que me esperaba un buen problema.

—Me he dado cuenta de que no vienes a cobrar.

—No, señor —dije. Bajé la vista hacia el camino de hormigón y guardé silencio.

—¿Pero por qué no, hijo?

Entonces, de repente, vislumbré los primeros destellos de mi genio: inventar una historia, urdir un relato digno del gran Ulises. Mentiría para salir del apuro. Pero no lo veía como algo malo, sino como una salvación. No estaba mintiendo; estaba salvando el pellejo.

—Bueno, señor, verá... que yo sepa, son la primera familia negra del barrio. Eso es un acontecimiento. Y quería que se sintieran bienvenidos. Quería que sintieran, tal vez, que tenían un amigo aquí. Pero soy muy tímido, señor, como puede ver. Tenía demasiada vergüenza para decir algo.

Me miró con una expresión peculiar, como si no se hubiera tragado del todo mi cuento. Pero de repente, parecía haberlo aceptado. Su rostro cambió. —Vaya. —Negó con la cabeza—. Vaya, vaya. Señor. —Se giró entonces hacia su esposa—. Gladis, sal un momento. —Y entonces una mujer negra mayor, de enorme corpulencia, como una pelota de playa sobre zancos, con piernas gruesas y pies pequeños que parecían incapaces de soportar semejante peso, se adelantó. Me miró desde detrás de su marido, giró la cabeza para verme mejor y sonrió como si mirara a un cachorro. —¿Pero Clarence, quién tienes ahí?

—Es nuestro repartidor de periódicos. Se llama Robbie.

—¿Ah sí? Entonces el misterio está resuelto.

—Pero escucha: este chico no nos ha estado cobrando. Dice que nos da el periódico gratis.

—¿Gratis? —dijo ella—. ¿Gratis? —Parecía posible que no conociera el significado de esa palabra. O bien, el concepto era tan ajeno a su experiencia que no reconoció de inmediato su significado.

Me adelanté entonces, aferrándome con firmeza a mi mentira. —Sí, señora. Bienvenidos al barrio.

—Vaya, eso sí que es algo —dijo—. No sé qué decir.

—Este muchacho es una maravilla —dijo el hombre—. Pero hijo, no puedo aceptar tu caridad. Aunque sea de buena voluntad y muy cristiana, debo pagarte por tus servicios. Ven.

—Pero no hace falta, señor —dije vagamente.

—No, no. De ninguna manera. Ven conmigo. —Y me hizo señas para que lo siguiera. Ese gesto era incompatible con mi antigua manera de ser. No había más remedio que ir con él.

Entramos en la Gran Casa Roja (como yo la llamaba), que resultó ser bastante similar en distribución a la casa de Sam y mi madre, es decir, bastante similar a la mía propia. Estaba muy bien decorada, aunque con algunas diferencias. Era claramente más grande. Había una escalera que subía, donde nosotros no teníamos ninguna. Pero por lo demás la distribución parecía similar. Los olores de la casa también eran muy diferentes: había un olor que más tarde comprendí que era okra, y otros ingredientes de la cocina sureña y cajún, como orégano, chiles, el dulce aroma de las gachas de maíz, el tocino y los bollos. Nunca había probado ninguna de esas cosas y no tenía ni idea de lo que significaban esos olores en aquel momento; pero no eran necesariamente desagradables.

—No eres de Florida, ¿verdad, hijo? —dijo el hombre, mirando por encima del hombro.

—No, señor. Soy de California.

—¿California? ¿Has oído eso, Gladis? El chico es de California.

—Bueno, eso es maravilloso —dijo la anciana.

—Déjame buscar la cartera —decía Clarence—. Bien. ¿Cuántos meses llevo de retraso?

—Eh, no estoy seguro, déjeme ver... —Consulté el talonario de cobros—. Pues... son seis meses, señor.

—¿Seis meses? ¡Dios mío! ¡Casi me mandas al asilo!

No dije nada, pues a esas alturas ya estaba bastante abrumado por todo aquello.

—Bueno, no te preocupes —dijo, mirándome a la cara—. No te preocupes. Aquí tienes, hijo. Y aquí tienes también una pequeña propina. —Me puso un billete en la mano; era un billete que no reconocía, con la imagen de Benjamin Franklin en el anverso.

—¿Cien? Pero señor, no tengo cambio.

Se rió. —No te preocupes, pequeño Robbie. Considera que mi cuenta está al día por un tiempo. Ya estamos en paz. ¿De acuerdo?

—Pues... sí. Sí, señor. Claro que sí, señor.

Volvió a reír. —Bien. Muy bien, Robbie. Dale recuerdos a tus padres. Han criado a un chico estupendo. Uno que sabe decir señor y señora. Eso me gusta. Me gusta mucho.

—Gracias, señor. Gracias.

Salí huyendo.

*

Una de las cosas que surgió del dinero ganado con la ruta de periódicos fue la posibilidad de ir a comprar libros. Y sí, incluso a comprarlos, no solo a mirarlos. Para mí era un placer, una especie de placer casi sexual... pero no. Era puro. Limpio y sano. Nunca me quedaba mirando las revistas porno que solían estar apiladas en algún rincón trasero de las librerías de segunda mano. Mi acercamiento a la lectura era serio, casi religioso. El interés que me despertaban los libros parecía tener algo que ver con las fuertes conexiones que sentía a través de ellos. Las personas que escribieron los libros no estaban presentes; de hecho, muchas ya habían muerto. Pero de alguna manera seguían hablando. Y a menudo, puedo decirlo, hablaban con mucha más claridad que cualquiera de los seres humanos que me rodeaban en aquel entonces.

Mi madre era muy circunspecta con esas compras. No es que se opusiera a la lectura; al contrario, le alegraba mucho que me interesara por aprender. Pero, quizá por sentido del ahorro, o por alguna noción interna de decoro y corrección, creía que la biblioteca pública debería tener todo lo que yo necesitara. "No hace falta gastar dinero, Robbie", me decía. "Ahorra".

—¿Para qué, mamá?

—Para un día lluvioso. Guárdalo para un día lluvioso. —Siempre hablaba de ahorrar para ese tan cacareado día lluvioso. Supongo que no tenía ni idea de lo que eso significaba—. Seguro que la biblioteca te mantiene entretenido con libros para leer.

Y claro, no se equivocaba del todo; íbamos muchos sábados. Pero la biblioteca no siempre me daba todo lo que yo quería. Era selectiva y, desde luego, esto era Florida Central en los años setenta. No era precisamente un manantial de conocimiento exótico ni un festín de sabiduría, en mi opinión. Para eso había que ir más lejos.

En aquellos tiempos —mucho antes de la locura de los medios de comunicación en streaming que nos envuelve hoy— era posible acceder a un conocimiento secreto, participar en él, incluso en un conocimiento clandestino: el de ciertos libros, de ciertas películas prohibidas y de iconos de la cultura popular. Era una época en la que la contracultura de los años sesenta se había infiltrado y percolado entre los desechos, generando una capa —casi geológica— fina pero provocadora, de arte, música y pensamiento misteriosos. Al principio, apenas era consciente de esa costra; pero con el tiempo me convertí en un prospector, un buscador de pepitas.

En mi mundo, las partículas de esa fina capa podían llegar a verse en todo aquello que me atraía, como polvo de oro en el fondo de la batea, aunque en aquel momento no lo sabía. Me sentía atraído por el Oriente, por lo místico, por la Historia; y la Historia Natural entraba en esa categoría.

Había un libro —casualmente era un libro que Sam había traído a casa como parte del matrimonio— un libro de Historia Natural. En la portada interior había un diseño en espiral, cuyo centro se situaba unos dos mil millones de años en el pasado; la espiral se extendía y mostraba las edades geológicas de la Tierra tal como se entendían entonces, paso a paso, con sus nombres: Precámbrico, Cámbrico, Ordovícico, Devónico, etcétera. Millones de años quedaban representados en periodos irregulares de unos pocos centímetros, comprimiendo y telescopando el tiempo. Se dibujaban pequeños animales y plantas, fósiles, criaturas extrañas y cosas que nadie era capaz de imaginar, aunque lo intentaban.

El libro era un resumen completo del conocimiento de la Historia Natural hasta 1934; es decir, antes de la teoría de la tectónica de placas, pero mucho después de Darwin. En aquella época la teoría generalmente aceptada en las ciencias de la Tierra era el gradualismo. La idea de que un gran diluvio llenó el mar Mediterráneo en pocos días (algo que hoy sabemos que ocurrió no una sino varias veces) habría resultado completamente insostenible por su similitud con lo descrito en la Biblia. Pero para mí, no importaba que el libro fuera antiguo ni que algunas de las teorías presentadas hubieran quedado obsoletas. Lo que importaba era aprender cómo se forman los atolones de coral; la existencia de almejas gigantes, lo suficientemente grandes para atrapar y ahogar a un buceador incauto; las misteriosas islas en los resplandecientes mares del Sur; los fósiles, los dinosaurios y los mundos antiguos en que la Tierra estaba cubierta por el océano; los anfibios viscosos arrastrándose hacia la tierra firme; y más tarde, cuando toda la tierra se consolidó en un gran continente; y así sucesivamente.

Esas vastas panorámicas de tiempo y espacio eran para mí una especie de oasis mental y espiritual en el pasado. Podía ir allí cuando quisiera para escapar de la estupidez y la crudeza absolutas de mi entorno actual.

Además de la ciencia en su forma geológica, pude también descubrir las maravillas del mundo eléctrico, químico y biológico: vastos imperios del conocimiento y la comprensión humanos, que abarcaban cientos, si no miles, de vidas dedicadas al estudio y la experimentación. Todo ello me llegó a través de varios canales. Mi madre, que insistía en que no había que gastar dinero y que principalmente vestía ropa hecha por ella misma, no era tacaña en Navidad; y me regalaba juegos de química, placas electrónicas para construir radios de cristal y otros artilugios, kits de aviones de plástico para armar, pulidoras de piedras y todo tipo de cosas relacionadas con la ciencia. Parecía que Sam andaba detrás de parte de todo esto, porque mi madre no necesariamente lo sabría todo. Pero por otra parte, las jugueterías de aquella época estaban abarrotadas de ese tipo de artículos. Era una época diferente a la nuestra, anterior a internet, los ordenadores o los teléfonos inteligentes, en la que aún teníamos fe en el hacer y en la necesidad de explorar y descubrir por uno mismo; una época en la que la opinión individual se desestimaba o directamente no se valoraba. A nadie le importaba lo que yo pensara, ni siquiera lo que pensaran mis padres. Lo que importaba era la Autoridad: la Biblia o Darwin (según la tendencia de cada cual). O lo que decía el presidente, o lo que oían en la iglesia, o lo que daban en la televisión. Solo había unas pocas cadenas, así que por supuesto todo el mundo veía los mismos programas. Era como un idioma común. Walter Cronkite. Esa era nuestra verdad. La idea de que cualquiera pudiera expresar una opinión y que esta llegara a lo más alto habría sido absurda. Queríamos hechos o fe. Nadie en aquella época habría preferido expresar sus propias opiniones aburridas e idiotas, ni considerar ese vómito como algo significativo. Claro que teníamos las páginas de opinión. Pero esas eran más bien para alivio cómico.

Sí, hechos, exploración. Conocimiento, la gran búsqueda del conocimiento; o bien la fe inconmovible en las verdades eternas del Buen Libro. En mi caso, claro está, era la búsqueda. El Buen Libro me parecía una majadería.

Los grandes motores mágicos de parte de esta búsqueda y exploración llegaban en forma de catálogos de pedido de material químico, biológico y científico en general: *Edmund Scientific* es el que mejor recuerdo. Pasaba horas hojeando ese catálogo, soñando despierto con lentes de Fresnel, cerditos en conserva y microscopios.

El punto culminante de esta exploración, al menos para mí, fue el deseo de comprar un telescopio. Fantaseé con esa compra durante mucho tiempo, y puede que ya lo haya mencionado: emprender la ruta de periódicos nació en un principio de la promesa de conseguir fondos suficientes para comprarlo.

Dediqué mucho tiempo a elegir una marca leyendo *Sky and Telescope*. Pero cuando le conté mi decisión a Sam, me dijo que mi elección era cuestionable y me apuntó en otra dirección. No me interesaba, pero me dijo que si compraba el telescopio que él prefería (un diseño de óptica newtoniana muy clásico de una empresa en particular), él pagaría la mitad del coste; así que a regañadientes me plegué a su condición.

El telescopio fue encargado. Pasaron los días, luego las semanas. Por fin llegó el gran día. Dos cajones enormes, cada uno aparentemente más pesado que yo, llegaron en camión.

La alegría que sentí al montar e instalar mi telescopio en el patio trasero era indescriptible. De repente era posible ver y experimentar por mí mismo algunas de las cosas que estaban en las sagradas páginas de los libros de ciencia. No todo era perfectamente visible: Saturno, por ejemplo, era una mancha borrosa, y Júpiter un globo redondo con unas lunitas diminutas. Pero gran parte de lo que aparecía en los libros procedía de la fotografía de larga exposición; yo entendía ese concepto de acumular más y más luz. Solo tenía la luz pura y continua de los objetos distantes en el cielo, que podía recoger en mi propio espejo y ampliar con mi propia lente en tiempo real. Pero hacerlo era glorioso por su cruda inmediatez. La luna, en particular, era una visión tan brillante y sobrecogedora que mi mente pareció expandirse de repente. Me transformó.

Pero mi alegría se vio interrumpida por algo que ocurrió poco después. Estaba hablando de la luna con Sam y expresé la idea de que la luna no gira sobre su propio eje. —Mira, Sam —(siempre llamaba a mi padrastro por su nombre, no como papá ni nada por el estilo)— la luna no gira. No puede. La cara de la luna siempre apunta hacia nosotros.

Sam negó con la cabeza. —No, así no es como funciona.

—¿Cómo? —dije.

—La luna sin duda gira alrededor de la Tierra. Tiene que hacerlo.

—¡Pero siempre nos da de cara! ¡No puede estar girando!

—Sí, Robbie. Simplemente gira a la misma velocidad a la que orbita. Es solo una apariencia.

—¡Pero eso no tiene ningún sentido! ¿Por qué haría eso? —Estaba fuera de mí. Pero entonces Sam hizo algo que probablemente no debería haber hecho: insistir en ganar el argumento. No explicó el hecho crucial de por qué ocurre esto (que los planetas no son homogéneos, que el peso dentro de un planeta no está distribuido de forma uniforme, y que por tanto un lado tiene ligeramente más masa y acaba orientándose siempre hacia el mismo lado, el más pesado, a medida que la rotación se va ralentizando poco a poco). Seguimos discutiendo hasta que me eché a llorar y por fin lo entendí. Solo años después aprendí el motivo. Pero en aquel momento fue doloroso. Mi comprensión infantil y jubilosa del mundo natural estaba dando paso a una realidad menos poética, una en la que los hechos de la vida a veces no son lo que parecen, y la verdad no es nada fácil de obtener.

*

Tras mi experiencia con los Johnson en la Gran Casa Roja, mi temor general a que los negros aparecieran de la oscuridad cargando grandes sacos blancos no disminuyó, pero la presión inmediata del cobro desapareció: el señor Johnson me había pagado prácticamente para siempre de una sola vez. No tenía que volver por allí en mucho tiempo. Pero así son las cosas del mundo —lo que más tarde atribuiría al karma, a la gran rueda del Samsara—, así son los designios de la fortuna, y con los Johnson estaba lejos de haber terminado.

Lo que pasó fue que Cecilia, la nieta de Clarence, vino a vivir con sus abuelos por alguna razón no especificada, y pronto empezó a ir a mi escuela. Se subía al autobús escolar una parada antes que yo. Recuerdo su primer día: era a mitad de semana, cuando el director vino a mi clase. Habló en privado con la maestra, la señora Evans, quien pareció sorprendida por lo que oyó, pero se recuperó rápidamente, respiró hondo y esbozó una gran sonrisa. El director llamó entonces a Cecilia desde el pasillo y entró esta chica pequeña. Se quedó de pie al frente de la clase casi como para pasar inspección, con la mirada baja bajo unas grandes gafas de culo de botella, las manos juntas a la cintura. Su vestido azul pálido hasta la rodilla parecía algo que llevaría una niña, pero yo podía ver que no era ninguna niña; estaba floreciendo y convirtiéndose en mujer. Creo que todos lo veían. Para empezar, llevaba sujetador. Sus pequeños pies estaban enfundados en zapatos negros de cuero de punta redonda con calcetines blancos diminutos. Llevaba el pelo en trenzas apretadas que se curvaban alrededor de su cabeza y caían por la espalda de un modo que parecía fantástico, como una escultura. "Clase, ella es Cecilia Johnson. Acaba de mudarse aquí desde Chicago. Eso está en el estado de Illinois, por si tienen alguna duda. Por favor, denle la bienvenida a Cecilia."

Cecilia fue entonces a buscar un pupitre —había algunos vacíos al fondo— y la clase continuó. A la hora del almuerzo se sentó sola. Lo vi, pero la idea de acercarme a sentarme con ella o saludarla nunca se me pasó por la cabeza. Solo al día siguiente, cuando se subió al autobús una parada antes que yo —sí, en Mahogany Lane, mi calle— até cabos y me di cuenta de que esta Cecilia Johnson era una de los Johnson, era de alguna manera pariente de Gladis, Clarence y Shaka Zulú.

No tenía intención de sentarme a su lado en el autobús; no estaba planeado, fue algo que simplemente ocurrió. Me senté y ella me miró, algo tímida, y yo sonreí y dije "Hola."

—Hola —dijo con voz pequeña.

Eso fue todo lo que nos dijimos durante ese viaje, pero ese día seguí cruzando la mirada con ella de vez en cuando en clase. Parecía no coincidir conmigo en ninguna otra asignatura salvo en Ciencias.

A la hora del almuerzo, tuve la osadía de sentarme en la misma mesa. Salí de la cafetería con mi bandeja —ese día había comprado el almuerzo— esperando que Cecilia no estuviera a la vista para no tener que hacer nada. Pero, por supuesto, estaba sentada sola en un sitio de frente a mí, y cuando vio mi cara, sus ojos se iluminaron, y supe que me había atrapado la cortesía social y que tenía que acercarme. Nos saludamos y le dije que conocía a su abuelo, porque yo era el repartidor de periódicos.

—Ah, sí, el abuelo dijo que conocía al repartidor de periódicos de la calle. Al abuelo le encanta madrugar. Dijo que eras muy educado.

—Sí, a veces lo veo cuando estoy en la ruta. —Claro que mentía. Nunca veía a nadie en mi ruta, y eso era precisamente lo que más me gustaba de ella. Estaba demasiado ocupado con la alegría de lanzar periódicos para pensar en la gente.

—¿Te gusta la ciencia? —dijo ella.

—Oh, sí, sin duda. Probablemente seré científico algún día. Mi padrastro es ingeniero, trabaja para Lockheed Martin.

—¿Hace los cohetes?

—Oh, claro. Están trabajando en las misiones Apolo... —Y así seguí. Le conté una historia deslumbrante sobre su participación crucial, sobre la cual no tenía ni idea, pero los detalles inventados parecían fluir con naturalidad. Cuando mencioné que Sam me había regalado recientemente su regla de cálculo, después de comprarse su primera calculadora electrónica de Texas Instruments, sus ojos se abrieron de par en par.

—¿Tienes una regla de cálculo? ¿Una de verdad?

—Claro.

—¿Sabes usarla?

—Bueno, no del todo seguro. Pero estoy convencido de que lo averiguaré.

—Quizá podamos mirarla en el autobús, ya sabes, juntos.

Pronto sonó la campana del almuerzo y, lamentablemente, tuve que tirar los restos de mi sloppy joe a medio comer en la papelera y beberme lo que quedaba de la leche con la fina pajita de plástico mientras el comedor se vaciaba.

La regla de cálculo de Sam era de buen tamaño, al menos veinte centímetros, demasiado grande para caber en el bolsillo de la camisa, y venía en un estuche de cuero marrón. El estuche estaba bastante gastado, como si su contenido hubiera tenido un uso frecuente. No llevé la regla de cálculo al día siguiente inmediatamente; esperé al viernes. El viernes era un poco diferente porque mi madre no estaba en casa por la mañana cuando salía para la escuela. Ese día llevaba a los niños más pequeños al colegio en coche para facilitar lo que fuera que hacía —quizá la compra. Pero yo sabía que el viernes no estaría allí para despedirse de mí. Así que fue un buen día para llevarme la regla de cálculo, una acción que, por alguna razón que no sabría precisar — quizá un vago temor o una premonición de peligro—, sabía que no debía contarle a mi madre. Al menos, de momento.

Me subí al autobús y allí estaba Cecilia. Tal como lo había imaginado y esperado. Estaba sentada hacia el fondo. —Hola, Robbie — dijo. Sonreía.

—Hola, Cecilia, mira lo que te he traído. —Saqué el preciado instrumento y ella dejó escapar un pequeño "ah" de deleite.

—¿Puedo cogerlo?

—Claro. —Se lo entregué con un floreo.

Sacó la regla de cálculo de la funda y colocó el estuche en su regazo. La examinó detenidamente y reflexionó. —Mmm, sí, ya veo. Entonces, digamos que queremos multiplicar 2,3 por 3,4. Ponemos el 1 de la escala C en el 2,3 de la escala D, y luego ponemos el cursor en 3,4... y la respuesta está en la escala C: 7,8 y algo... yo diría que 7,32. Ahí lo tienes. 78,2.

—¿Cómo es eso?

—Bueno, no calcula el punto decimal, ¿verdad?

—Sí, ya veo. —En realidad no del todo; tuve que pensarlo más tarde—. Pareces entenderlo muy bien. ¿De verdad no tienes una?

—No, pero he leído sobre el tema.

—¿O sea que lees libros?

Ella se rió. —Por favor, no se lo digas a nadie.

Yo también me reí. —De acuerdo, será nuestro secreto.

El autobús siguió su camino, pero desde ese momento mi mundo había cambiado. Estaba enamorado de una chica. Aún no era consciente de ello. Tardé unos días, o quizá incluso una semana, en darme cuenta. Para ser sincero, fue algo parecido a la Revolución Copernicana en miniatura: hasta entonces todo había girado alrededor de mí; yo era el Sol, y personas como mi madre y Sam eran planetas, como Venus y Júpiter. Sam Jr. y su hermana eran planetas menores, o quizá asteroides, y el colegio era otra galaxia. Pero todos orbitaban a mi alrededor. Sin embargo, ahora el centro del universo se había desplazado. Cecilia se convirtió rápidamente en el centro de mi pequeño universo. Todo lo demás se volvió pequeño e insignificante.

Mi madre, que era muy observadora y, como ya he dicho, muy protectora, fue probablemente la primera en notar un cambio en mí. Un día me dijo: —Robbie, ¿qué te pasa? No estás viendo mucha televisión. Creo que te has vuelto a perder *Star Trek*. ¿Y *Kung Fu*? Anoche hubo un episodio nuevo.

No respondí de inmediato. No sabía cómo explicarle la situación a mi madre y probablemente no estaba dispuesto a indagar demasiado en las fuentes de mi repentina y ridícula felicidad. Todo me parecía mejor: la comida sabía mejor, estaba más dispuesto a echar una mano en casa —sacar la basura, por ejemplo—, e incluso a ayudar con mis hermanos menores. Mi madre se quedó paralizada de asombro cuando me ofrecí a jugar con Sam Jr. en el patio trasero. También sentía un extraño interés por ir al colegio y no podía esperar a que llegara el autobús. Antes, mi madre tenía dificultades para encontrar maneras de sacarme de casa y conectarme con amigos, pues ninguno parecía surgir del colegio. Por ejemplo, me apuntó a los Boy Scouts —una absurdidad, en mi opinión—, pero sí, disfrutaba coleccionando las insignias de mérito, y sí, me encantaban las habilidades del monte: afilar hachas, hacer fuego, y demás. Me estudié el libro de descripciones de insignias de cabo a rabo.

Pero en cuanto a amigos con quienes jugar, sí, había uno o dos en la tropa. Chicos de mi edad. Y creo que les caía mejor yo a ellos que ellos a mí. De hecho, cuando me fui a Kickshaw, fueron esos mismos chicos de los Scouts quienes me organizaron una fiesta de despedida. Pero a ninguno le interesaba especialmente la lectura, y ninguno parecía tener inclinaciones científicas o literarias, ni siquiera haber leído la Biblia cristiana, algo que yo había hecho con 10 años. (Aviso de spoiler: me parecía un disparate). Por no hablar de algo esotérico como el *Tao Te Ching*. El principal interés de esos chicos de Florida, incluso de los que no eran retrasados, parecía ser escaparse al monte para construir un fuerte, cavar una trampa, o envolver un puñado de agujas de pino en papel higiénico y prenderles fuego inhalando el humo. Algo que me pareció demasiado absurdo para intentarlo, aunque lo observé y fingí interés. Bueno, puede que diera una calada solo para confirmar que era una locura. Al fin y al cabo, ni siquiera eran cáscaras de plátano secas, de las que había leído, sino simples agujas de pino secas y corrientes. ¿Qué sentido tenía eso?

Cuando fuimos al campamento de los Boy Scouts, la principal fuente de diversión resultó ser nadar en agua infestada de sanguijuelas y orinar salvajemente en urinarios sucios, o leer *Mad Magazine* hasta altas horas de la noche (en realidad me encantaba *Mad Magazine*, pero mi madre no me dejaba comprarlo), o jugar a la Guerra con dos barajas de cartas combinadas, hasta que uno de los campistas más alborotadores decidía convertir la partida en 52 Pickup y las cartas salían volando.

Pero Cecilia era completamente diferente. No era que fuera una chica, aunque eso también era verdad; sino que parecía tener una vida interior. Eso fue lo que me atrajo de ella. "Era inteligente", supongo que así lo habría expresado entonces, aunque en realidad eso no significaba nada en absoluto.

El hecho de que Cecilia fuera de otra raza no se me ocurrió hasta mucho tiempo después. Me refiero a la idea de "raza". Sé que suena absurdo o difícil de creer, y de hecho estoy seguro de que todos los que leen esto asumen que esta historia es algún tipo de reflexión sobre las relaciones raciales: "un chico blanco se enamora de una chica negra, surgen complicaciones." Pero no es así. Esa no era la esencia del asunto ni la historia que intento contar. La historia era que Cecilia era como yo, y era la primera vez en toda mi vida que conocía a alguien que se parecía, aunque fuera vagamente, a mí, por dentro. Cecilia era "negra" solo por casualidad; fue un accidente de nacimiento. Así es como yo lo entendía. Su aspecto exterior no despertó en mí ningún interés inmediato, aunque a medida que fui percibiendo su feminidad, su belleza natural, me fui acostumbrando a su aroma gracias a la intimidad de estar más cerca de ella, respiré el mismo aire que había estado dentro de sus jóvenes pulmones y percibí gradualmente su forma, su ser entero, soñé con ella incluso; entonces sí, por fin la vi como a una chica y comprendí que la quería como tal, sin entender del todo qué era una chica. Pero todo eso llevó tiempo. Al principio se trataba de la alegría de una verdadera amistad.

Por ejemplo, cuando estábamos en clase de ciencias, el señor Stevens, el profesor, a quien siempre llamábamos el viejo Cabeza de Abolladura por el hoyuelo que tenía en el cráneo —era del tamaño de una pelota de golf, y por lo que yo sabía podría haberse causado por uno de esos impactos—, Cabeza de Abolladura hacía una pregunta y entonces había una mano alzada; y a menudo era la mía, pero con la misma frecuencia era la de Cecilia. Al principio estaba algo retraída, pero solo tardó una o dos semanas en cambiar.

Una cosa que debo explicar es que Cecilia se sentaba donde le venía en gana en la clase de ciencias. Esto era en 1978, y el sistema de escuelas públicas del condado de Brevard no llevaba mucho tiempo integrado. Es cierto que técnicamente la integración se produjo gracias a una demanda federal en 1964, pero la horrible verdad es que hasta mi noveno curso, los alumnos blancos se sentaban en un lado del aula y los negros en el otro. Pero a Cecilia eso le daba igual. Se sentaba a mi lado muchas veces, o si yo estaba ocupado con los estudiantes de último año que necesitaban apoyo —a quienes les gustaba sentarse juntos en una mesa del fondo para aprovechar mi conocimiento superior (es decir, copiarme las respuestas)—, Cecilia se sentaba entonces hacia adelante.

Era una alegría tener a alguien en mi vida con quien poder hablar. Por ejemplo, a Cecilia no le pareció raro que me gustara ir a la biblioteca, ni que a veces evitara la biblioteca del colegio en favor de la biblioteca municipal de adultos, que tenía libros "de verdad". Cuando le dije que, con parte de mis ganancias del reparto, me había suscrito a *Scientific American*, se le cayó la baba de envidia. —Qué suerte. Ojalá pudiera hacer yo lo mismo.

Consideré comprar una suscripción de regalo y poner la dirección de los Johnson, pero algo me frenó —quizá la idea de tener que dar explicaciones a Clarence.

No recuerdo cuándo le hablé a Cecilia de mi telescopio, pero sí recuerdo claramente cómo intentaba encontrar la manera de explicarle a mi madre que quería que Cecilia viniera a casa para hacer astronomía juntos. Lo estuve dando vueltas durante días. Finalmente decidí que el camino más directo era probablemente el más sencillo.

—Mamá, quiero que venga una amiga y hagamos astronomía. ¿Está bien?

—Claro, Robbie, suena estupendo. ¿Quién es?

—Se llama Cecilia. Vive un poco más abajo en la calle.

—¿Cecilia?

Vi que mi madre intentaba deducir quién era. Se rió un poco y dijo: —¿No te refieres a la que vive en la calle?

—Sí, mamá. Cecilia Johnson.

Mi madre cruzó los brazos instintivamente, lo que entendí como una reacción defensiva automática a algo que había oído y que no podía ser cierto, y dijo: —¿O sea que esta es una chica que va a tu colegio?

—Sí —dije—. Está en mi clase de ciencias, mamá. ¿Por qué es un problema?

—Oh, no hay ningún problema, Robbie... Supongo que debería conocer a su madre.

—¿Por qué hace falta?

—Bueno, es que yo creo que ella querría saber adónde va su hija. Es bastante normal, Robbie. No entiendes cómo funcionan las madres.

—De acuerdo —dije—. Bueno, que yo sepa no tiene madre; vive con los Johnson. Son sus abuelos. Lleva solo unas semanas aquí en Florida.

—Oh. —Parecía estar digiriéndolo—. ¿O sea que has estado en casa de los Johnson? ¿Los conoces?

—No, mamá. No exactamente. Solo voy a cobrar alguna vez. —No quería contarle toda la historia: que había mentido diciendo que era el comité de bienvenida del barrio, lo contentos que estábamos de ver gente negra llegar, ni lo del billete de cien dólares. Lo seguía teniendo, de hecho; no lo había gastado. Así que mi plan era que nada de eso saliera a la luz.

Pero mi madre tenía manera de ir sacando las cosas, y además contaba con la ayuda de Sam Jr., el espía de guardia, que era lo suficientemente pequeño y curioso para haber registrado mis cosas. —¡Robbie tiene un billete de cien dólares, mamá!

—¿Cómo dices, Sam?

—Robbie tiene dinero en el cajón.

—Sí, reparte periódicos.

—Bueno, yo vi un billete de cien dólares.

Mi madre se rió. —Eso parece improbable, Sam.

Miré fijamente a Sam Jr. y sopesé la posibilidad de pegarle. —Cállate, Sam, pequeño cerdo.

—Robbie, para —dijo mi madre.

Salí corriendo de la casa dejando el televisor encendido, esperando que las cosas se calmasen; pero no: inevitablemente, mi madre fue a inspeccionar el contenido del cajón superior de mi cómoda. Dentro tenía una caja de zapatos con mi colección de talonarios de suscripción —unos pequeños tiques naranjas que perforaba con una herramienta especial— y un sobre de papel manila con dinero dentro.

Mi madre no me dijo nada de inmediato. Pensé que quizá las cosas se habían calmado. Pero supongo que lo habló con Sam *père*, mi padrastro (no con su pequeño y gordo retoño), y concluyeron que mi madre debería llegar al fondo del asunto.

Mientras tanto, mi deseo de que Cecilia viniera a compartir las maravillas de la astronomía estaba en una especie de limbo. Era un estado mental doloroso, habiendo preguntado sin obtener respuesta definitiva; sentía una tensión considerable y cierta congoja. Los días se alargaban, y no creía poder aguantar mucho más sin estallar. — Mamá, sigo queriendo que Cecilia venga a ver astronomía.

—Ya lo sé, hijo. Todavía no he hablado con los Johnson.

—¿Pero por qué no?

—Robbie, haré las cosas cuando me parezca oportuno. —Estaba bastante enfadada conmigo—. Ahora necesito que me expliques de dónde has sacado todo ese dinero.

—¿Cómo?

—Revisé tu cajón y Sam Jr. tenía razón: hay un billete de cien dólares ahí dentro.

—Bueno, ¿y qué? Estoy ganando mucho dinero cobrando.

—¿Estás seguro de que eso es todo lo que pasa?

No tenía ni idea de lo que pasaba por la cabeza de mi madre. Le pedí que lo dejara, pero veía que su cabecita no paraba de dar vueltas, como una máquina de pensar barajando posibilidades. Así que pisé el acelerador. —Mira, mamá, me gusta mucho Cecilia. Creo que me gustaría salir con ella. He decidido que quiero que sea mi novia. ¿Eso va a ser un problema para ti? ¿O quizá para Sam?

Los ojos de mi madre se abrieron de par en par y su boca se entreabrió ligeramente. —Pero... pero... ¡Robbie...!

—Ya veo. Ahora empiezo a entender cómo están las cosas.

—No, no, en absoluto —balbuceó.

Apretó a fondo, ahora, porque veía que estaba ganando. —Mamá. ¿Eres una intolerante? ¿Es Sam algún tipo de intolerante? ¿Quizá por eso no has hecho lo que dijiste?

—¡Robbie! —Mi madre se derrumbó un poco—. ¡Me lo estás poniendo muy difícil! —Entonces rompió a llorar, y empecé a sentirme culpable, porque puede que la estuviera presionando demasiado y por las razones equivocadas. Al fin y al cabo, sabía que me gustaba Cecilia, pero ni siquiera nos habíamos besado ni nada. No era ningún Romeo y Julieta. Solo quería enseñarle mi telescopio. Y, además, obviamente, intentaba apuntalar mi mentira. Mi gran mentira que me seguía como el Gordo Alberto.

Para su crédito, mi madre se rehízo muy rápidamente. En cuestión de media hora su cara había cambiado, y de repente me di cuenta (quizá con horror) de que puede que tuviera que seguir adelante de verdad y pedirle a Cecilia que fuera mi novia (fuera lo que fuese que eso significaba —no tenía ni idea). Todo lo que quería era verla, estar con ella, pero sobre todo enseñarle mi telescopio, hacer astronomía juntos en una noche preciosa con la luna en el cielo y un planeta o dos mirándonos, astronomía en el patio trasero con esta chica genial en trenzas y grandes gafas de culo de botella que leía libros y sabía manejar una regla de cálculo. No tenía ni idea de lo que ella, Cecilia, quería, ni me importaba. En cuanto a mi madre, bueno, la conocía demasiado bien. Habría seguido escarbando en mis secretos hasta saber toda la verdad, y yo no lo habría superado nunca. Había sido necesario lanzarle un misil balístico en toda regla. Me había elevado varios peldaños, hasta el nivel atómico, como en *Dune*, volando por los aires el muro de escudos. Y su respuesta, su contraataque, fue como nada que yo hubiera experimentado antes.

El primer cañonazo fue una llamada a Sam *père*, que estaba en el trabajo. Le tenía bastante miedo a Sam. Al fin y al cabo, era un hombre adulto. También tenía hijos adultos de un matrimonio anterior; era algo mayor. Esos hijos adultos eran un completo misterio; nunca los conocí, jamás, y él nunca hablaba de ellos. Este misterio se veía agravado por mi total incapacidad para ver lo que mi madre debía de ver en Sam: yo pensaba que era un ogro. Ya he explicado lo de la bebida. Así que sí, estaba nervioso por lo que fuera a hacer o decir. Yo no estaba presente, pero por la naturaleza histérica de la voz de mi madre que se filtraba desde la habitación de al lado a través del fino enchapado de melamina de la puerta de aglomerado, supe que la cosa era grave y que Sam estaba siendo vapuleado. Algo había pasado entre ellos —quizá cuando yo no estaba al alcance del oído, quizá sobre los Johnson—, y eso había que resolverlo como problema prioritario si se quería avanzar en mi asunto. Tras esa llamada salió de su habitación, entró en la cocina y puso la tetera en el quemador eléctrico delantero del fogón. Mientras el agua silbaba, se dirigió a mí.

—Robbie, ve a ponerte algo mejor —dijo—. Y péinate. Quiero que estés presentable.

—Pero mamá...

—Ve y haz lo que te digo. —Se puso a preparar té y se sentó en la encimera de fórmica y se lo bebió mecánicamente sentada erguida en un taburete, como uno de los robots de Asimov. Luego fue a arreglarse. Se puso su mejor vestido —no uno que se hubiera cosido ella misma, sino uno que había comprado en Sears. Sus vestidos de costura propia estaban todos bien, diría yo; siempre estaban limpios y frescos, y me encantaba abrazarla cuando los llevaba porque se sentían tan bien, y su cuerpo suave estaba dentro de ellos, pero no estaban planchados, eran los que le resultaban cómodos en casa; aunque sospecho que, en su mente, eran demasiado prácticos, demasiado de fregar y pasar la aspiradora, para sus propósitos actuales. Demasiado utilitarios y de sirvienta. Quería parecer de misa. De misa y, si podía ser, culta. También se puso joyas, lo cual era raro. Le gustaban las perlas, pero no teníamos dinero para eso. Un día visitamos SeaWorld en Orlando. Y entre otras cosas, tenían perlas a la venta, de todo tipo, pero ella se compró un collar de perlas de agua dulce. Supe que me esperaba un asunto serio cuando salí de mi habitación con el pelo peinado y la vi con el pelo recogido y ese collar al cuello. ¿Era posible que llevara maquillaje? Dios mío, sí. Me quedé atónito. El maquillaje se guardaba para las ocasiones realmente importantes. Habría hecho falta un evento serio —como una reunión social de la iglesia— para sacar esas perlas del joyero y ponérselas al cuello. ¡Pero maquillarse la cara!

Me hizo subir al coche, nuestro Galaxie 500, ya he hablado de ese coche —verde y espantoso, el asesino de gatos (sí, mi madre atropelló accidentalmente a nuestro gato con él; el gato se había subido a dormir encima de la rueda delantera izquierda)—, la cosa parecía sacada de una novela de Stephen King. (No leía esas porque me parecían demasiado aterradoras, y mi madre también concluía que Stephen King no era para mí. Pero aun así, teníamos uno de sus coches.) Y así entramos en el tanque y condujimos lentamente por la calle. Era como moverse a cámara lenta. La Gran Casa Roja estaba solo a unos pocos cientos de metros, pero ella condujo igualmente. Entró en la entrada y aparcó, y nos bajamos. Intenté ir con ella, pero mi madre me hizo una señal con la mano para que me quedara. —Quédate aquí, Robbie.

Se acercó a la puerta y llamó. La puerta se abrió. Era Clarence, el señor Johnson. No alcancé a entender bien lo que se decía. Llevaba la máscara que usa la gente negra cuando habla con blancos. Pero miró más allá de ella y me vio, y entonces de repente sonrió, y la máscara pareció resbalarse un poco. Luego Clarence siguió hablando con mi madre, y entonces Gladis, la señora Johnson, apareció detrás de su marido y miró a su alrededor como si observara un extraño fenómeno atmosférico, y ella también sonrió, y mi madre fue admitida en su casa. La puerta se cerró.

Mi madre, a quien yo no consideraba valiente y que no era una mujer grande —era bastante menuda, medía solo 1,55 m—, era imperturbable cuando llegaba el momento de la verdad. En esos momentos su cara adquiría la firmeza de quien está absolutamente convencido de que tiene la razón, como un mártir o un esquizofrénico. Y ahora había entrado sola en la Gran Casa Roja. Me pregunté si Shaka Zulú estaría dentro, o incluso Cecilia.

Parecía que yo no iba a participar en lo que se dijera. Pasó el tiempo, y debió ser un buen rato, porque recuerdo que fue el suficiente para que me aburriera. Pero de repente la puerta se abrió y mi madre salió. Estaba radiante, quizá de alivio. Detrás de ella venía la señora John- son, luego el señor Johnson, y finalmente la propia Cecilia

Yo tenía ojos principalmente para Cecilia. A decir verdad, estaba bastante seria, incluso con cara de piedra. No dejaba de mirar al suelo. Entonces mi madre me hizo una señal y me acerqué. Dije: —Hola, se- ñor Johnson, señora Johnson.

—Hola, Robbie —dijo el señor Johnson.

—Mira, Cecilia, Robbie está aquí —dijo la señora Johnson.

Pero Cecilia no dijo nada.

—Robbie —dijo mi madre—. Cecilia vendrá a cenar esta noche. Po- déis hacer astronomía hasta las nueve. Luego la acompañarás a casa.

—Sí, señora —dije.

Esa tarde, Cecilia apareció en nuestra puerta principal. ...

Hay algunas historias de esa época que debo contar antes de llegar a aquella noche. La primera es sobre un chico del barrio. En cualquier barrio siempre hay chicos, y juegan. Creo que eso es algo universal. Hickory Hills no fue ninguna excepción.

Uno de esos chicos se llamaba Henry Maitland. Iba a mi colegio Era un muchacho rechoncho, de pelo rubio arena y cara llena de granos que todavía conservaba mucha grasa infantil. —Soy de Alabama — me dijo con su mejor acento sureño—. ¿Y tú?

—¿Yo? —dije—. Oh, soy de Florida. Pero vivíamos en California. Allí es donde está mi papá.

—¿O sea que vienes de un hogar roto?

No sabía exactamente qué significaba eso, así que mentí. —No, no creo. Mi padre solo trabaja allá. Lo veo con bastante frecuencia. Viene a Orlando todo el tiempo en avión.

—Mi papá trabaja vendiendo coches —dijo Henry—. Mi hermano mayor también trabaja allí. Reparan coches. Nos mudamos de Mont- gomery hace unos años.

Conocía bien su casa, a mi manera; estaba casi al final de mi ruta, así que todas mis percepciones de ella eran de madrugada. Pero era una de esas casas con muchos coches; el jardín delantero era prácti- camente un aparcamiento con aceite de motor goteando y dejando manchas donde debería haber césped. A veces le saludaba a Henry cuando iba a cobrar, y se subía al mismo autobús escolar. así que lo conocía también por eso.

Un día Henry me invitó a su casa y jugamos en el jardín, miramos los coches y luego fuimos al patio trasero, donde había un montón de piezas de maquinaria extrañas, herramientas de hierro oxidado y cosas por el estilo. Al final entramos en la casa cuando empezó a hacer calor. —Vamos a tomar algo. —La madre de Henry probablemente había salido; no recuerdo a nadie más en la casa.

Fuimos a sentarnos al salón y probablemente vimos la televisión. En un momento dado dijo: —¡Oye, mira esto! —Sacó varios catálogos de lencería que estaban cuidadosamente escondidos bajo una pila de otras revistas sobre la mesa de centro; contenían fotos de mujeres en sujetador y bragas. Modelos de lencería. Los estudiamos con detenimiento, cada uno con su catálogo, y Henry empezó a frotarse. Cuando me di cuenta de lo que estaba haciendo, consideré unirme a él, pero me sentí incómodo por ello y dije que era hora de irme.

Después de eso empecé a burlarme de Henry, llamándolo *Hedda*, que era una abreviatura de "Hedda head." Entendíamos que esto significaba el glande de un pene. No sé de dónde salió esa idea, salvo que la cara de Henry era rosada y sus mejillas hinchadas. Sospecho que la terminología era de cosecha propia. En cualquier caso, a Henry no le hacía ninguna gracia.

—¡Hedda, hedda, hedda! —le cantaba cuando estábamos en el patio del colegio y lo veía. A veces nos enzarzábamos y él descargaba su frustración conmigo. Pero yo parecía disfrutar de atormentarlo. Era cruel, y sabía que provocarle estaba mal, pero por alguna razón —quizá porque no había consecuencias aparentes— seguía haciéndolo.

Ahora bien, una vez que las cosas habían avanzado con Cecilia y se nos veía juntos a menudo en el autobús escolar, Henry era desde luego consciente de nuestra presencia. Yo era algo mayor, y él también, y su cara no había mejorado mucho, diría yo. Ambos habíamos crecido como crecen los niños —de forma algo desigual— y nuestros cuerpos estaban pasando por la pubertad, una etapa de transición que deja el cuerpo sin demasiada coordinación. No le hablaba mucho pero no importaba; éramos solo chicos yendo al instituto de Titusville en autobús. Recuerdo haberme topado con él en el autobús y que dijera algo ininteligible, pero no era amistoso. Aun así lo ignoré.

Pero un día después del colegio salí a dar vueltas por el barrio y Henry y unos chicos más estaban en uno de los solares vacíos al final de Mahogany Road. Estaba a unos cientos de metros, y luego había una de las omnipresentes zanjas de drenaje de Florida, y después caminos sin nombre y mucha arena. Arena y millones de hormigaleones, y por supuesto hormigas para alimentar a los hormigaleones, grandes y rojas que te picaban si las tocabas, y otras pequeñas y negras que simplemente existían como organismos coloniales alienígenas a la manera de las hormigas. Era tierra de nadie, el Páramo, que era el futuro desarrollo de Hickory Hills todavía sin construir. Lo usábamos básicamente como patio de recreo; era casi todo abierto y si había una valla, bueno, eso no era ningún obstáculo para nosotros. Pasábamos por encima, por debajo, alrededor, o hacíamos lo que fuera necesario.

Así que vi a Henry y a unos cuantos chicos más del barrio, todos apiñados en un corrillo mirando juntos una revista que Henry tenía. Estaba abierta de un modo en que uno normalmente no sujeta una revista, y todos se reían y señalaban mientras Henry hacía payasadas y muecas. Me acerqué en bici, me detuve y me bajé para ver qué era tan interesante.

—Oye, Robbie, ven a echar un vistazo —dijo uno de los chicos.

—Sí —dijo Henry—. ¡Mira todo este coño!

Me acerqué y miré. Habían encontrado una revista pornográfica, o quizá Henry la había conseguido por algún medio, no *Playboy* ni *Penthouse*, sino algo considerablemente más tosco y grotesco. Podría haber sido *Club*, porque todas las mujeres tenían el ano expuesto, y nosotros entendíamos, por algún medio que no sabría explicar, que *Club* era la revista más conocida por ese tipo de cosas; pero no vi la portada.

Los chicos iban pasando páginas y entonces Henry abrió una doble página, pero en este caso era un montaje de distintas mujeres, todas con las piernas bien abiertas. —Bueno, ¿cuál es tu favorita? —le dijo Henry a uno de los chicos. Ese chico señaló a la mujer que estaba más o menos en el centro del montaje. Tenía los pechos más grandes y abundaba en lo que fuera que había llevado al editor de la revista a colocarla en el centro del reportaje; así que a medida que Henry iba preguntando a cada chico cuál era la suya, todos la señalaron. Pero cuando llegó mi turno, yo no hice eso.

—¿Robbie? Te toca.

—¿Mi favorita? —Hice una pausa y lo consideré—. Pues, creo que me gusta esa.

La naturaleza extrema de la revista no me gustaba. Me ponía sumamente incómodo porque las mujeres, en mi opinión, mostraban demasiado y era asqueroso. Parecían animales o quizá alienígenas, pero con el sexo estampado encima de un modo que ni siquiera era erótico, al menos desde mi punto de vista. A esa edad mi erotismo era muy suave; un pecho o un escote eran un gran asunto en el que podía pensar durante días. Así que en lugar de señalar a la mujer de pechos

grandes del centro, que tenía el ojo del editor, señalé a una mujer secundaria del montaje que la rodeaba, una que cumplía la función de
relleno de la revista, y esta modelo de segunda fila llevaba camisa. Sí,
sus oscuros pechos péndulos seguían al descubierto, y su entrepierna
estaba abierta de par en par con el ano visible bajo otro agujero
abierto orlado de pelo rizado, pero de alguna manera me pareció menos ofensiva que las demás porque al menos estaba parcialmente vestida. También era, quizá un detalle menor en mi mente, la única mujer
negra en el reportaje. Por alguna razón eso me resultó atractivo, quizá
porque era diferente. Había echado miradas a mujeres africanas muchas veces en *National Geographic*, y su naturalidad y la exótica escarificación tribal me parecían hermosas, incluso cuando sus pechos desnudos resultaban placenteros de un modo levemente prohibido. *National Geographic* era algo que incluso mi madre permitía; y sin embargo allí había pechos hermosos y exóticos. Consideré suscribirme,
pero pensé que el riesgo de ser descubierto sería demasiado grande.

Así que me diferenciaba de los demás chicos, pero eso me daba
igual. Mi respuesta obedecía a mi modestia innata, algo que también
estaba ligado a mi cortesía (quizás excesiva).

Pero Henry se centró de inmediato en ese detalle de la piel en lugar
de en el hecho de que era la única mujer con algo de ropa puesto en
una revista repugnante. —Menudo bicho raro para que le guste ese
coño tan peludo. ¿O será porque es nigger? ¡A Robbie le gustan los
niggers, chicos!

Los demás chicos rieron nerviosamente. Sabían a qué se refería
Henry.

Yo, en cambio, no lo entendí de inmediato. —¿Qué? ¿Cuál es tu problema, Hedda?

Pero Henry estaba encendido de triunfo. —¡Eres un amante de niggers, ¿verdad, Robbie?! ¡Te has agenciado un nigger! ¡Os he visto en el
autobús! ¡Amante de niggers, amante de niggers!

—¡Hedda! —grité—. ¡Pedazo de mierda! —Me lancé hacia él entonces y le di impulsivamente un puñetazo en la cara con la izquierda.
Soy zurdo. No creo haberle pegado muy fuerte, pero puede que por
casualidad el golpe le alcanzara la nariz, que empezó a sangrar de inmediato. Creo que Henry se sorprendió un poco por la ferocidad de
mi ataque. Estaba riéndose, pero ahora se enfrentaba a la violencia en
lugar de solo palabras. Le había pegado; algo que prácticamente
nunca le había hecho a nadie en toda mi vida, salvo a Sam Jr., y eso
eran solo puñetazos en el brazo cuando hacía el idiota. Pero ahora

estaba consumido por la ira, y quizá por el odio, lo que parecía insensibilizarme al dolor, y solo quería golpear a Henry una y otra vez. Nos estuvimos repartiendo puñetazos, dando brincos y tropezando en la arena, un poco como bailarines, pero yo tenía la ventaja de la altura y la rabia de mi lado. Seguía golpeándole de lleno en la cara, y cada vez que lo hacía, su cabeza se echaba un poco hacia atrás, pero debo de no haber pegado muy fuerte porque seguía viniendo; mis golpes eran en su mayoría ineficaces. Al final paró, sin embargo; creo que porque vio la sangre en su camisa, se dio cuenta, y eso le hizo romper a llorar. Creo que de repente se percató de que tendría que dar explicaciones a —la madre, al padre— alguien en esa casa destartalada con todos los coches y la barca.

Mientras tanto los demás chicos formaron un círculo tosco a nuestro alrededor, riéndose, mirando y pinchándonos a los dos. —¡Pelea! ¡Pelea! ¡Pelea! —seguían gritando. Pero cuando Henry empezó a llorar, se echaron un poco hacia atrás. Sabían que había terminado, y siguieron adelante y se pusieron a tirarse arena y a hacer tonterías, habiendo disfrutado del espectáculo. Para ellos era una gran broma, pero yo estaba lejos de estar satisfecho. Quería seguir apaleando a Henry sin sentido. Era como Spock en ese episodio en que estrangula a Kirk; quería matar a Henry. Pero Henry ya había terminado por ese día.

—¡Robbie gana! —gritó uno de los chicos, riéndose y retozando, ya subiendo a su bici, pues sabía que la sangre era señal de que los padres pronto intervendrían—. ¡Hedda, a casa! —gritó otro chico, que también sabía que era hora de largarse.

Henry rugió entonces en mi dirección, llorando, un rugido grave de pesar porque su camisa estaba ensangrentada, y echó a correr. De repente sentí un poco de lástima por Hedda. Solo un poco. Recorrió unos cincuenta metros, luego aminoró, paró, y finalmente se dio la vuelta y volvió. Era casi furtivo. Pensé que quizá quería seguir peleando, pero no: necesitaba recuperar su preciada revista porno llena de agujeros, que yacía abierta en la arena con todo el aspecto de ser un trozo de basura, lo cual puede haber sido su procedencia originalmente. A menudo encontrábamos fragmentos de revistas, cigarrillos, envoltorios de condones, toda clase de detritos en el Páramo, y allí era quien lo encontraba se lo quedaba.

Henry la recogió, me señaló y gritó: —¡Amante de niggers! ¡Ama a un nigger! ¡Los he visto en el autobús besuqueándose! ¡Se lo voy a decir a mi padre! —Y entonces salió huyendo, con una mano en la nariz y la otra aferrada a la preciada revista.

Después de eso ya no volvimos a ser amigos. Y es un hecho cierto que eventualmente cancelaron su suscripción al periódico.

*

No fue ese el único incidente que se produjo a raíz de mi amistad con Cecilia. Sin embargo, no quiero repasar todos aquellos episodios porque, en verdad, yo no era ningún caballero con armadura defendiendo los derechos humanos ni combatiendo la discriminación racial. Simplemente me gustaba una chica. Pero como era sensible, listo, y a veces echaba una mano a los alumnos de último año con dificultades en ciencias, y llevaba gafas, y siempre quedaba el último en las competiciones deportivas —como la carrera que hacíamos en educación física alrededor del recinto escolar—, por todo eso me veían como un debilucho. Y tampoco ayudaba que me hubiera interesado por una chica negra.

Greg Vitali era un chico de tez cetrina, pelo oscuro y un IMC elevado; no era intimidante en el sentido físico de ser musculoso, sino en el sentido de ser demasiado grande para su edad. Siempre andaba riéndose por el pasillo mientras se ensañaba con los chavales más pequeños y más débiles que él. Era un vago; las tareas siempre las tenía a medio hacer o directamente sin hacer. Aun así, era listo. Por ejemplo, había encontrado la manera de librarse del castigo por llegar tarde: entraba desparpajado con retraso y luego decía que había estado en el baño. «¡Tengo diverticulosis! ¡Tengo que ir al baño a menudo! ¿Cómo va a esperarse que me ensucie?» Se lo decía a Dent Head delante de todos, e inevitablemente el viejo profesor negaba con la cabeza y señalaba un pupitre vacío. Así que nunca terminaba castigado. Dent Head señalaba, y entonces Vitali se daba la vuelta, fuera de su vista, y esbozaba su gran sonrisa, como si hubiera ganado un premio en la Feria del Condado de Indian River. Su compinche era Obie Blackmore, un chaval pequeño y deforme con gafas redondas de montura de alambre y una cara ancha y plana. Blackmore solía tener la boca abierta, con la lengua colgando, como un perro, así que a veces le llamábamos cara de perro. Pero su deformidad era un brazo atrofiado. El brazo izquierdo no le funcionaba bien; la mano parecía una garra. Los dos, Vitali y Blackmore, hacían cosas como cagar en el baño de los chicos de tal manera que sus deposiciones aterrizaban directamente sobre el suelo de cemento, sin dar en el inodoro, y luego salían corriendo riéndose. Se quedaban fuera quejándose del terrible hedor, habiendo arruinado cualquier posibilidad de que otros pudieran usar aquel baño el resto del día.

En realidad, conocí a Blackmore mucho antes, allá en séptimo. Un día fui a la biblioteca de la escuela y estaba a lo mío —una especie de investigación sobre la eutrofización, como preparación para la feria de ciencias— y Blackmore estaba allí, y por algún motivo —quizás estábamos solos— nos pusimos a charlar.

—¿En qué estás trabajando, Obie? —le dije, y él respondió: —Oh, solo haciendo un poco de investigación.

—¿Tú también participas en la feria de ciencias?

Se rió. —Oh, no, nada de eso. Esto es más bien lo que hago por diversión.

—Bueno, qué bien. ¿Qué estás leyendo?

—Me gusta leer sobre cosas de la guerra. Adolf Hitler, ¿sabes? Cosas de nazis. ¿Sabías que quemaban gente en hornos? Los gaseaban y luego los quemaban.

—Eso no está bien, tío.

—No. —Obie se rió. —No, en absoluto.

Charlamos un rato y yo no paré de hablar de ciencia, sobre todo de astronomía. Dije que quería ser científico de algún tipo.

—¿Crees que serás químico?

—Oh, quizás, o tal vez zoólogo. Me gustan los animales. Pero ahora mismo me tiene completamente absorbido la astronomía.

—Creo que ser químico sería un buen trabajo. Podrías fabricar Zyklon B. ¿Has oído hablar de eso?

—No, creo que no.

—Es gas nervioso. Bueno para matar judíooos —dijo, como si estuviera contando un cuento de terror y los judíos fueran los que habitaban la casa encantada. La mano de aleta le revoloteó en el aire mientras pronunciaba la palabra.

—No sé, Obie. Eso es, ya sabes, un poco pasarse. ¿Pero tú? ¿Qué crees que serás cuando seas mayor?

—Eso ya lo sé.

—¿En serio? —Me sorprendió un poco que Obie tuviera planes de carrera tan definidos.

—Oh, desde luego. Ya lo tengo todo pensado. Voy a ser demonólogo.

—¿Qué es un demonólogo?

—Es una persona que estudia a los demonios.

—¿Eso existe? —dije.

—Mi padre dice que sí. Es predicador evangélico. Así que él lo sabe.

—No lo sabía.

—Sí, demonios. En la iglesia vemos muchos. Hacen que la gente se sacuda y se revuelque por el suelo. Y luego mi padre los expulsa.

—Eso, bueno, debe de dar bastante miedo.

—Oh, para nada. Es genial. Muy genial, de verdad. —Los ojos de Obie se iluminaron. —Mi padre los expulsa, ¿entiendes?

—¿Pero cómo se estudia eso? Me refiero, para aprenderlo.

—Bueno, hay libros.

—¿De verdad?

—Oh, sí. Claro que sí. Mira, echa un vistazo.

Y no te miento, me enseñó el libro que estaba leyendo de la biblioteca de la escuela, su «investigación», y era un libro de demonios. Tenía ilustraciones a color. Todos los demonios tenían nombre. Aquel libro en particular no era el único de su especie en los estantes. De hecho, me quedé tan asombrado que le pedí que me lo mostrara. Señaló una sección cerca de donde estábamos sentados. Parecía que, al menos en Florida, la «demonología» era algo real.

Así que Blackmore no necesariamente me estaba tomando el pelo, y su ambición de convertirse algún día en «demonólogo» puede que se hiciera realidad. Nunca lo supe.

Pero más tarde sospeché que sus aspiraciones profesionales habían cambiado, porque en noveno grado se había convertido en un punk. O al menos, en una especie de protopunk desaliñado. Le gustaba vestir de negro, y llevaba el pelo rapado o cortado toscamente en mohicano —no muy alto, pero la intención estaba clara. Su piel pálida como un fantasma combinaba con las camisetas y los pantalones negros, siempre sucios, y ahora hablaba sin parar de armas. Adolf Hitler, judíos y armas. Estaba en clase de ciencias y Dent Head estaba de espaldas, y él hacía ademanes como si fuera a dispararle con un rifle, o quizás una ametralladora, y se ponía a hacer onomatopeyas: «¡Bah, Bah, Bah, Bah, Bah!» o «¡judíooooos!»

Vitali no parecía compartir exactamente las obsesiones de su amigo; por lo que yo sabía, se vestía con normalidad, pero su actitud general era igual de amenazante. Y en algún momento me enteré de que andaban detrás de Cecilia y de mí. Ocurría así: a veces los chicos se reían sin razón aparente, y yo los veía hablar entre sí mientras me miraban, especialmente cuando estaba con Cecilia. No sabía de qué iba aquello. Entonces un día un chico me dejó una nota en el pupitre. Decía: «ROBBIE ♥ NIGGER» escrito con crayón tosco. Las letras estaban dibujadas torpemente, como las de un niño o un retrasado, en mayúsculas, negras, con ese pequeño corazón rojo intercalado. Miré y vi a Greg y a Obie riéndose.

Esto fue después de mi pelea con Henry en el páramo, y yo no era valiente, no tenía ganas de pelear, pero se me iba la cabeza de solo pensar que todo aquello iba por Cecilia, la estaban humillando. Consideré mis opciones. Sí, podría ir al despacho del director a quejarme y llorar como un bebé, pero aún no estaba listo para eso.

Como ya mencioné, algunos alumnos de último año estaban en mi clase de ciencias. Era porque no habían obtenido los créditos necesarios para graduarse; para eso tenían que aprobar la clase de Ciencias Generales de Dent Head. Todos los demás de la clase éramos de primer año, pero había algunos de último. Tres de ellos en concreto: Charlie, Tommy y Gerry. Charlie era de Nueva Jersey y su acento era muy marcado del norte, del lado de Nueva York, donde «mall» suena como «maul» y «Jersey» como «Joisy». Y Tommy era neoyorquino puro, quizás de Brooklyn o incluso del Bronx. De Gerry hablaré en un momento. Estos chicos se hicieron amigos míos porque yo parecía saber las respuestas y los dejaba copiar. No me importaba. Disfrutaba de la atención. Y como resultado pude oírlos hablar de coches, chicas y música.

—¿Te gustan algunos grupos, Robbie? —preguntaba Tommy.

—No. Pero me gustaría —dije.

—Bien. —Tommy se había dejado crecer el pelo negro y siempre llevaba puesta la camiseta de algún grupo de rock, la del concierto.

Charlie era muy parecido, pero de ascendencia italiana. Tenía la cara cubierta de acné y, a juzgar por su aspecto, era bastante grande y fuerte. —Tienes que conseguirte un coche, tío. Con equipo de música. Así te das el gusto.

—Sí —dijo Tommy. —Ruedas, seguro. Y entonces ya puedes tener el Zepelín.

—¿Qué es Zepelín? —dije.

—«¡Que qué es Zepelín, pregunta este!» —se rió Charlie.

—Led Zeppelin, Robbie. La mejor banda de rock del mundo. —Esto lo dijo Gerry, que casi nunca hablaba.

—Claro que sí —dijo Tommy.

Y Charlie asentía. —Oh, sí, nena. El Zep. Hay que tenerlo. —Y luego cantaba: «¡Tengo el jugo, el jugo bajando por mi pierna!»

—¡Exprime mis limones! —cantaba Tommy.

Y se reían.

—Tranquilos ahí atrás —decía Dent Head. —¡Tranquilos!

—Tienes que escucharlo, tío.

*

Estos chicos fueron buenos conmigo a su manera, y les tenía un auténtico cariño; eran tan tontos. No tenía ni idea de adónde irían a parar. Pero la camaradería, la aceptación, me sentaba de maravilla. No tenía hermanos mayores. Claro que sabía que, en cierto modo, se aprovechaban de mí. Pero no me molestaba lo más mínimo. Una de las mejores cosas era que Charlie solía contar historias de sus experiencias con chicas. «Una vez, Robbie, estábamos en el autocine, en mi coche, y esta chica me dejó jugar con sus tetas. Le estaba apretando el pezón, ¿sabes?, ¡y salió un chorrito de leche!»

—¿Te alcanzó en el ojo? —se rió Tommy.

—Oh, era una chica muy dulce —dijo Charlie. —¡Qué par de tetas! —Me miró entonces. —Entonces, Robbie, ¿te interesa alguna chica? —Y echó una mirada hacia Cecilia, asintiendo en su dirección. Al hacerlo, levantó las cejas. —¿Eh? ¿Eh?

Dudé y me puse colorado. —Sí, sí, supongo.

—No pasa nada, tío. Te he visto con esa chica negra tan mona. Deberías trabajártelo.

—Sí, me gusta —dije. —Es muy lista, ¿sabes?

Los chicos se miraron entre sí. —Oh, sí, sin duda.

—Lleva sujetador, tío —dijo Tommy. —Tiene tetas, sin duda. Oye, no te lo tomes a mal. Qué bien que te gusten las chicas negras, Robbie. Eres muy progresista, chaval. Me mola. Eres un chico listo. Hay un montón de chicas negras buenísimas en Nueva York, tío. Te encantaría.

—¡Ciudad del Chocolate! ¡Vamos todos a la Ciudad del Chocolate! —dijo Charlie.

—¡Marrrry Jaaaaane!

Y se reían y se reían. Yo no tenía ni idea de qué iba todo aquello, pero fue bueno que me apoyaran.

Así estaban las cosas cuando Vitali y Blackmore iniciaron su pequeña campaña de terror. No eran solo las notas. Podía aguantar eso, pero entonces Vitali y Blackmore escalaron y empezaron a merodear fuera del baño de chicas. Cuando Cecilia entraba, esperaban, y al salir le arrojaban una especie de polvo a la cabeza. Creo que era fibra de vidrio molida.

Me encontré con Cecilia llorando mientras caminaba hacia clase.

—Robbie, ¡me tiraron algo a la cabeza! ¡Lo tengo en los ojos!

La acompañé hasta la enfermería.

Ese día estaba muy desanimado. En ciencias no dije nada, no levanté la mano cuando Dent Head preguntó. Muchas de sus preguntas se quedaron sin respuesta y al final empezó a preguntarles a los chicos (lo cual notaron bastante rápido). Y entonces los chicos se dieron cuenta de que Cecilia también faltaba; la habían mandado a casa.

Charlie fue el primero en decir algo. —¿Qué pasa, amiguete?

Bajé la voz. —Es ese cabrón de Vitali. ¿Conoces a ese tipo de allí? Y luego ese Obie Blackmore.

—¿Te refieres a los idiotas que se cagan en el suelo del baño del Southside?

—Sí. Esos son.

—¿Qué han hecho ahora?

—Vitali le hizo algo a Cecilia. Le echó algo en la cabeza.

Tommy estaba escuchando. —¿El viejo truco de los polvos que pican?

—No sé, tío. No está bien. Tuvo que irse a casa.

—Eso es una putada —dijo Charlie.

—Sí, una putada. Esos tíos son unos cerdos.

Pero entonces me dejé llevar por mis instintos creativos. Empecé a imaginarme a los chicos dándoles una paliza a Vitali y Blackmore. —Y ¿sabes qué más, Tommy? Dicen que Led Zeppelin es una mierda. ¿Lo sabíais? No les gusta Zeppelin. Creo que ese chaval Blackmore es de los del punk.

—¿Punk? —dijo Tommy. —¿Qué coño?

—Dijeron que Led Zeppelin es una mierda —repetí.

—¿Quién dijo que Led Zeppelin es una mierda? —dijo Charlie.

—Ese tal Greg —dije, señalando. —Él y Obie. Dijeron que Led Zeppelin es una mierda. Odian a Zeppelin.

—Esos cabrones —dijo Charlie. —Bien. Ya están en mi lista negra. Oh sí, tío. Les va a venir algo encima.

Gerry se había sentado a escuchar y asentía con la cabeza. Sonó el timbre y yo me estaba levantando, pero Gerry me retuvo un momento y esperó a que los chicos y Dent Head salieran. Gerry los vio marcharse y luego habló en voz muy baja. —Robbie, ¿qué le pasó a Cecilia?

—Creo que tuvo que irse a casa. La llevé a la enfermería. Tenía esa porquería que le arrojaron en los ojos.

Gerry me miró con cierta intensidad. Se balanceaba levemente. Nunca fue de hablar mucho. —De acuerdo, gracias por decirme.

No tardó en correrse la voz entre los alumnos de último año de que Vitali era un problema. Estaba en CTE —Formación y Educación

Técnica—, que era su asignatura optativa, y un día estaban trabajando en un muro de ladrillos como parte de la formación. De algún
modo, un pesado bloque de hormigón cayó de un andamio a unos tres
metros de altura y le golpeó a Vitali en el hombro, rozándole la cabeza. Lo llevaron de urgencias al hospital con una fractura de omó-
plato. Dijeron que gritó como un bebé. A nadie le dio mucha pena.

Privado de su cómplice, Blackmore se descontroló aún más —si eso
era posible—, y su fascinación por las armas acabó atrayendo la atención y luego la preocupación. Tardó sorprendentemente mucho en
suceder, al menos desde mi punto de vista, porque yo sabía que Obie
estaba completamente loco. Un día la policía local se presentó en el
colegio. Hubo un altercado, y Blackmore fue arrastrado a rastras, pa-
taleando y gritando sobre Hitler, judíos y niggers. Al parecer le habían encontrado una pistola cargada; era solo una .22, casi una pistola
de juguete, pero aun así el director tuvo que actuar. No lo volví a ver.
Supongo que lo expulsaron.

Fue Gerry, dijeron, quien dejó caer aquel bloque de hormigón sobre
Greg Vitali ese día en CTE. «¡Fue un accidente!», le dijo al director en
aquel entonces. Le creyeron, y el asunto no tuvo más consecuencias,
salvo mi alivio cuando Greg Vitali dejó de aparecer por el Instituto de
Titusville. Dijeron que había optado por otro centro. Pero creo que
entendió que ya no era bienvenido.[1]

*

Pues bien, aquí es donde podemos volver a la noche en que Cecilia
vino a hacer astronomía en el patio. Eran sobre las cinco de la tarde,
pero Sam aún no había llegado del trabajo. Oí llamar a la puerta principal y corrí a abrir. Era Cecilia.

—Hola, Robbie —dijo ella.

---

[1] *Pero lo que descubrí muchos años después fue que Gerry era probablemente
Gerold Brown, hijo de una mujer que había vivido en Tallahassee. La historia, que
salió en los periódicos en su momento y atrajo mucha atención en las noticias, incluso en el extranjero, era la de una mujer negra, estudiante, violada por cuatro
hombres blancos. Se llamaba Billy Jean Brown; fue golpeada, violada y dada por
muerta. Pero sobrevivió, y los hombres implicados fueron acusados, aunque el ju-
rado, compuesto exclusivamente por blancos, no los declaró culpables. Billy Jean
huyó del panhandle y se fue al sur, donde más tarde se casó y tuvo una familia. Y
según mi investigación, Gerry, que siempre pasaba por blanco pero tenía la nariz
ancha y el cabello alisado, era probablemente su hijo. — DRS*

—Hola. —Estaba algo nervioso. Me pareció que Cecilia estaba guapísima. Claro que aunque hubiera llevado un saco de arpillera habría querido hacerle un cumplido. Y sin embargo no le dije nada agradable. De repente me sentí tímido. Todo lo que había imaginado durante tanto tiempo se había vuelto real de golpe. Esos momentos en la vida suelen ser desconcertantes. —Pasa. Mamá... —grité. —¡Cecilia está aquí!

—Sí, lo sé, Robbie —respondió ella. —Hola, Cecilia, perdona, estoy en la cocina.

—Hola, señora Harmon. Le traigo algo de parte de mi abuela.

—Oh, qué maravilla, tráelo, cariño.

Cecilia tenía un plato de algo y mi madre lanzó arrullos de satisfacción cuando lo puso en el mostrador. «La cena estará lista en unos diez minutos, ¿de acuerdo? Estamos esperando a Sam. Id vosotros dos a la terraza y sentaos junto a la piscina.»

—Bien, mamá —dije.

—¿Tenéis piscina? —preguntó Cecilia.

—Claro —dije. —Ven a ver. La piscina de hormigón enterrada era una adición bastante reciente al patio trasero, y Sam decía que había aumentado considerablemente el valor de la casa. Pero parecía funcionar principalmente como una trampa para ranas: siempre caía una abundancia de ranas en el agua clorada y, como no tenían escapatoria ni donde posarse, al final todas morían. Yo no sabía que las ranas morían en las piscinas, pero así era, y era mi trabajo sacarlas. Cuando fuimos al patio trasero, sin embargo, una rana se había metido en la piscina por casualidad y estaba chapoteando. Normalmente solo salían de noche. Aquella debía de ser un bicho raro.

Cecilia la vio. —¡Mira, Robbie! —señaló. —¡Hay una rana! ¡Es bastante grande!

—Se caen ahí dentro todo el tiempo. Mueren y tengo que sacarlas.

—Creo que podemos salvarla. A ver si la sacamos.

—Claro. De acuerdo. —Bajé el gancho de la piscina de la pared y le puse el accesorio de red en la vara larga en lugar del cepillo. Me puse a pescar en la piscina.

—¡Sigue, sigue, ya la tienes!

—Está dentro.

Cecilia me hizo señas para que le acercara la red, y entonces metió la mano y tomó la rana con cuidado. —Creo que está bien.

—Normalmente no duran mucho en la piscina —dije.

—¿Por qué crees que es?

—Bueno, probablemente se ahogan. Esa es mi teoría.

—Vale, ¿y por qué sería eso?

—Creo que se cansan, como cualquiera. De nadar. No hay ningún reborde en la piscina al que puedan subirse. Esa es mi teoría, ¡y me mantengo en ella!

Cecilia miró la piscina. —Muy buena teoría, diría yo. Mi teoría es que el cloro las blanquea. Sí. Parece que el diseño de la piscina podría mejorarse un poco. Ya sabes, para que sea más ecológica.

—Hmm... quizás podría hacerles algo que les sirviera de escalera.

—Mi imaginación empezó a arrancar y comencé a visualizar un mecanismo de escape para ranas. —Sabes, sería muy chulo que pudieran salir. Como una escalera para ranas o algo así.

—Sí. Sabes, Robbie, probablemente podrías hacer algo de eso para la feria de ciencias.

—¡Anda, tienes razón! Sería genial. —De repente me emocioné muchísimo. —Pero espera, ¿qué quieres hacer con nuestra amiguita?

—¿No podría quedarme con ella? —Sonrió con una dulzura tremenda. Aún sostenía la rana con una mano y ahora la acariciaba suavemente con la otra.

—Por mí bien.

Pero a mi madre no le entusiasmaba la idea de que Cecilia llevara una rana viva a la Gran Casa Roja y tuviera que dar explicaciones de que venía de nuestra casa. —Dudo que a tus abuelos les hiciera mucha gracia, Cecilia.

—Sí, supongo —dijo, mirando a su mascota momentánea. Nos miramos. Era un dilema. Pero mi madre ofreció la solución más razonable, aunque fuera la menos romántica. —Creo que probablemente tienes que dejarla ir —dijo. —Además, el padrastro de Robbie ya ha llegado, así que la cena es inminente. ¡Mejor id a lavaros!

—Vamos, Cecilia, te mostraré un buen sitio donde soltarla. —Salimos y la llevé hasta el límite de la valla. Allí había más humedad. Cecilia dejó la rana con cuidado en el barro, junto a un viejo pomelo en decadencia. La observamos un rato.

—No estés triste, Cecilia. La has salvado de un destino peor que la muerte; habría acabado hundiéndose hasta el fondo y luego la habrían sacado y tirado a la basura. Así tiene una nueva oportunidad de vida.

—Tienes razón, Robbie. ¿Qué es ese agujero debajo de la valla? — Cecilia señalaba el agujero que Kwai-Chang había cavado una vez para escapar. Hacía mucho tiempo de eso. El agujero, de algún modo, parecía muy pequeño ahora.

—Ah, ahí fue donde murió mi perro. Le mordió una mocasín de agua o una cabeza de cobre. Se arrastró hasta allí. Lo encontré ahí.

—Lo siento, Robbie. Es un poco triste.

—Sí, el viejo Kwai-Chang. Era un buen perro.

—¿Kwai-Chang? ¿Como en *Kung Fu*?

Me reí. —Sí. Probablemente es mi programa favorito, después de *Star Trek*.

—Vaya, a mí también me gustan esos programas. Mi abuelo me deja ver *Kung Fu* a veces. No siempre.

—Sí. —Sentía cierta nostalgia por mi perro y no estaba prestando mucha atención a Cecilia.

—Robbie, necesito hablar contigo de algo...

Pero justo entonces mi madre llamó. —Venga, vosotros dos. Id a lavaros.

Así que entramos.

La cena fue muy parecida a la cena del domingo, que era el único día de la semana en que hacíamos algo especial en la cocina: mi madre había asado un pollo. Nos sentamos alrededor de la mesa, toda la familia. Sam se sentó a la cabecera de la mesa rectangular de roble y presidió la comida como un rey en un pequeño reino. Su vaso verde estaba junto al plato. Mi madre se tomó la molestia de poner mantel, y el lino color crema pálido estaba liso, así que supe que estaba planchado. Por otro lado, no había sacado la cubertería de plata que reservaba para ocasiones como la Nochebuena y la Pascua. Mi madre se sentó en el otro extremo de la mesa con Sam Jr. a su izquierda, luego Jackie, que sonreía con su vestidito, y a la derecha de mi madre estaba Cecilia, luego yo, y finalmente Sam al otro extremo.

—Hagamos una breve oración —dijo Sam, y entonces comenzó nuestra oración habitual de las ocasiones especiales, que entonamos:

«Ven, Señor Jesús, sé Tú nuestro huésped y bendice estos dones que Tú nos has dado.»

Mi madre cerró los ojos durante la oración, pero nadie más lo hizo.

—Muy bien —dijo Sam. —¿Quién tiene hambre? Pásame ese pollo, por aquí, ¿quieres, Robbie? Sí, atiende primero a nuestra invitada.

—Oh, señor Harmon, yo no como carne. Muchas gracias. Tomaré un poco de esos guisantes, por favor, y el puré de patata.

—¿No comes pollo? —dijo Sam. —Hmm. Qué raro.

—Quizás es que no le gusta el sabor —dijo mi madre.

—No, señora, no suelo comer carne. No es bueno para el planeta.

Sam hizo un gesto despectivo. —Bueno, allá tú. ¿Puedes pasarme los panecillos, Jacqueline?

—Sí, papá.

Mi madre intentaba pensar en qué decir, y se le ocurrió lo más obvio: la astronomía. —Entonces, Cecilia, tengo entendido que te gusta la contemplación de estrellas.

—Sí, señora. Pero sobre todo porque me interesan las matemáticas. Quizás Robbie y yo podamos aprender sobre los movimientos de los planetas.

—Esta noche deberíamos poder ver Venus y Júpiter —dije con entusiasmo.

Sam soltó una risita. —Me parece poco probable que tu gente tenga la capacidad intelectual de comprender el movimiento planetario. Tuve que explicarle a Robbie la rotación de la luna y ni siquiera él lo entendió. Le costó una eternidad.

Este comentario no me sentó nada bien desde donde yo estaba. Pero no dije nada. Mi madre intentó cambiar de tema y, por algún motivo, mencionó a mi padre. Mi padre de verdad.

—Cecilia, el padre de Robbie vive en California y se ha ofrecido a pagar su educación privada. ¿No es increíble?

—¿Un colegio católico?

—No —dijo mi madre. —Creo que Kickshaw es más bien una escuela preparatoria, ¿verdad, Robbie? Para entonces ya tenía los folletos y demás materiales que habían enviado. También habíamos completado parte de la documentación de la solicitud. Hasta había una lista de lecturas para el verano.

—Es una escuela preparatoria —dije. —Pero aún no he decidido si ir. Está muy lejos, ya sabes.

Pero Cecilia sonrió. —Creo que deberías hacerlo, Robbie.

—¿Tú también lo crees? —dijo mi madre. —Llevo tiempo animándole a que lo haga.

—Te ayudará a entrar en la universidad, Robbie. Quizás en una buena para ciencias, como Caltech.

Mi madre se sintió satisfecha de tener una aliada. —¿Tú también piensas ir a la universidad, Cecilia?

Sam, dando un trago a su cubo de vodka, resopló. —No es tan fácil entrar en la universidad —dijo. —Yo nunca fui. Pero las mujeres tampoco van a ser bienvenidas en las ciencias, sobre todo. Lo siento, cariño, pero es así. Es un mundo de hombres.

Cecilia no respondió a la pregunta de mi madre, pero creo que mi madre era consciente de la delicadeza de este tema para mí. Se apresuró a pasar por alto el *non sequitur* de Sam.

—¿Y qué pasó con la rana? —preguntó. —Sam, han atrapado una rana que estaba en la piscina.

—Sí —le dije a mi madre. —Cecilia la dejó ir. Estamos pensando que sería un proyecto chulo para la feria de ciencias construir una especie de balsa salvavidas o una escalera, una escalera para ranas, para que las que caen en la piscina puedan escapar.

—¡Qué ridiculez! —dijo Sam. Parecía haber hecho buenos progresos con su cubo. Pensé qué bien estaría que se ahogara en él.

—¿Ah, sí? —dijo mi madre. —¿Y por qué es eso?

—A nadie le importan las ranas que caen en las piscinas —dijo. —Robbie quedaría en ridículo en la feria de ciencias.

Cecilia dejó entonces el tenedor de golpe. —Señora Harmon, ¿podría usar el baño?

—Sí, cariño, está justo por ese pasillo.

—Gracias, con permiso.

Una vez que se fue, estuve a punto de decirle algo grosero a Sam, pero mi madre me lanzó una mirada. Básicamente me decía por telepatía: *tranquilo, la cena pronto terminará*. Pero me costó muchísimo no estallar. En vez de eso dije: —Ya he terminado, mamá, ¿puedo levantarme?

—Claro, Robbie. ¿Por qué no sales a montar el telescopio? Avisaré a Cecilia cuando vuelva de que estás fuera.

Saqué el telescopio al patio trasero y empecé a prepararlo todo. Para empezar, le puse un ocular de campo amplio. Pensaba que íbamos a observar la luna. Oí abrirse la puerta mosquitera y pensé que era Cecilia; tenía la espalda vuelta hacia la puerta y dije: —Perdona por lo de antes, mi padrastro es un...

Pero no era Cecilia, era Sam Jr. —¡Mamá dijo que yo también puedo mirar! —dijo.

—¡Ni hablar, pequeña rata! —y le di un puñetazo en el brazo.

—¡Ay! —chilló.

—Deja de armar tanto alboroto. —Realmente no estaba de humor para el pequeño Sam *Fils*. Tenía exactamente la misma forma que su padre; no veía nada de mi madre en él. —¡Ve a jugar en el columpio!

Estaba llorando un poco, gimoteando. Por suerte Cecilia salió justo en ese momento y él paró. La miró fijamente un momento y luego se fue a los columpios. Pero estaba oscureciendo y no tenía ganas de columpiarse. Volvió y se sentó cerca en el suelo a espantar mosquitos de vez en cuando. Me olvidé de él al instante.

—Cecilia —la llamé. —Ven a ver.

Sus ojos se iluminaron en cuanto vio el telescopio. —Vaya, es un reflector.

—Espejo de ocho pulgadas.

—Es bastante grande.

Estaba de pie a mi lado ahora, bastante cerca, y sentí su presencia humana como la sienten dos animales cuando están en proximidad: mediante alguna interacción feromonal. Ya estaba bastante oscuro en el patio y tenía la luz del porche trasero apagada.

—Yo quería un Schmidt-Cassegrain, pero Sam insistió en el diseño newtoniano. Aun así es bastante bueno. ¡Mira esto! —Apunté el telescopio a la luna, que estaba baja en el cielo como una fina luna menguante, como una boca sonriente tumbada de lado. —Aquí, Cecilia. —Quería acercarme y tocarla, y me daba vergüenza hacerlo, pero ella se acercó directamente y me rozó suavemente. Su cara estaba cerca de la mía y se quitó las gafas para poder ver. —Tengo que reenfocar, Robbie; sin mis gafas estoy ciega como un murciélago.

—Claro —dije. —Gira esto aquí.

—¡Oh, es increíble! —dijo. —Vaya.

—¡Ya ves, esto sí que es algo!

—Qué suerte tienes de tener un instrumento tan bueno.

—Tuve que ahorrar mucho tiempo. Ya sabes lo del reparto de periódicos.

—Sí, qué bien que tengas trabajo a esta edad.

La cena de terror había empezado a desvanecerse de mi mente, y el pequeño Sam *Fils* había entrado a regañadientes, probablemente con miedo a la oscuridad. La noche había caído de repente y las estrellas brillaban con intensidad en el cielo de Florida. Cecilia y yo estábamos ahora solos, y creo que ambos nos dimos cuenta de ello.

—Robbie, necesito decirte algo.

—¿Oh? —Sonreí, imaginando cómo iba a aceptar ser mi novia. En mi mente, eso era lo que se había negociado cuando mi madre entró en la Gran Casa Roja: Cecilia sería mía. No sabía, claro está, lo que ser novios implicaba en realidad; mi comprensión del amor y las relaciones procedía enteramente de las concepciones limitadas y completamente censuradas que presentaba la televisión en abierto, en programas como *El crucero del amor* y *Amor al estilo americano*, que se emitían en reposición en la única emisora UHF, el canal 47.

—Robbie, ¿conoces a Jeffery Felton?

—Creo que sí —dije. Jeffery era un chico negro. En realidad nos habíamos conocido en la clase de educación física de séptimo, cuando jugábamos al balón prisionero y me dio fuerte con el balón y me caí, y luego me preguntó si estaba bien. Le dije que sí, que estaba bien. Pero desde entonces lo conocía. Me parecía que tenía una complexión agradable y bien desarrollada, como un *Conan* negro. Las pestañas se le rizaban de forma natural, lo noté. Jeffery no parecía interesarse por la ciencia, así que no me resultaba muy interesante excepto como otro ejemplo de cómo todos los negros parecían ser físicamente superiores a mí. (No era un caso extremo, como Shaka, pero era impresionante). En el autobús, Jeffery subía hacia el final, en una parte bastante cutre de la ciudad. Sí, muchos chicos la llamaban Niggertown, aunque yo no. Pero cuando los dos llegamos a noveno, le perdí el rastro por completo. No compartíamos ninguna clase y a él le apasionaban los deportes. Yo era todo lo contrario. Me parecía que los deportes eran una estupidez. Así que simplemente no teníamos mucho en común. Posiblemente también influyó la creciente conciencia de que éramos diferentes. Ya estábamos en el instituto y todos estábamos clasificando las cosas.

—Robbie, Jeffery es mi novio. Ahora tengo novio.

—¿Sí? —No había estado prestándole mucha atención; en mi mente seguía teniendo lugar una conversación completamente distinta, una que, en sentido figurado pero quizás también literal, estaba en las estrellas. Pero ahora me vi, en cierto modo, de vuelta al suelo. —¿Te refieres a ti y a Jeffery?

—Sí.

—Pero. No lo entiendo.

—Jeffery es muy simpático. Hace mucho deporte. Está hablando de jugar al fútbol americano.

—Sí. Pero cómo es eso... ¿Cómo puede ser eso lo que quieres?

Entonces se rió. —Bueno, así son las chicas. No te pongas mal; podemos ser amigos. Siempre seremos amigos.

Me entraron ganas de sentarme, pero por desgracia no había puesto sillas, así que tuve que apoyarme en el tubo del telescopio para sostenerme, lo que hizo que se desviara bruscamente de su eje. —Oh, mierda —dije.

—Sigamos mirando —dijo ella. —¿O ya no quieres?

—No, quiero. Quiero.

Desafortunadamente en ese momento Sam *Fils* emergió por la puerta mosquitera. —¡Mamá dice que yo también puedo mirar!

—¡Pedazo de escoria! —grité. Le pegué, quizás un poco más fuerte de lo que debería, y salió corriendo llorando. De repente percibí que mi vida se estaba desmoronando. Fue como una ducha fría.

En pocos minutos Sam *Père* apareció en la puerta mosquitera. —Robbie, ¿puedo hablar contigo un momento?

Entré.

—Creo que deberías dar por terminada la noche con Cecilia. No puedes ir por ahí pegándole a tu hermano pequeño.

—¡Él no pinta nada ahí fuera! ¡Somos los mayores!

—No. No lo voy a repetir.

Estaba bastante encendido, os lo aseguro. —¡Borracho de mierda! ¡No eres mi padre! ¡No tienes ningún derecho a darme órdenes!

La reacción de Sam fue bastante rápida. Me pegó de lleno en la barbilla con el puño. De repente me encontré en el suelo. El dolor no era muy intenso, pero sentí la mandíbula de repente pesada. Fue más bien la sorpresa de recibir el puñetazo lo que me sobresaltó y me dejó en estado de shock. Sam me había pegado; eso no había pasado nunca antes. Rompí a llorar. Se marchó, dejándome en el suelo del pasillo con la espalda contra la pared, sujetándome la barbilla.

Mientras tanto, mi madre, al ver que las cosas se habían descontrolado y que era momento de estar en familia, aparentemente había llevado a Cecilia hasta la puerta. Oí sus voces apagadas. Después de unos minutos me levanté lentamente del suelo del pasillo y salí; pero ella ya no estaba. —¿Dónde está Cecilia?

Mi madre no respondió de inmediato. —Entra, Robbie —dijo.

—No, no quiero.

Me estaba frotando la barbilla. —Sam me ha pegado.

—Lo sé, Robbie. Pero tú le faltaste el respeto.

—¿Dónde está Cecilia?

—La he mandado a casa, Robbie.

—¡Pero se suponía que yo iba a acompañarla a casa! ¡Ese era el trato!

—Entra.

Estaba fuera de mí en ese momento, porque en mi mente todo había sido planeado y ensayado con tanto cuidado: Cecilia y yo haríamos astronomía en el patio trasero y nos maravillaríamos con el cielo nocturno y mi increíble telescopio reflector de ocho pulgadas; le mostraría cosas asombrosas; y luego la acompañaría a casa, y cuando llegáramos a la Gran Casa Roja, le pediría que fuera mi novia, formalmente, por así decirlo, y entonces nos besaríamos. Luego le daría el regalo que había preparado, la regla de cálculo. La tenía cuidadosamente envuelta en papel con una cinta atada en lazo. Todo estaba tan claro en mi cabeza, y me había convencido tanto de lo que iba a pasar, que era casi como si ya hubiera pasado. Era pasado. Pero ahora todo aquello se había esfumado. Fue entonces cuando me di cuenta de que mi madre había mandado a Cecilia a casa sola. No solo sin mí.

—Así que has mandado a Cecilia a casa. Sola. ¿Es eso?

—Sí, Robbie. Son solo unas pocas manzanas.

—Pero tú insististe mucho en que yo tenía que acompañarla. ¿No es así?

—Bueno, dije que lo harías. Pero no dije que tuvieras que hacerlo.

—Eso es una mentira cochina. Dijiste claramente que iba a acompañarla a casa.

—Robbie, no me hables en ese tono.

—Ya veo cómo está el asunto. Es solo un nigger, ¿verdad? ¡No te importa lo más mínimo! ¡Su seguridad no te importa nada!

—Robbie, ¿qué te ha pasado? ¡No quiero escuchar esa palabra salir de tu boca!

—Oh, no intentes engañarme. Sé todo sobre Sam y lo que dice cuando está borracho. Un racista intolerante de granja de Iowa. — Estaba perdiendo el control por completo; ya no había quien lo parara.

—¡Robbie, tienes que ir a tu habitación ahora mismo!

—No. Estoy hasta las narices de este sitio. Tú, Sam, esos cerdos asquerosos que trajiste al mundo de ese cerdo, se acabó con todos vosotros. Cerdos borrachos y repugnantes.

Mi madre había dejado de hablar. Creo que se dio cuenta de que yo estaba fuera de control y que todo lo que podía venir era más daño, pero le faltaba la pieza decisiva: el hecho de que Cecilia no iba a ser mi novia. De haberlo sabido, quizás las cosas habrían tomado otro rumbo. Pero no lo supo hasta que fue demasiado tarde. —Robbie, creo que tenemos que mandarte con tu padre.

—Eso es lo que yo también quiero —dije. —Estoy harto de vosotros. De todos vosotros. ¡Que se joda este sitio! ¡Que se joda!

Ella sacudió la cabeza y se dio la vuelta en la oscuridad. —Llamo a tu padre mañana.

*

Tres semanas después, me había graduado de noveno. El viejo Dent Head había escrito una recomendación entusiasta para Kickshaw, y descubrí que mis notas eran bastante buenas. Ya había enviado la solicitud. Pero ya era verano, y tenía muchísimas ganas de salir de Florida. ¡Un verano en California! Con mi padre, mi propio padre, el de verdad, no ese cerdo de cuello gordo que estaba con mi madre olfateando el aire en la terminal mientras ella se encogía y apretaba las manos.

Mi madre miraba a su alrededor, a cualquier lado menos a mí, y tenía los ojos rojos. Probablemente había llorado esa mañana, pero no me importaba. Las últimas semanas habían sido muy tranquilas, porque todos sabíamos que las cosas estaban cambiando. No tenía sentido gastar energía.

Pero Sam Jr. hizo lo de siempre: le puso al corriente a mi madre de mis asuntos, repitiendo parte de lo que había pasado aquella noche. Así que ahora ella sabía la verdad, entendía por qué estaba tan enfadado. Ese conocimiento lo cambió todo para ella, pero nada para mí.

—Robbie, ¿podemos hablar? —Estábamos en la cocina, en la misma habitación y básicamente en las mismas posiciones que cuando mi padre me había llamado unos meses antes.

—No quiero, mamá.

—Pero Sam Jr. me contó algo de lo que pasó. Cecilia.

Odiaba la idea de que supiera algo de lo que había pasado, así que que me lo dijera solo me enfureció aún más. —¡Es cosa mía! Ya es demasiado tarde, mamá. Ayer me despedí de Cecilia. —No le conté que casi llorando le había dado a la chica de las gafas de culo de botella la regla de cálculo de Sam. Era el último día de clase y me senté con ella en el autobús como siempre. Pero era diferente.

La regla de cálculo me pesaba en la mano.

—Esto es para ti, Cecilia.

—Pero Robbie, no sé.

—Por favor. Acéptalo. Es lo que quiero.

—Es muy bonito. Es genial. Me alegra que vayas a California. Quizás algún día yo también me vaya de Florida.

—Sí —dije. —Algún día. Es la pura verdad que nunca volví a ver a Cecilia. Ni siquiera tengo una fotografía, y con los años su rostro se ha desvanecido de mi mente como en esa canción *Katie's Been Gone*, de *The Band*. Probablemente haya un anuario por ahí en algún sitio, pero no creo que me muestre lo que quiero ver.

Mi madre siguió intentando sus propias maniobras durante un tiempo. —Pensé que podrías quedarte para el verano. No quiero que te vayas. Robbie, escucha. Puedes irte unas semanas antes de que empiecen las clases. ¿Qué te parece?

—Eso no es lo que dijiste antes. ¿Lo recuerdas? Las palabras importan, mamá. Me dijiste que me fuera, dijiste que era lo mejor. —En realidad me estaba portando como un imbécil, pero resultó que esa era mi especialidad.

—Robbie, escucha. Eres mi hijo primogénito.

—¿Y qué?

—Te quiero más. Te quiero más que a los otros hijos.

Esto me dolió, lo cual estoy seguro fue el efecto contrario al buscado, porque yo estaba convencido de que los padres querían a todos sus hijos por igual. Descubrir que esa idea era una ilusión no era la lección que quería en ese momento; fue como si la luna hubiera dejado de girar como yo creía que debía. —Eso es una locura —dije. —Algo no te funciona bien. Deberías querer a todos los hijos igual.

—No, Robbie. Las cosas no funcionan así. Todavía no entiendes el amor. Me cuesta muchísimo que te vayas, y sobre todo de esta manera, con las cosas como están. Soy tu madre. Pase lo que pase, siempre seré tu madre. Por favor, quédate. Para el verano. Las cosas mejorarán.

—No. Quiero estar con papá. ¡Tengo muchísimas ganas de salir de aquí!

Y entonces a Sam se le ocurrió la brillante idea de que fuéramos todos juntos al aeropuerto en familia a despedirme. Claro, eso solo clavó la estaca más adentro, y no tuve oportunidad de hablar a solas ni ningún tipo de reconciliación de última hora con mi madre. Sin indulto. Empecé a darme cuenta de que todo era real; de que tenía que hacerlo de verdad e irme. Pero al final insistí en que me dejaran solo en la puerta de embarque. —¡No os quiero aquí! ¡Idos! ¡Os odio!

—Pero Robbie, por favor —dijo mi madre. Sí, podía ver que estaba llorando. La gente miraba, lo que la habría avergonzado. Pero lloró abiertamente.

—No —dije. —Se acabó. Esto es todo. —Ni siquiera miré a Sam, ni a Sam Junior, ni a la pequeña Jackie. Ella también lloraba. No me despedí de ninguno de ellos.

—No pienso volver jamás a Florida, mamá. Se acabó. No me volverás a ver —y le di la espalda.

Era bastante melodramático, está claro. Pero haría la caída de culo a larga distancia y a la larga me tragaría la medicina.

PARTE DOS — «California Reaming»

Fue un chico de Lorenzo
muy grosero que alardeó
de su hermana, el embustero:
«¡En cueros al establo, muda como el diablo!»
¡La vaca lo halló demasiado ligero!

Los potentes motores del jet rugieron, empujándome hacia atrás en mi asiento erguido como cuatro patas invisibles. Esa extraña sensación de despegar del suelo me recorrió las entrañas. California, yo lo sabía, estaba a seis horas de distancia, unida por un guion a una escala de media hora en Houston. Nunca había volado solo, así que no sabía cuál de las muchas emociones que sentía debía permitirme sentir. Desde luego, no debía llorar, pero ahí estaban, preparadas. Me sentía como un preso fugado.

Una joven azafata, con una placa de nombre Shelly, me tenía vigilado con un ojo. Su uniforme se arrugaba en lugares interesantes. Me sentía tímido con ella y lleno de fantasía, como un pusilánime Walter Mitty adolescente obsesionado con el «fan fiction», que era en gran medida quien era entonces, y miraba por la ventana el triste azul y el blanco nacarado e iridiscente de las nubes cuando no estaba observando la falda azul a la altura de mis ojos de Shelly y sus medias tensas que descendían hasta unos diminutos zapatos negros. Si se inclinaba había más que ver; nada escandaloso, como un parche cosido en el trasero que dijera «Muérdeme», sino simplemente su piel natural, sus muslos lisos y la parte plana detrás de una rodilla cubierta de nailon. Reflexioné sobre esto, porque las medias eran algo que no entendía; ¿parecía que llegaban hasta arriba del todo? Pero entonces, ¿qué sentido tenía eso? Seguramente deberían acabar en el muslo, como un calcetín.

Había una mancha en su falda, solo una pequeña mancha; pero le di vida inventándome una historia sobre ella. Cómo llegó ahí, qué significaba. Quizás el piloto la había invitado a la cabina y había derramado su—pero no. Sin duda ese uniforme había sido confeccionado, pensé, mediante un riguroso proceso de diseño industrial para lucir y realzar lo que contenía: un saco de agua en su mayor parte, en una era mojigata fascinada por el sexo en los aviones, por los alienígenas de *Star Wars* y las fembots temerarias y sin rostro.

Almohadillas azul intenso para el trasero. Aquellos cojines utilitarios, curiosamente planos, eran como los de la atracción de Disney *Spaceship to Mars* y hacían que el vuelo pareciera sospechosamente una simulación. Me aferré al reposabrazos sobre Arizona y me abrí paso con esfuerzo por *El Hombre Bicentenario* de Isaac Asimov para distraerme de la turbulencia repentina. El Salvaje Viaje del Señor Sapo.

Estaba convencido de que un hombre natural habría comprendido y reaccionado ante esa magia profunda de la tecnología aérea con un deseo incontrolable de bailar, todo espasmódico y lleno de miedo tembloroso, o bien de aullar de alegría y asombro como una banshee. Pero yo, el hombre antinatural, el bastardo de Titusville, el renegado blanco de Hickory Hills, el hijo altivo destinado al paraíso de la escuela preparatoria mientras mis patéticos compañeros se pudrían en el calor y la sofocante humedad del infierno que es Florida, yo iba a reunirme con Kickshaw el Grande.

Me quedé sentado, levemente mareado, y momento a momento viví una fantasía espantosa: el miedo, el horror, del vómito, del vómito acre en mi garganta, ahogándome, el vómito brotando convulsivamente y salpicando por todas partes, el vómito eyaculando en la bolsita de papel en arcada tras ardiente arcada mientras mi mente explotaba sobre territorio enemigo.

Esa bolsa. No dejaba de mirar obsesivamente su borde blanco que sobresalía desvergonzadamente del bolsillo del asiento. No la toqué; no estaba seguro de si me estaba permitido sacarla hasta el momento crítico, así que allí se quedó y yo no podía hacer más que mirarla. Pero su sola existencia hablaba del horror del mareo en avión y me recordaba interminables historias televisivas, horas de angustia en pleno vuelo reproducidas una y otra vez. En aquellos tiempos se fumaba en los aviones, y el tenue y efímero rastro de tabaco estaba siempre presente. Me daban ganas de vomitar.

Pero la sonrisa de una mujer que embarcó en Houston y ahora estaba sentada a mi lado, una mujer con un trasero más ancho que mis hombros, a quien imaginé como una grácil princesa vaca de las tierras bajas de Texas, me tranquilizó. Parecía tan segura de que aquello del avión era posible; con su calma me ordenaba confiar en la máquina, en la Ingeniería como sistema de creencias. ¡Y al menos ya había salido de Florida! Ese era mi pensamiento dominante ahora, después del melodrama de mi partida y unas horas de ruido blanco y sorbos de Coca-Cola. Olía a abuela.

—¿Así que vas a California? —preguntó.

—Sí, voy a ver a mi padre.

—¿Solo?

—Claro.

—¡Qué maravilla! Yo voy a ver a mi hijo. Vive en West Valley. ¿Has oído hablar de ese sitio?

—No, señora.

—¿A qué se dedica tu padre?

—Oh, es actor. Al menos parte del tiempo.

—¿De verdad? ¡Es increíble!

—Sí. —Me fui entusiasmando con el tema. —Vive en Hollywood. Ha tenido algunos papeles menores en *Star Trek* y otros programas. Ya sabes, series de episodios sueltos. En uno de los episodios recientes, un extraterrestre lo frió.

—¡Es increíble! —dijo de nuevo. No pensé que estuviera familiarizada con *Star Trek* y probablemente, quizás afortunadamente, no lo estaba. Así que seguí mintiendo.

—Sí —dije. —Mi padre es fenomenal. Gana tanto dinero que puede permitirse enviarme a una escuela preparatoria. Tiene un Mercedes-Benz y un bungaló en Hollywood.

Después de eso la mujer vaca dejó de hablar; quizás el dinero no era un tema de conversación aceptable en su brutal subcultura ganadera.

*

A medida que nos acercábamos, minuto a minuto mi miedo y mi ansiedad se fueron. La bolsita blanca para el vómito se convirtió de repente en lo que era en realidad: una bolsita de papel encerado, inofensiva. Me sentí tan bien pensando que podría encontrar algo de normalidad en California con mi padre. Ese era mi pensamiento dominante. En realidad no sabía mucho y solo esperaba que todo saliera bien. Pero no se lo dije a la señora Vaca de Texas.

Shelly, la azafata, aseguró la cabina para el aterrizaje tras un lacónico mensaje del piloto, cuyas palabras entrecortadas eran en su mayor parte indescifrables para mis oídos entre la estática. La gloriosa Tierra nos recibió amorosamente con una sacudida, la gigantesca bala mágica rebotando descontrolada y lanzándose en su abrazo. Pero entonces todo terminó, de repente, y habíamos aterrizado. De vuelta a la tierra fecunda y jubilosa. Tierra, madre tierra. Me levanté de un salto sin despedirme de nadie.

*

—¡Robbie! ¡Por aquí!

Mi padre me hizo señas, esperando en la puerta, lleno de sonrisas, y me dio un abrazo. Era como un gran oso pardo, Smokey el Oso; sus brazos me envolvieron con una ternura inmensa. Richard, a quien le gustaba que lo llamaran «Dick» con todas sus connotaciones bien intactas, de repente me resultaba muy familiar. Probablemente había bloqueado su cara de mi mente o la amnesia infantil la había borrado; pero el rostro que vi coincidía con mis expectativas y sentí un gran alivio, incluso un estallido de afecto, hacia él.

Allí estaba, en carne y hueso, mi padre, mi propio padre por fin, no el cabezudo Sam del escuadrón de dedos gruesos, sino alto y bien formado, incluso guapo. Mi papá. A sus 38 años era como un pino de la isla Norfolk que ha crecido resistiendo los vientos de la costa y ahora posee una fuerza descomunal, un tronco imposible de talar. Su aroma, una mezcla de loción para después del afeitado Old Spice y sudor, me resultó de una familiaridad inquietante. Evocaba tiempos de los que no tenía ningún recuerdo consciente, pero había una realidad oculta, un pasado oculto, que venía con este hombre.

—Robbie, este es mi amigo Lawrence —dijo.

—Llámame Larry —dijo el hombrecillo delgado, y extendió la mano. Realmente no me había fijado en él hasta ese momento, pero estaba claramente *con* mi padre. Era sonriente y amable, un poco más joven que mi padre, incluso por una generación, pero considerablemente mayor que yo, con rasgos suaves —mi padre lucía un bigote espectacular, muy a la moda de los años setenta—, pero Larry estaba bien afeitado en ese momento, con el pelo oscuro y una cara de rasgos semiasiáticos. Sonrió como un pirata.

—Hola, Larry —dije. —Me encanta el diente. —Nos dimos la mano, un apretón de manos de verdad, como entre dos hombres.

—Qué bien —dijo mi padre. —¡Vaya! Se me olvidó traer la Nikon.

—Tienes razón, Dick. ¡Cómo pudimos olvidarlo! Bueno, pronto sacamos una foto. Yo me encargo.

—Muchos detalles así se los dejo a Larry, hijo. Es un experto en información y una fuente inagotable de datos. Y tiene un sentido del estilo como nunca has visto.

—Oh, escúchale halagar. —Pero Larry sonreía con los ojos. Cuando lo hacía se le veía asomar el diente de oro, y su cara tenía un giro particular, de modo que un lado era distinto del otro. El «otro» lado lucía un pendiente de oro, como Simbad el Marinero, mientras que el lado cercano, el de sotavento, donde soplaba el viento, era más abierto y «normal». Una combinación intrigante de partes, aquella cara. Larry no era fácil de olvidar. Al caminar, la suavidad de su andar era tal que parecía deslizarse. Este efecto era tan notorio que a veces hacía que los observadores lo confundieran con una celebridad. Su tendencia a vestir impecablemente, en una época de descuido y pereza, aumentaba en el observador esa ansiedad ante el inminente contacto con la fama. «Seguro que conozco a este tipo de alguna parte» era una intuición común. Pero conmigo siempre era tranquilo y gentil. Casi maternal, aunque sé que eso suena a tópico. También era muy detallista; y creo que de inmediato decidió que yo necesitaba más ropa.

Mi padre miró su reloj. Noté que parecía ser muy bonito; la esfera parecía estar incrustada de pequeñas joyas; fue mucho más tarde, cuando él estaba fuera y yo me preguntaba sobre él, haciendo tictac en su cómoda cuando la casa estaba en silencio, que me di cuenta: la condenada era un Rolex.

Parecía ansioso por ponerse en marcha. —Recojamos tu equipaje y luego a lo mejor podemos buscar un sitio para hablar. Hay algunas cosas que necesito decirte, amiguete.

—Claro, papá.

—¿Lo oyes, Larry? Papá. Soy papá.

—Pues claro que sí, Dick. El astuto Dick se ha reproducido. Y ahora ya vemos los beneficios. Pareces ser un excelente vástago, Robert. ¿Puedo llamarte Robbie?

—Por supuesto —dije.

Bajamos a la cinta de equipaje y recogí mis dos bolsas —contenían básicamente todo lo que tenía, una de ellas llena de libros—, y luego encontramos un sitio para sentarnos.

—Hijo, hay algunas cosas de las que deberíamos hablar.

—Claro, papá.

—Bueno, no sé si se me da muy bien explicarlo. Pero Larry y yo estamos juntos, ¿sabes? Larry vive conmigo.

Me encogí de hombros. —¿Ah, sí? Bueno, eso está bien.

Mi padre pareció un poco confundido por esta respuesta. El fáser aparentemente estaba configurado en modo de aturdimiento leve. Miró a Larry, quien sonrió y dijo: —Lo que tu padre intenta decirte, Robbie, es que tu padre y yo somos gais. ¿Sabes lo que eso significa?

—No al cien por cien —dije con sinceridad. —¿Mamá lo sabe? — pregunté, mirando a mi padre.

Pareció algo nervioso. —Pues... bueno...

Larry se cruzó de brazos y le hizo una mueca a mi padre; ese gesto, curiosamente, me hizo conectar mejor con él; Larry claramente estaba pensando exactamente lo mismo que yo. —La honestidad siempre es la mejor política, Dick —dijo. —¿O debería llamarte Dick el Tramposo?

Mi padre parecía algo deprimido. —Sí, ya lo sé.

—Anímate, papá —le dije. —No te voy a delatar. —No le había contado nada sobre mi salida de Florida, y la verdad es que no tenía intención de compartir los detalles con él. No si podía evitarlo. Ya me sentía bastante mal por todo aquello. Me limité a explicarle que mi madre había aceptado que pasara todo el verano allí. —Estoy muy contento, papá. Todo va de maravilla.

*

La verdad es que me había asustado un poco lo que mi padre y Larry habían dicho. «Dios mío. Mi padre es maricón.» Esa fue mi primera reacción instantánea. Pero intentaba mantener la calma. No podía ponerle nombre a lo que sentía; en aquellos tiempos no teníamos palabras para eso. Era solo un miedo vago y oscuro a ser diferente, o quizás el miedo a desmoronarme, como la leche mezclada con café negro caliente que de repente se corta. Cuajada, suero y vómito. Sentí un presentimiento de que tal vez mi padre era un bicho raro, que algo andaba mal en él, y que quizás aquello que fuera, podría estar también en mí. Este pensamiento me aterrorizó momentáneamente. Después de todo, yo era su hijo, su hijo biológico, el producto de su material genético. O eso parecía. De repente me pregunté si tal vez habría que hacerse una prueba de paternidad. Si realmente era mi padre y «gay» y solo le gustaban los hombres, ¿qué significaba eso para mí? ¿Acaso yo también terminaría siendo así algún día? Y si era maricón, ¿cómo fue que dejó embarazada a mi madre? ¿Llegó a hacerlo de verdad? ¿O la infectó de alguna manera, como un parásito alienígena que se introduce en la vacuola de un animalculo? Empecé a contemplar varios escenarios de ciencia ficción. Y entonces consideré la posibilidad de que todo fuera culpa de alguien. Quizás culpa de mi madre. ¿Tal vez antes le gustaban las mujeres pero había cambiado a los hombres? Y si era así, ¿mi pobre madre de algún modo lo había espantado o lo había vuelto gay haciendo las cosas mal en la cama, las cosas sexuales incorrectas o insuficientes? Me hizo pensar en mi madre y en ese cerdo de Sam, y en cómo lo odiaba ahora. Esos dos se habían follado. Sí, follado, incluso pensar en ello era imposible para mí. En parte porque yo nunca lo había hecho, pero en parte porque sus cuerpos, sus formas, parecían incongruentes. El sexo. La física del asunto. Y de algún modo habían hecho dos hijos; y quizás vendrían más, colándose en mi habitación, revolviendo mis cosas y luego delatándome. Qué horror. Pero de algún modo mi madre y mi padre de verdad también habían estado haciendo eso, en algún lejano período prehistórico, quizás el Cretácico, y yo era el impío resultado saturnalino. ¿Y qué era exactamente eso del gay, de qué iba todo aquello? ¿Qué narices estaba pasando?

Esas eran las preguntas absurdas que me rondaban la cabeza. Me sentía como Bambi intentando esquivar a Godzilla. Una nave espacial explosiva en llamas se había estrellado contra mí. Los torpedos de fotones explotaban uno a uno dentro de mi cabeza.

Sin embargo, otra parte completamente distinta de mi mente estaba realmente eufórica. Mi padre era maricón, sí, y esa vergüenza era sin duda una preocupación, algo que mantener oculto, pero también era «gay», lo que probablemente significaba que era enormemente contracultural, era moderno, era genial. Estaba *metido en muchas cosas*. Y este tipo gay, Larry, que era claramente superfabuloso, vaya, era todo un personaje. Era interesante, extravagante, tan abierto, tan opuesto al Florida baptista del KKK, y yo no tenía ni idea de qué esperar, pero seguro que iba a ser un verano interesante.

Es un hecho que mis miedos, mi preocupación y mi ansiedad, se pasaron rápidamente. Mientras conducíamos desde Los Ángeles hacia Santa Bárbara, tuve un poco de tiempo para desahogarme y calmarme. Había una brisa del mar, y California, pensé radiante, era simplemente *alucinante*. Dios. De repente era todo lo que había esperado, llena de luz solar y smog y polvo y suciedad y la alegría del comercio. Larry se sentó intencionadamente en el asiento trasero, aunque era su coche, para que yo pudiera ir de copiloto con mi padre, lo cual era genial, y me relajé rápidamente en el viaje como destino, en la experiencia del coche americano, la vida al volante, la vida a ciento diez kilómetros por hora. También había música en el coche, buena música para mis oídos, y *Maggie May* de Rod Stewart sonaba a tope en los altavoces del Camaro de Larry.

Fue Larry quien hizo que todo funcionara. Larry, a cada paso, construía una barandilla a la que aferrarme. Mi padre era como un oso que rompía sillas con solo sentarse en ellas; pero Larry lo tenía todo en la palma de la mano, y más aún. Su antigua casa en la calle De La Viña en Santa Bárbara era peculiar pero encantadora, y Larry era sin duda el decorador de interiores y tenía un sentido del estilo fantástico. Arquitectónicamente la casa tenía un aire sanfranciscano, aunque en aquel momento yo no lo sabía. Era tan de los setenta como uno puede imaginarse: velas eléctricas sobre una mesa de madera enorme que era literalmente una rebanada preparada de un árbol gigantesco, con sus anillos y todo; y había un puf, o varios; toallas en tonos tierra y auténtica vajilla de mayólica de barro en una cocina soleada, y azulejos color aguacate en el baño, vidrieras en la puerta principal donde se representaba a un gran oso pardo californiano en colores suaves, lo que me hacía pensar en Smokey el Oso; y nos reímos al verlo y la vaga semejanza con mi padre que parecía presentar; y abalorios, incluso algo de macramé en la pared. Madera preciosa. Tenía mi propia habitación, lo cual era una novedad (antes había compartido habitación con mi hermanastro menor Sam Jr.), y Larry había añadido algunos detalles chulos para mí, como un póster de la reciente gira *Tusk* de Fleetwood Mac, que pensó que me podría gustar (yo ni siquiera había escuchado a Fleetwood Mac todavía —eso era lo desactualizado que estaba—) y un ficus de casi dos metros y algunos helechos más pequeños «para hacer oxígeno en tu habitación», dijo. Incluso había elegido otro póster: Farrah Fawcett, el original del bañador rojo con el pezón al descubierto, y lo había colocado en la pared en un sitio perfectamente visible desde la cama. Estaba en el paraíso.

El arte era también de Larry. Mucho de él era claramente gay —hay que reconocerlo—, cuerpos masculinos muy atractivos, no chicos de cuero, sino simplemente hombres desnudos, elegantes y atractivos. Dibujos en su mayor parte. Nada abiertamente sexual —sin erecciones. Nada que alcanzara el nivel de un Mapplethorpe—, pero claramente, modelos masculinos muy atractivos. Parte de ellos reflejaba la sensibilidad académica; de haber sido modelos femeninas, nadie los habría considerado fuera de lugar. Pero estos eran hombres con hermosos cuerpos naturales, vello púbico y penes detallados todos dibujados del natural.

—¿Y de dónde ha salido todo este arte? —dije.

—Bueno, parte de él es mío —dijo Larry.

—¿Cómo? ¿Quieres decir que tú dibujaste esto?

—Larry es un artista de verdad, hijo —dijo mi padre. —Es de los auténticos. De hecho, nos conocimos en una galería de arte. ¿Verdad que sí, Spanky?

Larry se rió. —Así fue, pero no era mi exposición. Lástima.

—¡Vaya, ¿qué es eso?! —dije, mirando un dibujo en el salón. El extraño pero maravilloso dibujo presidía la sala desde un lugar central en la pared encima del sofá. Era tiza sobre papel de fieltro negro: una especie de bebé a gatas y un perro ladrando. Parecía un grafiti, pero el estilo era memorable. Todo estaba cuidadosamente enmarcado en un marco de madera blanca.

—Es un Keith Haring —dijo Larry. —El año pasado fui a Nueva York para una exposición y lo conocí. Ahora es artista callejero, pero algún día será grande, está claro. Esto salió del metro. Básicamente lo robé. Ya está recibiendo mucha atención.

—Qué pasada.

—Sí, pude pasar tiempo con él. Buen tipo.

—¿Lo es? O sea...

—Sí. Robbie. Puedes decirlo.

—¿Es gay?

Larry se rascó la frente. —Bueno, eso espero.

Pero ni siquiera he hablado de lo más importante, aquello por lo que Larry se ganó la mayor parte de mis puntos: las guitarras. Larry tenía varias, y eran auténticas bellezas. Había incluso una sala de música; cosas como amplificadores, de los que la verdad yo no sabía nada, pero todo parecía impresionante. Y me preguntó: —¿Te gusta algo la música, Robbie? —Me puse tímido y cabizbajo. Aunque la verdad es que sí me gustaba, y mucho. Tenía muchísimas ganas de aprender a tocar la guitarra, porque me parecía genial, pero era demasiado tímido para hacer algo al respecto. Me intimidaba entrar en una tienda de música y probar algo así con la gente mirando.

—¿Y esa qué es? —dije, señalando la guitarra más cercana.

—Es una Stratocaster —dijo Larry.

—¿Y esa?

—Esa es una Les Paul Gold Top, una Gibson. Tu padre me la regaló el año pasado.

—Vaya.

—Oh, todavía no las has oído. Ven, vamos a ponerte en marcha. —Y entonces Larry procedió a ajustarme la Strat, acortando un poco la correa. —Bien, toma esta púa. Ahora intenta rasguear. No te preocupes todavía por los acordes.

Pasé la púa varias veces por las cuerdas, y entonces Larry encendió el amplificador. De repente salió un estruendo del amp que tenía delante. Salté hacia atrás. —¡Eso está muy fuerte!

—Sí, puede subir mucho más. La verdad es que no podemos subirlo. Eso es solo el 4 en el dial.

—¿Solo 4? ¡Dios mío! —Me quedé boquiabierto.

—Vamos a ver si puedo enseñarte algunos acordes.

*

Era la mañana del tercer día y me sentía un poco como me imaginaba que se sentiría una auténtica estrella de rock californiana. Estaba repantigado en la cama; Larry y mi padre se habían ido a sus respectivos trabajos, mi padre a su oficina inmobiliaria y Larry a su estudio, un «espacio de arte» donde se desarrollaban todo tipo de travesuras, no lo dudo: dibujar con modelos desnudos, pintar, esculpir, jam sessions de rock and roll... yo no tenía ni idea, solo podía imaginarlo. Larry estaba entrando en una etapa musical, me había dicho mi padre.

Así que estaba en casa, era verano, y todavía no tenía mucho de qué preocuparme en cuanto al colegio, aparte de la enorme lista de lecturas que se suponía que debía ir completando. La vida era buena.

Larry había equipado mi habitación con algunos objetos útiles, entre ellos un mapa de Santa Bárbara que pensaba usar esa tarde. Sentía que ya era hora de salir a explorar. Pero Larry también me había dejado otra cosa, quizás como una broma, porque pronto descubrí que era de los que gastan bromas. Venía envuelta en una bolsa de papel marrón con la anotación: «¡Diviértete, Robbie! De papá.» Pero enseguida reconocí la letra de Larry.

Rompí la bolsa y encontré un ejemplar de Playboy del mes de junio de 1979. Ay, ay, ay. Me levanté y repasé la casa —todo estaba en silencio, incluso el tráfico de la calle De La Viña parecía apagado mientras se acercaba mi hora de revelación, y la puerta principal bien cerrada, perfecto. Volví corriendo a mi habitación y cerré la puerta. Mi primera zambullida en un Playboy. Me preparé para un maravilloso rato de placer onanista, completamente libre de culpa.

Pasaron unos diez minutos y creí oír que se abría la puerta principal; ¿había una llave en la cerradura y la cerradura giraba? ¿O era mi paranoia? Al principio pensé: no, imposible. De ninguna manera. Volví a lo mío. La llamada de esos pechos mimados de la sesión de fotos era demasiado poderosa. Entonces oí, con bastante claridad, «¡Esos bastardos!» y «¡Pinches jotos, siempre con sus cosas...» Era una voz de mujer, y pensé que quizás estaba robando en casa de mi padre. Entonces la puerta de mi habitación se abrió de golpe.

—¡Pequeño bastardo! —gritó la mujer—. ¿Qué estás haciendo aquí? ¿Quién demonios eres? —dijo al fin, en inglés.

—¡Soy Robbie! —balbuceé.

—¿Robbie? ¿Eres uno de los chicos con los que se acuesta Larry?

—¿Qué? ¡No! Soy el hijo de Richard.

—¿El hijo? Eh...

—¡Hijo! ¡Hijo! —grité.

—¿*El idiota tramposo tiene un hijo?* —entonces pareció comprender. Rompió a reír.

La mujer me pareció mayor, de unos treinta y tantos, no fea con sus grandes tetas caídas, pero tampoco nada del otro mundo, y supuse que era la empleada doméstica; mi padre no había mencionado nada sobre una criada. Pero entonces me di cuenta de que estaba desnudo. Estaba, por así decirlo, atrapado *in fraganti*. Parecía estar mirándome fijamente a la cara y luego abajo, donde no debería. Quizás había algún parecido de familia con mi padre en mi cara, quiero decir. Entonces la vieja vaca vio la revista en la cama y simplemente negó con la cabeza. «*¡Demonio sexual!*» Se persignó santiguándose mientras yo le hacía señas enérgicamente con los brazos para que se fuera.

—¡Niño sucio! —dijo, al fin. —Igual que tu padre. —Y cerró la puerta de golpe.

Cualquier sentimiento erótico que hubiera tenido antes desapareció de golpe, porque me habían pillado. Tenía la cara roja como un tomate en el espejo del baño. Me duché y salí de casa a toda prisa.

Así fue como conocí a Conchita, la empleada doméstica. Mi padre y Larry se rieron a carcajadas cuando les conté la historia aquella noche.

—Al menos podrías haberme dado una pista —dije.

—Hijo, sinceramente, no lo había pensado —dijo mi padre.

—Conchita supone un gasto considerable, pero lavar los calzoncillos de tu padre ya está fuera de mi alcance —dijo Larry.

*

Aquel verano fue una época de exploración —de todo tipo, supongo— y me cambió, principalmente por la libertad. Probablemente demasiada libertad. Hasta entonces, mi experiencia con ese fenómeno se había limitado a elegir qué caja de cereales comprar los sábados por la mañana en el Publix; pero ahora tenía tiempo libre, libre albedrío y ninguna restricción evidente más allá del sentido común y el dinero. A mi padre no le importaba especialmente si decía palabrotas, si comía esto o aquello, o cuándo me acostaba por la noche. Había cerveza en la nevera, y aunque a mí no me interesaba, no se habría enfadado si hubiera cogido una. Pero sí tenía algunas normas y limitaciones básicas, como no molestarlos a él y a Larry en su habitación. Lo entendía, lo respetaba. Allí había una cama de agua y otras cosas raras, cosas en la pared, cosas en el armario, y no era mi territorio. Sí, echaba un vistazo cuando no estaban. Me sentía como un inquilino en un circo de fenómenos, pero podía con ello por la alegría que toda esa libertad me traía al corazón.

A mi padre le importaban las cosas importantes: si me sentía optimista y motivado, si tenía ideas, si podía hablar con ingenio, argumentar un punto de vista o aportar algo a una conversación. Si me quedaba callado o retraído, indagaba para sacarme más.

—Chico listo, seguro que habrás pensado en esto.

—La verdad que no.

—Deberías; algún día dará dinero.

Sí, le importaba el dinero. Pensaba mucho en el dinero. Le impresionó que yo hubiera tenido mi ruta de reparto de periódicos y le conté todo, incluso lo de los Johnson y el billete de cien dólares. Nunca le había contado esa historia a nadie y ahí estaba yo, sentado en la alfombra de pelo de su salón, soltando todo, como mi madre en una tertulia de café. Su único comentario fue: «Lo superaste, venciste un reto. Ganaste.» Le complació enormemente que yo hubiera tenido experiencia laboral, y además como autónomo. «¡Un billete de cien dólares!» Volvía a mencionarlo muchas veces, con el rostro radiante, y parecía creer que era un presagio afortunado.

—¡El trabajo te hará libre, Robbie! —dijo un día.

—Eso es exactamente lo que los nazis les decían a los judíos —dijo Larry.

—¡Tonterías!

No creo que mi padre entendiera la referencia.

Pasábamos mucho tiempo conversando, pero generalmente en el contexto de alguna actividad social. En privado no era muy locuaz; tendía a volverse introspectivo y ensimismado. A veces parecía decaído y se refugiaba en su propio mundo. Pero en un espacio público, sobre todo después de una copa de vino o una lata de Coors Light, se abría. Sabía contar chistes. Algunos eran subidos de tono, otros mordaces y sarcásticos. A mi padre también le encantaba alardear de su riqueza de maneras que a mí me parecían ridículas. Le gustaba ir a buenos restaurantes; por ejemplo, íbamos los tres a Luigi's en State Street, un restaurante italiano tan auténtico que uno esperaba ver mafiosos merodeando en la barra. Mi padre entraba al restaurante como un rey, erguido, y señalaba en dirección general a la sección de Lorenzo.

—La sección de Lorenzo está llena, señor, ¿por qué no prueba con...?

—Ni hablar, esperaremos.

Ningún otro camarero servía. Y claro, la sección de Lorenzo estaba al fondo del local, que en un restaurante italiano es donde se sentaban los mafiosos y capos más respetados, para poder vigilar la puerta principal y hablar con cautela. A mi padre no le costaba codearse con la clientela allí. No era un mafioso, sino un hombre hecho a sí mismo, que en esos círculos viene a ser lo mismo. Le encantaba que lo vieran y siempre estaba vendiendo. «Siempre hay que estar vendiendo, Robbie», le gustaba decir. Cuando Lorenzo tomó nota y trajeron el Chianti, me maravilló la botella: estaba envuelta en una cesta de paja.

—El Chianti es de la Toscana, hijo. Eso está en Italia.

—He oído hablar de la Toscana, papá.

—¿Oyes eso, Lorenzo? ¡Me llama papá! Este es mi hijo, Roberto, acaba de salir de su exilio en Florida. Va a Kickshaw.

—¡Un colegio privado! —exclamó el viejo camarero. —Muy bien. Muy bien. ¿Quiere Roberto probar una copa de nuestro Chianti?

—Robbie, ¿quieres una copa? —preguntó mi padre.

—Sí, por favor —dije. —Gracias, señor.

—Su hijo es muy educado.

—También es listo —dijo mi padre. —Le timó a un nigger un billete de cien dólares.

—Así que es bueno con el dinero, igual que su papá.

—En efecto. Y sabe manejar una regla de cálculo.

—¿De verdad? —dijo el camarero. —Bene, bene. Será científico o ingeniero.

Acompañé la pasta con el vino y me empapé de los halagos como si fueran salsa para mojar en el pan. El calor me llenó de una sensación de euforia y, la verdad, de un ligero subidón. «Así que esto es el alcohol», pensé.

—¿Te gusta el vino, Robbie? —preguntó Larry.

—Siento calor —dije. —Hasta me he puesto colorado.

—Es el rubor de la uva. Pero ya ves lo que me pasa a mí. —El rostro de Larry se fue sonrojando.

—Es el japonés que lleva dentro, Robbie.

—Es verdad, los asiáticos tienden a ponerse colorados con el alcohol. No todos, pero es algo que pasa.

—¿Tu padre era de Japón, Larry?

—Mi madre. Nació en Hawái, de hecho. Él era marinero y casi le vuelan los testículos en Pearl Harbor.

*

—Papá —dije—. ¿Por qué te volviste gay?

Era viernes por la noche. Habíamos vuelto de Luigi's después de disfrutar de más Chianti y su fantástico pan de ajo, y ahora estábamos sentados viendo una reposición de *Kung Fu*.

—Robbie, ¿de verdad tengo que responder a eso?

Papá llevaba ya bastante avanzado su six-pack de Coors Light, así que pensé que quizás estaría dispuesto a sincerarse sobre algunas cosas.

—No lo sé, papá. Creo que sí.

—¿Pero por qué?

—Porque estoy intentando entender las cosas. Para mí mismo. Me preocupa ser gay. Larry dice que no lo soy...

—No lo eres —llegó la voz de Larry desde la cocina.

—...Pero hay preguntas obvias. Nunca hemos hablado de esto. Siento que ya es hora. ¿Fue por algo que hizo mamá?

—No, hijo. No tiene nada que ver con tu madre. Fue mucho antes de que la conociera.

—¿Y bien?

Fue entonces cuando Larry salió y se unió a nosotros. —¿Y bien, Dick?

—¿Y bien qué?

—Cuéntanos. Los interesados quieren saberlo. —Sonreía y unía las yemas de los dedos en pirámide, como si esperara escuchar algo divertido—. ¿Cómo se volvió gay el gran Dick Gray? —Se dejó caer en el sofá—. Somos todo oídos.

—Dios mío. Bueno, de acuerdo. Es una historia un poco larga. Todo esto sucedió hace mucho tiempo en una galaxia muy, muy lejana. Aquellos días parecen de la era cavernícola. En fin. Una noche me escapé de casa. Tendría unos doce años. Mi objetivo era ver una película porno. Una película X. Había oído hablar de ella entre mis amigos del colegio. En Portland, por aquel entonces, cerca de la calle Division, había un cine porno. Supongo que todavía existen. Tuve que salir de casa de puntillas, asegurarme de que mis padres estuvieran dormidos y escabullirme. Encontré mi bici —la tenía aparcada lejos de casa, ¿ves?— y pedaleé y pedaleé en mi bici de crío. Por fin encontré la calle y entonces pude ver el cine bajo la cruda luz de las farolas. Intenté entrar, pero no me quisieron vender una entrada. Me acerqué a la taquilla. Había un viejo mugriento que parecía un vagabundo. Le dije: «Una, por favor», y él simplemente me miró y se rió. «¡Fuera de aquí, chico! Esto no es para ti.»

—Pero quiero ver.

—¿Quieres ver algo? —dijo—. Ve a comprar una revista, mocoso.
—Me gruñó—. ¡Lárgate!

Me alejé un poco, sintiéndome estúpido, pero no me fui. Me quedé
merodeando por los alrededores. Rodeé el edificio por la parte de
atrás. Vi a unos tipos entrando y saliendo por la puerta trasera. Pensé:
esperaré a que alguien abra la puerta y me colaré. Y eso fue lo que hice.

—Entré al cine y encontré un sitio para sentarme. Las luces estaban
empezando a apagarse. Me di cuenta de que había un montón de tíos;
de hecho, todo el público eran hombres de todo pelaje. Y me puse muy
cachondo, ¿sabes? Porque pensé que por fin iba a ver una película X.
Estaba tan emocionado y reprimido que pensé que iba a explotar.

—La película empezó a rodar y mis ojos se quedaron pegados a la
pantalla. Estaba desconcertado. Al principio no entendía. Pero entonces miré a un lado y vi a un tipo sentado justo al final del pasillo,
que tenía la herramienta fuera y se la estaba frotando. Me quedé en
shock. Pero entonces, parecía que todos lo hacían; todos empezaron
a masturbarse también. De repente, con horror, me di cuenta de que
era una película gay. Era porno gay. Y todos esos tipos se estaban
masturbando con porno gay. En la pantalla, en lugar de una chica
guapa, había un tipo, un tipo desnudo, teniendo sexo con otro tipo
desnudo. Y luego, bueno, había mucho sexo de todo tipo, y todo era
entre hombres. Hombres haciéndose cosas el uno al otro... no te voy a
decir qué, Robbie. Eres demasiado joven.

—De todos modos, no sabía qué hacer. Porque, verás, todavía estaba muy excitado, pero también muy decepcionado. Me sentía esta-
fado. Realmente quería, ya sabes, un desahogo. Era como si mi cabeza
fuera a explotar. Algo tenía que ceder. Pero una pequeña parte de mi
cerebro dudó. Cuestioné mi excitación. —Hizo una pausa como si
recordara—. Verás, si hubiera sido una película porno hetero, probablemente me habría unido de inmediato a los demás y me habría mas-
turbado sin cuestionarlo demasiado. Pero así, me daba asco pero también estaba excitado. Al fin y al cabo, era sexo. Estaba en conflicto.
Con todo aquello encima, tenía que decidir qué hacer, y supongo que
simplemente me dejé llevar. Como en ese episodio de *Star Trek*, ya sabes: quería mi parte de la acción.

—¿Tu parte de la acción? ¿Te dejaste llevar sin más? ¿Eso es lo que
intentas decir?

—Bueno, sí, Robbie. Me dejé llevar. Todo el mundo lo hacía, así que
yo también. Donde fueres, haz lo que vieres. Así que saqué la herramienta y me la froté viendo el porno gay. Llegué a un punto en que
me gustó. Volví a ese cine un par de veces más. Y entonces, bueno,

había un tipo, no era tan viejo, era un tipo atractivo de la edad de Larry, quizás un poco menos. Su nombre se me escapa ahora mismo. Me pidió que saliera. Hablamos, y me dijo que yo era demasiado joven y que no pintaba nada allí. Estaba intentando hacer de madre conmigo, ¿sabes? Decía que aquello era para adultos. Me había visto masturbándome y no creía que debiera estar allí. Estaba preocupado por mí. Lo respeté; podía ver que era un buen tipo. Incluso consideré si tal vez... En fin, para entonces ya le había cogido el gusto.

—¡Estabas arruinado! —dijo Larry—. Me recuerda a Francis Bacon. Él se arruinó a los dieciséis años.

—¿Quién es Francis Bacon? —pregunté.

—Es pintor, Robbie —dijo mi padre.

—Sí —dijo Larry—. Y bastante jodido, también. Pero tenía un gran talento. Su arte es de los más impactantes del siglo XX. Su padre lo sorprendió vistiendo la ropa de su madre y mandó a los mozos de cuadra azotarlo como castigo. ¿Adivinas qué pasó?

—¿Eh? ¿Se aficionó a los caballos?

—Algo así. Empezó a tener relaciones con los mozos de cuadra. Ellos lo azotaban.

Pero no me convenció. Miré fijamente a mi padre.

—¿Así que viste porno gay y eso te volvió gay? Papá, eso no me parece creíble. Es como algo que diría Anita Bryant.

Larry se rió.

Mi padre bajó la cabeza y frunció el ceño.

—Vaya, Robbie. Me lo preguntaste, y eso fue lo que pasó. Es una historia verdadera. El porno gay me volvió gay. Así fue.

*

No sabía qué pensar de la explicación de mi padre, porque contradecía algunas de mis propias ideas sobre psicología. Simplemente no creía que ver pornografía gay en un cine pudiera convertir a alguien en gay, del mismo modo que leer *Moby Dick* no te convertiría en ballena. Y Larry parecía opinar lo mismo.

Por otro lado, nunca había visto pornografía gay. Quizás exponer a un chico a montones de penes una y otra vez *sí podría* volverlo gay. Eso me preocupaba. También sabía que un chico joven en estado de excitación baja la guardia y piensa todo tipo de cosas. Ciertamente tuve algunas «ideas» mientras me la meneaba en la intimidad de mi habitación, pensando en mi madre en la ducha, y luego intentando llegar al techo, tal como *Mad Magazine* había sugerido en un artículo que leí en el campamento de los scouts. En fin, por eso hacía lo que hacía en secreto y nunca admitía nada. Era todo ocultarse, vergüenza y algo que había que guardarse muy adentro.

Pero tipos como Hedda Henry disfrutaban pasando el rato juntos en grupo, mirando embobados chicas desnudas en revistas porno y hablando de ellas sin parar. Probablemente incluso hablaban de su propia herramienta. ¿Se tocaban a sí mismos? Supongo que esas cosas podían pasar, sobre todo en un colegio masculino. Aunque para mí aquello era de lo más asqueroso. Me sentía terriblemente culpable solo de imaginar algo entre tíos, y mucho menos de contemplar hacerlo.

Al final, me arrepentí de haberle preguntado a mi padre sobre su historia, porque era su vida privada y, de todos modos, no era asunto mío. Había revelado una parte de su vida, algo importante para él, y yo había dudado de él. Fue un error, y era evidente que él se había sentido mal; pero ya era demasiado tarde para rebobinar el casete.

*

Era el día de la mudanza, y mi padre me llevó a la escuela sobre las diez de la mañana. Por alguna razón, Larry estaba ocupado y no pudo venir; fuimos solo Dick y yo. Mi padre vestía ropa de fin de semana, pero aun así se veía muy elegante. El vello del pecho le brotaba en abundancia, adornado con un pequeño símbolo de yin y yang en blanco y negro colgado de una fina cadena de oro; pero su elegante blazer blanco y sus pantalones chinos, con náuticos debajo, le daban un aire de chico de buena familia. Estaba relajado y se le veía fuerte y seguro de sí mismo. Así es como me gusta recordarlo. Conducía con un brazo enorme en el volante y el otro descansando en el marco de la ventanilla abierta, el codo hacia abajo y la mano apoyada en el borde. Íbamos en el Beamer. No había estado en ese coche muy a menudo, y olía como si lo hubieran dejado impecable hace poco, pero papá pensó que así causaría mejor primera impresión en quien anduviera por allí. En realidad, solo usaba el Beamer para el trabajo.

La preferencia de mi padre en coches eran los Volkswagen antiguos, del tipo que solía reparar cuando era un humilde mecánico, y trataba a sus viejos Beetles —tenía tres, en distintos grados de deterioro, si no directamente desintegrados— como si fueran hijos traviesos y entrañables. Unos salvajes. Era un auténtico apasionado de los coches, y se sabía que de vez en cuando pedía prestado un Porsche para un fin de semana especial. Larry decía que mi padre sabía conducir rápido; que incluso podía lanzarse por un circuito con confianza si hacía falta. Pero me estoy desviando del tema.

Kickshaw School for Boys era el nombre completo de la escuela, por si no lo había mencionado antes. Era un internado, pero el número total de alumnos era de tan solo doscientos: unos cincuenta chicos por curso, desde primero hasta cuarto de bachillerato. Llevábamos mis cosas en la parte trasera, aunque no eran muchas. Mi ropa, una gran pila de libros, casi todos de ciencia ficción.

—Hijo, es una escuela muy elitista —decía mi padre—. Conocerás a muchos chicos de familias bien situadas, y esos chicos serán tus amigos para toda la vida. Se convertirán incluso en contactos de negocios. Es lo que llaman el old boy network.

—¿Y para qué sirve eso?

—Así funciona el mundo, Robbie. Hay que tener contactos.

—¿Y tú, papá? ¿Cómo lo hiciste?

Se rió. —Yo tuve que hacerlo por las malas, hijo.

—Bueno, sí. ¿Y si lo que quiero es ser como tú? —Para entonces, sentía una devoción casi fanática por mi padre. «Lo idolatraba» sería la palabra exacta. Incluso pensaba que lo de ser gay, que al principio fue una auténtica pesadilla, era de lo más guay que podía haber. Y luego estaba Larry. Larry era como un mago secreto que atesoraba los misterios subterráneos del blues, la guay hecha persona, el mejor tío que un tipo podría tener. Tenía dos padres: el padre secreto del armario y el padre de la guitarra que había salido de él. Era como ganarse el gordo.

Pero mi padre se puso serio de repente. —Ay, Robbie, no digas eso. Lo digo en serio. Ni siquiera fui a la universidad. No soy más que un mecánico con aires de grandeza. Esto es algo que quiero para ti. Lo de los estudios. Imagina si pudieras entrar en Stanford o Caltech. A veces, los chicos de Kickshaw entran en Harvard.

—¿De verdad? —dije. Empezaba a ponerme un poco nervioso. No me consideraba gran cosa en cuanto a inteligencia. Mi principal talento parecía ser la masturbación. Lo que no sabía aún era que muchos de los chicos que conocería en Kickshaw eran unos completos ignorantes. Tener dinero —en el sentido de riqueza heredada—, como aprendí después, tiene poco o nada que ver con la inteligencia.

Salimos de la 101 en dirección sur y tomamos un paso elevado que llevaba hacia las estribaciones. Las podía ver a lo lejos mientras cruzábamos junto a un barrio de casas modestas. «No son exactamente colinas como elefantes blancos», suspiré.

—¿Qué?

—Oh, nada, papá. Es de uno de los libros que tuve que leer en verano.

—Ah, sí, claro. La lista de libros. Joder, se suponía que tenía que comprobar si los habías leído.

—No te preocupes, papá. —La lista de libros me había dado bastantes quebraderos de cabeza, pero leí los treinta. En realidad, Hemingway me gustó más que otros de la lista. Hasta entonces había sido bastante indiferente a su minimalismo machista. —Larry me preguntó por ello como un millón de veces.

—Ah. Buen hombre, ese Spanky.

Habíamos tomado varias curvas y entrado en las zonas agrícolas; había limoneros y, más arriba, aguacates. Las colinas estaban cerca y detrás de ellas, las montañas. Era un día espléndido y soleado. Llegamos a una salida a la izquierda y, al girar, vimos las primeras señales de la escuela: un gran letrero de ladrillo y hormigón que decía «KICKSHAW» en letras mayúsculas y luego «Preparatory School for Boys» en letras más pequeñas. El camino, que ahora era privado pero con asfalto recién tendido y lo suficientemente ancho para dos carriles, subía constantemente por la ladera de una colina. Serpenteaba, descendía y se empinaba en algunos tramos, hasta que finalmente se aplanó en una bifurcación cerca de la cima. Tomamos el ramal de la derecha, que nos llevó a una zona más llana con edificios y los terrenos de la escuela. En aquel momento no lo sabía, pero el otro ramal era simplemente una ruta más larga e indirecta que llegaba al mismo sitio. Un bucle, en otras palabras.

Mi padre redujo la marcha del Beamer y finalmente se detuvo por completo, como un hombre absorto en sus pensamientos. Había visto el folleto; era como el sueño de una compra de terrenos en Florida que le habían vendido, y nunca había estado en la escuela; en ese sentido, era tan novato en Kickshaw ese día como yo. «Vaya», fue todo lo que dijo. Reanudó la marcha y seguimos la carretera principal, bordeada de eucaliptos gigantescos y completamente crecidos; calculé que debían tener al menos cien años. El aroma de los árboles me envolvió en cuanto bajé la ventanilla para que el aire me empapara. Mi padre miraba a su alrededor mientras conducía y yo esperaba que se mantuviera en la calzada, pues podía ver a la derecha, en algunos tramos, una pendiente con hierba y lo que parecían ser unos hoteles más abajo. Había una carretera de acceso por algún lado.

—¿Esos son los dormitorios? —pregunté.

—Buena pregunta.

Llegamos por fin a una agradable zona arbolada, como una plaza de pueblo, con coches aparcados y gente deambulando. Mi padre intercambió unas palabras con un chico mayor que llevaba una banda azul. El chico consultó un portapapeles y luego señaló hacia atrás. Mi padre volvió y me indicó que saliera.

—Neville dice que podemos ir andando el resto del camino. Gracias, Neville.

—Claro, solo baja por este sendero y después da la vuelta; ahí están High House y Lido. High House es la planta de arriba.

Cogimos algunas cosas del maletero del Beamer y bajamos por el sendero. Vi a otros chicos haciendo lo mismo. Los dormitorios de ese lado parecían más antiguos —hoy diría que más europeos— que las construcciones nuevas que habíamos visto antes. Resulté que esos edificios eran considerablemente más viejos. De ladrillo, pintados de un tono crema pálido, como un malvavisco, con hiedra creciendo exuberantemente por un lateral, tenían un aire acogedor. Caminamos hacia lo que parecía la entrada y entramos. Había una escalera y dos plantas de dormitorios. Arriba, un hombre —evidentemente el ocupante del apartamento del Master frente al que estaba sentado— vestido como un chico de buena familia, estaba cortando judías verdes de una bolsa sobre una tabla. «¡Saludos!», dijo. «¡Bienvenidos a Kickshaw!»

Mi padre se detuvo a hablar con él, pero yo estaba más interesado en saber dónde estaba mi habitación. Pasé junto a puertas abiertas y otros chicos haciendo la mudanza, hasta que encontré la mía, al fondo del pasillo a la izquierda. No la abrí. Mi padre llegó al final del pasillo un poco después.

—Ese era uno de los profesores. Se llama Martin.

—Se llaman Masters, papá.

—Masters, sí.

—Ya los conoceré a todos luego —dije—. Mira esta habitación. — No llamé —no se me ocurrió—, pero entonces me di cuenta de que había alguien dentro. Al fin y al cabo, la habitación era doble; quizás debería haberlo previsto. —Hola —dije—. Perdona que no haya llamado.

—Hola —dijo el chico—. Soy Jonah. Jonah Archer. —Parecía estar encerando una tabla de surf.

—Robbie Gray —dije—. Este es mi padre.

—Hola, Jonah —dijo mi padre, estrechándole la mano—. ¡Vaya, un surfista de verdad! ¡Genial!

Jonah se sonrojó de gusto ante aquello. —Espero que no te importe. Ya elegí este lado.

—No, para nada —dije, mirando alrededor—. Esto está bien. —Y lo estaba. Había dos grandes ventanas, cada una con doce pequeños paneles de cristal; Jonah las había abierto las dos; y dos escritorios con sillas de madera y dos camas individuales; e incluso una chimenea (aunque poco después descubrí que no nos dejaban usarla).

Jonah me impresionó, aunque también me sorprendió un poco. Era un tío total: pelo algo largo, equipo de música ya montado con una enorme caja de discos, y ya había colgado un póster. Era de Farrah Fawcett, no la famosa original con el bañador rojo y los pezones al descubierto, sino la que era un poco menos famosa, la de la camiseta de tirantes y los pezones.

Subimos mis cosas, lo poco que había, y mi padre, viendo cómo lo tenía organizado Jonah, dijo:

—Parece que necesitamos conseguirte más cosas, Robbie.

—No, estoy bien. Solo necesito colocar este estante y poner mis libros.

—Si tú lo dices. Bueno, hijo, me tengo que ir.

Me despedí de mi padre y me puse a instalar el estante tan comentado, que en realidad no era tan grande y era lo único que tenía para guardar cosas. Me sentía como un campesino bangladesí famélico. Mientras tanto, Jonah había dejado la tabla y se entretenía con una revista. Pronto me di cuenta de que era un *Playboy* cuando abrió el desplegable central. —Mírala, Robbie —dijo—. Menudo par, ¿eh?

—Vaya, ¿eso es un *Playboy*?

—Sí, no te preocupes. Con mucho gusto comparto. Tengo un montón.

—Vaya —dije—. Es que he sido siempre demasiado tímido para intentar comprarlos.

Se rió. —¿Y de dónde eres?

—Mi padre vive en Santa Bárbara. Mis padres se separaron y yo estaba con mi madre en Florida.

—Qué guay. Yo soy de Malibú.

—Vaya. ¿Por eso lo de la tabla de surf?

Se rió. —Supongo.

Jonah fue mi primer amigo en Kickshaw, y esa amistad llegó en un momento importante, porque entre todos los sentimientos que tenía en aquel lugar nuevo, la inferioridad era un tema recurrente y prominente. Ellos tenían muchas cosas que a mí me faltaban: la mayoría eran californianos modernos, pero además eran surfistas, tipos guays que habían salido con chicas, que quizás incluso habían metido mano, y algunos incluso sabían conducir. Demonios, algunos tenían sus propios Beamers de fondo fiduciario, tan buenos como el de mi padre.

Jonah era más o menos de mi estatura, aunque tenía mucha más carne que yo; yo era un crío flacucho como un Slim Jim, con el pelo cortísimo y ropa barata que mi madre había comprado en JCPenney y Sears. Claro, con el tiempo Larry me ayudó a vestirme —después de ese primer día, mi padre se dio cuenta de que necesitaba ropa más adecuada y mandó a Larry a ayudar en esa noble y desesperada causa. Pero a Jonah le dio igual. Podría haberme ignorado y seguir con lo suyo, hablar con su grupo de amigos ya establecido y no dar conversación al empollón del rincón que leía a Arthur C. Clarke o podría haberse burlado de mí, que fue sin duda el destino de muchos de los chicos nuevos, como James Goldberg, un judío, que enseguida se ganó el apodo de «Fish» (diminutivo de Gefilte fish) y cargó con ese mote como un tatuaje de Auschwitz grabado en la frente durante los tres años siguientes. Verás, yo era de segundo, llegaba a Kickshaw en décimo curso; pero Jonah y muchos de los otros chicos llevaban ya desde noveno; así que lo tenían todo controlado y sabían de sobra cómo funcionaba la cosa. Yo era la carne fresca. Éramos unos diez, los nuevos, y nos trataron fatal durante las primeras semanas. Pero Jonah no tuvo nada que ver con eso.

Al principio hablamos un poco de música, y quedó claro que yo no sabía nada. A Jonah le encantaba Queen, y yo, con toda mi ingenuidad, le pregunté si era un grupo gay, y me dio una larga explicación sobre Freddie Mercury y la genialidad absoluta de Brian May con los amplificadores VOX. También conocía bastante bien a los B-52 (algo muy típico de ese año) pero también a Cheap Trick y Journey. De hecho, había visto tocar a algunas de esas bandas. En aquel entonces, yo no tenía ni idea de cómo sonaban; en casa de mi madre, en casa de Sam, no teníamos equipo de música, y las noches solían consistir en ver la televisión. Nunca había ido a un concierto de rock, un hecho que Jonah repetía a menudo con asombro y estupefacción: «¿En serio? ¿Nunca has ido a un concierto?»

—No, nunca —tuve que admitir.

—¡Dios mío, es como si fueras de la luna!

—Sí. Florida. Mi padrastro trabaja en la industria aeroespacial. Cohetes y esas cosas.

—Claro.

Quería decirle que era un auténtico infierno sacado de una novela de Flannery O'Connor, pero me pareció demasiado al primer encuentro. Así que asumí que era un caso perdido, probablemente metido en el mismo saco que los empollones cuyos padres trabajaban en Arabia Saudí. Me dijeron que había unos cuantos de esos.

Pero Jonah pronto vio mi potencial. Rápidamente se percató de que mis redacciones en clase de inglés obtenían las mejores notas; mi dominio del álgebra —que, en su mayor parte, ya había aprendido yo solo— también me hacía destacar. Y en clase de ciencias, solía ser yo quien levantaba la mano, habiendo comprendido ya el movimiento armónico simple, los fundamentos de la física newtoniana y los temas que Heinrich Henler, el maestro alemán de física, incluía en su programa.

Jonah estaba en esas clases, que eran muy reducidas, de diez o doce alumnos como máximo; así que era imposible disimular o quedarse al fondo, aunque algunos lo intentaran. No era como la clase de ciencias del viejo Dent Head en Titusville. Pero a mí me gustaba la escuela, me gustaba aprender y quería sacar buenas notas, al menos en aquellos primeros tiempos. Al fin y al cabo, mi padre, a diferencia de los padres de esos chicos, había sido mecánico; sus manos se ensuciaban, en otro tiempo olía a grasa, aunque ahora hubiera ascendido en el mundo. Mi padre trabajaba duro y, por las buenas o por las malas, había reunido el dinero para que yo estuviera allí, quizás gracias a una herencia inesperada, o algún otro increíble golpe del azar, hasta puede que un trato con terratenientes o criminales. No tenía ni idea. Pero era muy consciente de esa brecha social, y en aquellos primeros tiempos me aterraba decepcionar a mi padre. (O quizás, lo que era peor: quedar en evidencia como un inútil, incapaz de estar a la altura de esos surfistas de padres ricos.)

Así que Jonah, sin duda, vio en mí la manera de compensar su propia trayectoria, algo mediocre. Por las noches me ponía a prueba y no tenía ningún reparo en pedirme respuestas a ciertas preguntas; y yo, a su vez, no tenía el menor problema en compartir mis conocimientos. De hecho, se lo agradecía, porque significaba que tenía algo que aportar, y Jonah, que hasta entonces no me había presentado a su círculo, pronto encontró la ocasión para hacerlo. Su grupo era la Mafia de Malibú —no el famoso grupo de hombres judíos que se opusieron a la guerra de Vietnam y financiaron la defensa legal de Daniel Elsberg en los años setenta; sino más bien los muchos surfistas de su ciudad natal de Malibú, y también los que venían de más al sur: Newport Beach, Huntington Beach, toda esa franja de buenas olas que era la extensión del sur de California, la zona de placer de la experiencia paradisíaca del surf.

El surf era como una religión, pero yo no conocía el credo, así que Jonah me facilitó amablemente un guion para las presentaciones. Siempre me presentaba como un nativo de Santa Bárbara, explicaba que mi padre ganaba bien con el sector inmobiliario, y me decía qué responder cuando me preguntaban sobre Rincon, un tema de conocimiento local que acababa surgiendo tarde o temprano. Aprendí que Rincon era una maravilla mundial por sus rompientes de punta — una de las mejores. La rompiente allí era parecida a la de *Apocalypse Now*, la película que estaba en boca de todos ese año (y que yo no había visto). Incluso me enseñó a usar la jerga correcta: palabras como *tubular*, *gnarly* y *radical*, y lo que había que evitar en una conversación, que básicamente era todo lo que tuviera olor a empollón, o a política, o a espiritualidad, o a filosofía, o a cualquier cosa que no fuera el surf.

Siempre estaré agradecido por esa ayuda inicial. Incluso tres años después, siendo ya mayor, siempre me sentí cercano a Jonah, aunque nuestros caminos se cruzaron cada vez menos y pasó algo de lo que hablaré más adelante. Solo fuimos compañeros de habitación ese primer año. Sabía que nunca sería un surfista y que los chicos del grupo de Jonah no eran lo mío: la mayoría eran nazis del surf que creían que Hitler era un hábil arquitecto social, pero me daba igual. Todo estaba bien. Y Jonah tuvo la extraordinaria gentileza de hablarme cuando esos chicos venían a verle, de modo que yo quedaba incluido en la conversación. En días así, me aseguraba de que Jonah tuviera un dominio sólido de las lecciones del día siguiente. No compartíamos todas las clases, pero hice lo que pude.

*

Supongo que lo lógico ahora es describir cómo era un día escolar típico en *Kickshaw School for Boys* en aquel entonces. Las cosas han cambiado, estoy seguro, pero una cosa habría permanecido igual: ir a un internado es una experiencia completamente diferente a ir a un colegio público. Hay una sensación de estar arraigado en un lugar cuando te despiertas allí por la mañana y te acuestas allí por la noche. Se convierte en un hogar, algo que nunca se siente en un colegio público. Estás realmente metido de lleno, o hasta el cuello, dependiendo de tu karma o tus contactos. Después de conocer a Christian y que me hablara de Bob Dylan, entendí cuando Dylan describió la vida como un vagabundo tirado en la cuneta junto al que, de pie en la acera, hay un hombre rico con traje. Esos dos mundos pueden estar a centímetros de distancia y, sin embargo, ser mundos aparte. Entendí que Dylan quería decir que en el mismo «mundo» que todos habitamos existen en realidad millones, o incluso miles de millones, una infinidad de mundos diferentes, incluso únicos.

Y en cada uno de esos mundos, yo sabía que, en el centro, en la esencia, hay un alma. Esa alma —a efectos de la discusión, es un alma humana, aunque lo cierto es que incluso una cucaracha puede decirse que habita un mundo, lleno de experiencia, gusto, tacto, sentimientos y conocimiento— esa alma está atrapada en un cuerpo, y ese cuerpo está bajo la presión constante del deseo, de las necesidades y los anhelos. Hambre y sed, frío o calor, la necesidad de escapar de los elementos hacia la seguridad y el cobijo, pero, sobre todo, la necesidad de amor. El amor, sí, el amor es de vital importancia y esencial para la supervivencia. Es la necesidad más importante de todas. Muchas veces la gente se olvida de eso y solo piensa en el dinero.

Pero la cuestión es que cada uno de esos mundos está completamente aislado y separado de todos los demás: cada mundo tiene su propia línea de mundo, cada uno tiene su propio camino que recorre en el espacio y en el tiempo. Y el alma atrapada dentro de esa línea de mundo solo puede aferrarse y dejarse llevar. La Montaña Espacial; la Torre del Terror. Bueno, también se resiste, gime y grita a veces y se niega a capitular ante el camino predestinado. Pero, por desgracia, eso no cambia nada; pase lo que pase, sea cual sea la queja, el grito de dolor o el momento agonizante de humillación y fracaso, esa línea de mundo continúa rodando, como una canica, o flotando como un trozo de madera a la deriva en un arroyo de montaña que desciende, desciende y desciende, hasta llegar al mar.

*

Jonah solía pasar el rato en bermudas de surf y tenía una espalda preciosa, sin ninguna imperfección, bronceada por el sol, el mar y la arena hasta adquirir un profundo tono dorado, el color de una tortita perfectamente hecha. Su complexión era la típica de un dorsal ancho bien desarrollado, de modo que su espalda tenía una forma casi de punta de flecha cuando estaba erguido; pero la parte superior del trapecio no era excesivamente prominente (es decir, su cuello no tenía el aspecto de un levantador de pesas cabezón ni de un marine). Sus piernas eran compactas y los muslos daban la impresión de fuerza, pero no de velocidad; no era corredor, sino nadador. Este tipo de cuerpo es algo que vi repetidamente en los surfistas.

Al igual que yo, Jonah también llevaba gafas, pero él prefería el estilo aviador mientras que yo era un empollón total con montura cuadrada de alambre. También tenía gafas de sol —creo que eran unas Ray-Ban Wayfarers— pero en clase llevaba sus gafas de aviador. Tenía el pelo largo para la época, aunque no exageradamente largo, como me llegaría a mí.

La tabla de surf de Jonah ocupaba un lugar destacado en su lado de la habitación; no escondida debajo de la cama sino erguida con descaro, apuntando hacia arriba. Estaba junto al equipo de música, visible para todos, un orgulloso testimonio de su destreza física y su ambición casi zen en busca de la ola perfecta.

La única tabla de surf que había visto antes era la del estilo que usaba Greg Brady en *The Brady Bunch* en su aventura hawaiana: la tabla larga. Pero pronto aprendí que lo que los chicos preferían era una tabla mucho más corta. A menudo tenían dos o tres quillas en lugar de una; y tenían poca curvatura (lo que se llama *rocker*, como en una mecedora). Estas tablas cortas eran muy maniobrables, casi como una patineta, y buenas para trucos. Solía ver a Jonah surfear, como una chica o una groupie, bajando y observando desde las mesas de picnic de Rincon, hasta que me dijo que era demasiado gay y que debía cogerme una tabla y surfear también, o quedarme en el colegio. Pero disfrutaba mirando y siendo espectador. A veces mi padre también venía, o Larry y mi padre y yo, los tres juntos. Mi padre había conocido a Jonah y estaba emocionado de verle surfear. Incluso se ofreció a comprarme una tabla. Pero me reí y dije que era mala idea. «Me ahogaría seguro, papá.» En esas ocasiones mi padre traía pollo frito y patatas fritas en envases de poliestireno blanco para llevar, quizás de Carrows, y latas de Coors en una nevera portátil de plástico, y yo podía beber una cerveza si quería; pero normalmente me abstenía y me quedaba con la Coca-Cola.

La tabla de Jonah era de fibra de vidrio, como todas; al parecer, flotaba mejor que la madera y era considerablemente más ligera. Creo que, además, la tabla pequeña era simplemente más fácil de transportar en coche que las más grandes.

—¿Mr. Zog's Sex Wax? —dije.

—Por supuesto. ¿Qué otro tipo de cera usarías?

—Sí, claro, si lo planteas así.

Jonah dedicaba una cantidad desmesurada de tiempo a encerar su tabla, o al menos eso me parecía. A veces incluso derretía la cera anterior y luego volvía a aplicarla con esmero. Fue durante una de esas sesiones de encerado cuando Joey O'Dell irrumpió en la habitación.

—¡Oye, tío! ¡Qué hay, colegas!

—Oye, Joey —le dije. Joey era algo impulsivo; siempre estaba quejándose de algo. Había personalizado su tabla de surf con una discreta esvástica negra en la base. Hoy se quejaba del personal de mantenimiento. —¡Hay frijoleros por toda la escuela, tío! ¡Por qué no contratan a gente mejor!

—¿Qué les pasa a los mexicanos? —dije.

—Ay, chico de Florida, aquí no sabes cómo es. Nos estamos ahogando en ellos. Son como ratas.

Negué con la cabeza. —Pareces del Ku Klux Klan.

Jonah no tenía ningún interés en involucrarse. —Para ya, Joey —murmuró.

—Sí, Joey, ¿por qué no te largas?

Era Christian Benoit en la puerta. Era un chico duro del Lido, no surfista sino un auténtico chico de San Francisco, y también recién llegado a segundo. Solo que nadie se metía con él. Ni siquiera los de último año. Al parecer, se había acercado a saludar y había captado el hedor de lo que Joey estaba desprendiendo. No parecía gustarle.

—¿Cuál es tu problema, tío? —dijo Joey.

—Sal de aquí.

—Sí, tío, ya me voy, ya me voy.

*

No me hice amigo de Christian Benoit (a quien ese año casi todos llamábamos Ben Wa, como el juguete sexual) de inmediato. Inicialmente se orientaba hacia el deporte, así que estaba totalmente conectado con los chicos de su equipo: jugaba al fútbol, siendo su posición preferida el centro o el centrocampista, jugando incluso ocasionalmente de delantero, y luego, en primavera, se vestía para jugar al lacrosse. Con el tiempo llegó incluso a ser capitán. Le gustaba jugar en ataque con un estilo agresivo y de contacto total, y un manejo del palo potente por el que era universalmente admirado. Su cuerpo era ideal para esos deportes; no era alto, pero sus pantorrillas, muslos y núcleo estaban diseñados para correr, como si ese hubiera sido el plan, y fácilmente generaba ráfagas de velocidad y proezas de agilidad. Era como un joven dios griego, con su larga melena rubia ondeando al viento, los muslos bombeando, mientras marcaba un gol o disparaba con fuerza contra un portero que se encogía.

No sabía nada de ninguno de los dos deportes; cosas como el balón de fútbol y el esotérico palo de lacrosse me eran completamente desconocidas. Sabía lo que era un balón de fútbol americano (en teoría), y eso era todo. También pensaba que los deportes de equipo eran una tontería, y que la gente que los practicaba y los veía debía ser aún más tonta. Esa afirmación, decía yo, se demostraba fácilmente con la ciencia; pero nadie se atrevía a hacer el experimento por miedo a que le dieran una paliza. El único deporte que me interesaba, aunque fuera vagamente, era el atletismo; y ese interés provenía de mi romanticismo, un tanto absurdo, hacia los Juegos Olímpicos. Nosotros, como todo el mundo, veíamos los Juegos Olímpicos religiosamente por televisión. Y quizás otros deportes individuales, como el tenis, resultaban al menos interesantes; representaban marcas personales. Mi madre tenía la curiosa historia de haber ido al mismo colegio que Billie Jean King; incluso había hablado con ella. Así que, naturalmente, cuando se produjo la Batalla de los Sexos, la vimos por televisión y la animamos. Por eso el tenis me parecía bien, e incluso tomé algunas clases en algún momento.

Pero incluso entonces, mucho antes de Kickshaw, mi interés se limitaba a observar. Debido a que me importaban un pito los deportes, a mi debilidad y a mi patética apariencia de crío flacucho, estoy seguro de que Christian no me consideró inicialmente material de amigo.

Nuestra relación informal comenzó de la manera más natural, gracias a su omnipresencia en Lido, que, como ya he dicho, era el dormitorio justo debajo de High House. Lo veía, con su imponente figura de tiranosaurio, en las escaleras o entrando por la escalera trasera, a veces en la oscuridad escabulléndose por el césped cuando se suponía que todos debíamos estar en la cama, y a veces me atrevía a cruzar su mirada y sonreír. Para mí era indiferente entonces, en su propio mundo.

Para explicar un poco más sobre el edificio, que aparecerá mucho más adelante: la totalidad del «caserón ancestral» (como habría dicho Sherlock Holmes) tenía dos pisos de altura con pesadas tejas rojas y estaba organizado en forma de L, con un ala hacia el sur y la otra hacia el este. En el centro de la «L», tanto en la planta baja como en la primera, estaban los apartamentos de los Masters —normalmente hombres solteros. Por Master me refiero a profesor. (A todos los profesores se les llamaba «Masters», lo que presumiblemente era un guiño a

alguna tradición anticuada y draconiana del sistema escolar britá-
nico). Los pisos superiores de la «L» eran High House; los inferiores
eran Lido, excepto que en algún momento de la historia del edificio,
la mayor parte del ala este de Lido se había convertido en oficinas. El
director, y el propio viejo Kickshaw, ahora un anticuario que cojeaba
como el rey Lear con gruesas gafas redondas de montura negra, tenían
allí sus oficinas; las demás eran para el Decano de Estudiantes y el
equipo de Relaciones con Exalumnos, es decir, los buitres del dinero.

Quizás también debería mencionar que había una estrecha escalera
de piedra, como una escotilla de escape, al final de cada tramo de la
«L». Eso significaba que mi habitación estaba cerca de una salida rápida, y además una salida que no pasaba frente a las puertas de dichos
Masters.

En fin, la habitación de Christian tenía una ventana que daba al interior, en el tramo sur de la «L», allá abajo en Lido, mientras que Jonah
y yo estábamos en el extremo sur, un piso más arriba. Ese año pasé
mucho tiempo en Lido y miré por la ventana de la habitación de
Christian muchas veces, con la mirada perdida en el vacío. La ventana
de Christian daba al agradable verdor de los jardines y tenía vistas a
la capilla, al muro sur de los dormitorios del «Schoolhouse», y más
allá, al comedor.

Al igual que yo, Christian había llegado en décimo. A diferencia de
mí, su hermano mayor también había asistido a Kickshaw durante un
tiempo, así que Christian ya había visitado la escuela y tenía una
buena idea general de lo que se esperaba de él.

El padre de Christian parece haber sido un hombre excepcional (al
menos a ojos de su hijo). Se graduó de la Escuela de Negocios de Harvard con un MBA que obtuvo a finales de los cuarenta. A Christian le
encantaba contar esa historia; la escuché más de una vez. Su padre,
decía, era un hombre sin educación formal, que ni siquiera había terminado el bachillerato, y sin embargo había concertado una cita con
el decano de la Escuela de Negocios de Harvard, le explicó su trayectoria y sus objetivos académicos (para entonces dirigía una empresa
de la lista Fortune 500) y, por pura fuerza de su personalidad, salió
de esa reunión admitido. En Harvard. «No necesitaba molestarse con
una carrera», dijo Christian riéndose.

—Sí —dije—. Pero era la Escuela de Negocios de Harvard, no la
Facultad de Derecho ni la de Medicina.

—Aun así sigue siendo impresionante, ¿no crees?

—Por supuesto. En los negocios, la fuerza de la personalidad tiene
campo para actuar. Eso no funciona en todas partes.

Pero él no lo veía así. Creía que su padre había superado con éxito el mismo sistema al que él, Christian, ahora se preparaba para entrar, demostrando así su dominio absoluto del juego educativo. Christian estaba orgulloso de su padre y deseaba profundamente complacerle. Le resultaba difícil. El hijo mayor había pasado por una tragedia, y el menor vivía a su sombra. Había, por tanto, algo profundo y amargo, algo freudiano, que debía de arder en las entrañas de Christian. Conocí al viejo mucho más tarde, pero las circunstancias no eran buenas. De la madre no sabía nada. Solo hablamos una vez, brevemente, y fue en un momento de crisis.

Debió de ser karma, entonces, quizás el mío, quizás el suyo; pero la conexión, el «incidente desencadenante», es un momento perdido en la bruma del tiempo. Podría inventarme algo, y tal vez fortalecería la historia, pero eso no sería justo para ninguno de los dos, ni para Christian ni para mí. Lo más probable es que ocurriera así: yo había descubierto el frisbee porque Larry tenía uno y él, mi padre y yo íbamos de vez en cuando al parque cerca de casa a lanzarlo. Después de cierto punto, mi padre y yo añadíamos fumarnos un porro antes, lo que, por supuesto, mejoraba considerablemente la experiencia, aunque también mermaba mi puntería y le causaba ansiedad a Larry

A Christian le encantaba el frisbee; jugaba al *frisbee golf*, que era algo completamente nuevo para mí entonces, y también jugaba 3 *Flies Up* cerca de la Ermita, donde había una pendiente pronunciada hacia abajo y era posible lanzar a gran distancia, el frisbee cogiendo aire y finalmente descendiendo flotando por el camino, o acabando, por una jugada desafortunada, en el tejado de la casa del 27, la detestable guarida de los de primero. Y lo más probable es que yo me sumara a alguno de esos juegos, y porque me había adentrado profundamente en el Gran Círculo, el zen del lanzamiento de periódicos, había desarrollado un movimiento atlético en mi cuerpo; uno solo, sin duda, pero atletismo al fin; y ese movimiento de lanzar papeles una y otra vez se trasladó milagrosamente al frisbee.

Sí, se me daba bien. Fue bastante extraño. El frisbee fue una revelación, una cosa de California, una acreditación útil, y me gané algo de calle gracias a ello. Podía tirar con una distancia seria gracias a la magia de kung fu de mi brazo izquierdo. Incluso podía lanzar con cualquiera de las dos manos, algo que Ben Wa consideraba digno de un oficial. Así que probablemente fue así como ocurrió; esa primera chispa de conexión y atención.

Pero la cosa era mucho más profunda, y lo que vi en Christian, en mi amigo Christian, mi hermano de sangre, que mucho después pareció sufrir como su tocayo: lo que vi en él fue a un tipo que sabía mucho más que yo sobre ser guay —sobre música, deportes, drogas, los misterios de la contracultura— y de inmediato le otorgué un estatus icónico, se convirtió en mi ídolo. Alguien a quien escuchar, con quien pasar el rato si eso fuera posible, si llegaba a permitirse. Y a Christian le pareció que tal vez, solo tal vez, yo encajaba en el perfil de compañero, un pequeño Patroclo, porque aunque al principio era un empollón, a medida que me dejaba crecer el pelo y empezaba a usar la ropa loca, súper moderna pero a la moda que Larry me ayudaba a conseguir, fantasías de tiendas de segunda mano, y a medida que mostraba disposición a rendirle devoción e incluso adoración plena hacia sus habilidades y conocimientos, una brillante narrativa continua en la que Christian era la estrella cuyas opiniones eran el polvo de oro que había que extraer y de quien se podían aprender lecciones —lecciones ansiosas— de todo lo que él debió de haber decidido que yo estaba bien.

Creo que olvidé mencionar que Christian era de Palo Alto, que el viejo Benoit padre se dedicaba a algún tipo de negocio tecnológico —un multimillonario, un porcino del dinero—, y que Christian lo sabía todo sobre San Francisco y había estado en Berkeley incontables veces. Ah, San Francisco, ese nombre tenía un significado místico para mí; y para él también, aunque por razones distintas. Para mí, se trataba de la librería City Lights, un lugar del que incluso yo, desde Florida, había oído hablar e imaginado; pero para Christian había muchos lugares emblemáticos, tiendas de discos, tiendas de parafernalia y, por supuesto, algunos contactos: camellos.

La verdadera esencia de Christian, diría yo, lo que tanto importaba en nuestra relación, era su gran amor y fascinación por la música; y me transmitió ese amor como un maestro infunde a un alumno. Por encima incluso de la hierba, en aquellos días todo giraba en torno a la música. La música que merecía atención para los jóvenes era el rock and roll, y Christian se rebeló profundamente contra los deseos de su padre al abrazar a los Beatles. Sí, los Beatles y los Stones. El padre no podía aceptar que ninguna música surgida durante la Invasión Británica tuviera valor. Al parecer, no soportaba el concepto de la guitarra eléctrica. Era un hombre de jazz, un aficionado a la trompeta y al saxofón, al swing, y no precisamente ajeno a la música, de modo que Christian tenía todo ese misterio del jazz para absorber, cosa que hizo. Pero Christian y yo no nacimos en 1940; yo no sabía quién era

Benny Goodman y, francamente, me importaba un comino. ¿El clarinete? Nuestros dioses musicales eran completamente distintos y quizás incluso algo antagónicos hacia los grandes del jazz, casi como dos drogas que actúan como agonistas entre sí y no se pueden mezclar sin producir los efectos secundarios más horrorosos.

No debería exagerar con esta analogía, pues el propio Christian no la habría tolerado. Christian ciertamente tenía a Weather Report representado en su prodigiosa colección de discos, todos organizados alfabéticamente en cajas de leche, e incluso algo de John MacLachlan, de la Mahavishnu Orchestra, aunque no lo consideraba de gran valor. Más una curiosidad intelectual que otra cosa. No es que el jazz no tuviera cabida, habría dicho, sino que la combinación de jazz y rock era una complejidad que solo el futuro podría crear y la fusión todavía no era la respuesta. Más tarde, cuando Steely Dan saltó a la fama, Christian dijo que por fin había encontrado su vínculo con el jazz. Pero el padre no lo aceptó.

El otro esoterismo que Christian aportó a la fiesta, el conocimiento secreto y clandestino que para mí lo era todo, era cómo fumar hierba. Cómo colocarse. Christian había aprendido su arte profundo y sigiloso del cannabis de su hermano mayor, y le encantaba ponerse hasta arriba. Era algo que le producía alegría. Todo lo relacionado con la hierba le complacía y le fascinaba. Y sin duda es cierto que hay pocas cosas más guays cuando tienes dieciséis años que fumarte un porro con unos amigos y luego poner buena música, adentrándote en lo místico.

Pero en la vida, para todo hay un primer momento, un tiempo anterior de virginidad e inocencia, un tiempo posterior de «presencia», de acción y experiencia, y finalmente —con un poco de suerte, o en su defecto, con la probabilidad ciega e indiferente de nuestro lado—, un tiempo de sabiduría, de supremacía.

Así fue como viví mi tiempo con Christian. Me enseñó muchas cosas guays, e incluso la esencia misma de lo guay, a través de la música, pero lo más personal e intenso fue fumar hierba, como un ritual, y nos colocábamos juntos casi a diario.

Por supuesto, eso estaba completamente prohibido y me habrían expulsado de inmediato. Así que ahí estaba: el miedo, la ansiedad y la inmensa alegría de estar al margen de la ley.[2]

---

[2] *Me gustaría decir, llegados a este punto, que aunque el mundo ha cambiado en cuarenta años, y las drogas son peligrosas para los cuerpos y las mentes en desarrollo, y sí, consumirlas es malo; aun así, todo el mundo debería fumar hierba al*

*

Tengo que admitir que la primera vez que me coloqué no fue con Christian, sino con Dick. Sí, resultó que mi padre era un poco fumeta, y fumar le venía de perlas para relajarse después del estrés de un trato inmobiliario complejo, aunque era como el profesor de *Animal House*, el que interpretó Donald Sutherland. La generación de mi padre veía la hierba como un mal, como algo sacado de *Reefer Madness*. Así que para que mi padre se colocara hacía falta mucha preparación y precaución. Mi padre no era muy planificador, pero dedicaba mucho tiempo a su imagen, lo cual requiere una planificación considerable; y pensaba detenidamente en la gente, en lo que necesitaban, lo que querían y cuál podía ser su papel en esa ecuación; así que sopesaba y media a las personas como un panadero mide la harina y el azúcar. Yo nunca pude dominar esas habilidades; la gente siempre me abrumaba y terminaba cediendo a su energía más fuerte. No tenía ni agallas ni mojo. Eso sigue siendo cierto hasta cierto punto incluso ahora, por eso lo admiraba tanto, porque tenía esas cualidades que yo no entendía. Pero más tarde, cuando solo quería que me ayudara a conseguir hierba y él se negaba, me marchaba pensando que era un rollo.

Al principio, sin embargo, yo era como una virgen despistada, abrumado por toda esa energía, intentando mantener la cabeza fuera del agua. Llevaba apenas unas semanas viviendo con él y Larry ese primer verano cuando empecé a notar que mi padre se escabullía al garaje. No decía mucho y parecía hacerlo cuando Larry estaba distraído o en otra parte. Un día estábamos enfrascados en una conversación que le interesaba mucho: el futuro de China. «Robbie, llegará el día en que China se convierta en una potencia internacional. Nixon abrió China, pero queda mucho por venir.»

—¿Has estado en China, papá?

---

menos unas pocas veces en la vida, y probablemente mucho más a menudo que eso. El mundo sería un lugar mucho más pacífico si todo el mundo estuviera colocado con regularidad. Puede que los cohetes no lleguen con éxito al espacio, pero las mentes sí. Casi nunca hay peleas entre personas colocadas. Casi ninguna. Compárese esto con el alcohol, que puede tener efectos sociales espantosos, llegando incluso a incitar a la violencia. El alcohol destruye los sentidos. La hierba parece tentarlos y realzarlos. — DRS

—No —dijo—. Pero me encantaría ir algún día. Se puede ganar dinero, hijo. Lo estoy investigando. Quizás importamos algo y montamos nuestro propio negocio. ¿Tal vez puedas ayudar?

Era de noche y Larry había salido, posiblemente a buscar comida china para llevar para los tres.

—Estoy seguro de que puedes hacerlo, papá. Tú y Larry sois como superhéroes para mí. —Debí de impresionarle un poco, o tocarle por dentro, porque me miró. Al cabo de un minuto dijo: —Mira, ven conmigo, muchacho.

Lo seguí y bajamos las escaleras hasta el garaje. En la pared del fondo había unas estanterías encima de la lavadora y la secadora, y sobre ellas, una caja de madera con tapa. Era una preciosa caja de color vino tinto, pulida y bruñida, con tallas; quizás procedía de Bali o algún lugar parecido.

Mi padre abrió la caja y sacó un tubo de plástico marrón translúcido, del grosor de una jeringa de cocina, que parecía sacado de un juego de química. El tubo tenía un agujero donde encajaba un tapón de goma negro, del que sobresalía un pequeño recipiente con un tallo de cristal. Mi padre fue al fregadero y llenó el aparato de agua.

—¿Qué es eso? —dije.

—Esto es un bong. Ahora verás cómo funciona. Mira esto. —Mi padre sacó una bolsita con hojas verdes sueltas, del color del orégano, y procedió a triturarlas entre los dedos, recogiendo los fragmentos en un pequeño cuenco de cerámica blanca. Luego metió un puñado en la cazoleta del bong.

—Mira cómo funciona, muchacho. —Encendió la cazoleta con un mechero: estalló en llamas de golpe, y al aspirar se oía un borboteo mientras la hierba desmenuzada ardía como brasa. Pude ver el humo subir por el tubo de cristal mientras succionaba el extremo del bong.

Parecía que fumaba sin parar, pero finalmente se detuvo. Tosió y exhaló una enorme bocanada de humo en el garaje. El olor era dulce, como a hierba aromática, pero no a ninguna que yo conociera; sin embargo me recordó algo que había percibido cuando estaba con los alumnos de recuperación de la clase de ciencias del viejo Dent Head, especialmente con Tommy. Sí, recordaba que hablaban de colocarse. Así que eso era.

Mi padre era, sin duda, la repera.

—¿Qué te parece, hijo? ¿Te gustaría probarlo?

—Bueno, de acuerdo, papá. ¿Eso es marihuana?

—Claro que sí, hijo.

—Muy bien. ¿Qué hago?

—Déjame preparártelo. —Mi padre cargó el bong y me pasó el mechero—. Funcionará mejor si controlas el fuego. Solo tienes que encenderlo.

Empecé a aspirar del bong y sentí la calada, luego encendí el mechero y lo acerqué a la cazoleta. Vi cómo la hierba se prendía. De repente me entró una gran bocanada de humo. Me detuve y me atraganté.

—Está bien, hijo, aguanta si puedes; si no, ¡lo estás haciendo genial!

Seguí fumando y cada uno dimos unas cuantas caladas más. —¿Qué te parece, amiguito? —dijo.

—Creo que lo siento. —La verdad es que mi padre entendía poco de hierba. Solo fumaba hojas, una porquería de hierba que había conseguido de alguna manera. Así que el efecto no era precisamente para volar, pero sí un subidón agradable, no muy diferente al del vino o la cerveza.

—Guardemos todo esto con cuidado, no quiero... quiero decir...

—Lo entiendo, papá. No quieres que Larry se entere.

—Oh, Larry siempre se entera, hijo. Pero si no es obvio, si no hay ningún desorden, no monta un numerito. Larry es muy contrario a las drogas.

—¿Y eso?

—Supongo que demasiados amigos suyos de la época hippy o se volvieron locos, o lo dejaron todo, o cayeron en combate. KIA, ¿sabes? Muertos en Acción. Se pasaron de la dosis.

Larry era un firme contrario a las drogas, y lo entendía. Tenía sentido. Pero la filosofía de vida de mi padre se basaba en la tolerancia, y Larry también creía profundamente en la tolerancia en todos los aspectos. Así que, aunque Larry resopló y soltó una carcajada cuando supo que habíamos fumado en el garaje aquella primera vez, también estaba dispuesto a tomárselo con humor e incluso, quizás, se sintió orgulloso de que me hubiera iniciado en el asunto. «¿Así que fumaste una pipa de agua con tu viejo? Bueno, siempre hay una primera vez para todo. Solo que no dejes que eso te controle. La gente así no merece la pena tenerla cerca; da demasiado sufrimiento. No seas ese tipo, Robbie.»

*

Dicen que es buena práctica presentar a todos los personajes al principio, para que la narración no resulte demasiado confusa para el lector. Pero en Kickshaw había tantos personajes potenciales —era, en cierto modo, un almacén y un pozo sin fondo de figuras cómicas y trágicas—, mi fuente de la infancia, que sería difícil presentar siquiera a un puñado de golpe. Sin embargo, hay uno que debo mencionar ahora, pues nos conocimos pronto. Fue mi primer amigo en Kickshaw además de Jonah (que era mi compañero de habitación y, por tanto, en cierto sentido, inevitable). Y ese era William. No Bill ni Willy, sino William, como él prefería. William Brennan. Yo lo llamaba William J. Brennan, a causa de su talante progresista y su porte judicial, y creo que le gustaba. Conocí a William de la siguiente manera: estaba merodeando por High House, por el lado opuesto, cuando me topé con una puerta abierta. Fue muy al principio. William estaba dentro, sentado en el suelo de su habitación, y había otros chicos, entre ellos Tony Perkins.

—De acuerdo —decía William—. Tony, tu profesor chiflado está parado en la boca de una cueva oscura llena de murciélagos. Hay un hedor putrefacto a guano y el aire huele a humedad. Las paredes de la cueva están mojadas y brillan como si fueran de alabastro. Dentro se oye el leve sonido de agua goteando. ¿Qué haces?

Tony se ajustó las gafas de culo de botella y entrecerró los ojos mirando una pequeña libreta encuadernada en cuero que sostenía en su mano gruesa. —Bueno, pues... saco mi lámpara Ruhmkorff y la pongo en marcha.

El chico sentado junto a Tony sonrió. Se llamaba Ryan. —Mi elfo tiene visión oscura. No necesito ninguna asquerosa lámpara Ruhmkorff. —Tiró un dado de aspecto extraño, solo uno, que rebotó en la alfombra. —Entro con paso firme y seguro.

William arqueó una ceja de esa manera suya, como Charley McCarthy. —¿Sin miedo?

—Sí, tío. Sin miedo. Soy un pícaro. Soy muy sigiloso.

—También eres muy fácil de acuchillar —dijo Tony—. ¿Y si hay, por ejemplo, una emboscada de duendes o un monstruo gelatinoso en el techo?

Ryan se burló. —¡Los elimino!

William suspiró. —Vale, vale, déjame comprobar algo.. —Hojeó sus notas y luego sonrió—. En cuanto entres, Ryan, oirás un *clic* bajo tu bota.

Ryan se quedó paralizado. —Uy.

La sonrisa de William se amplió. —Haz una tirada de salvación de Destreza.

Ryan gimió y agarró el dado. —Esto va a doler, ¿verdad?

Tony soltó una risita. —Ya lo decía yo.

No sabía muy bien qué pasaba, y esos tipos no interrumpieron la partida para saludarme. Pero escuché un rato. Al final William dijo:
—Oye, tío.

—Oye —dije—. ¿Esto es...?

—D&D. Mola, ¿eh?

—Ya. —No lo entendía, pero supuse que era algún tipo de juego—. ¿Es algo de San Francisco?

—No —dijo William, mirándome—. Lo inventaron unos tipos en Wisconsin.

Ryan dijo: —También se forraron con eso.

—Bueno, tiene sentido —dije—. No hay una mierda de cosas que hacer en Wisconsin.

Todos me miraron.

—¡Oye! ¡Yo soy de Wisconsin! —dijo Tony—. ¡Y voy a calcinarte con mis ojos de la muerte!

Dije «Ah, guay» y seguí adelante. Tony nunca parecía salir de su personaje, ni siquiera cuando no jugaba a D&D, lo cual me preocupaba un poco, y cuando miré atrás pude oír que los tres ya habían retomado la partida. Durante un tiempo, ese role-playing me hizo pensar que eran unos críos, y los evité, especialmente a Tony, que era de tercero y vivía al otro lado del pasillo de William.

Unos días después, dando un paseo por el campus, vi a William sentado solo en el enorme campo de fútbol, más allá de la piscina y las pistas de tenis (sí, teníamos ambas). Llevaba un sombrero de paja. Desde esa distancia parecía Van Gogh en un cuadro de campo. Fui en su dirección. Cuando por fin estuve lo bastante cerca, le grité: —Oye. ¿Qué haces?

—Oh, dibujando.

Me acerqué y miré por encima de su hombro. —Vaya —dije—. Eso está muy bien.

Estaba trabajando en un dibujo paisajístico de las estribaciones. Pude ver que era un dibujante experimentado; las líneas eran las de alguien que sabía dibujar, no las de un garabateador.

—¿Te gusta el arte? —dije.

—Claro. ¿A quién no?

—Oh, creo que conozco a unos cuantos.

Rió entre dientes. —Qué lástima.

—Sí.

Dibujó un rato y yo me desplomé cerca. Miré con él hacia el horizonte. Era temprano, diría que a media mañana, y el sol iluminaba las

colinas. Soplaba una brisa fresca; aún era otoño. Se veían algunas colinas de altura media y, al fondo, las montañas de Santa Ynez. No dije
nada, y al cabo de un rato me dijo: —¿Sabes? Gauguin, cuando estuvo
en Tahití, se dio cuenta de que los isleños a veces se sentaban simplemente mirando el mar, o lo que fuera, durante horas. Y en ese tiempo
no sentían ninguna necesidad de conversar. Se sentaban en silencio,
tranquilamente. Durante horas. Le pareció algo extraordinario; lo escribió en una de sus cartas. ¿Lo sabías?

—¿Estás diciendo que se sentaban tranquilamente, como perros
tumbados al sol? ¿Estaban durmiendo?

Se rió. —Bueno, no sugeriría *eso* exactamente. Digo que eran distintos; eran indígenas. Su comprensión del mundo no era como la nuestra. Desde luego no dormían.

—O sea que estaban a gusto.

—Quizás.

—¿Crees que su forma de vida era mejor? ¿Tenían algo que a nosotros nos falta?

—Creo que tienen algo que a nosotros nos falta, sí; sin duda es así.

—Pero quizás, viviendo en una isla, simplemente tenían pocos es-
tímulos. Quizás se aburrían a morir. O quizás hacía mucho que se les
habían acabado las cosas que decir.

Se rió. —Es algo muy eurocéntrico lo que acabas de decir.

—Mmm.

Nos sentamos un rato. Él dibujó. Yo me quedé soñando despierto.
Noté que me sentía bastante a gusto en su presencia. No siempre me
pasaba eso con la gente en general. Al final dije: —Me pregunto cómo
será estar ahí detrás.

—¿Te refieres a las estribaciones?

—Eso es.

—Bueno, puedes averiguarlo. Se sabe que los mayores van de excursión por allí. Tengo entendido que hay un arroyo y una poza para
nadar.

—De verdad —dije—. Interesante.

—Oh, sí. Sabes, el decano...

—¿Stacks? —dije.

—Exacto. Se fue allí un fin de semana. Llevó a su joven esposa. ¿La
has visto?

—No.

—Viven en el apartamento del extremo norte de Long House.

—¿De verdad?

—Sí.

—No he visto a la mujer. A la esposa. Me sorprende, la verdad. Creía que los dormitorios eran solo para hombres.

—Oh, lo son. Pero él es el decano. Imagínate lo que te haría si molestaras a su esposa. Es bastante atractiva, rubia, probablemente de unos veinticinco o veintiséis años.

—Dios mío —dije.

Dibujó un rato.

—En fin, Stacks fue allí arriba. Se observó que solo llevaron un saco de dormir.

—Un saco de dormir —murmuré—. Bueno, quizás sean recién casados.

—Quizás.

Ahora estaba parloteando. —No creo que pudiera dormir con alguien de esa manera. Envuelto alrededor de otra persona. Creo que me muevo mucho al dormir. Nuestras cabezas chocarían. Alguien saldría herido en serio.

—Yo también me muevo mucho. Aunque no estoy del todo seguro de que su plan fuera dormir —dijo. Los dos nos reímos.

*

El sistema de Kickshaw consistía en asignar a cada alumno un asesor, mitad padre mitad confesor, y oí que el mío era Martin Quinn. Todos los días de la semana teníamos asamblea matutina en el gran Teatro Henderson, y la dinámica era que nos sentábamos en filas, aunque más o menos agrupados alrededor de nuestros asesores, cada uno de los cuales anclaba una zona de camaradería. Así que el primer día de clase, Martin me hizo una seña mientras buscaba dónde sentarme. —¿Robbie Gray? ¡Por aquí!

Sin embargo, no tuve mucho trato con Martin, salvo que los Masters que vivían en los dormitorios, como él, también eran los «padres» del dormitorio y hacían rondas nocturnas para comprobar que los cuerpos estuvieran en las camas. Así que le veía entonces. Es decir, veía la silueta de su cara en la puerta de nuestra habitación por la noche. Pero no fue hasta la fiesta en casa del asesor que realmente conversamos.

Era el primer fin de semana y yo aún me estaba adaptando a la vida en el dormitorio. Martin había organizado una barbacoa. Entré en su guarida por una puerta que estaba abierta con un trozo de alabastro que parecía tener tetas, y me encontré con más arte y libros de los que parecían razonables en un espacio tan pequeño. Dentro ya había mucho ambiente. En algún lugar de un equipo de música invisible, una aguja de diamante raspaba suavemente un vinilo; no lograba identificarlo, salvo que debía ser ópera italiana.

Resultó que entre los pupilos de Martin estaban tanto William como Jonah, lo cual fue un alivio. Me fui abriendo paso hacia ellos. También había algunas caras más de High House y Lido, riendo a carcajadas. En un rincón, tan conspicuo como un pulgar vendado, estaba el único chico negro de la sala. De hecho, por lo que yo sabía, era el único chico negro de toda la escuela. Con la mirada baja, delgado como una tira de tocino magro, miraba fijamente al vacío. Martin se esforzó en presentarlo.

—Este es Calvin, chicos. Es un estudiante de segundo, como algunos de vosotros. ¿Quieres decir algo sobre ti, Calvin?

—Oh, en realidad no.

La tira de tocino no levantó la vista. Tuve la extraña impresión de que llevaba una faja ajustada alrededor del pecho, como una especie de sujetador, debajo de la camisa. Pero fue solo una impresión fugaz; una intuición. Lo que sí noté conscientemente fue la camisa de Calvin, que florecía con un delicado trabajo de ganchillo que se extendía por el cuello y los puños. Entonces el tocino habló, con un par de palabras lastimeras.

—Excepto que... es maravilloso estar aquí arriba... es la naturaleza, la creación de Dios. Pero también es un poco solitario.

—Eso no es raro, Calvin —dijo Martin—. Todo el mundo necesita un tiempo para adaptarse y hacer amigos. Dale un par de semanas más.

La barbacoa estaba en pleno apogeo, y yo ya había causado revuelo al quejarme de la falta de comida vegetariana.

—Oye, Martin, aquí no hay nada para un vegetariano.

—¿Tenemos alguno? —preguntó.

—¿Eres vegetariano? —preguntó Jonah—. No lo sabía.

—Bueno, no lo soy *de hecho* todavía —dije—. Pero tengo la ambición de serlo.

Martin se llevó la mano a la barbilla. —Supongo que es un poco como el dilema del huevo o la gallina: si todas las opciones de comida disponibles son carne, no tienes alternativa y no puedes lograr tu objetivo. No te estamos apoyando lo suficiente. Pero espero que no te mueras de hambre esta noche. Tengo ensalada de fideos... déjame ver. ¡Ven conmigo, Robbie!

—Oh, no te molestes —dije. Para entonces ya me estaba dando cuenta de lo que había en la parrilla.

—No, no —dijo—. Eso no es para ti. Ahora que conozco tus necesidades dietéticas, debemos hacer algo al respecto.

No aceptaba un no por respuesta. Y como resultado, me perdí las costillas a la barbacoa —unas costillas baby-back con un aspecto y un aroma increíbles—, como sacadas de lo más profundo del país cajún. ¡Se me hacía la boca agua! En cambio, esa noche tuve que conformarme con macarrones fríos apelmazados con mayonesa y unas lechugas romanas de dudosa procedencia que Martin encontró en un rincón recóndito de su nevera.

—La próxima vez me aseguraré de tener más para los vegetarianos —dijo con una sonrisa. Martin tenía a veces una sonrisa pícara y era difícil saber cuándo me estaba tomando el pelo. Pero siendo yo mismo un experto en ese arte, estaba bastante seguro de que me estaba dando el tratamiento.

Después de que todos termináramos de comer, Martin nos dirigió unas palabras de bienvenida. —Mi puerta siempre está abierta. Bueno, quizás no siempre. Básicamente, si mi puerta está cerrada, significa que estoy ejerciendo mi derecho inherente a la privacidad, o que estoy con una dama. O que me gustaría estarlo. En cualquier caso, considérame no disponible. Quiero decir, disponible.

Nos reímos.

—Aquí somos todos chicos, y los chicos son chicos. Mi filosofía es vivir y dejar vivir, y practico la tolerancia. Todos deberíamos ser tolerantes con los demás. Por ejemplo, me propuse ayudar a Robbie a lograr su objetivo de hacerse vegetariano. No le obligué a comerse esas costillas tan horribles.

Más risas.

—Sin embargo —continuó—, lo que puedo aprobar tiene un límite, y hay normas escolares que cumplir. En última instancia, cada alumno es responsable de estar a la altura del lema de la escuela, que es que si te esfuerzas, puedes lograr cualquier cosa. Bueno, en fin, hasta aquí mi discurso. ¿Alguien tiene alguna pregunta?

—Sí, oye, ¿qué es esa música de iglesia? —dijo Jonah.

—Oh, gracias por preguntar. Así que te gusta la ópera, ¿verdad, Jonah?

—Es, eh, muy inspiradora —dijo.

—¿Inspiradora? Bueno, sí. Supongo que sí. Me gusta la música clásica en general, pero la ópera por encima de todo. ¡Ah, *La Traviata*! No os preocupéis; después de unos meses escuchándola, todos os habréis convertido en aficionados. —Lo dijo con una sonrisa, y fue recibido con sarcasmo y carcajadas generales. Pero todos se daban cuenta de que era un tío legal.

*

Como estudiante de segundo año en Kickshaw, al principio me dedicaba a aprender lo básico: dónde estaban mis clases, quiénes eran los maestros y qué esperaba la escuela de mí. Intenté encontrar mi lugar, como debe hacer todo nuevo miembro de una familia.

Pero con el paso del tiempo, mi inclinación natural a explorar —algo que creo que está grabado en el corazón de todo chico adolescente— comenzó a manifestarse. Al igual que ocurre con la familia, con el tiempo surge el deseo de ver qué hay más allá.

Para empezar, a veces se nos concedía permiso —libertad— para salir del campus. Era un privilegio, no un derecho, y muchos chicos de Kickshaw se angustiaban ante la posibilidad de perder ese privilegio por alguna infracción menor o por incumplir alguna norma; pero cuando se concedía, la libertad reinaba suprema.

Y con la libertad llegó el problema existencial de cómo salir del campus. Para algunos, esto se reducía a una simple llamada a amigos o familiares, o incluso a un taxi, y otros tenían el placer de ir en ciclomotor hasta Carpinteria. Pero yo no tenía esas opciones, así que tenía que caminar. A veces hacía autostop, aunque no era lo más recomendable y quizá infringía alguna norma menor de Kickshaw.

Ese primer día firmé con éxito la hoja de permiso de salida del campus, mientras el decano, Charlie Stacks, me miraba y me guiñaba un ojo. Salté de vuelta a mi habitación, recogí mi cartera casi vacía y unas monedas, y me puse en marcha en dirección a Long House. Por las explicaciones de Jonah sabía que el camino descendería colina abajo, pasando por algunas viviendas independientes —una de ellas era, al parecer, la del decano— y serpentearía por la ladera de la meseta, convirtiéndose finalmente en un camino forestal cubierto de polvo y bordeado de salvia. Ese camino rodeaba hasta volver a encontrar el asfalto de la carretera principal que subía; pero antes había un atajo a la derecha que bajaba, un sendero. Serpenteaba y se ramificaba como un camino de cabras; pero las cabras habían sido estudiantes. «Si tomas este sendero», decía Jonah, «al final sale al pie de la meseta, justo frente a la casa de los Sauvage».

Por eso toda la zona se llamaba, al menos para mí, el *Forest Sauvage*, aunque guardaba muy poca semejanza con lo descrito en *El rey que fue*

y será. Debo explicar que el señor y la señora Sauvage eran los cuida-
dores, compatriotas escoceses que habían seguido al viejo Kickshaw
desde el Reino Unido hasta California; eran, por tanto, presumiblemente los amigos más antiguos y queridos de Kickshaw. Pero se decía
que el señor Sauvage había muerto; ahora solo quedaba su esposa. Era
una anciana amable, al parecer casi ciega, y sin embargo seguía preparando y sirviendo el café de los mayores por las tardes. La veía moverse lentamente, empujando un carrito en dirección a la Biblioteca
Branson, la antigua biblioteca original bajo las residencias de la
Schoolhouse, donde Kickshaw solía leerle a los chicos por las noches.
«¡Un público cautivo!», pensé.

Tomé ese sendero y avancé feliz a través del *Forest Sauvage*, con la
esperanza de vivir alguna aventura en mi primera salida en solitario
al pueblo. Era una tarde luminosa; el otoño aún no se sentía en el sur
de California, y pronto empecé a sudar. El aroma de la salvia, ese olor
tan propio de las estribaciones, me envolvió, y me pregunté si alguien
podría ser más feliz. De repente oí una voz a la derecha. Parecían varias voces, pero cuando llegué a un cruce de senderos, olí marihuana
y las voces se callaron. Me detuve, pensando si debía unirme a la
fiesta. Pero era el principio de mi etapa en Kickshaw y prácticamente
no conocía a nadie. Así que seguí caminando.

El sendero terminó al llegar al llano. Pude ver claramente la parte
trasera de la cabaña de los Sauvage. Estaba situada de tal manera que
cualquiera que llegara al gran cartel al inicio del camino privado que
subía a la meseta vería también la cabaña; pero eso significaba igualmente que alguien en la cabaña vería al visitante, si se tomaba la molestia de mirar.

Llegué a la carretera. Era la Casitas Pass Road, una larga cinta que
se adentraba en las colinas e incluso rodeaba Carpinteria por detrás.
Pero aquí circulaba muy poco. De vez en cuando algún granjero blo-
queaba la carretera sentado en su tractor. En ese momento no había
coches; el mundo estaba curiosamente silencioso, y pude ver limoneros con ojos amarillos durmiendo en un huerto al otro lado. Me puse
a caminar entonces, sin preocuparme demasiado por llegar a ningún
destino en particular, pero en dirección a Carpinteria, es decir, a la
derecha. A la izquierda, la carretera continuaba a lo largo de los huer-
tos y había luego un desvío que subía por la ladera; y en algún lugar
de allí vivían Heinrich, el maestro de física, y su anciana esposa, habi-
tando una vida idílica muy alejada de los horrores de la Segunda Guerra Mundial, en los que todos dábamos por sentado que el señor Henler había participado de lleno. Seguro que era de las SS.

De repente, mis pensamientos se vieron interrumpidos por el ruido de un motor refrigerado por aire que pugnaba por funcionar. El pequeño motor iba alojado en un viejo Volkswagen Escarabajo, como un cacharro destartalado de la Segunda Guerra Mundial, del tipo que mi padre coleccionaba y en el que alguna vez había trabajado como mecánico.

Miré hacia atrás por encima del hombro, pues caminaba con la diligencia de un buen boy scout, mirando hacia el tráfico imaginario que venía de frente, mientras el Volkswagen —existencialmente real— me adelantaba a toda velocidad. Pronto quedaría flanqueado.

—¡Oh, no! —dije.

Era Heinrich; lo reconocí claramente, mirando a través de sus gafas redondas y aferrado al volante como una diablesa. No estaba precisamente preparado para encontrármelo aquí, en plena naturaleza, y yo de permiso. Pero el Escarabajo fue frenando rápidamente hasta detenerse del todo en medio de la carretera. Había bajado la ventanilla; o quizá llevaba todo el rato con ella bajada.

—¡Joven señor Gray! ¿Le llevo al pueblo?

Sonreí.

—Por supuesto, señor.

Di la vuelta al coche y entré.

Pisó el acelerador de inmediato y el coche comenzó a moverse. Al cabo de un momento preguntó:

—¿Qué le parece Kickshaw hasta ahora?

—Muy diferente a mi antiguo colegio.

—¿Y dónde fue eso?

—En Florida, señor. Donde vive mi madre. Iba al instituto Titusville, que está en el centro de Florida.

—Tengo entendido que Florida es un buen lugar para jubilarse.

—No lo sé, señor.

Me miró y dijo:

—Tienes buenos modales. Puedes llamarme Heine, si quieres. Pero solo si yo puedo llamarte Robbie.

—Pero en clase siempre decimos «Maestro» —dije—. Pensé que quizá era la norma.

Se rió entre dientes.

—No. La norma es que yo te llame señor Gray y tú me llames maestro Henler. Pero si quieres, podemos ser más informales. Es nuestra elección como hombres.

—¿Entonces Heine es el diminutivo de Heinrich?

—O Einer. Pero prefiero Heine.

—¿No hay un famoso autor llamado Heinrich que también se apellida Heine? Aunque ese es su apellido. Todo resulta un poco confuso.

El viejo maestro pareció sorprendido.

—¿Has oído hablar del poeta Heine?

—Pues sí. Paso mucho tiempo en la biblioteca. O pasaba, al menos. No había mucho más que hacer en Titusville, salvo ver despegar cohetes de vez en cuando y esperar que explotaran.

Pude ver que aún no estaba del todo convencido. Me miró como si le estuviera tomando el pelo.

—Mmm —dijo.

—¿No fue él quien dijo: «Empiezan quemando libros y acaban quemando personas»?

De repente sentí que el coche daba un volantazo. El viejo Heinrich —que desde ese momento era Heine (nunca me atreví a llamarlo Einer)— había tirado bruscamente del volante del pequeño coche y parecía estar en un estado de gran angustia.

—*Dort, wo man Bücher verbrennt, verbrennt man am Ende auch Menschen* — dijo en voz baja.

El coche fue perdiendo velocidad —debió de soltar el pie del acelerador del todo— y avanzó lentamente hasta detenerse. Parecía casi en estado de shock.

—¿Se encuentra bien, señor? —pregunté.

—Oh, lo siento, querido muchacho. No lo entiendes. Esta cita fue muy importante para nosotros durante los años de la guerra. Vimos cosas entonces, cosas terribles.

No dije nada.

—Sí, lo siento —dijo, y en su angustia sacó un pañuelo del bolsillo derecho del abrigo y se secó los ojos—. Por favor, dame un momento.

—Por supuesto.

Jamás se me había ocurrido que el maestro Henler hubiera estado de verdad en la Alemania nazi. Parecía muy mayor; sin duda lo suficientemente mayor como para que fuera cierto, pero aquello planteaba muchas preguntas. Sin embargo, mi preocupación inmediata era hacerme la firme promesa de dejar de llamarlo «Himmler», lo cual adquiría ahora una urgencia adicional. No podía evitar pensar que nuestras charlas y risas infantiles sobre las SS eran algo cruel. Era mucho más probable que lo hubieran brutalizado y aterrorizado, y que por eso hubiera sentido la necesidad de huir a América. ¿Y si era judío? ¿Había estado en un campo? ¿O quizá era un soldado, un recluta? Ahora era viejo y de repente le había recordado el terror, las cosas indescriptibles. Había cometido un grave error.

Pero el viejo Heine se estaba recuperando. En lugar de enfadarse y matarme con una Luger escondida en la guantera, sonrió. Su rostro se transformó.

—Así pues, al menos hemos establecido que eres un joven de cultura. Es asombroso. No todos los chicos de Kickshaw...

Ese pensamiento pareció secarse, pero continuó:

—¿Puedo preguntar quién es tu asesor?

—¿Mi asesor? Ah, Martin Quinn.

—Ah, sí, el joven Martin. Es un veterano, pero eso ya lo sabías, claro.

No lo sabía, pero mentí:

—Naturalmente.

El maestro Heine recobró la compostura, se secó los ojos de nuevo y, por fin, miró la carretera —que seguía vacía— y volvió a meter la marcha. Avanzamos despacio, ganando velocidad, y el pequeño Volkswagen empezó a tirar mientras él iba cambiando marchas.

—Sigamos adelante —dijo.

—Muchas gracias. Por cierto, fue muy amable de su parte detenerse.

—Es un placer. Y le diré a Martin, que también es un hombre de cultura, que he encontrado a alguien a quien quizás valga la pena prestarle un poco más de atención.

—Oh, no es necesario.

No me gustaba la idea de haber llamado la atención innecesariamente; después de todo, era un recién llegado. No sabía nada.

—¡No hace falta en absoluto!

—Pero sí. Martin es un antiguo alumno mío. Verás, él también fue a Kickshaw. Luego lo llamaron a filas y fue a Vietnam, y finalmente a la universidad gracias al G.I. Bill.

Avanzamos inevitablemente hacia la autopista US-101, esa majestuosa doble franja de hormigón que recorre la costa de California de arriba abajo.

—Voy al Albertsons, Robbie. ¿Lo ves? Justo ahí. ¿Dónde te dejo?

—Ah, donde sea está bien. Sí, en el centro comercial.

Le dije adiós con la mano mientras él avanzaba lentamente con piernas temblorosas hacia el supermercado. En realidad no tenía ningún destino; Carpinteria me era completamente desconocida. ¡Vaya aventura! La alegría de ser libre me inundó, pero al mismo tiempo me sentí curiosamente enajenado, incluso un poco asustado. Esa pequeña punzada de ansiedad venía de un sentimiento que no habría sabido explicar entonces. Solo ahora, tantos años después, entiendo que era el efecto de estar solo. De repente era simplemente yo mismo, y la verdad era que no sabía quién era ese yo. ¿Era el hijo de un maricón? ¿Era el bromista misterioso y gracioso que imaginaba o esperaba ser? ¿Era un estudioso? ¿Era un niño blanco rico? ¿Una criatura privilegiada? ¿Quizá era un niño, un bobo, un don nadie? No tenía ni idea. Por alguna razón, últimamente parecía que siempre reaccionaba a los demás, y eso me definía. Era lo que se supone que debía ocurrir. Pero ahora, solo aquí en este pequeño municipio residencial, sin amigos, sin coche, sin apenas dinero, solo el aire salado y el cielo abierto, no tenía nada a lo que reaccionar ni a nadie a quien intentar convencer. Simplemente era yo.

Caminé un rato y mis pies parecían llevarme inevitablemente hacia el mar. Quizás el inconfundible olor a sal marina me atraía. Había bajado de las colinas, como Moisés sin nada a cuestas, y mi destino era un Mar Rojo. O al menos era un mar, un hermoso mar de mi imaginación: el Pacífico. El Atlántico era tan puñeteramente olvidable. Esto era distinto. Me sentía como en casa. Me quedé sentado en la playa casi todo el día. Era el paraíso.

*

Una mañana de sábado, unas semanas después, desayuné tostadas integrales con abundante mantequilla y mermelada y zumo de naranja concentrado congelado, y contemplé el esplendor del día desde las ventanas del comedor. De vuelta a nuestra habitación, comprobé que Jonah estaba levantado y fuera: surfeando, por supuesto. Sí, la tabla había desaparecido y en la pared del fondo había un hueco donde solía colgar su traje de neopreno, como un espantapájaros negro.

Tenía ganas de sumergirme en la pila de revistas Playboy de Jonah, pues todo el dormitorio parecía muy silencioso, pero sabía adónde me llevaría eso, así que decidí explorar un poco. Me puse unos pantalones cortos y mis viejas zapatillas de lona altas y salí por la escalera trasera. No hacía falta registrar la salida; en realidad no iba a salir del campus. Al menos no en teoría.

El *Forest Sauvage* era mi destino, por supuesto, pero tenía intención de explorar más abajo en la colina. En lugar de ir por el camino habitual hacia la Flor de la Luna, el escondite secreto de los mayores, fui al final de Long House y me senté un momento en la hierba cerca del borde del precipicio. No era demasiado empinado en ese punto, pero no había sendero propiamente dicho. Me detuve, esperé y observé. Todo parecía bastante tranquilo; ese punto concreto quedaba oculto a la vista por unos árboles a la izquierda, y a la derecha solo estaban las residencias sin que nadie pareciera asomarse a los balcones. Me lancé por el borde, moviéndome rápidamente, buscando cobertura a unos cincuenta metros más abajo.

Una vez fuera de la vista desde la cima de la meseta, descansé un minuto para orientarme. Pensé en seguir bajando un poco. Había un camino, llamado Jefferson Canyon, que discurría por el lado norte de la propiedad de la meseta. Sabía que, si llegaba a ese camino, habría llegado al fondo. Pero mientras tanto, había mucho territorio inexplorado por el medio.

Al cabo de un rato, empecé a echar de menos mi fiel machete. Era mi compañero inseparable en el páramo de Florida y me habría venido de perlas. Me detuve un momento porque creí oír algo inesperado: agua. No fluyendo, sino el sonido de un aspersor. ¿Me habría equivocado de camino? Pero no; más adelante pude ver el inicio de un sendero que discurría por la ladera de la colina. Un tubo metálico gris corría a unos metro veinte del suelo a lo largo del sendero, y sujeto al tubo, justo delante de mí, parecía haber un cabezal de aspersor. Ese era el origen del ruido. Un chorrito de agua borboteaba del cabezal, como si en ese momento la presión fuera mínima; pero podía ver indicios de que, a veces, el caudal era abundante, suficiente para impulsar el cabezal en un arco de unos noventa grados.

Entré en el sendero. Era evidente que solo se le daba mantenimiento ocasionalmente, sin duda por alguien del equipo de Chickie, pero no había huellas, y el sendero en sí era de arcilla seca y compacta con pequeños guijarros aquí y allá: la materia prima de la propia meseta.

Observé que el camino descendía ligeramente y al principio pensé que la tubería podría ser parte de un sistema agrícola de riego; pero luego me fijé en el tipo de plantas que crecían donde el agua rociaba: capuchinas, principalmente. Y una abundancia de tomateras, brotando espontáneamente en lugares grotescos, tomates cherry maduros e inmaduros esparcidos por el suelo como perdigones, y ortigas. Montones y montones de ortigas. «¡Ah, un rociador de mierda!», me dije. Sí, ahora era obvio. Esto era, en efecto, un sistema de riego, pero regaba solo como efecto secundario. El propósito del desagüe era distribuir las aguas grises —las aguas residuales de los inodoros, lavabos y duchas de las residencias— por la ladera. Hasta ese momento no se me había ocurrido que Kickshaw no estuviera conectado al alcantarillado de Carpinteria. Estábamos demasiado alto quizás, o el condado de Santa Bárbara no había llegado aún a construir un alcantarillado municipal tan lejos.

Los tomates fueron la pista definitiva: esas semillas resistentes eran capaces de atravesar incólumes los culos de la gente de Kickshaw, sobrevivir al proceso de tratamiento de aguas, fuera cual fuese, y seguir siendo viables. Aquello me complacía enormemente por razones que no lograba comprender del todo. Así que las semillas sobrevivían; viajaban por la tubería solo para ser proyectadas hacia la ladera, a un suelo húmedo y bien abonado. Las capuchinas podrían haber llegado por una ruta similar; pensé que las ortigas venían de semillas arrastradas por el viento, pero de alguna manera tenía sentido. Supuse que les encantaba esa humedad rica en nutrientes donde muchas otras plantas no prosperarían.

Pero las ortigas eran también bastante dolorosas, como descubrí al instante cuando rocé una. La pierna izquierda por debajo de la rodilla me ardió de golpe. Me di cuenta de que estaba rodeado de ellas, y también de que el efluente del rociador de mierda, aunque no apestaba exactamente, probablemente no era lo más agradable para empaparte los zapatos. Me detuve y pensé qué hacer. Finalmente decidí seguir el sendero del rociador de mierda un rato. Me pareció que, en el camino de vuelta, podría ir por el otro lado del sendero a ver a dónde conducía, probablemente por algún *commodius vicus* de recirculación de vuelta a la cima de la meseta.

No había recorrido ni cien metros cuando lo vi. Una manguera de jardín. Alguien había quitado el cabezal aspersor del tubo y había hecho una pequeña fontanería para acoplarle la manguera. Serpenteaba ladera abajo. No me detuve a pensar en qué podía significar aquello.

Seguí avanzando un poco más por el sendero y comencé a oír un murmullo sordo en el tubo gris, y luego el tubo mismo vibró mucho más de lo que cabría esperar, como si estuviera a punto de cobrar vida; y finalmente, con una liberación gozosa, chorros de líquido empezaron a eyacular a plena potencia desde los cabezales aspersores. Los cabezales iban equipados con gatillos montados en resorte que movían el chorro chk,chk,chk,chk,chk, ráfaga tras ráfaga, en secuencia, apuntando siempre en una nueva dirección, pero siempre en sentido antihorario. Me di cuenta de que estaba a punto de ser rociado y me aparté a toda prisa de la trayectoria. El sendero del rociador de mierda ya no era un camino seguro, pensé, y me lancé fuera de él hacia el monte, bajando la colina. A cierta distancia, el sonido de los aspersores se fue apagando y tuve una sensación de desorientación; ya no estaba tan alto en la ladera, veía mucho menos y la vegetación era muy espesa. Pero pronto me di cuenta de mi error: estaba completamente rodeado por un denso bosque verde de una sola especie vegetal, algo parecido a una enredadera, con hojas lobuladas similares a las de un roble. Tuve un mal presentimiento, pero entonces volví a cruzarme con la manguera. Sin tener demasiada curiosidad, pero deseando a esas alturas encontrar urgentemente la salida a la calle que debía de estar en algún lugar más abajo, la seguí, apartando la espesa vegetación que lo cubría todo.

Fue entonces cuando se acabó la manguera. El efluente del rociador de mierda se derramó por el suelo y el extremo colgó y se agitó como cuando le cortan la cabeza a un gusano. El líquido expulsado fluyó ahora hacia una acequia irregular. Seguí la acequia apartando setos de maleza, y llegué a la base de las plantas de marihuana más grandes que jamás había visto. Eran más altas que yo —en algunos casos, de dos a tres metros de altura—. Había varias, y supe de inmediato que eran plantas de cannabis por la forma de las hojas, pero sobre todo por el dulce aroma. Tenían un fuerte olor resinoso difícil de describir, pero muy fácil de reconocer si alguna vez lo has olido.

Contemplé con asombro esa mágica plantación de marihuana regada por un rociador de mierda, escondida en la parte más espesa del *Forest Sauvage*; pero, por desgracia, mi entusiasmo se vio atenuado por la constatación de que estaba sin duda allanando propiedad ajena, y el miedo me invadió. Eché a correr en dirección contraria, subiendo la colina un buen rato, sin aliento, abriéndome paso entre cada vez más de la densa enredadera verde lobulada que parecía estar en todas partes, pasándome las manos por los ojos —que ahora me ardían de un modo extraño— y deseando tener mejor ropa, mejor equipo, o aunque fuera una botella de agua. ¡Dónde estaba mi machete! Con esfuerzo volví a subir la colina, siguiendo principalmente la manguera, y al fin llegué de nuevo al sendero del rociador de mierda. Eso al menos me llevaría de vuelta a la meseta. Y así fue, al final. Pero parecía extenderse mucho más de lo que esperaba.

El sendero con la tubería terminaba en el extremo más lejano de la meseta, pasado Long House y High House, pasada la Ermita, y más allá, incluso pasada la Casa del 27. Allí encontré la estación de bombeo —el Fin del Rociador de Mierda— y lo que supuse era la planta de tratamiento de aguas. No era muy grande y, naturalmente, quedaba fuera de la vista por razones estéticas. Estaba exhausto, pero logré rodear la estructura y aparecer con un aspecto completamente inocente, eso esperaba, aunque estoy seguro de que estaba algo desaliñado, si no hecho un desastre total. Miré mis zapatillas de lona altas, que ahora estaban completamente sucias y empapadas. Arruinadas. Al caminar, crujían. Antes de llegar a High House me las quité y las tiré a los arbustos, y luego me derrumbé en nuestra habitación. Jonah no había vuelto. Me planteé hojear el Penthouse que sabía que había debajo de la cama de Jonah (el Penthouse me parecía una guarrería, pero no había duda de que se veía todo el taco). Sin embargo, los ojos no me funcionaban bien por alguna razón. Supuse que simplemente estaba muerto de cansancio. Me eché una siesta.

*

Después de unas horas empecé a sentirme realmente mal.

Nunca antes había estado en la enfermería de la escuela. Me acerqué arrastrando los pies hasta la puerta y la empujé para abrirla, tal como decía el cartel: «Pase». Apenas podía ver.

—Sí —dijo una anciana matrona con gorro de enfermera—. ¿Qué tenemos aquí?

Estaba sentada detrás de un escritorio pequeño, del tipo que usaría un niño, cerca de una lámpara, y parecía estar leyendo un libro encuadernado en cuero, probablemente la Biblia. La habitación estaba bastante oscura más allá del círculo de luz de la lámpara; parecía iluminada para cócteles, no para reanimación cardiopulmonar. Había unas cuantas camillas en fila y, al fondo, vi un sombrío pasillo que sin duda conducía a la perdición.

—Creo que tengo un problema —dije con voz ronca.

—¿Ah, sí? Bueno, pase entonces.

Era la señora Standish, la enfermera. Me llevó de la mano al interior de la enfermería y me sentó en un taburete mientras me ayudaba con cuidado a quitarme la camisa.

—¡Ay, Dios mío!

Las ortigas me habían hecho mucho daño en las piernas y en la mano derecha; pero lo que más me preocupaba era que los ojos me lloraban y parecían estar casi hinchados y cerrados.

—Sí, ya veo —dijo—. Eso parece una picadura de ortiga. Y esas también. Y la hinchazón tiene mucho aspecto de roble venenoso. ¿Has estado por los senderos?

—Ajá.

—¿Crees que te frotaste los ojos?

—Sí. Lo más probable —dije.

—Eso explicaría por qué están casi cerrados. ¿Puedes respirar bien?

—Creo que sí —dije.

—Voy a ayudarte a entrar en la ducha. Intenta lavarte la cara y los ojos. Primero, enjabónate bien las manos un rato y luego lávate lo mejor que puedas. Después te pondremos loción de calamina. El roble venenoso contiene un aceite cáustico. Lo mejor que puedes hacer es intentar eliminar la mayor cantidad posible.

—¡Pero duele!

—Sí, te escocerá un poco. Sobre todo las ortigas. Pero haz lo que puedas con la pastilla de jabón. Te ayudará, créeme. Por desgracia, te esperan unos días así.

Me costaba soportar el dolor mientras me abría camino a tientas hacia la ducha y ella abrió el grifo.

—Creo que esta ropa... —dijo— la meteré en una bolsa para que la laves después. Probablemente está cubierta del aceite que provoca el sarpullido.

Ayudó al inválido a entrar en la ducha, donde permanecí tambaleándome, y gemí y me quejé al salir, ofreciendo al mundo el aspecto de una rata arrugada y pelada. Una rata de laboratorio.

—¿Qué me pongo? —me quejé.

—Acuéstate un rato en una de las camillas y cúbrete con la sábana —dijo—. Descansa. Haré que uno de los chicos de Ciccariello vaya a buscarte ropa.

Creo que no he presentado a Albert Ciccariello, al que todos llamábamos Chickie. Era el jefe del equipo de mantenimiento, formado íntegramente por mexicanos, una especie de mezcla árabe-italiana, y llevaba trabajando en la escuela desde siempre, reportando al Jefe de Mantenimiento, que, por supuesto, siempre era un hombre blanco, en ese momento Glen Thompson. Thompson también era el entrenador de baloncesto, de esos que se niegan a llamar a Muhammad Ali por su nombre y siguen diciendo Cassius Clay. Pero a diferencia de él, a Ciccariello sí lo querían.

Una vez tuve que ir a pedirle ayuda a Ciccariello para bajar un frisbee de un tejado. Bajé a su oficina.

—Señor —dije—, tengo un problema.

Se dio la vuelta, con el cigarrillo colgando, y dijo:

—Sí, la mayoría lo tenemos. Es la condición humana.

Pero finalmente consiguió que alguien le ayudara, tras una considerable discusión y una arenga sobre los peligros de los discos voladores descontrolados.

Calculé que Ciccariello tenía unos cincuenta y cinco años, pero era pequeño y fibroso, y su adicción al café negro y la nicotina lo habían reducido aún más. La intensa exposición al sol de California completaba el efecto reductor de su dieta y su estilo de vida. Se había miniaturizado. Era un macarroni, que decían todos los chicos (yo nunca decía esas cosas), pero era genial. Su «oficina» —básicamente un gran cobertizo donde se guardaban las herramientas y demás enseres de jardinería, es decir, los cobertizos de Mantenimiento de Edificios y Terrenos— estaba justo al lado de la enfermería. Se había montado un escritorio improvisado, algo que había construido él mismo con tablones y listones viejos, y le gustaba sentarse con los pies en alto sobre la destartalada plataforma mientras daba caladas. A veces se incorporaba y apagaba las colillas en un cenicero enorme, marrón y mugriento.

Una peculiaridad de Chickie era que, como su oficina estaba cerca de la zona de fumadores (el único lugar del recinto escolar donde los alumnos con permiso de sus padres podían fumar tabaco), y como él mismo era un fumador compulsivo y frecuentaba esa zona —con frecuencia se le podía gorronear un cigarrillo—, había formado a su alrededor un pequeño grupo de jóvenes adictos y descarriados que se apiñaban a su vera o holgazaneaban en su cobertizo, tosiendo flemas, charlando y bromeando, escupiendo como serpientes o soltando tacos como pequeños marineros dementes, mientras se entregaban a su vicio tabáquico. Esos eran los «chicos de Ciccariello» a los que ella se refería. Imagínenlos como los chicos de Fagin, pero con mucho más dinero.

Me recosté en una de las camillas de la tranquila y oscura enfermería y descansé, escuchando el murmullo y las palabrotas que emanaban suavemente de la zona de fumadores, y casi me quedé dormido mientras la enfermera me aplicaba con delicadeza loción de calamina en brazos, piernas y torso. Era relajante, casi sensual, que lo hiciera, y a causa de la intimidad del gesto me producía placer entremezclado con la hipersensibilidad de la piel quemada por el aceite; pero en mi mente ella era anciana, de modo que no percibí nada de inapropiado ni sexual en ello; me estaba quedando dormido. Era tan apacible. Yacía allí en la calma y el silencio, la luz tenue ocultándolo todo, mientras ella me aplicaba la loción y yo dejaba escapar de vez en cuando un pequeño suspiro de alivio, y ella respondía con un suave «ah» cada vez que yo suspiraba.

Por desgracia, empecé a notar que se me ponía dura. Ella no me había tocado ahí, pero tanto frotamiento en esa zona general debía de haber tenido algún efecto. Tenía los ojos aún llorosos y me sentaba bien mantenerlos cerrados. «Oh, no», pensé. «¿Y si me ve?». Intentaba reprimirlo, pero parecía que cuanto más intentaba que se me pasara, más intensa se volvía la erección. Y seguía creciendo.

—Vamos, vamos, tranquilo, tranquilo, Robbie. Con eso basta.

«¡Oh, no!», pensé. Había visto mi erección. En lo único que podía pensar era en lo grande que era —no es que tenga un pene de un tamaño fuera de lo normal, pero *desde dentro*, por así decirlo, en ese momento se sentía grande— y la imaginé también a ella, mirándolo. Contemplándolo fijamente. Si acaso, ahora era aún más grande, probablemente (en mi imaginación) palpitando a la vista. Se sentía cada vez más apretado.

—Está bien, Robbie. No hay de qué avergonzarse. He visto unos cuantos penes en mi vida.

Oírla decir la palabra «pene», y lo cómoda que se mostraba con los erectos, obró algún efecto en mí. La oí dar un respingo. Y luego, al cabo de un rato:

—Oh, Dios mío.

—¡Oh, no, oh, Dios mío! —grité.

Estaba ocurriendo y se extendía por todas partes.

—Tranquilízate. No pasa nada. Madre mía, vaya desastre —dijo distraídamente para sí misma—. Voy a buscar un paño. Niño tonto. Descansa ahora.

Entonces se rió, mirándome; una risa de mujer al ver un pegote de semen en mi cara, y esa risa me desinfló por completo al instante. De repente era un niño pequeño y desnudo, de cinco años, de pie en un baño lejano, mi madre —entonces más joven— regañándome por algo vergonzoso que había hecho o imaginado hacer, mientras estaba sentada en el váter con un cordón colgándole de la entrepierna.

El Incidente, como yo lo llamaba, fue una *cause célèbre* autoinfligida y fuente de vergüenza para el resto de mis días en Kickshaw, un secreto celosamente guardado. Un secreto que esperaba que nadie más llegara a conocer jamás. Lo sucedido, la verdad, era mucho peor que lo que le había ocurrido a Johnny Winkle, ese desafortunado de la clase del 76 del que corría el rumor de que lo habían arrastrado desnudo al pasillo al pillarlo masturbándose. Sí, mucho, muchísimo peor que Johnny: yo había eyaculado a la fuerza delante de la enfermera de la escuela, como un auténtico gilipollas. Como un mongoloide de DEVO. Ella lo había visto todo.

Durante mucho tiempo imaginé con terror lo que pasaría si la señora Standish se lo contara a la gente —claro que lo estaba haciendo, extendiendo la historia a los cuatro vientos, contándola en la sala de profesores, riéndose de ello con esa tetona señorita Snodgrass, la fantástica joven judía que teníamos en inglés y fotografía, con la que todos fantaseaban sin parar—. Mi imaginación aterrorizada se desbocó.

Cada vez que veía a la señora Standish, durante meses y años —quizás en una asamblea, quizás en el aparcamiento de la escuela, en la capilla o en el jardín—, y para siempre después, me parecía que ella también sonreía de esa misma manera especial. Sonreía y se reía. Se reía por lo bajo. En esos momentos me sonrojaba, me encogía y no sabía qué decir, pensando en que me tocara, y entonces me alejaba en dirección contraria lo más rápido posible. Pero no siempre era posible, y en una o dos ocasiones tuve que hablarle de verdad.

En fin, al cabo de un rato, después de que me limpiara y me calmara —una hora quizás, tal vez dos—, oí que se abría la puerta de la enfermería y sonó el timbre (que era una campanilla de verdad), y entonces entró Sheldon Witherspoon, uno de los «chicos» de Chickie, y nada menos que un mayor, trayendo algo de mi ropa: una camisa, un cinturón y unos pantalones.

—Oye, Robbie, aquí tienes. Tuve que rebuscar bastante. Encontré tu arsenal de porno en el cajón de abajo, pero casi nada de ropa interior.

—Bueno, qué maravilla, Sheldon.

Olía a cigarrillos, lo cual, en mi opinión, no era precisamente un punto a su favor.

Sheldon se acercó un poco más y susurró:

—¿Viste algo interesante ahí abajo?

—Oh, no mucho —dije—. Huele bastante mal.

—Naturalmente —dijo—. Al fin y al cabo, es un rociador de mierda.

Mentía, por supuesto. No sobre el hedor, sino sobre la hierba. Había estado dándole vueltas constantemente a la plantación de marihuana con la que me había topado y a qué debía decir o hacer al respecto. Pero ahora parecía que Sheldon ya estaba al tanto.

—Bueno, en fin —dijo—. La próxima vez, pregúntame y te haré una pequeña visita guiada.

Guiñó un ojo.

—Ni una palabra, eh. ¡Ciao!

*

Obviamente, estuve un tiempo fuera de combate, pero no fue tan grave. Después de unos días volví a clase y tuve que aguantar las bromas sobre mi sarpullido. No dejaba de pensar en la marihuana, pero al final llegué a la conclusión de que lo mejor era mantener la bocaza cerrada. Alguien —seguro que Sheldon— sabía lo que había ahí, y sabían que yo lo sabía. Lo cual era malo. No quería verme implicado; pero tampoco quería que me atropellara un BMW lleno de mayores fumados y furiosos. No tenía ni idea de qué hacer, así que mi imaginación siguió disparándose.

Pero también, lo admito, me entraba el mono de la hierba. La ansiaba. Dicen que la marihuana no crea adicción; bueno, puede que no. Pero el placer sí. Me maldije por no haber tenido la presencia de ánimo de arrancar unos cuantos cogollos. El pago justo por mis sufrimientos. Y más allá de eso, ¿qué pensaría Jonah? ¿Qué diría Christian al respecto? ¿Habría alguna manera de sacar provecho sin que me partieran el culo o me volaran los sesos?

*

El último amigo que tengo que presentar ahora es Cadogan West. Con Cadogan no congeniamos durante mucho tiempo. Estaba en High House con nosotros, y de hecho, vivía cerca de Jonah, a propósito, por la amistad que venían de primero. Creo que habían sido compañeros de cuarto. En la Casa del 27. Así que era muy amigo de Jonah, pero no por lo del surf. Su rollo era completamente distinto. Recuerdo que le tomé el pelo con su nombre cuando vino a ver a Jonah.

—¿Así que estás en Sherlock Holmes, eh? ¿Has robado algún plano últimamente?

—Oh —dijo—. Ya lo sabes.

—Claro. Probablemente tengo el libro aquí mismo... Pero no voy a decir nada si la gente te da la lata con eso. Me imagino que lo hacen.

—No tan a menudo como crees. La gente no lee, joder. El noventa por ciento preferiría atragantarse con una zanahoria antes que abrir un libro. Soy Cadogan. Encantado.

Me tendió la mano y sonrió. Se la estreché. Su apretón era como el de un luchador.

Cadogan era pequeño y fibroso, con un rostro ya asolado por el acné, y durante todo el tiempo que nos conocimos siguió sacándole algún que otro grano furioso.

Según Jonah, el padre de Cad era rico, enormemente rico, o como dijo Kurt Vonnegut en *Desayuno de campeones*, «fabulosamente bien acomodado». El tipo no solo desarrollaba propiedades inmobiliarias, sino que estaba detrás de la creación de toda una *ciudad* que se llamaba, de forma bastante apropiada, West Valley.

Pero no había ningún «valle». Era llano durante kilómetros a la redonda, completamente monótono salvo por el nopal. Y *West* Valley estaba ubicado al *este* de Los Ángeles, pasado San Bernardino pero sin llegar a Barstow. La distancia era sin duda factible en coche hasta Los Ángeles, si podías mantener los ciento cuarenta y cinco por hora, que era lo que hacía la gente por allí; en otras palabras, era una ciudad dormitorio para los incondicionales del coche: no tan cerca como para verse inundados por los problemas de Los Ángeles, como «espaldas mojadas, pandilleros y niggers drogados de crack», según se dice que dijo su padre. Pero aun así, cómoda, privada y blanca. Cadogan West *père* había pertenecido al Klan de joven en Georgia, y Cadogan *fils* contaba que su padre le había descrito una vez el linchamiento que había presenciado. Le pareció muy satisfactorio.

Sí, había algo en el padre de Cadogan que su hijo despreciaba; así que sabía que detrás de cada historia probablemente había algo más que no salía a la luz; una verdad aún más sucia y oscura oculta tras una historia oscura. Sombras ocultas tras sombras.

Cadogan no hablaba mucho de su adinerada familia, en parte porque su padre nunca le había asegurado nada en vida y probablemente apenas sabía de su existencia; y luego, de repente, murió, fulminado por un infarto, un aficionado a los filetes y al bourbon derribado en la flor de la vida, tendido en un maldito campo de golf o tal vez con un tenedor en la mano, o metido por el culo —Cadogan nunca aclararía ese punto—; y era la madre, joven y todavía razonablemente atractiva, quien ahora tenía todo el dinero y la exquisita mansión ranch de veinte habitaciones en diez acres en medio de la nada. La madre y el hijo en Erewhon. Y el joven aprendía rápido.

—No parecía posible que hubiera tantos tipos en un lugar como West Valley —me dijo—. Pero los había. Llegué a detestarlo enormemente. Lo detestaba todo. A mí me gusta la vegetación. Me gusta la nieve, incluso. Las plantas. Los animales. California siempre ha sido una decepción para mí, Robbie. Así que ya ves, el dinero no puede comprarlo todo.

Y entonces se ponía a cantar: «*¡Can't buy me love, love, no, no, no, nooo!*»

*

—Robbie, ¿puedes leer tu ensayo sobre *El corazón delator* de Edgar Allan Poe a la clase, por favor?

—Por supuesto, señorita Snodgrass. Con mucho gusto.

Lori Snodgrass impartía una de las secciones de inglés de segundo año —por casualidad, Jonah, Cadogan y yo estábamos en esa clase— y también Fotografía, una materia que a Jonah le encantaba posiblemente tanto como el surf. Christian y William J. Brennan estaban en otra clase de inglés.

—Robbie, ¿me estás mirando?

—No. Perdone, señora.

—Parecías estar soñando despierto.

—Sin duda —dije.

Lori era una mujer hermosa. Más tarde comprendí que era judía sefardí; su familia tenía raíces en España. La piel de su cara y manos era suave y sedosa, pero sus cejas eran oscuras y depiladas, y su cabello, abundante y negro. No podía opinar sobre el resto de su piel, porque, al parecer, todo su cuerpo estaba cubierto por una tela en todo momento. No era el hiyab ni el pañuelo en la cabeza, no eso, pero sí un atuendo muy recatado, sin duda. Formal y correcta. También usaba gafas de lectura de montura pequeña que acentuaban aún más esa corrección y la hacían parecer unos años mayor. Incluso sus pies, que me llamaron mucho la atención, estaban enfundados en zapatos ceñidos sobre calcetines ajustados, de modo que ninguna parte de su cuerpo quedaba expuesta al sol. Supuse que podría ser alérgica a la luz solar, como una criatura vampírica, pero seguramente la preocupación éramos nosotros. La alergia era hacia nosotros: las miradas indiscretas de los adolescentes obsesivamente cachondos con los que tenía que lidiar a diario.

No es que fuéramos otra cosa que caballeros, al menos al alcance del oído de la pobre mujer. Pero lo que quiero decir con todo esto es simplemente que ella no era fea, ni vieja, ni gorda, ni poseía ningún otro atributo que le impidiera llevar una vigorosa actividad sexual como parte de su rutina diaria. La imaginábamos como una Brigitte Bardot española, que afirmaba necesitarlo todos los días. Y el sexo, siendo la razón biológica de la existencia desde el punto de vista de un chico de dieciséis años, sí, el sexo era la *raison d'être*. Todos estábamos seguros de que estaba empapada en hormonas y bailaba desnuda en algún lugar por dinero o por placer. Cuáles eran sus rutinas diarias reales, su estilo de vida, su vida privada, sus intereses y pasiones, incluso qué le gustaba desayunar, ninguno de nosotros lo sabía. Nuestra joven imaginación se desbocaba. Cadogan estaba convencido de que su vello púbico era tan denso y grueso como un cepillo de cerdas, y dispuesto a apostar dinero a eso si alguien podía demostrar su veracidad.

Por supuesto, la verdad real, que probablemente era completamente distinta, quedaba totalmente oscurecida y distorsionada por nuestra fantasía, siendo del todo imposible para nosotros percibirla.

En estos tiempos, obsesionarse con los atributos físicos de una mujer se considera vulgar, sexista, e incluso una forma de acoso. Pero no puedo pasar por alto la verdad sobre Lori. Sería injusto para ella, y también distorsionaría la narrativa, si no hablara del elefante en la habitación, o mejor dicho, de los dos.

Sí, los Pechos. Unos pechos impresionantemente grandes. Tan grandes que había que amarrarlos con correas gruesas, como un barco amarrado al muelle con cuerdas portentosas. Sus caderas y muslos eran relativamente delgados, quizás por su juventud, lo que hacía que la parte superior de su cuerpo pareciera aún más grande de lo que era.

—Es como una aplanadora —dijo Jonah—. Podrías perder un ojo con una de esas.

—Son ubres del tamaño de un mastodonte —fue la opinión de Cadogan—. Demasiado grandes para que las maneje un hombre normal. Haría falta un especialista para saber siquiera cómo sujetarlas.

—Imagínate estar debajo de esas y que te abofetee en la cara. ¡Vaya manera de despertarse! —dijo Jonah.

—Está tan ocupada cubriéndose que eso solo acentúa el efecto —dije—. Pobre mujer.

—Oh, no le tengas lástima —dijo Cadogan—. ¿Sabes cuántas mujeres gastan buen dinero para que los médicos les creen lo que ella tiene de forma natural? Se está formando toda una industria de cirugía estética. Y, de hecho, podrían ser de silicona.

—Eso me parece muy improbable.

—¿Por qué? Un millón de mujeres desearían parecerse a ella. Y donde va el deseo, va el dinero.

—Pero no parece sentirse muy cómoda. Cohibida, diría yo. A veces parece que no sabe qué hacer consigo misma.

Jonah se rió.

—Más bien lo que necesita es un buen polvazo.

Cadogan giró la silla y se sentó usando el respaldo como reposabrazos.

—Quizás deberías animarla a vestirse de forma un poco más provocativa, Robbie. Parece que os estáis conectando. Te he observado en clase.

—Oh, no digas tonterías.

—Es verdad —dijo Jonah—. Da la impresión de que le gustas.

Me sonrojé.

—Le gusta que sepa escribir. Entrego mis trabajos a tiempo.

Jonah y Cadogan se miraron y negaron con la cabeza. Sabían que era virgen. Es cierto que era terriblemente tímido con las chicas. Mis experiencias con Cecilia no fueron del todo platónicas, pero nuestra amistad era sexual solo por extensión, por proyección tal como la percibían los demás. Era demasiado joven. Pero ahora...

—Habla con ella. Invítala a salir.

—Oh, chicos. —Negué con la cabeza con energía.

Fue Jonah quien primero se le acercó con una clara intención amorosa. Hizo su mejor intento.

—Señorita Snodgrass, ¿ha estado en Rincon?

—No muy a menudo. Creo que una vez.

—¿Qué le parecería si le hiciera unas fotos mientras hago surf?

—Mmm. Eso suena divertido.

—¿De verdad? Pues, ¿qué tal este sábado?

Todo salió como Jonah esperaba, y ella apareció en el lugar y la hora acordados. Él subió al asiento del copiloto de su Chrysler LeBaron descapotable amarillo como un rey, y se marcharon juntos. Vi el coche bajando por Mesa Road al otro lado, cerca de la capilla. Se podía ver la tabla de surf en la parte de atrás.

Pero unas horas más tarde, Jonah volvió con el rostro caído.

—¡Aquí estás! —dije—. ¿Cómo fue?

—Le hizo algunas fotos, pero se rió cuando le sugerí que nadáramos juntos. Ni siquiera se puso el bañador. Era el mismo envoltorio de siempre.

Cadogan hizo entonces sus propios esfuerzos, mucho más sutiles y complejos, desplegando las puñeteras artes de la seducción femenina. Por razones que no puedo explicar, Cadogan parecía despertar un atractivo natural en las mujeres; o eso, o tenía mucha labia. O algo. Quizás lo habían entrenado profesionalmente como espía. Porque se entendía muy bien con ellas. Como narraré más adelante, Cadogan logró acostarse con más de una mujer del campus —y técnicamente allí no hay ninguna con quien acostarse—.

Pero con Boob, como él la llamaba, se topó con una pared infranqueable. Él insistía, tiraba y empujaba, y ella simplemente se reía o le tomaba el pelo. No con chistes directos, sino con comentarios sobre su juventud, o con risitas suaves. Por ejemplo, le recomendó ciertos productos para el cuidado de la piel para su acné.

Una tarde Cadogan estaba de paso. Jonah y yo estábamos tumbados con la puerta de la habitación abierta, y la ópera de Martín Quinn se oía desde el otro extremo del pasillo. Y nos pusimos a hablar de ella.

—¿Sabes, Robbie? Hoy me quedé después de clase y Boob me destrozó el trabajo. Está lleno de tinta roja. Decidió repasarlo línea por línea.

—Qué lástima —dije.

—Brutal —dijo Jonah.

—Desde luego. Y luego dijo: «Veamos el trabajo de Robbie. Eso es. Fíjate qué conciso es. Tiene la mitad de extensión que el tuyo, pero dice mucho más. ¿Ves cómo dedica un párrafo a cada tema y lo abarca todo? Está muy claro y bien argumentado. Y aquí, ¿ves cómo hace esta observación que lo une todo? En cambio, tú divagas por todas partes.» Te felicitó, tío. Te felicitó sin reservas.

Sonreí.

—Parece correcto.

Y aquí fue donde entró en juego el talento especial de Cadogan. Pude ver cómo su mente empezaba a girar. Estaba imaginando el cómo, el dónde y el cuándo.

—Robbie —dijo—. Creo que podemos usar eso. Sí... Déjame pensar...

Empezó a caminar de un lado a otro.

Jonah me miró y sonrió.

—Está pensando —dijo.

—Tiene esa costumbre, ¿verdad? —dije.

—Necesitamos algún tipo de evento literario. Quizás el quingentésimo cumpleaños de alguien...

—¿Shakespeare? —dije.

—Exactamente, alguien así. E invitas a la señorita Boob a algún tipo de reunión. Donde... lees algo que has escrito. Y luego le das las gracias al público y destacas a Boob como tu inspiración.

—Claro —suspiré—. Eso no suena ni remotamente plausible.

—Hmm. De acuerdo. Tengo otra idea. Podría ayudarte a meterte en sus bragas, pero es muy arriesgado. No sé si tienes los cojones.

—A ver —dijo Jonah.

—Tendremos que echar mano de una curiosa información —un chisme, supongo— que escuché mientras echaba un cigarro en la sala de fumadores de Chickie Boy.

Jonah frunció el ceño.

—Creía que te habías comprometido a dejarlo, Cad.

—Sí. Pero de vez en cuando sienta bien fumarse uno. Es solo la primera calada, la verdad, y luego todo va cuesta abajo. En fin, estaba sentado tranquilamente, no había nadie más. Y oí a Standish contarle una pequeña historia a Boob. Desde la enfermería.

Yo miraba con horror.

—¡No! ¡No!

Cadogan me miró.

—Es solo Jonah, Robbie. Y podemos hacerle jurar que guardará silencio.

—¡No! ¡No, tío!

Cadogan se rió entre dientes.

—Entonces Standish estaba hablando de sarpullidos, no sé cómo salió el tema, pero estaban conversando sobre algo y Standish dice que los chicos a veces bajan por los senderos y hay roble venenoso. Muchísimo. Y luego se ríe y empieza a contar una historia sobre un incidente reciente, en el que un chico —no menciona su nombre— un chico está completamente cubierto de sarpullido por roble venenoso y llega a la enfermería. Y cuando le aplica loción de calamina ..

—¡No, Cadogan!

—Y cuando le aplica la loción de calamina, de forma totalmente involuntaria —continuó—, al chico se le pone dura. Entonces, en su confusión y pánico, eyacula. No por nada que ella haya hecho, por supuesto, según ella, sino espontáneamente. Solo por la sensibilidad de la piel. Un final feliz de lo más increíble.

Me cubrí la cara con las manos.

Jonah se reía entre dientes.

—¿Y qué dijo la Mocosa?

—Oh, se reía histéricamente. No podía parar.

—¡No, no! —grité.

—Así que todo es cierto —dijo Cadogan.

—¡No! Fue algo que simplemente pasó. Me estaba aplicando loción de calamina en casi todo el cuerpo. Estaba cansado, agotado, y tenía los ojos cerrados. De alguna manera se me puso dura. Y no había manera de que se pasara.

Jonah no pudo contenerse.

—Tío, esa mujer tiene como quinientos años.

—Sí —dijo Cadogan—. Asombroso. Lograste que Standish, esa vieja bruja, te hiciera una paja. Quién lo hubiera dicho.

—¡No! —dije—. No fue así.

—Pero lo mejor aún está por venir. —Cadogan estaba eufórico—. Standish contó que la eyaculación fue tan fuerte que parte del semen salpicó la pared del fondo de la enfermería. Tuvo que limpiarla con una esponja.

—¡Venga ya! —dijo Jonah—. ¡Dios bendito!

—Es la verdad. Se pusieron a hablar de cómo pudo haber ocurrido. Al parecer, Standish pensaba que tu uretra debía tener cicatrices en la apertura, lo que hacía que el orificio fuera más bien como el cañón de una pistola. Tuvieron una larga conversación sobre tu virilidad, Robbie, y sobre los penes en general. Hasta habló de tu escroto.

—Venga ya, tío. Te estás inventando cosas.

—Bueno, quizás solo un pelín. En fin, la cuestión es que Boob estaba embelesada. Está fascinada e intrigada contigo. Así que ahora, la venganza. Las mujeres se han estado riendo de tu virilidad, pero esta es tu oportunidad de ajustar cuentas. Ahora escucha esto...

Esa noche me puse a escribir un cuento sobre un incidente que le había ocurrido a un chico que yo conocía —intenté plantearlo así—. Pero intencionadamente me permití escribir algo que rozaba la pornografía. O lo que yo imaginaba que era. Introduje a una mujer mayor, una maestra, con rasgos catalanes y una figura deliciosa y curvilínea. El chico quedó atrapado en el roble venenoso y tuvieron que curarle todo el cuerpo; bueno, ya saben el resto.

La siguiente tarea era invitar a salir a Lori. Cadogan me había explicado que era crucial que leyera la historia estando en su casa. Tenía que encontrar la manera de que me llevara allí, o directamente presentarme sin previo aviso. Eso no creía poder hacerlo.

—¿Señorita Snodgrass?

—¿Sí, señor Gray?

—Puedes llamarme Robbie, ya sabes —dije.

Sonreía.

—Muy bien. Gracias. En ese caso, puedes llamarme Lori.

—Me preguntaba si podríamos ir a algún sitio y... bueno, escribí un cuento. Me gustaría saber tu opinión.

—Claro. Pero ¿por qué no me lo das y lo leo este fin de semana?

—Quería estar allí cuando lo leyeras.

—¿Ah, sí?

Su ceño se frunció, pero poco a poco su cara se relajó y apareció una sonrisa a lo Mona Lisa.

—Ya veo.

Pensé que quizás lo había echado todo a perder.

—¿Sabes qué? —dijo—. ¿Por qué no te recojo el domingo por la mañana?

—¿De verdad? —Me quedé completamente sorprendido—. Pues... suena genial.

—Asegúrate de firmar el permiso de fin de semana. ¿De acuerdo?

—Por supuesto.

Así que todo parecía funcionar, y no solo eso, sino que incluso parecía fácil. No lo entendía, e incluso empecé a imaginar que realmente era tan fácil. Debía haberme estado perdiendo algo todo este tiempo. Empecé a sentirme bien. Estaba nervioso, por supuesto, pero Cadogan seguía infundiéndome valor para hacer lo que había que hacer.

—Tienes que enseñarle una lección a Boob, Robbie. No hay otra manera. Dásela pero bien. Eyacula sobre sus pechos si puedes.

Por fin llegó el domingo y me obsesioné con los detalles del desayuno, con la ropa, intentando peinarme —una tarea absurda e imposible—. Me estaba creciendo muy bien (para disgusto del viejo Kickshaw), pero me faltaba acondicionador. Me rendí y me concentré en la ropa. Tenía una camisa bonita que me había comprado Larry —supongo que era hawaiana, con bailarinas balinesas—, y los vaqueros viejos y cómodos parecieron la mejor opción. No era de los de mocasines ni de zapatillas náuticas, como tantos de los chicos de Kickshaw. Me encantaban mis Chuck Taylor All Stars. Pues All Stars.

Veinte minutos antes de la hora acordada me senté en la escalera trasera para vigilar el coche de Lori. La idea de que subiera hasta la habitación me parecía demasiado, así que me quedé de guardia. Finalmente allí estaba, el Chrysler, como una polilla amarilla entre el verde del jardín. Me vio y me saludó con la mano. Bajé corriendo, recordé la historia, volví corriendo a la habitación, agarré el papel escrito a mano y salí disparado. Pronto estábamos en marcha. Miré a Lori y estaba radiante.

—Estás bien. Quiero decir, estás estupenda —balbucí.

—Gracias. Tú también estás muy bien. Relájate; te llevo a dar una vueltecita y luego vamos a mi casa.

Me invadió la emoción y el placer repentino e inesperado, completamente nuevo para mí, de estar en un descapotable. No tenía ni idea. El viento me revolvió el pelo y me di cuenta de que Lori llevaba un pañuelo en la cabeza, pero por lo demás se le veía mucha más piel. Llevaba una camiseta de tirantes negra. Podía ver claramente sus brazos y el contorno del sujetador, los gruesos bordes de las tirantes asomando por los hombros. Llevaba pantalones cortos, de esos Levi's cortados, con los bordes deshilachados, y conducía descalza. No era fácil hablar con el coche en marcha, así que me quedé callado. De vez en cuando señalaba algún punto de referencia; íbamos conduciendo por la parte trasera de Carpinteria y luego en dirección a Summer-land, una pequeña comunidad justo al norte. Nunca llegamos tan lejos: entró en el Polo Club y rodeó hasta unos condominios que había detrás.

—¿Vives ahí? —pregunté.

—Sí, es solo un alquiler. Pero me gusta estar aquí. Hay caballos.

—¿Así que te gusta el polo? —dije, bastante torpemente.

—Oh, en absoluto. —Aparcó—. Pero conozco a alguien a quien le gusta. Me está enseñando a entenderlo. Bueno, aquí estamos.

Se puso unas sandalias y la observé inclinarse. Salí del coche y la seguí. Subimos un tramo de escaleras y yo iba dos peldaños detrás de ella, mirando su trasero, que llenaba los shorts Levi's de una manera que tenía mucho de mujer adulta y nada de chica. Me sentía totalmente fuera de mi elemento. Abrió la puerta de un apartamento a unas puertas a la izquierda; entramos.

—Esto es bonito —dije.

—Sí. ¿Por qué no te sientas? Te hago un té. Probablemente tenga una Coca-Cola en la nevera... déjame ver...

Se inclinó de nuevo a mirar dentro de la nevera abierta, así que me obligué a dejar de mirar y fui hacia la mesa del comedor; luego pensé que debería sentarme en el sofá. Pero al final me moví a una silla frente al sofá. Salió al poco tiempo con el té en dos tazas y puso una en la mesita para mí.

—Bueno, supongo que tienes una historia que quieres que lea.

—Sí, eh... sí, desde luego.

Y entonces oí algo.

—¿Cariño, ya has vuelto?

—Estoy en el salón —dijo.

Para mi horror, me di cuenta de que no estábamos solos. Era la voz de un hombre. Un hombre mayor. Y me pareció reconocerla. La puerta del dormitorio se abrió y salió un rostro familiar, aunque nunca lo había visto fuera del contexto de Lido y High House. Era Martin Quinn.

—¿Martin? —balbuceé.

—Hola, Robbie —respondió, y se sentó con Lori en el sofá. La manera en que se sentó, sonriendo, cerca de ella, dentro de su espacio personal, con el brazo apoyado en el respaldo del sofá tapizado, pero detrás y rodeándola, mientras ella me sonreía a mí, lo dejó todo claro.

—Oh, mierda —dije.

—Robbie tiene un cuento que quiere que lea —dijo ella.

Martin siguió sonriendo.

—Eso suena interesante.

—No —dije—. No es tan interesante.

Ya me estaba levantando para irme.

—No te vayas corriendo, Robbie —dijo Martin—. Dentro de un rato habrá polo si quieres verlo. Lori tiene un apartamento estupendo; podemos ver la acción desde el balcón.

—No —dije—. El polo no es lo mío. Ni siquiera me gustan las camisas.

Casi había llegado a la puerta cuando Lori me detuvo.

—Robbie, espera.

—¿Qué? —dije.

—Bueno, ¿cómo vas a volver a Kickshaw?

—No sé.

—Puedo pedirle a Martin que te lleve un poco más tarde.

—No —dije—. No hace falta. Mi padre vive en Santa Bárbara. Puedo ir a su casa y que me lleve. O algo.

—Hmm. ¿Sabes qué? Demos un pequeño paseo. ¿De acuerdo?

—No creo.

—¿Por favor? —dijo.

—Está bien.

Le dijo a Martin que salíamos a dar un paseo y bajamos.

Sentí una acuciante necesidad de salir de allí. O eso o llorar.

—Hasta luego, señorita Snodgrass.

—Espera, Robbie. Espera. Te gasté una pequeña broma, lo sé. Quería disculparme por eso. Vamos, bajemos a los jardines.

Todavía no había partido de polo; el lugar apenas empezaba a animarse. Un camión se detuvo con un remolque de caballos atrás; dentro había un caballo asomando la cabeza por la abertura delantera

—Tiene un aspecto bastante feroz —dije.

—¿Qué?

—Ese caballo.

—No sé mucho de polo —dijo de nuevo.

—Es el deporte de los reyes —dije—. Así lo llaman. A mí me parece un juego de golpear topos. Usan mazas grandes para darle a una pelota.

—Parece un poco tonto.

—Bastante gilipollas, si me preguntas.

Lori me hizo una señal con la mano. La abrió y la cerró, con la palma hacia arriba.

—Ven. Por favor. Ven y siéntate en este banco.

—Está bien.

Nos sentamos un minuto en silencio, mirando el campo. Bajo el sol se percibía un olor a hierba fresca que se extendía como el café recién hecho, y el olor a estiércol de caballo. Un hombre pasó con un uniforme de polo, o al menos parte de uno. Llevaban unos sombreros muy graciosos. La miró fijamente mientras pasaba.

—¿Lo ves? —dijo ella.

—¿Qué, ese tipo mirándote?

—Sí.

—Me imagino que te pasa mucho.

—Oh, no tienes ni idea. —Se recostó en las gradas—. Es un verdadero fastidio. No tengo ningún deseo de llamar la atención. Ese tipo de atención es como un veneno. Creo que para la mayoría de las mujeres es así. De verdad que no la queremos.

—Eso es interesante —dije—. Yo creía que era el sueño de todas las mujeres.

Ella simplemente negó con la cabeza.

—No, Robbie.

Nos quedamos sentados un rato más, y luego dijo:

—¿Puedo leer tu historia ahora?

Negué con la cabeza.

—No tiene sentido.

—¿Pero por qué no?

—Es parte de un plan. Fue idea de Cadogan.

—Ah, sí, Cadogan. Creo que se considera todo un Don Juan.

—Bueno, ya se ha enrollado con al menos dos chicas del campus. Y has visto a Kickshaw. O sea, no hay chicas.

—¡Dios mío! Vaya Don Juan. Pero aun así me gustaría leerla.

—Me da vergüenza, Lori. Es erótica. O se supone que lo es. Se supone que es sexual. Yo nunca había escrito nada parecido.

Además, nunca antes le había dicho esa palabra, «sexual», a una mujer. Me sentí completamente enajenado. Pero parecía que, en respuesta, a medida que me alejaba emocionalmente de ella, como si supiera cómo me sentía, ella se abría. La veía comenzar a abrirse.

—Sabes, Robbie, eres mi mejor alumno. En mi clase de inglés. En fotografía, es Jonah. Tiene talento, muy buen ojo. Pero tú eres mi mejor escritor. Creo que algún día podrías ser novelista. O lo que quieras ser. Eres muy inteligente, pero también muy amable. Es una combinación maravillosa.

No dije nada. Lentamente saqué el papel; estaba doblado en el bolsillo delantero y había que alisarlo.

—No te rías, ¿vale? —dije, y se lo entregué.

Desdobló el papel y se puso a leer, y al cabo de un rato vi que le entraban ganas de reírse. Crucé los brazos, fruncí el ceño y miré hacia otro lado. Cuando oí unas risitas, finalmente dije:

—Cállate, Edith.

Pero al final la miré y me estaba sonriendo.

—Ay, Robbie. Si de verdad quieres verlos, te los enseñaré. Sin duda te lo mereces.

—¿Así que me los vas a enseñar aquí mismo? No me tomes el pelo. Eso no es justo.

Había adoptado una actitud bastante sombría. Quizás ser gay sería más fácil que esto, pensé.

—¿Todavía no tienes novia?

—No. Casi tuve una, allá en Florida. Pero ella decidió irse con el deportista.

—Ah, claro. Pasa.

—Sí. En fin, ha sido divertido.

—Vale, Robbie. Me alegra que hayas venido. Aunque quizá no era lo que esperabas. Gracias por dejarme leer esto.

Extendí la mano para cogerlo y ella me lo devolvió a regañadientes.

—No me importaría quedármelo. Es como una carta de amor. De joven no recibía muchas.

—No —dije—. Creo que es mejor quedármelo.

—Como quieras.

Entonces se le ocurrió una idea.

—Ya sé. Te doy crédito extra si quieres —dijo sonriendo.

—Adiós, Lori —dije.

—¡Nos vemos en clase! —gritó después de que me alejara un poco.

Al cabo de un rato miré atrás y vi que Martin estaba con ella. Me saludó con la mano.

Joder, menudo varapalo.

TERCERA PARTE — Las Largas Duchas

Un chico y una chica se amaron,
y al tálamo juntos aspiraron,
mas la hora tardía
volvía flor fría—
¡señal del Señor!, proclamaron.

Voy a arriesgarme a usar la narración en tercera persona omnisciente en algunas secciones de esta parte, porque parte de esto es una reconstrucción, quizás casi secuencias oníricas, y simplemente tiene sentido narrarlo de esa manera. Espero que las razones queden claras a medida que avancemos.

—DRS

*

Christian entró con la bruma matutina aún pegada a su ropa húmeda; había vuelto a salirse de los límites. Era lo de siempre: una rápida visita al pueblo para comprar un cuarto de bolsa a su nuevo contacto —un estrafalario cultivador de tulipanes del interior de Carpinteria que tenía un invernadero mágico detrás de su escondrijo en una taberna de Casitas Pass—; además de algunas otras provisiones en la licorería abierta toda la noche, ida y vuelta en su Peugeot escondida. Esa moto estaba acumulando muchos kilómetros.

De vuelta en su habitación, reinaba la paz y el silencio, y suspiró aliviado. Pero decidió que quería una ducha rápida y cepillarse los dientes. «Hay que cuidar los dientes», pensó. «Hay cosas que no pueden esperar». En su mente vio a alguien a quien temía en secreto: su abuela, ya fallecida, que no tenía dientes y guardaba la dentadura postiza en el cuenco junto a la cama, igual que en los anuncios de Polident. No quería ser así; la imagen lo horrorizaba. Era como si pudiera *ver* el olor a descomposición, e incluso tenía color: el rostro y los dientes de su abuela estaban salpicados de un azul intenso.

Al bajar por el pasillo, se extrañó al ver una luz encendida en el baño y el agua de la ducha corriendo en algún lugar del interior. «Qué raro», pensó. «Me pregunto quién será». Entró y vio que era Susana.

Sus miradas se cruzaron. Ella soltó un pequeño «Eeeeeh» aniñado, como un polluelo de lechuza. Con los ojos desorbitados y la boca abierta, intentó cubrir su suave cuerpo desnudo y moreno con las manos. El esfuerzo fue completamente inútil, y él se quedó allí parado, mirándola. Finalmente, ella dijo: «¡Christian, vete! ¡Por favor!»

Pero Christian solo tenía ojos para su gran y colgante pene.

*

Susana se despertó muy temprano, como de costumbre. El suave tono marrón de los paneles de roble que la rodeaban en la pequeña habitación le recordaba a una celda de claustro. Este efecto se acentuaba por el hecho de que la habitación solo tenía una ventana, al fondo. Era una ventana bonita y, como la de la habitación de Christian daba al este y ofrecía una vista parcial de la capilla y el comedor. Pero en esencia la habitación seguía siendo un claustro. Supongo que muchas residencias estudiantiles dan esa sensación.

Su cama, como todas las demás en Lido, tenía una estructura de hierro fundido pintada de gris y un colchón individual. No recuerdo que estas camas tuvieran somier, pero en general eran cómodas, y esa noche ella yacía quieta, plácidamente dormida.

Las tres de la mañana llegaron como un jarro de agua fría.

Se despertó espontáneamente antes de que sonara la alarma porque así es como el cuerpo humano se adapta a tales exigencias: al principio necesitamos un despertador, pero con el tiempo nos acostumbramos tanto a una rutina, por muy dura que sea, que muletas como el repique del despertador se vuelven innecesarias. Molestas, incluso. Porque exigimos la libertad de superar la adversidad.

Se incorporó en la cama, estiró sus delgados brazos y, automáticamente, comenzó a rezar. Esa era su rutina cada mañana a las tres de la madrugada y, a veces, cuando se sentía particularmente fervorosa, también a medianoche. Por supuesto, estaban las oraciones habituales a las horas fijas: a las seis, a las nueve, al mediodía, a las tres de la tarde y antes de la cena. Luego, una oración a las nueve de la noche antes de acostarse. Lo llamaba su ciclo de oración, su «Obra de Dios». Había que hacerlo y se haría.

Al levantarse de la cama, se puso una bata y unas zapatillas y cogió su neceser para dirigirse sigilosamente a la puerta. La abrió un poco, se asomó para comprobar que la costa estaba despejada y salió al pasillo. Las luces estaban apagadas, pero conocía el camino de memoria, y la verdad es que su habitación estaba bien ubicada para sus propósitos. Entró en el baño, usó el inodoro en un cubículo, tiró de la cadena y encendió la luz del cuarto de duchas. Se desnudó entonces y se quedó desnuda, un pequeño cuerpo moreno casi infantil, contra la luz eléctrica cremosa del cavernoso cuarto de duchas alicatado, con todas las superficies demasiado brillantes y relucientes, y abrió el grifo de una de las alcachofas de ducha que sobresalían, la más cercana. El agua le sentó bien en su delgado cuerpo, el calor la penetró y la calmó por dentro, y el agua serpenteó, cayendo finalmente en cascada y corriendo por el suelo de baldosas hacia la tapa de latón del desagüe. El vapor del agua caliente se expandió en el aire formando patrones caóticos, y parte de él escapó a la otra habitación, donde esperaba la hilera de lavabos.

Susana seguía este ritual todas las mañanas. No quería ducharse con los chicos. Al fin y al cabo, era una chica. Las chicas necesitan su privacidad, pensaba. Todo eso le parecía de lo más normal. Pero de repente, alguien apareció. «Oh, no», pensó. «Quizás solo esté usando el baño. Quizás no pase nada...»

Pero entonces Christian irrumpió. Su cuerpo esbelto y sinuoso, un cuerpo de atleta, bronceado y hermoso, estaba de repente desnudo frente a ella.

Quedó deslumbrada por su belleza, pero también terriblemente avergonzada por haber quedado expuesta. «¡No!», pensó. «¡Él no!»

Entre lamentos, gritó:

—¡Christian, vete! ¡Por favor!

Pero él se quedó allí parado, mirándola fijamente. Finalmente, se dio la vuelta y se marchó.

*

Nunca me han entusiasmado especialmente las duchas grupales y prefiero tener privacidad; pero no tenía la suficiente motivación para levantarme temprano como lo hacía Susana. Sé que el cuerpo humano no tiene nada de malo, pero por alguna razón prefiero hacer ciertas cosas en privado: defecar, orinar, lavarme y bañarme. A veces incluso prefiero comer solo. No orino en urinarios por costumbre, a menos que sea necesario, porque me gusta sentarme. Además, los urinarios suelen oler a orina, así que ahí está la cuestión. Y, de hecho, mi padre siempre decía: «¿Para qué estar de pie si puedes sentarte?»

En cuanto a ducharme con otros chicos, bueno, me brindó la oportunidad de observar sus penes, la cantidad de vello púbico y su desarrollo físico en general, sus cuerpos vistos como formas escultóricas, lo cual sin duda me resultó interesante, y creo que todos sentimos curiosidad por estas cosas. No hay nada de «gay» en la curiosidad por el cuerpo humano, especialmente cuando se trata de cuerpos atractivos. Es natural y normal. Al menos eso creo. Pero puedo decir que hubiera preferido dejar a esos chicos, especialmente a los mayores con sus penes más grandes, en paz y con total privacidad. No sentí entonces, ni siento ahora, ninguna razón de peso para comparar apuntes.

Así era como lo veía yo, así lo pensaba. Nos duchábamos todos juntos, aunque de forma aleatoria; las duchas no tenían un horario fijo. Y la verdad es que no era para tanto, y Susana parecía darle demasiada importancia. Ese era el consenso general. Al fin y al cabo, tenía pene. Christian podía dar fe de ello. Y, al parecer, un pene del que estar orgullosa. No entendíamos su problema.

*

En realidad, fue Martin Quinn quien, al principio, me pidió que me hiciera amigo de ella.

—No está haciendo ningún amigo, Robbie.

—Sí, lo sé. Lo que pasa es que es, ya sabes, un poco raro.

—¿En qué sentido? —preguntó Martin.

—Es un poco mariquita.

—Robbie. Eso no está bien. Es un chico desfavorecido. Mi amigo, el padre Ferapont, que es sacerdote en Los Ángeles, recomendó a Calvin para Kickshaw. A través del programa de Diversidad. Calvin viene de un entorno difícil, es de Watts. ¿Sabes algo de Watts?

—No —dije.

—Es un barrio duro. Tiene un historial de violencia policial, de brutalidad policial. No es un lugar fácil donde crecer.

—De acuerdo —dije—. ¿Qué quieres que haga?

—Solo habla con él de vez en cuando. Sé su amigo, aunque sea un poco. No digo que te hagas su compinche.

Así que le dije a Martin que lo haría. Pero durante mucho tiempo busqué excusas para evitarlo.

Como Susana estaba en mi clase de Aikido, tuve ocasión de hablar con ella. No es que nos sentáramos a hablar de nada importante. Pero nos hablábamos. Susana era una inadaptada incluso entre los inadaptados de la clase de Aikido del señor Morris. Realmente no estaba muy motivada. Su Gi, blanco y planchado, apenas le cabía sobre sus delgados hombros, y su cinturón le quedaba flojo o no estaba bien

atado para formar un nudo cuadrado. Pero un día estábamos practi-
cando y me resbalé y caí encima de ella. Me sonrió de una forma que
me recordó, solo por un brevísimo instante, a Cecilia.

Me levanté rápidamente y me giré para ordenarme la cabeza, y
luego me volví.

—¿Estás bien?

—Sí, estoy bien. —Se estaba arreglando el pelo sin ninguna razón
aparente, de una forma que ningún chico haría—. Venga, vamos de
nuevo —dijo, y se abalanzó sobre mí riendo.

Esa noche se me ocurrió que Susana estaba en una situación muy
parecida a la de Valentine Michael Smith, el protagonista de *Un extraño en tierra extraña*: era de Watts, un área de Los Ángeles triste-
mente célebre por los disturbios de 1965. Así que Susana era de otro
planeta, por así decirlo. El Planeta Gente Negra. Susana también tenía otras cualidades que me hacían pensar en la obra temprana de
Heinlein sobre Marte: realmente era una especie de alienígena en su
aspecto y sus actitudes. Parecía tan diferente. Pero esta conexión con
lo extraño no me perturbaba, sino todo lo contrario. Pensé que quizás
había empezado a *grok* a Susana: que tal vez estaba empezando a en-
tenderla. O al menos, a simpatizar con ella. A nadie le gusta que lo
llamen maricón culero.

Decidí impulsivamente llamar a la puerta de Susana. Ella la abrió
con cierta timidez.

—Hola —dije—. ¿Te importa si hablamos?

Sonrió y negó con la cabeza.

—En absoluto.

Entré. Era idéntica a la habitación de Ben Wa al fondo del pasillo,
pero olía curiosamente a lila y había mucho más espacio vacío: la habitación estaba en su mayor parte desnuda y sin adornos. Me di
cuenta de lo grande que era en realidad la colección de discos de
Christian al ver una habitación del Lido sin todas aquellas cajas. Sí
que noté un pequeño crucifijo colgado en la pared.

—¿Por qué no te sientas en la silla? —dijo ella.

Susana se dejó caer sobre la cama.

—He venido porque pensé que igual te gustaba este libro. ¿Has
leído a Heinlein alguna vez?

—Oh, no soy muy aficionada a la ciencia ficción.

—Bueno, puede que este te guste. Se llama *Un extraño en tierra extraña*.

Se rió.

—¡Ah, qué gracia! ¿De qué trata?

—De un chico que naufraga solo en Marte y es criado por marcianos. Lo encuentran y regresa a la Tierra, pero es básicamente un marciano, todas sus ideas son distintas. Y de alguna forma funda una nueva religión. Acaba cambiando la manera en que la gente piensa sobre muchas cosas en la Tierra.

—Mmm. No sé si es lo mío, Robbie.

Mi idea de conectar con Susana no parecía ir tan bien como había esperado. Pensé que tendría que volver con Martin e informarle de que no funcionaba y que había fracasado. Lo había intentado, pero había fracasado. Quizás se notaba en mi cara, y parecía triste, porque al cabo de unos segundos ella dijo:

—Pero me gustaría leerlo. La verdad es que ha sido muy amable de tu parte pensar en mí. Viniste aquí, y no lo hace nadie más. Viniste y me ofreciste algo, un libro. Un libro es un mensaje, ¿no?

No tenía ni idea de qué quería decir, pero dije:

—Claro. Desde luego. Puede serlo.

—Bien. Muy bien. Sí, déjame leerlo. Lo haré ahora mismo.

Fue una interacción extraña, pero simplemente seguí la corriente. Le entregué el libro y me marché; no hablamos durante unos días. Pero algo debió de haber leído, porque poco después hablamos de ello.

—Oye, Robbie, gracias por el libro.

—De nada. ¿Qué te pareció Smith?

—Oh, me encantó que se llamara Valentine. ¡Qué nombre tan bonito! Me lo leí entero. ¡Pero no me examines, por favor! —dijo riendo.

—Correcto. Sin examen.

—Yo... yo también tengo un nombre especial, Robbie.

—¿Ah sí? ¿Como un apodo?

—Algo así.

—De acuerdo. ¿Cuál es?

—Susana.

—Susana —dije—. Bueno, eso es un poco como el chico llamado Sue.

—¿Qué?

Parecía no entender la referencia. Pero eso no me importó.

—¿Entonces quieres que te llame Susana?

—¿De verdad?

—Sí, de verdad.

Sonrió.

—Oh, qué amable de tu parte. No me lo puedo creer.

—Deberías intentar ser quien quieres ser. O mejor dicho, deberías ser quien eres. Todos deberíamos, ¿sabes lo que quiero decir?

—Vaya, Robbie. A veces eres muy inspirador.

Y me sorprendió con un abrazo, algo que no esperaba. No me alteré; simplemente la dejé hacer lo que quisiera. Parecía feliz. No es fácil hacer feliz a alguien en este mundo, ni siquiera por un minuto o una hora. Incluso a esa edad lo entendía. Así que consideré el gesto de ofrecerle el libro un éxito.

Sin embargo, debo aclarar que no entendí que Calvin Tyrone Gay fuera en realidad la chica, Susana. Todavía no del todo. Pensé que era solo una fantasía privada que me contaba, una fantasía homosexual; como todos tenemos sentimientos y fantasías pasajeras; y no le creía. No tenía fe. Pero aquella comprensión, aquella certeza, fue abriéndose paso en mí poco a poco. Finalmente, no podía quitarme «ella» de la cabeza. Para entonces era tan obvio que él era una ella, y me sentía tan cómodo con la idea, que no podía formularlo de ninguna otra manera.

Sí. Una vez que empecé a ver a Calvin como efectivamente una Susana, todo cobró sentido.

*

Un día, Susana y yo estábamos sentados en el césped después del Aikido y ella se puso a hablar de su vida. Yo le estaba contando que mi padre me había llamado desde California y que apenas lo recordaba, y que me había ofrecido enviarme a un colegio privado. Y que yo había aceptado.

—Siento que hay algo de destino en ello —dije.

Susana sonrió.

—Mi confesor pensó que venir a Kickshaw me ayudaría a «enderezarme» —dijo.

—¿Enderezarte?

—Sí. Cree que estoy confundida. No lo dice exactamente, pero lo veo en sus ojos.

—Bueno... —Iba a decir: "Sí, a veces pareces bastante confundido." Pero pensé que sería maleducado. Así que en cambio dije—: ¿Te refieres a que no sabes qué hacer con tu vida?

—Oh, no, eso no es. Sé exactamente lo que debo hacer con mi vida.

—Claro. Ir a la universidad. ¿Eso es?

Me miró.

—¿Universidad? Bueno, supongo que podría llegar a ese punto. Pero no me parece realmente necesario para el tipo de futuro que me espera.

Ahora sí que estaba completamente perplejo.

—Lo siento, Robbie. No lo entiendes. Dios me dice qué debo hacer con mi vida. Tiene un plan. No conozco el plan entero, pero me lo va revelando poco a poco.

—¿De verdad?

—No me crees.

Era una afirmación, no una pregunta.

Tanteé el terreno.

—En realidad no se trata de que yo crea, ¿verdad? Se trata de lo que crees tú.

—Déjame explicarte cómo funciona. Primero, ¿prometes no contarlo? ¿No me delatarás? Porque creo que la gente se pondría celosa, algunos mucho, y no quiero eso. Sería un pecado grave que yo aparentara ser superior. Muy pocos tienen esto.

Levanté la mano izquierda y estiré la derecha, como si la apoyara sobre una Biblia.

—Lo juro.

—Te estás burlando. Bueno, en fin.

—No tienes por qué contarlo.

—No, quiero hacerlo.

Hizo una pausa como para reflexionar.

—¿Alguna vez te ha pasado algo que te hizo pensar bastante que el mundo te estaba hablando? Por ejemplo, que todo a tu alrededor se desmorona y, de pronto, de la nada, aparece un salvavidas.

—¿Como por ejemplo una oferta para ir a una escuela a dos mil millas de distancia, de parte de un hombre del que apenas me acordaba?

—Sí. Sí... A veces se manifiestan cosas y objetos, pero normalmente es un ser humano, una persona, quien habla. Solo que no es esa persona, no su yo inferior, sino su yo superior. Dios en ellos. Y a veces se dejan llevar, porque, como puedes imaginar, cuando un poder superior habla a través de ti, eso produce una especie de locura.

—Claro. Ya veo.

No lo entendía, ni tenía idea de qué estaba hablando, pero quería ser su amigo, así que dije:

—Sí, obviamente eso sería eufórico. Suena a los oráculos de la antigua Grecia. ¿Pero puedes darme otro ejemplo?

—Claro. Te contaré cómo llegué a Kickshaw. No quería venir. Tenía mucho miedo.

—¿Ah sí?

—Sí. No te enfades, Robbie. Pero aquí todos son blancos. No hay nadie como yo. Estoy sola aquí.

—Sí, lo entiendo. A mí personalmente no me gusta. Y eso que soy blanco.

Este chiste pareció no hacerle ninguna gracia a Susana. Nunca tuvo mucho sentido del humor.

—Echo de menos los rostros negros —dijo con un suspiro—. En Los Ángeles, si veías a un blanco en mi barrio, nueve de cada diez veces era un policía antidisturbios. Allí todo el mundo odia a los blancos.

—Hmm...

—¡Pero yo no los odio! Solo que les tengo miedo.

—¿Tienes miedo?

—Sí.

—¿Pero qué pasa conmigo?

Se rió.

—Bueno, no, tú no eres tan amenazante, Robbie. A veces ni siquiera te considero blanco.

—Hmm —dije.

—También echo de menos mi iglesia. Hay uno o dos católicos aquí en la Mesa, pero nadie que rece el Rosario siquiera. No se lo toman tan en serio.

—Ya.

—Pero bueno, mi confesor es muy sabio, un hombre muy admirable, y supongo que conocía a alguien, solicitó algún tipo de beca, algo de diversidad. Mi padre se rió y dijo que era una idiotez.

—Eso me parece cruel —dije.

—Lo fue. Dios me puso en sus manos. Mi madre murió. Ni siquiera estoy segura de que seamos parientes de sangre, pero aún lo llamo papá.

Hizo una pausa.

—Pero Dios también dispuso que lo dejara. No era un buen hombre. Era violento. Vendía drogas, cosas así. Me preocupaba que me obligara a hacer cosas repugnantes por dinero. Y creo que lo hubiera hecho, estaba a punto de hacerlo, por eso Dios intervino.

No sabía qué decir, así que dije algo bastante estúpido.

—Bueno, ya sabes, nadie es perfecto.

—Supongo. En fin, un día llegó la carta formal; era la primera carta que yo había visto en que tuviéramos que firmar el acuse de recibo. Y estaba dirigida a mí. ¡Me puse contentísima!

—Vaya. Esa es una muy buena historia. Mejor que la mía.

Nos quedamos un rato en silencio. Pensé que quizás iba a decir algo difícil, porque su cara se contrajo.

—Quiero contarte algo, Robbie. ¿Puedes guardar un secreto?

—Sí. Claro.

—De verdad.

—Te lo prometo —dije.

—La gente no me entiende, Robbie.

—¿Te refieres a... —Dejé morir la frase porque no me sentía demasiado cómodo adonde llevaba. Rozaba peligrosamente una pregunta que yo también me hacía sobre mí mismo. Pero tiré adelante—. ¿Te refieres a que... porque eres gay?

—Ay, Robbie —exclamó—. No lo entiendes. No soy gay. Soy una chica. Por dentro soy una chica. Soy una chica en el cuerpo de un chico. Me gustan los chicos. Pero no es porque sea gay. Es porque soy una chica. Tengo la herramienta equivocada. Todo está tan mal, ¿ves? Un terrible error, quizás. Pero no. No hay errores. Debe de ser Su voluntad.

Me quedé sentado pensando en ello, tratando de asimilarlo.

Poco a poco fui uniendo las piezas.

—Entonces quieres decir que eres transexual, ¿como en *Rocky Horror Picture Show*? Tienes la herramienta de un chico, pero tú...

Me miró con expresión en blanco.

—Esa no la conozco.

Me reí entre dientes y arqueé las cejas.

—¿Nunca has visto *Rocky Horror*? ¿En serio?

Negó con la cabeza.

—Suena un poco raro.

—No —dije—, para nada. Definitivamente tienes que ver ese espectáculo.

*

Así que me puse a elaborar este gran plan, estaba entusiasmado, pensé que esto iba a ayudar de verdad a Susana, que la haría abrirse. En aquellos días siempre intentaba hacer cosas para ayudar a los demás; aún no había aprendido que ayudar a la gente es casi imposible, que las personas son como son por el karma y la tendencia mental que llevan de una encarnación a la siguiente, y que es imposible cambiar eso. Intentar ayudar a alguien que no quiere ser ayudado es como intentar detener un tren arrojándole un cubo de agua fría. Se produce un chapoteo y el agua rueda por las vías; el tren, sin embargo, sale ileso; ni siquiera se moja; el agua que arrojaste se evapora. Pero no supe todo eso hasta mucho después.

«Puede que conozca a gente con la que pueda identificarse, o con la que ella pueda identificarse», pensé. «Esto podría cambiarlo todo».

Me costó un poco organizar el viaje, y me sentía un poco incómodo al respecto, porque aunque ya había ido varias veces para entonces, siempre había sido con chicos como Jonah, para quienes *Rocky Horror* era algo habitual, una celebración de lo raro, lo crudo, lo salvaje y lo estrafalario los sábados por la noche, preferiblemente a medianoche. El caso era que, cuando Jonah se veía en la situación real de tener que lidiar con lo raro —y Susana era bastante rara—, no le interesaba lo más mínimo; pero cuando se trataba de una película con Susana Sarandon, Tim Curry y Meat Loaf, bueno, eso sí que le parecía bien.

Así que decidí que lo mejor sería ir solo con Susana, solo nosotros dos. Ni siquiera le dije a Jonah que tenía planes de ir. En ese momento todavía compartíamos habitación, claro. Jonah fue quien me llevó la primera vez; era algo que estaba de moda entonces, toda una sensación en Los Ángeles, en algunos teatros modernos y vanguardistas. Fue genial, y le agradecí tanto que hasta le conté mi secreto: que mi padre era gay. A Jonah no le importó. Me dijo:

—Sí, hay mucho de eso por ahí. Aunque no lo mencionaría muy a menudo en Kickshaw.

Pero aun así, no invité a Jonah. Ni siquiera le dije nada. Iba a ser un viaje especial de rehabilitación, una misión de misericordia, por así decirlo, para ayudar a Susana.

En ese momento no tenía coche, y el evento era en Santa Bárbara, en el Arlington, con pase a medianoche, y pensé enseguida que quizás Larry podría llevarnos. Pero resultó que a Larry no le iba lo de *Rocky Horror*.

—Demasiado *camp* —dijo—. El travestismo no me hace mucha gracia, Robbie.

Claro que debería haberlo sabido, y no sé por qué supuse que le gustaría la película. Larry tenía un sentido del estilo muy depurado. Era lógico que no apostara por lo exagerado. Era gay, pero también un hombre impecable, incluso de élite.

Y así fue como mi padre nos llevó. Hasta se sentó con nosotros, y la película le pareció de lo más divertida; no paró de reírse en toda la noche.

—¡Esto es una locura, Robbie! ¿Pero por qué la gente tira tostadas?

—No lo sé, papá.

—¡Mira! Ese tipo está travestido y bailando al ritmo de la música cerca del escenario. Parece que están representando algo.

La gente gritaba frases como «¡Santo cielo!» y «Es un orgullo para tu genio, maestro», y otras locuras que ni siquiera recuerdo. Con un par de copas, mi padre se habría metido de lleno en todo eso.

Pero Susana no lo estaba pasando bien. Al principio, no parecía entender qué estaba pasando.

—No me gustan las películas de terror, Robbie.

—No te preocupes, eso es solo para arrancar. Es un musical.

—Ah, bueno.

Se llevó las manos a las mejillas y se hundió un poco en el asiento —no era muy alta de por sí— y pareció retraerse en sí misma.

A medida que avanzaba la película, fue pareciendo cada vez más incómoda. Aburrida, la mayor parte del tiempo, diría yo. Cuando sonó la canción «Sweet Transvestite», exclamó: «¡Qué asco!», lo cual me pareció una mala señal.

La película llegó a su fin y salimos del cine, mi padre todavía riéndose.

—Estuvo bastante bien, Robbie —dijo.

—Gracias, papá.

—¿Qué te pareció, Susana? —dijo. Le había explicado a mi padre todo lo de «Susana»: que era una chica en el cuerpo de un chico, y le pedí que no se pusiera raro. Y él me respondió:

—Sí, claro, hijo. No te voy a complicar la vida. ¿Estás intentando ligarla? O sea, ¿te atrae? Porque no estoy seguro de que sea buena idea. La mayoría de las trans están como una cabra, al menos según mi limitada experiencia.

—No, papá, no —dije—. No es así. Intento, ya sabes, ser su amigo. Parece que lo necesita. Me gustan las chicas.

—Pero dices que en realidad es una chica.

—NO, quiero decir, me gustan las chicas que, ya sabes, no tienen pene.

Lo pensó un momento y se echó a reír.

—Sí. Bueno, hijo, eso es muy generoso de tu parte. La verdad es que me impresionas. Eres todo un caballero por intentar ayudar a alguien.

—Ahora te estás riendo de mí —dije.

—No, Robbie. Tú eres un príncipe entre los hombres.

No creo que me creyera, porque a esas alturas ya sabía que yo era un maestro de la palabrería —de tal palo tal astilla, solía decir—, pero daba igual, y de todas formas, se lo tomó con mucha calma. Intentó entablar conversación con Susana en el coche varias veces, pero no fue fácil. Acabaron hablando de los disturbios de Watts (ya que ella era de allí) y él contó anécdotas de cuando tenía que pasar por allí para ir al trabajo, que por aquel entonces era la refinería de Texaco. «Robbie tenía solo tres años», dijo. «Yo trabajaba en una refinería de petróleo allí en Long Beach y tenía que atravesar la zona. Solía llevar un bate de béisbol en el coche. Y también mi .45».

Lo que no dijo fue que, cuando me contó la historia a solas, el bate de béisbol era su «palo de negratas». Pero se había portado bien. Había suavizado el tono para intentar que Susana se sintiera cómoda. Pero con ella no sirvió de mucho; era inalcanzable.

—Watts estaba repleto de manifestantes furiosos —dijo.

—¡Ay, Dios mío! —dijo Susana—. Eso suena aterrador. ¿Tenías miedo por tu vida?

—No, era simplemente que el mundo se había vuelto loco. Pero a veces sí que tenía miedo.

—Nosotros sentimos eso principalmente con la policía. Pero nunca pensé que ellos también pudieran tener miedo.

—Supongo —dijo—. El LAPD es conocido por su brutalidad. Quizás eso esconde miedo. Pero, francamente, creo que ellos son los agresores. O sea, intenta ser gay.

—¡Ay, Dios mío! —dijo ella.

—¿Así que tienes un arma, papá? —dije, intentando cambiar de tema—. No lo sabía.

—Sí, hijo, estuve en la Guardia Costera.

—¿Para librarte de ir a Vietnam?

—¡Pues claro! Exacto. ¿Quién quiere ir a matar al hombre amarillo? Pero yo no fui tan valiente como Casius Clay. Él fue a la cárcel, ¿sabes? Los mejores años de su carrera de boxeador, robados. Joder, increíble. Pero no, en lugar de protestar, me uní a la Guardia Costera. No estuvo tan mal.

—Pero seguías siendo un tirador.

—Claro que sí, hijo, disparar es muy divertido. Deberíamos ir algún día al campo de tiro. Te enseñaré a disparar. Hasta tengo una cinta de tirador por la pistola. Puedo desmontar una automática del .45 con los ojos cerrados.

—¿Le disparaste alguna vez a alguien, papá? —le pregunté. Estaba bromeando, pero él respondió con cara seria.

—A nadie que no se lo mereciera.

Iba conduciendo y tenía una mano en el volante. Me miró y me guiñó un ojo.

Susana lo miró raro durante un momento, y luego rompió a reír.

—¡Oh, me estás tomando el pelo!

Todos nos reímos.

*

Aquí llegamos a la parte sobre la que no estaba seguro de si iba a escribir. Pero, qué más da.

Después del espectáculo, mi padre no nos llevó de vuelta al campus sino que fuimos a su casa en Santa Bárbara. Supongo que también era la mía, tenía una habitación allí, pero de alguna forma siempre la consideré suya y de Larry.

Al poco rato Susana y yo estábamos en mi habitación. Mi padre se había despedido para la noche y me guiñó un ojo con picardía, pero yo negué con la cabeza enérgicamente.

Cerré la puerta y la miré. Estaba de espaldas a mí, mirando a su alrededor. Sus ojos se posaron en el póster de Farrah Fawcett. De repente me sentí avergonzado, como si aquello estuviera mal de algún modo; al fin y al cabo, me había hecho una paja mirándolo suficientes veces. Pero entonces Susana se giró y me miró. Parecía estar riéndose entre dientes.

—Oh, Robbie, supongo que eres un chico normal.

—Bueno, me alegra que lo pienses —fue lo único que pude articular.

—¿Pero dónde voy a dormir?

—Podríamos estar juntos... si quisieras —dije.

—Creo que no, Robbie.

—¿Pero por qué no?

—Ven y siéntate en la cama —dijo.

Se dejó caer, como una pequeña elfa morena, y me tomó de la mano.

—Robbie, sé que has estado haciendo cosas por mí. Y te lo agradezco. De verdad. Dios te envió a mi vida. ¿Te acuerdas de ese primer día en que viniste con ese libro tan raro? Supe entonces que Dios me estaba enviando un mensaje importante.

—¿Ah sí?

—Sí. El mensaje no era el libro, sino tú. Has sido mi único amigo en Kickshaw. De verdad, no, es cierto. Eres el único que se preocupa. Dios te envió porque realmente necesitaba a alguien. Pero... no para esto.

No sabía muy bien qué estaba pasando, pero empezaba a parecerse un poco a lo que ocurrió con Cecilia.

—Oh no, no me estás dejando, ¿verdad?

Ella no dijo nada, pero capté la indirecta.

—¿Entonces estás diciendo que tienes a alguien?

—No, Robbie. Pero hay alguien en mi corazón.

—Claro.

*

Fue un día en que muchas cosas le salieron mal a Christian. Martin lo pilló con las manos en la masa; era un hombre avezado en las cosas del mundo, pero normalmente hacía la vista gorda. Pero ese día Martin llamó a la puerta, y Christian no pudo guardar la pipa con suficiente rapidez. Cruzaron miradas y Martin negó con la cabeza.

—No te voy a denunciar —dijo—. Cada uno tiene derecho a una tarjeta de Salir de la Cárcel Gratis conmigo. Sé cómo son estas cosas. Pero tienes que esforzarte de verdad por mejorar. Si te vuelvo a pillar, tendré que llevarlo ante Charlie.

Con «Charlie» se refería a Charlie Stacks, el decano de estudiantes. Stacks era relativamente joven, tenía una esposa joven y atractiva (ya hablaremos de ella) y sin duda, probablemente, era un tipo muy razonable fuera del campus, pero en la Mesa era conocido por ser un tipo duro y un ejecutor implacable. Lo llamábamos «Clint» porque se parecía mucho a Clint Eastwood y tenía algunos gestos que (al menos en nuestra imaginería) recordaban al spaghetti western. Era conocido por su tolerancia cero con la marihuana, e incluso con la cerveza.

Eso ya fue bastante malo. Y antes habían surgido otros problemas. El entrenamiento de fútbol iba bien hasta que resbaló y lo pisaron. Los tacos se le clavaron en el costado de la cabeza. Pensó que le iba a estallar el tímpano derecho. Pero no quiso abandonar el campo. En cambio, desahogó su frustración en Fish, que era un futbolista mediocre en el mejor de los casos, pero quería jugar...

Esa noche, sin la ayuda de una buena calada de bong para conciliar el sueño, no paró de dar vueltas en la cama. Ni siquiera los dos discos del Álbum Blanco en los auriculares lograron hacerlo.

El tiempo transcurría como transcurre en las noches de insomnio, lentísimo, como una serie infinita de segundos punzantes e iridiscentes. Finalmente, Christian decidió que simplemente tenía que encenderse un porro. Pensó en la bolsa de hierba de pacotilla que había conseguido la semana anterior, pero no le hacía gran efecto. «Al diablo», pensó. «Es hora de algo especial».

Christian abrió su escondite secreto, un hueco en el suelo del armario que había improvisado la primera semana, y sacó una cajita de puros. Rebuscó dentro, guiándose principalmente por el tacto —la habitación estaba oscura—, y encontró un trocito de hachís que le había regalado su hermano mayor la última vez que estuvo en Palo Alto. Lo colocó en la pipa de bolígrafo, que sellaba completamente la carga en una cámara, y luego abrió la ventana lo suficiente como para expulsar el humo al exterior. El aire nocturno entró a raudales y le resultó refrescante. Su sinestesia se activó entonces, y el aire fresco pareció brillar levemente. Encendió el mechero, dio una calada de prueba y siguió hasta que el hachís empezó a arder. Cuando consiguió expulsar suficiente humo acre, lo retuvo con entereza y exhaló finalmente de forma controlada por la ventana. Las bocanadas de humo parecían verdes y fantasmales. Esto se prolongó durante un rato. Y empezó a sentirse un poco mejor.

El hachís marroquí produce un subidón muy especial, no algo para todos los días, sino más bien para los casos de emergencia, de los de romper el cristal. Y Christian, sintiendo que necesitaba algo más, que su situación ese día era particularmente injusta, como lo era en general, probablemente por algo relacionado con su padre, siguió dándole a la pipa de bolígrafo una y otra vez hasta que el contenido de la cámara de latón se convirtió en polvo. Desapareció.

Ahora estaba bastante colocado. Los ángeles giraban sin duda en la arquitectura marroquí, los patrones geométricos vibraban como al son de una partitura desconocida y sumamente operística dentro de su cabeza. Las paredes irradiaban un resplandor azul.

Entonces, de pronto, oyó algo, un ruido, en el pasillo. Se quedó completamente inmóvil de golpe mientras el corazón le daba un vuelco. En silencio tomó un chicle y empezó a masticarlo mecánicamente. Lo sentía seco en la lengua, pero siguió masticando, intentando quitarse el aliento acre. Mientras tanto, aguzando el oído, al cabo de un momento se dio cuenta de que la ducha del Lido se había puesto en marcha. Escrutó la oscuridad hacia los diales de radio de su despertador: las 3:02 a. m.

«Vaya, vaya», pensó. «Es la polla de plátano que se cree chica. La polla de plátano... maricón culero.» Se levantó lentamente, la cabeza dándole vueltas y con destellos de colores, y se puso una bata. Tomó su neceser y se dirigió a la puerta, abriéndola muy despacio. Salió al pasillo y entró tranquilamente en el baño, empujando la puerta lentamente y cerrándola tras de sí.

Se quitó la bata y la colgó en un gancho, se bajó los calzoncillos y dejó el neceser en el suelo. Con calma, relajado y sintiéndose mejor que en todo el día, entró en la sala de duchas, donde la luz estaba encendida. Había mucha claridad; tuvo que protegerse los ojos un momento. Sintió el calor del vapor en el pecho.

«Las largas duchas son lo mejor», pensó.

Susana estaba en la segunda ducha a la derecha de la gran sala abierta, el agua corriéndole por el cuerpo, su largo pene colgando. Se giró y lo vio. Esta vez no dijo nada. Sus manos fueron automáticamente a cubrirse, pero luego, lentamente, centímetro a centímetro, cayeron a sus costados.

Christian estaba de pie con el dedo en los labios. La otra mano la tenía detrás. No emitió ningún sonido. Primero abrió su propia ducha y se lavó, pero sin apartar los ojos de ella en ningún momento. Luego, lentamente, se acercó a ella. Su cuerpo delataba su atracción. Con delicadeza le puso las manos en el torso, primero la derecha y luego la izquierda, y acarició su piel mojada con los dedos. Las gotas de agua salpicaban sin cesar, brillando en azul y verde, turquesa, en su mente, y luego parecían irradiar calor y luz. Tomó la pastilla de jabón y empezó a enjabonarle el cuerpo. Ella bajó la mirada, casi recatada, mientras él lo hacía, y luego alzó los ojos hacia su rostro.

—*Christian... Christian* —dijo ella.

CUARTA PARTE — Una conspiración de carne picada

Un chico tenía bolas de campeón,
y las metió en su peluca sin razón;
mas salieron rodando,
sus bolas escapando,
y eso fue el fin de su bastón.

Tenía una agenda ambiciosa para el verano que se avecinaba, ese que caía entre mi segundo y tercer curso, pero había un impulso que lo superaba todo: intentar echar un polvo. También trabajaría y ahorraría dinero para costear mis distintos apetitos y nuevas necesidades, como las visitas a la tienda de discos. Pero acostarme con alguien parecía ser la máxima prioridad. Tenía mis razones.

Mi fracaso con Susana, que me había dejado un buen ataque de dolor de huevos aquella noche después de la proyección de *Rocky Horror*, era parte de ello. En realidad no fue el rechazo —lo entendí— había otra persona —sino la verdad del asunto: que me di cuenta de que de repente estaba dispuesto a *hacer* cosas con Susana. Cosas sexuales. Sí, estaba listo para intentarlo.

Al principio quería echarle la culpa a *Rocky Horror*. El cuerpo fantástico de Susana Sarandon me había excitado, tal vez el de Frank-n-Furter también. Pero sabía que era absurdo. Solo era una película. Susana me había dicho que no, dejándome abatido y frustrado y (seguramente obvio para ella) completamente en erección, para luego desinflarme lentamente en el silencio del rechazo, como una rueda pinchada.

Claro que ahora iba regularmente al 7-Eleven, colgado hasta las orejas, armado con unas cuantas monedas sudorosas para comprar revistas porno, mientras el dependiente suspiraba y me regañaba, y eso era una especie de progreso; me estaba volviendo audaz con mis pasiones, casi sin importarme las consecuencias. Para mí eso era avanzar, alejarme de la ansiedad. Pero me di cuenta de que no había progresado mucho más allá del pobre Hedda Henry, el chico al que le pegué puñetazos repetidamente en la cara sin mucho resultado, el pajero que tanto se parecía a una cabeza de polla. El gusto de Henry por la pornografía era grotesco, y él era un joven grotesco, producto de las aberraciones del Sur. Con el tiempo sentí lástima por él —pero yo no le iba muy a la zaga. Era una cuestión de grado. Sí, incluso a esa edad tenía un cierto nivel mínimo de autoconocimiento. Sabía, no de una forma que pudiera expresar, eso seguro, pero en algún nivel, que tenía un largo camino por delante para ser quien quería ser; que había más. Y el sexo era parte de esa ecuación. El sexo era un problema.

Compartí algunos de estos pensamientos y confusiones privadas con William. En mi mente era sabio. O, al menos, más sabio que cualquier otro en Kickshaw. Era como el taxista Mago en *Taxi Driver*. Él sabía cosas.

—Es como Diógenes —dijo—. Cuando lo pillaron masturbándose en el mercado, respondió con su famosa frase: «Ojalá el hambre se pudiera saciar frotándose la barriga». Al parecer, no le importaba. Así que hay filósofos que lo han aceptado. Pero la mayoría ha dicho que hay que abstenerse, lo cual parece absurdo. Al fin y al cabo, en cierto modo somos animales. La naturaleza seguirá su curso.

—Pero quiero ser libre.

—¿Libre de deseo?

—Sí. Libre de deseo.

—Eso suena a budismo.

—Sí.

—Pero tú no lo has... ya sabes...

—No, no he estado con ninguna chica.

—Bueno, Robbie, el sexo con una chica es diez veces mejor que la masturbación.

—¿Diez veces? —pregunté incrédulo.

William sonrió.

—Eso es. Creo que será mejor que esperes un poco antes de decidir que quieres renunciar al sexo por completo.

Así que eso daba que pensar. Y el verano se acercaba.

*

La casa de mi padre estaba tranquila estos días, excepto por Conchita que de vez en cuando pasaba y me maldecía mientras doblaba mis calzoncillos. Larry cada vez estaba más fuera. Ahora trabajaba duro para convertir a su banda, Larry and the Linguals, en un grupo de verdad. El sonido de Larry era al parecer algo parecido al de los *Sex Pistols*; era punk, pero con un toque de Los Ángeles. Le gustaban X, los Go-Gos y The Bags, y aspiraba a ese tipo de sonido. Era demasiado intenso para mí; todavía estaba en pleno desarrollo musical, apenas llegando al punto de apreciar el hard rock. Recuerdo con claridad haber escuchado *Who's Next* ese verano y que por fin lo pillara. No estaba preparado para el punk. Aun así, pregunté si podía ir a un concierto.

Me pareció una gran manera de conocer a alguna chica punk interesante; de esas que se meten en la cama contigo; quizás hasta tuviera un tatuaje...

—No, Robbie. Ni hablar. Tu padre me mataría. Es el ambiente de los bares de Los Ángeles. No creo que estés preparado para eso; es muy bruto. Además, no tienes dieciocho años. Si alguna vez organizamos una actuación para menores, te aviso.

Quizás Larry vio que me había quedado hundido por la negativa tan rotunda, y en un tono más conciliador dijo:

—Como te interesa el tema, tengo algo para ti... dame un segundo...

Desapareció unos minutos y regresó con algo en una bolsa de papel marrón.

—Toma, Robbie. Tu propia copia.

Era un álbum. En la portada había una foto de Larry con un aspecto muy macizo, gafas de aviador, un Trilby de cuero y chaleco a juego, casi como un Lou Reed japonés, y el título decía:

Larry and the Linguals

Hollywood Useless

—¡Coño, Larry! ¿Has conseguido un contrato discográfico?

—No, es una edición autofinanciada. Es una maqueta. Queríamos ver algo en vinilo.

—¿Lo ha visto papá?

—Aún no, así que punto en boca. Fue tu padre quien puso la pasta. Quiero darle una sorpresa. Y por cierto, creo que él también tiene algo para ti...

*

Mi padre estaba muy empeñado en ayudarme a conseguir un trabajo de verano; parecía conocer a todo el mundo, y me presentó a un gerente de Carrows que estaba dispuesto a contratarme. Pero yo no tenía coche. Así que no me parecía factible y durante un tiempo me resistí. América es muchas cosas, pero una de las más ciertas es que es una cultura del automóvil. Y sí, era obvio que un coche me ayudaría a ligar.

Creo que fue Larry quien le metió la idea en la cabeza a mi padre, como hizo con tantas otras cosas: Robbie iba a necesitar un coche para el verano. Y mi padre le hizo caso. Un día me dijo:

—Oye, Robbie, ¿qué haces?

—Nada de especial, papá.

—Pues entonces ven conmigo.

Nos subimos a uno de sus viejos y destartalados VW Beetles y recorrimos las aireadas y calurosas calles de Santa Bárbara hasta su nueva propiedad. La llamaba «De La Vina», simplemente por la calle en que estaba —a unas diez manzanas— pero el nombre real era «*Rancho Bravos Bungalows*».

—Muy machista, papá —dije.

—Yo también lo creo, hijo. Larry bromea al respecto. «Menudo rancho tan bravo», dice. «Cuidado no se te traben las tuberías», y cosas así. Pero es una gran oportunidad. ¡El flujo de caja pinta fantástico!

Para entonces, mi padre ya había juntado suficiente dinero para comprarse una propiedad de inversión de categoría, y esta era. Era un conjunto de pequeñas y encantadoras casas independientes, bungalows o cabañas, unas veinte en total, al estilo rancho, en una franja de terreno que se extendía entre las calles De La Vina y Bath. Esta propiedad era la única franja completa de terreno entre las dos calles, y él estaba convencido de que algún día valdría millones solo por el suelo. Tenía también un aparcamiento de buen tamaño, en principio para los residentes, donde decidió aparcar algunos de los coches de su creciente colección. Mientras conducía, quería ponerse al día.

—¿Así que estás pensando en buscar trabajo para el verano?

—Sí, papá. Necesito dinero. Con los diez dólares que me das a la semana apenas me llega para comprar un porro suelto.

—Sé que soy un poco tacaño con esas cosas, pero es por tu propio bien. Si sigo dándote dinero en efectivo, bueno, ya sabemos adónde va a parar.

Se refería a mi creciente vicio por las drogas, del que, dicho sea de paso, él se beneficiaba en gran medida: yo había mejorado su marihuana, pasando de hoja suelta de un vendedor callejero que era mitad orégano, a sinsemilla digna de *Hotel California* de los Eagles. A mí no me gustaba mucho ese tipo de hierba; era demasiado potente y luminosa. Le tenía cariño a la hierba colombiana de mierda de mis primeros experimentos con Christian, esa marihuana marrón curada en agua que llegaba en fardos desde México (el tipo que habrían fumado Cheech y Chong), llena de tallos y semillas. Pero a mi padre le gustaba el cogollo fresco y resinoso. En cuanto lo probó, se enganchó.

Mi padre parecía sentir la presión del trabajo, o algo así, y ese verano noté que su consumo de alcohol fue en aumento. La hierba, el alcohol y hasta un poco de cocaína de vez en cuando —algo que a mí no me dejaban, aunque lo probé una vez con Christian cuando fuimos a ver a George Carlin en la UCSB: no un concierto de rock, sino un espectáculo, mi primer espectáculo de verdad— sí, todo eso, podía ver que mi padre se estaba consumiendo como una vela. Pero cada vez que le decía algo, él se reía.

—Estoy bien, chaval. Perfecto incluso. No hay de qué preocuparse. Es solo una pequeña mala racha. *Rancho Bravos* costó bastante montar. Pero dará sus frutos a su tiempo. Comprar activos es lo clave.

De hecho, según Larry, la propiedad costó más de ochocientos mil dólares, una suma considerable en aquellos tiempos.

En fin, llegamos a *Rancho Bravos* —había un letrero en la entrada y todo— y condujimos despacio por el largo camino privado que atravesaba el centro de la propiedad en dirección a la calle Bath. A ambos lados se veían los pequeños bungalows. Vi algunos ojos asomados aquí y allá, pero en general reinaba la calma.

—Vaya, qué chulos son, papá.

—Sí, son unidades muy monas. Te sorprenderías del alquiler que estoy sacando.

—Ya veo, ¿así que están todos alquilados?

—Sí. Ahora soy un casero de mala muerte, amiguito.

—¿Casero de mala muerte?

—Sí, así son las cosas. Mojados, asiáticos, blancos pobres, gentuza, algunos de ellos. Tengo que asegurarme de que nadie trapichee. No queremos eso, ¿verdad, Robbie?

—No, eso no sería bueno.

—Hay que guardar las apariencias. Pero el sitio es una mina de oro. Y además hay un buen garaje aquí atrás. Una especie de aparcamiento privado mío, si me entiendes.

Pronto comprendí a qué se refería: cinco o seis de los coches eran suyos, incluyendo una caravana, tres Volkswagen Beetle más además del que íbamos, y luego un coche nuevo que no había visto antes.

—¿Cuál es ese, papá? ¿Es tuyo?

—No, amiguito. Ese es tuyo.

Me quedé perplejo.

—Ostras, papá.

Era una furgoneta VW del 63. Estaba muy pelada pero en un estado estupendo.

—Papá, esto es casi una pieza de coleccionista.

—Sí, bueno, procura no destrozarla.

Salimos y me asomé por la ventana.

—Me gusta lo sencilla que es.

—Con solo tres herramientas puedes desmontar esa furgoneta y volverla a montar, hijo. Claro que ni siquiera tiene radio. Y tiene caja de cambios manual. ¿Sabes conducir con cambio manual?

—Sí, claro —dije. Lo cierto es que nunca había conducido con cambio manual, pero supuse que sería fácil—. ¿Qué puede haber de difícil?

Mi padre se rió.

—Eso es. Bueno, hijo, aquí tienes las llaves. Te dejo que te apañes. Tengo que irme.

—Oh, eh... ¿no quieres darme algún consejo?

Miró alrededor con cierta vacilación, y tuve la clara impresión de que no quería encontrarse con los vecinos. No entendía por qué. Finalmente dijo:

—Bueno, está bien. Sube. Una explicación rápida. Eso de ahí es el embrague. Lo que tienes que hacer es pisarlo cuando quieras cambiar de marcha. Cuando sueltes el embrague, notarás que las marchas entran en juego. Tienes que ir pasando por ellas. Por ejemplo, arrancas en primera, luego pasas a segunda, y así sucesivamente.

—De acuerdo. ¿Lo pruebo?

—Claro. Pero creo que es mejor que lo hagas solo. Si estoy aquí solo te pondrás nervioso.

—De acuerdo. Gracias, papá.

Seguía sin estar seguro, pero supuse que debía de tener razón. Y, obviamente, quería irse.

Lo que siguió fueron unas dos horas de yo destrozando marchas a rechinidos y tirones hasta que por fin logré salir a la calle De La Vina. Y entonces fue aterrador. Di la vuelta a la manzana, regresé y lentamente me dirigí de nuevo al aparcamiento, solo para encontrar mi sitio, donde había estado la furgoneta, ocupado por otra persona.

—Vaya mierda —me dije.

Mientras tanto, un hombre salió de un bungalow cercano y se acercó. Era un asiático mayor, un hombrecillo menudo, con una gorra de béisbol y ropa de anciano.

—¿Así que intentar aparcar aquí atrás, eh?

Giré la llave y el motor se paró. Dije:

—Sí, estuve aquí hace un momento.

—Lo sé —dijo—. Dos, quizás tres horas llevo escuchándote. ¿Tú no saber manejar este coche?

—Bueno, mi padre me lo acaba de dar.

—Oh. Tu padre. ¿Ese ser Tricky Dick?

—Tricky Dick —repetí—. Sí, ese es.

El rostro del hombre cambió.

—No ser buen casero. No caernos bien. Ocupar todo aparcamiento. Ser nuestro aparcamiento según contrato.

—Oh —dije—. Lo siento. No lo sabía.

—Mejor que te vayas. Llevar furgoneta de regalo a otro sitio.

No sabía muy bien qué hacer en ese momento. De hecho, había estado pensando en si aparcar la furgoneta donde estaba y marcharme sin más.

—Pero, bueno, es que no sé manejar con cambio manual.

—Es fácil. Te enseñar.

Sin decir una palabra más, el hombre rodeó el coche hasta el lado del copiloto y se subió.

—Arranca —dijo.

Giré la llave.

—Ahora bien, tu problema es no entender embrague. Embrague no ser como gatillo de pistola. Debes ser suave, pisar hacia abajo, solo entonces mover palanca de cambios. Usar movimiento como en Tai Chi. Suave, círculo grande. Luego, levantar embrague despacio hasta sentir motor empezar a acoplarse. Ser como bicicleta de diez marchas. Fácil cuando ya tener idea. Ahora intentar. Adelante, primera marcha.

Quité el freno de mano, luego pisé el embrague y moví la palanca.

—Bien, ahora suave con embrague —dijo.

Solté el embrague lentamente. El coche empezó a moverse y creí notar a qué se refería. Pero tuve que dar un frenazo porque íbamos demasiado deprisa.

—¡Para! —dijo—. Ahora, despacio, pisar embrague. Bien. Ahora. Poner marcha atrás.

Lo intenté y no fue tan fluido, pero funcionó.

—Bien, ya casi listo. Primera, segunda. Bajar por De La Vina, luego buscar autopista. Pasar muy bien en autopista.

Se rió, con una risa maliciosa. Abrió la puerta del copiloto y salió.

—Buena suerte, chico.

Y se dio la vuelta. No miró atrás.

—¡Joder! —dije, y luego hice lo que tenía que hacer. Me olvidé al instante del tipo. Ni siquiera le di las gracias.

Tenía razón, la autopista era «muy divertida», si por divertida se entiende como una pesadilla. Pero ya conducía con cambio manual. «¡Joder!», pensé. «¡Tengo un coche!» Estaba empapado en sudor. De repente me sentí como un auténtico americano.

*

Ese verano trabajé mucho menos de lo planeado. Fue tan genial tener una furgoneta que pasé mucho tiempo conduciendo. Demasiado, en realidad. Consumía gasolina como si no hubiera un mañana. Fui a Isla Vista un día y estuve deambulando en busca de chicas hippies sin encontrarlas, y otro día conduje hasta la playa estatal de El Capitán. Está al norte, bañada en sol, donde los bañistas nudistas se broncean las intimidades. También pasé tiempo en Summerland viendo a los surfistas hacer trucos tan cerca de las rocas que parecía una locura. Aparqué la furgoneta en la playa estatal de Carpinteria y me quedé un rato, tratando sin éxito de asar maíz en una barbacoa mientras me quitaba el alquitrán de las plantas de los pies. El maíz no se cocinó del todo, pero me lo comí. Estaba convencido de que quería ser vegetariano, por difícil que fuera. Al final trabajé algunos turnos en Carrows y gané algo de dinero así. Por desgracia, trabajar en un restaurante me parecía una porquería. Demasiado grasiento, demasiada carne. Necesitaba otra idea para conseguir dinero, pero durante un tiempo no se me ocurrió.

Y entonces pasó algo malo. Empecé a pensar en el grupo de plantas que había visto aquel día en los senderos, bien escondidas en el *Forest Sauvage*. Durante un tiempo logré reprimir la idea; pero finalmente, mis propias ansias de marihuana y mi necesidad de dinero tramaron un plan en mi cerebro microcefálico.

Sí. Empecé a pensar en birlarle la cosecha a quien cultivara la hierba. Era una idea increíblemente estúpida, lo sabía, y aun así ya estaba calculando cuánto cogollo podría haber ahí abajo. Si es que seguía ahí. También tenía la ingenua idea de que, al ser menor de edad, era inmune a la justicia. De alguna manera «seguía siendo un niño» y mis travesuras siempre podrían justificarse, pensé, como estupidez y simple gamberrería.

Por supuesto, estaba básicamente equivocado. Estaba contemplando robar al menos varios kilos de marihuana. Un policía que pillara a un chico con tanta hierba asumiría lógicamente que era para venderla —lo cual era cierto. Me imaginaba a mí mismo como una especie de capo adolescente del narcotráfico. Conocía a muchos chicos que me comprarían. Y ahora tenía una furgoneta y podía ir a Los Ángeles, a Malibú, a Berkeley —a donde quisiera con mi enorme bolsa de cogollos, como Papá Noel en una entrega frenética.

El plan pronto se puso en marcha. Esperé a una noche de luna nueva con el cielo lo más oscuro posible. Reuní el equipo necesario: una mochila, una bolsa de plástico negra grande, unas tijeras de podar, y en cuanto a la ropa decidí ponerme dos capas. La capa exterior era prácticamente desechable, incluido un pasamontañas negro. Encontré unas gafas de natación de mi padre en el garaje. Pensé que me protegerían los ojos si lograba no hacer ninguna tontería.

Conduciendo hacia Carpinteria, tomé la autopista y luego avancé audazmente por Casitas Pass Road. Eran bien pasadas las 2 de la madrugada y la carretera estaba vacía como la cabeza de un alumno de primer año de Kickshaw. Bostecé un par de veces al acercarme al desvío de la escuela. Mi plan era aparcar al pie de la colina, junto a la cabaña de los Sauvage. Seguramente la anciana y descerebrada señora Sauvage estaría profundamente dormida. Escondí la furgoneta lo mejor que pude detrás de unos árboles en el desvío cerca de la cabaña. Luego me equipé completamente, agarré la mochila y salí. Caminé por el sendero que llevaba al *Forest Sauvage*. Sabía que tenía que subir bastante por la ladera, luego cruzar y encontrar el camino del rociador de mierda. Ya lo había reconocido previamente, no con ninguna intención de robar la hierba entonces, sino simplemente para completar mi mapa mental del terreno. El Moon Flower, que era el lugar de reunión de los mayores en la ladera, estaba allí arriba, y lo había visto. Christian y yo teníamos suficiente curiosidad para encontrarlo: un octágono bien construido con asientos y vistas a las estrellas. El lugar perfecto para una fiesta, especialmente en una mañana como esa. Pero ahora tenía una misión y no podía permitirme distracciones. Me quedé de pie escuchando un rato al llegar al atajo que llevaba al camino del rociador de mierda. Reinaba el silencio de una tumba y, salvo algunos sonidos nocturnos y mi propia respiración agitada, no había ningún otro ruido.

Me dirigí hacia la manguera, guiándome principalmente por el tacto. Estaba demasiado paranoico para usar una linterna. Siguiéndola, llegué a la interminable hiedra venenosa; sonreí bajo el pasamontañas, pensando que la había burlado, y luego pensé en la enfermera Standish y en el rociador. Bueno, solo Cadogan y Jonah y ahora Lori, e indudablemente Martin, que habría sentido curiosidad, conocían mi terrible vergüenza.

Tras lo que pareció una caminata interminable, de pronto salí a un pequeño claro. Sí. Había plantas. Noté que aproximadamente la mitad eran pequeñas. Al inspeccionarlas vi que eran inmaduras. Pero a la derecha pude ver varias plantas adultas. Estaban rebosantes de flores. Podía verlas, oscuras sobre la oscuridad, como siluetas contra el cielo nocturno, y olerlas, impregnadas de resina. «¡Premio gordo!», me dije.

Me puse a trabajar en una de las plantas, cortando los tallos cubiertos de cogollos, y enseguida me di cuenta de que mi pequeña mochila solo podía contener una fracción de lo disponible. «Bueno, qué más da», pensé. «Cargaré lo que pueda».

Pronto me sentí cansado, cubierto de sudor y mugre, y se estaba haciendo tarde; desde luego, no quería seguir allí cuando amaneciera. Eso sería un desastre. Sentía la mochila tan llena que no cabía nada más. De repente me invadió el miedo: me di cuenta de que ya no había vuelta atrás. Olía a marihuana y la resina me cubría las manos y la ropa. Un perro rastreador me hubiera devorado vivo. La sensación de fatalidad y terror me espabiló, y tuve una descarga de adrenalina. Empecé a subir de nuevo siguiendo la manguera clandestina del rociador de mierda, y luego jadeé y resoplé por el sendero, pasado el desvío del Moon Flower, hasta que estuve cerca del fondo. Me detuve y escuché. Parecía que no había nadie. Me dirigí hacia la furgoneta. Pero entonces, para mi horror, se encendió una luz en la cabaña de los Sauvage. Empecé a moverme más deprisa e incluso llegué hasta la furgoneta, pero primero tuve que forcejear para quitarme los guantes y luego buscar a tientas la llave. Para mi horror, no la encontraba.

—Alto ahí —dijo una voz. Me giré y vi una pequeña figura en la oscuridad. Al principio pensé que sostenía un palo, pero no, era una pistola—. Ven conmigo a la cabaña. Muévete. Tengo derecho a dispararte.

—No veo cómo —dije—. ¡No he hecho nada malo!

—¿Ah no? —dijo la voz. Oí una risa muy peculiar. En la oscuridad no supe cómo interpretarla. Sonaba como la voz de un muñeco sorpresa, o de una muñeca—. Ya veremos. No, recoge eso, coge la bolsa. Muévete.

Me moví lentamente, totalmente derrotado, el corazón martilleándome en el pecho.

—Tú primero —dijo la voz—. Adentro.

Entré en la cabaña. La luz eléctrica me cegó momentáneamente, aunque era solo la de la puerta principal. Nunca había estado en la cabaña de los Sauvage y no tenía ni idea de qué esperar; pero por dentro se veía tal como me la había imaginado: el lugar donde vivían personas mayores; o habían vivido.

Sentí un pinchazo en la espalda, de lo que pareció un objeto metálico frío y duro, y me adentré más en la pequeña casa. Al fondo pude distinguir el contorno de una cocina. Me giré y me llevé el susto de mi vida.

—¡Usted!

—¿Quién eres? —dijo. Me miraba con los ojos entrecerrados—. Quítate ese pasamontañas.

Me quité la máscara torpemente.

—Soy Robbie. Robbie Gray —balbucí.

Era la señora Sauvage. La anciana descerebrada, ahora completamente despierta y alerta. Se mantenía erguida, sosteniendo el rifle y apuntándome con él con una actitud sumamente profesional. Una vieja bata cubría su endeble camisón, cuya parte inferior ondeaba al viento. Sus pies fláccidos estaban envueltos en viejas y desgastadas zapatillas.

—Soy Robbie Gray, de Kickshaw —repetí—. La he visto muchas veces en la cafetería, pero nunca habíamos hablado.

—Ya veo —dijo. Me observó en la oscuridad y su rostro pareció cerrarse—. No te recuerdo.

—¡Pero soy de segundo año, señora! O lo era; el año que viene seré de tercero. ¡Por favor, no me dispare! ¡Nunca podré probar su café!

Esto pareció hacerla reír entre dientes.

—Muy bien. Mmm —dijo—. Ya veo. Eres un artista de la charlatanería.

Por supuesto, lo primero que pensé fue en salir del paso con alguna excusa y empecé a hablar sin parar.

—Disculpe si la he molestado. Yo... yo estaba de excursión hasta el arroyo Gobernador. En los cerros. Es precioso allí en esta época del año.

—Buen intento, muchacho —dijo. Seguía apuntándome con la pistola y la agitó como una varita mágica hacia mi mochila—. ¿Qué llevas en esa mochila?

—Son solo mis cosas, ya sabe, mi saco de dormir.

—Muchacho, este rifle está cargado. No es ningún juguete.

—Pero usted, usted no le dispararía a un chico, ¿verdad? Soy solo un excursionista. Soy estudiante de Kickshaw. Vivo en Santa Bárbara. Soy de aquí. Me encantan el surf, la playa y todo eso.

—Creo que eres algo muy distinto.

—Pero no lo haría. Usted es, usted es...

—¿Una anciana? —preguntó riéndose—. Supongo que es verdad. De alguna manera me hice vieja. Bueno, tengo derecho a disparar a un intruso. Si tengo que dispararte, le diré a la policía que entraste por la fuerza y me diste un susto de muerte.

Me di cuenta de que estaba completamente perdido. Pero aún no entendía la situación.

—Está bien —dije—. Le mostraré lo que hay en la bolsa. Pero lo que hay aquí le va a sorprender. Lo encontré en la ladera. Fue una completa sorpresa.

—¡Vamos, sigue! ¡Ábrela!

Abrí la mochila lentamente, desabroché la solapa superior y extendí la parte de arriba para que se viera el contenido. Algunos cogollos se derramaron sobre el suelo de la cocina; llovía hierba.

—¿Lo ve? Es solo una planta. Una planta interesante. Orégano, creo.

—No, muchacho. Eso no es orégano. Parece marihuana.

—Oh, no lo creo.

—Deja de mentir.

—Pero señora, no es nada que le interese.

Se rió. Eso fue extraño. Y de hecho, mirándolo atrás, esa fue la parte más extraña de todo el asunto.

—¿Así que crees que una anciana como yo no tendría ningún interés en la marihuana?

—Bueno, no, usted es, usted es... —Mi voz se apagó—. ¿Está diciendo que esto es suyo?

—Ah, así que ahora se te ha encendido una pequeña bombillita en tu cabecita. ¿Eh, muchacho?

Seguía sin poder entenderlo. Y se lo dije.

—No puedo *grok* esto.

—¿*Grok*? ¿Qué clase de palabra es esa?

—Es de Heinlein.

—¿Heinlein?

—Es un gran escritor de ciencia ficción. Significa «entender profundamente».

—Siéntate —dijo—. A la mesa del comedor. Pon las manos sobre la mesa. Heinlein. Cree que Heinlein es un gran escritor. ¡Qué disparate!

Me senté y puse las manos planas sobre la mesa. Mientras tanto, la loca abuela pistolera levantó mi mochila y sacó la bolsa de basura de plástico negro, liberándola de la mochila, que se volcó sobre el suelo. Luego se alejó lentamente arrastrando la bolsa hasta que desapareció en un dormitorio. Me quedé sentado removiéndome en la silla, pensando en salir corriendo.

—No hagas ninguna tontería —la oí decir.

Finalmente volvió. Ya no me apuntaba con el rifle —era un buen rifle, quizás un Winchester, y era algo sacado del *Wild Wild West*— pero seguía sosteniendo el arma. Hice la pregunta obvia.

—¿Va a llamar a la policía?

Sonrió entonces.

—Sigues sin entenderlo.

—Lo siento.

Me sentía bastante deprimido. Lo admito, sí.

—¿Qué va a hacer conmigo?

Ya estaba llorando. Lloriqueé un buen rato.

Me observó llorar. Al cabo de un rato frunció el ceño.

—Oh, no seas tonto, muchacho. He visto a millones de chicos tontos. No voy a hacerte daño. ¿Quieres una taza de té?

—¿Qué? Oh... bueno.

—¿Cómo dijiste que te llamabas?

Se estaba moviendo por la cocina, encendiendo el fogón con una cerilla. Había apoyado el rifle contra la pared, pero no estaba lejos.

—Soy Robbie, señora.

—Robbie. Bueno, hijo, ¿ves lo despacio que me muevo? ¿Eh?

—Sí, señora.

—Eso es porque tengo artritis. A veces es muy mala. Pero la medicina, esa hierba que intentabas robar, me ayuda con la artritis. Es lo único que parece aliviar la inflamación.

Estuvo un rato preparando tazas con bolsitas de té.

—Este té caliente te sentará bien. Pero ten cuidado de no tocarte la cara. Creo que ya lo has hecho.

—¡Oh no! —dije.

—Sí. La hiedra venenosa es muy peligrosa ahí arriba. Fuiste muy tonto.

—Tuve un encuentro con ella hace unos cuatro meses. Cuando había clases...

—Ah, sí. Supongo que no serás el chico del que habló la enfermera. El que, bueno, soltó la carga, por así decirlo.

Se rió como a veces ríen las mujeres.

—¡Dios mío! ¿Ha oído usted esa historia? ¿Hasta usted?

—Por supuesto. Ese tipo de cosas suelen correr. Estuvimos hablando de ello con el personal de la cafetería hace apenas unos días.

—¡Dios mío! —exclamé—. Bueno, dispáreme. Creo que preferiría la bala del rifle.

Soltó una carcajada como una gallina vieja y fue lentamente hacia la mesa con la gran tetera de cobre. Estaba tan caliente que podía ver el calor radiante que emanaba de la base. Estaba convencido de que se le iba a caer y me iba a escaldar, a ella o a los dos. Pero de alguna manera lo logró con sus piernas temblorosas y vertió el agua caliente en las dos tazas. Me miró.

—¿Tomas azúcar?

—Sí, señora.

—Lo siento, no tengo leche ni nata.

—Por favor, no se disculpe. La he despertado. Eso estuvo mal.

—Lo que hiciste, hijo, fue intentar robarme la medicina. La necesito solo para poder seguir moviéndome. Si no, estaría postrada en cama. ¿Y entonces qué? Estaría acabada.

Ahora comprendí en toda su magnitud lo que había pasado. No le estaba robando a algún imbécil de los mayores como Sheldon Whitherspoon, ni a unos matones anónimos y sin nombre. Estaba intentando robarle a una anciana, una inválida que vivía de su pensión, y lo que intentaba quitarle era su medicina, absolutamente necesaria para ella. Me quedé atónito.

Me miró por encima de su taza de té.

—Así que ahora estás pensando, ¿eh? El sombrerito del pensamiento está puesto.

—Yo... no sé qué decir. He cometido un error terrible.

—Bueno —dijo—, me alegra que estés empezando a comprender la magnitud de tu delito. Tengo a algunos de los chicos mayores ayudándome.

—Los de último año —dije.

—Sí, por supuesto, los de último año. Me adoran. Les preparo el café y se lo sirvo todas las noches excepto los fines de semana. Cada año me gano la confianza de uno o dos.

—¿Sheldon? —dije.

—Mmm. Sí. Él es uno; o lo era. Ya terminó sus estudios. Necesito introducir a algunos chicos nuevos en mi secreto.

Pensé un momento.

—¡Pero señora! ¿Y yo?

Ella negó con la cabeza.

—¿Cómo dijiste que te llamabas?

—Robbie, señora —dije con paciencia—. Este té está muy bueno, por cierto. Tengo muchas ganas de probar su café.

Di un sorbo. Y la verdad es que, para ser tan temprano, estaba bastante rico.

—El caso es, Robbie, que intentaste robarme la medicina. No sé si sería muy prudente fiarse de ti. ¿Qué pensabas hacer con ella?

—Me da vergüenza decirlo, señora.

—¿Bueno?

—Pensaba venderla.

—Pero eso es un delito grave.

—¡Pero si la está cultivando usted! ¡Eso es ilegal! —dije con poca convicción.

—Sí. Lo es. Pero ningún policía va a arrestar a una anciana de noventa años por unas plantas de marihuana que ni siquiera están en su propiedad.

—Así que usted es la dueña de esta cabaña.

—Sí —dijo—. Sí, por acuerdo con Harold.

—¿Quién?

—Harold Kickshaw. Ya sabes, antes era director, pero ahora tiene un lacayo contratado para eso. Aunque sigue dando tumbos por el campus. ¡Harold el maestro! ¡Harold el torpe! ¡Harold el tonto!

—Ah, ya veo. Sí. Nosotros simplemente lo llamamos Kickshaw.

—Cuando yo muera, la cabaña vuelve a Harold. Pero por ahora al menos tengo un techo sobre la cabeza. Es difícil ser vieja y estar sola, Robbie.

Nos sentamos un rato en silencio y yo me concentré en mi té, sin mirarla. Parecía estar pensándolo. O eso, o soñando despierta.

—Eres demasiado joven para haber conocido a mi marido. Él, Harold y yo fuimos poliamorosos.

—¿Cómo dice?

—Poliamorosos. Búscalo algún día.

—Sí, señora.

—Harold y mi marido solían ser toda una pareja.

—Ya veo —dije. Me pregunté si se refería a lo que yo pensaba. ¿Kickshaw era gay? ¿O al menos, había hecho el acto? Quizás eso explicaba lo del colegio de chicos. ¿Y la señora Sauvage había, qué. mirado? ¿Aplaudido? ¿Participado? Se me fue la cabeza.

—Bueno, he considerado tu propuesta —dijo—. No creo que pueda contar contigo para que me ayudes, pero me gustaría que me dieras tu palabra, como caballero, de que no dirás nada sobre la medicina.

—Por supuesto, señora. Lo siento muchísimo. Si hubiera entendido la situación, jamás habría intentado... hacer lo que hice.

—De vez en cuando —y esto será muy raramente— puede que pases a saludar. Te daré una tapa. Solo no la fumes en el campus. Eso estaría contra las normas. ¿Es ese incentivo suficiente para que guardes silencio? ¿Por mí? ¿O mejor dicho, por el bien de los dos?

—Sí, señora, ¡claro que sí! Es usted muy generosa. Muy generosa.

—Eso creo yo. Todos mis chicos han quedado satisfechos. Prueban de vez en cuando y eso los satisface. Pero también sé que tienes el gusanillo. Tienes esa mirada. Intenta alejarte de las drogas duras. Ahora recoge esos cogollos del suelo y mételos en el bolsillo. Eso es.

Con eso basta. Intenta no hacer ninguna tontería a partir de ahora. ¿De acuerdo?

—Sí, señora.

—Ya puedes marcharte.

*

Me estremezco al pensar en el resto de aquel verano; mi padre se negaba rotundamente a darme más de diez dólares semanales para mis gastos, y ni siquiera alcanzaba para llenar el depósito de la furgoneta, así que terminé trabajando turnos dobles en el Wendy's de la parte baja de Bath Street. Al menos podía ir andando. Mi plan de ligar tampoco iba a ninguna parte.

Había una chica encantadora, de ojos grandes y cabello rubio, que llevaba el sombrero ladeado con gracia y trabajaba en la caja registradora en días alternos. No era muy inteligente, la verdad, pero a falta de pan, buenas son tortas. La observaba mucho. Sin embargo, era demasiado tímido para decirle algo. Un día, mientras almorzaba, me armé de valor.

—¿Sharon?

Levantó la vista de su Dave's Single con el jugo corriéndole por la barbilla.

—¿Robbie? ¿Cómo estás?

—Me preguntaba... mira, compré estas entradas para Joan Armatrading. ¿Quieres venir?

—Bueno, ¿cuándo es?

—Es esta noche.

—¿Qué? ¡Esta noche no!

Y terminé yendo solo. Pat Metheny abrió el concierto. Pasé la mayor parte del espectáculo en mi coche, compadeciéndome de mí mismo.

Pero hablando de mala karma: el trabajo consistía en cargar enormes bolsas de plástico llenas de carne picada desde la cámara frigorífica hasta la estrecha trastienda, y luego meter la carne ensangrentada en una máquina de hamburguesas que parecía sacada de una novela de Stephen King. Luego tenía que ponerla en marcha y ver cómo expulsaba a montones esas deliciosas hamburguesas «Hot 'n Juicy» de Wendy's. Finalmente, había que envasarlas cuidadosamente en más plástico y devolverlas a la cámara frigorífica. Tras horas haciendo eso, estaba cubierto de la sangre de algún pobre buey al que, en otra realidad, podría haber llamado amigo. Volvía a casa apestando, aunque solo fuera un poco, por mucho que me lavara. Llegó a ser tan malo que hasta Larry lo notó.

—Tenemos que echarle lejía a esa ropa, Robbie. ¡Por Dios! O si no, búscate otro trabajo.

—¡Es una conspiración! —dije.

—¿Una conspiración?

—Sí. Una conspiración de carne. ¡Apesto!

Larry se rió.

—Suena como un buen nombre para una banda. Pero sí, nunca vas a ligar oliendo así.

Y de repente me convertí en vegetariano convencido. Incluso las gloriosas costillas de Martin me parecían un plato inapropiado.

QUINTA PARTE — Astronautas Interiores

Un hombre salió un día de Toledo,
con su polla tiesa, dura de torpedo;
a puñetazos entró
al burdel, se contó,
a buscar al tal Frito Bandito.

—Así que has vuelto —dijo el decano Stacks.

—Sí, un placer verte también —dije.

Era el primer día completo del tercer año, y las clases habían comenzado. Me sentía, curiosamente, lleno de expectativas, aunque ver al decano tan temprano por la mañana resultaba un poco desalentador. Antes, mis veranos eran una huida del colegio y contaba los días que faltaban para el momento de libertad en que vagaba por el páramo o planeaba ataques con papel higiénico contra los vecinos díscolo; pero ahora, cuando pensaba en el colegio, aunque estuviera a salvo bajo la custodia de un padre viendo *Kung Fu*, o pasando el rato con Larry y su salvaje banda de punk en un ensayo, lo único que quería era volver. Echaba de menos a mis amigos y tenía muchas ganas de ver a William y a Christian en particular.

La clase que más me ilusionaba se llamaba simplemente «Ideas». Había oído hablar mucho de ella. Ideas era inusual en muchos sentidos y, según las distintas descripciones que había escuchado, no entendía cómo había llegado a formar parte del plan de estudios.

Era una clase de filosofía oriental y metafísica, algo probablemente solo imaginable en California en los años setenta, pero estaba estructurada como un estudio de literatura comparada y tenía un aire de literati (y quizás incluso de los Illuminati). El Maestro también era muy inusual, tal vez único, y no encajaba con la teoría de una picadora elitista empeñada en convertir en carne de cañón a los futuros empleados corporativos.

Ese primer día, cuando todos estábamos fuera y luego entramos al aula, admito que sentí cierta ansiedad. Mi padre había mencionado antes que conocía a este maestro; que eran amigos, pero que se habían distanciado. Esto me preocupaba por mi secreto: el desafortunado hecho de que mi padre era, como se decía, más gay que un billete de tres dólares. Me preocupaba lo que este nuevo profesor pudiera decir o pensar de él y de mí; y peor aún, lo que pudiera soltar o revelar, en broma o de otra manera, comprometiendo de algún modo mi recién adquirido y tan costosamente ganado estatus de tipo guay, de tío. Me había crecido el pelo. Larry me había vestido de punta en blanco, pero era un look punk, un look rockero, y estaba muy en desacuerdo con la estética pija del colegio. Era conocido como un porrero y aficionado a la música. Incluso mi conexión con *Larry and the Linguals* había salido a la luz. Quería que todo eso fuera yo, que fuera mío, mi identidad. Mi padre no siempre encajaba en esa hermosa imagen.

*

El aula de Ideas era una de las que estaban debajo del Dormitorio de la Enfermería. (No era el mismo edificio donde había eyaculado inadvertidamente, sino un edificio mucho más antiguo que también había sido una enfermería). Las aulas de este piso estaban a nivel del suelo, con entrada a través de elegantes puertas de madera por el lado que daba a la carretera principal, adornada con eucaliptos que yo llamaba el Callejón del Paraíso. En el lado opuesto, todas estas aulas tenían ventanas de muchos paneles de vidrio, con puertas que podían abrirse a un pasillo cubierto (aunque a menudo estaban cerradas con llave). El pasillo se extendía bajo soportes abovedados de estuco blanco que daban a un extenso y bien cuidado césped verde. Ese césped era donde el señor Morris daba su pequeña clase de Aikido los martes y jueves por la tarde, y yo lo conocía bien, aunque solo fuera por haberme aplastado la cara repetidamente contra la tierra. Sí, el Aikido era mi deporte. No soportaba ninguna de las otras opciones. Grandes Círculos.

Durante la jornada escolar, las distintas clases generaban un constante trasiego de pies de estudiante-hormiga en esas aulas; recuerdo haber cursado inglés y antropología en esa misma aula en algún momento de mi educación en Kickshaw. Era un aula luminosa la mayor parte del tiempo, no con luz solar directa, sino con abundante luz filtrada que se difundía por la habitación gracias a los múltiples paneles de vidrio; aunque, por lo demás, en la sala apenas había nada salvo sillas. Las sillas eran del tipo que incorpora una superficie de escritura, y a veces nos costaba adaptarnos a una silla que de repente se nos quedaba pequeña para un cuerpo en pleno crecimiento; pero tenían una flexibilidad y sencillez que un pupitre completo no ofrecería.

El Maestro había dispuesto los pupitres-sillas en círculo, de modo que todos nos sentábamos unos frente a otros, y él mismo se sentaba entre nosotros en una de las sillas, como un humilde servidor empeñado en mostrar su ecuanimidad. Esta táctica confería a la sala un aire claramente artúrico, aunque no había una mesa central, sino un vacío, un vacío contemplativo. Y esto era apropiado, porque a veces el contenido de la lección era, en efecto, el Vacío.

Mientras tanto, el escritorio del maestro, que habitualmente ocupa un lugar destacado al frente y al centro en la mayoría de las aulas, un elemento fundamental y punto de referencia, brillaba por su ausencia; esto le confería al espacio una marcada sensación igualitaria y quizás de inacabamiento. La omnipresente pizarra, de un negro pizarra y fría al tacto, se alzaba algo solitaria en la pared de esta sala, anhelando atención, mientras que en tantas otras servía de telón de fondo al escritorio del maestro, como un elemento de atrezzo cinematográfico, y albergaba anotaciones importantes.

Sí, entramos el primer día. Me alegré de ver a Cadogan y a William J. Brennan. Va a ser una clase muy amena, pensé.

Un hombre entró con paso ligero por la puerta. Era barbudo y llevaba un turbante blanco. Hasta entonces no había tenido ocasión de observarlo salvo de lejos; pero ahora estaba frente a nosotros. De cerca y en persona, por así decirlo. Era un hombre indio, obviamente, pero vestía ropa completamente occidental salvo por el turbante blanco que le envolvía la enorme cabeza: un elegante traje negro y una fina corbata negra bajo un cuello blanco impecable, con zapatos Oxford negros bien lustrados. Calculé que tendría entre 55 y 60 años. Su andar era firme y su postura erguida y correcta, pero estaba desarrollando rápidamente una barriguilla.

Se dirigió a la solitaria pizarra, ahora desprovista de cualquier inscripción, limpia como si la escritura aún no se hubiera inventado, y escribió su nombre en letras mayúsculas. Al terminar, se dio la vuelta y dijo:

—Buenos días. Soy Ramakrishna Onkar Ji. Pero pueden llamarme Ram. Esta es la sección Ideas 101. También hay una sección Ideas 201, que normalmente es para los alumnos de cursos superiores. ¿Alguna pregunta hasta ahora? ¿Alguien cree que está en el lugar equivocado?

Nos miramos unos a otros. Parecía que todos estaban decididos a seguir adelante.

—Muy bien. Si no hay preguntas, procederemos a las presentaciones. Les contaré un poco sobre mí, sobre los objetivos del curso y sobre mis expectativas. Y después, quizás podamos hablar un poco sobre cada uno. ¿Alguna pregunta?

Cadogan levantó la mano.

—Señor Onkar Ji, ¿debemos dirigirnos a usted como Maestro Onkar?

—Gracias. ¿Y su nombre?

—Cadogan West.

—Bueno, señor West. Usted me llamará Ram, y yo le llamaré Cadogan, si me lo permite. O quizás Cad, ya que tiene usted esa pinta de canalla.

Esto provocó risas generales en el aula. Cadogan arqueó las cejas y frunció los labios, pero asintió.

—Para aclarar: el «Ji» es un honorífico que, traducido, significa básicamente «señor». Las demás partes de mi nombre todas significan Dios. Por ejemplo, «Ram» significa Dios. Krishna también significa Dios. Incluso Onkar es una palabra que significa «Señor del Om», que presumiblemente significa Dios. Por eso soy muy humilde con respecto a mi nombre. Obviamente, me queda mucho camino por recorrer antes de ser Dios. Además, parece que algunos chicos no son capaces de pronunciarlo.

Más risas.

—Así que con «Ram» bastará. Sencillo, preciso. Ahora, en cuanto a mí... —Ram se dirigió a uno de los pupitres libres del círculo y se sentó. Parecía bastante pequeño al sentarse, un efecto acentuado por la silla y el pupitre de tamaño estudiantil—. Yo nací en el Punjab, en la India, en 1934. Crecí en una época muy turbulenta. La India buscaba la independencia de los británicos, y hubo guerra y revolución. Luego, una ola de violencia sectaria lo arrasó todo: hindúes contra musulmanes, musulmanes contra hindúes. Esa guerra civil llevó a la partición de la India en una zona predominantemente hindú, que ahora llamamos simplemente India, y Pakistán, que era toda la zona predominantemente musulmana. Más tarde, Pakistán volvió a dividirse y una parte se convirtió en Bangladesh, de la que creo que han oído hablar gracias a George Harrison y Ravi Shankar.

Esto provocó risas generales.

—Sí, de vez en cuando hago bromas. También sé quiénes son los Beatles. En fin, crecí en circunstancias que, como se pueden imaginar, a veces fueron muy difíciles. Pero la verdad es que no me interesaba la política ni ganar dinero ni nada de eso. Me interesaba la vida espiritual.

Alguien levantó la mano.

—¿Sí?

—¿Es usted brahmán?

—Excelente pregunta. No, no soy brahmán. Los brahmanes son hindúes. La sociedad hindú se ha dividido tradicionalmente en cuatro castas, y existe una quinta, la de los intocables. La casta más alta se llama brahmán. Así que no, no soy brahmán, porque no nací hindú. Soy lo que se conoce como sij.

—¿Qué es un sij? —dije.

—El sijismo es una religión. Se basa en las enseñanzas de los Diez Gurús. En la India hay muchas religiones diferentes, no solo el hinduismo y el islam. Hay mucho de lo que hablar, como veremos. Pero para terminar mi historia, después de la Partición decidí mudarme a Occidente. Fue difícil hacerlo durante la Guerra Fría. ¡Tanta guerra, ¿verdad?! En fin, hace unos diez años emigré a Estados Unidos. Me naturalicé ciudadano con el tiempo. Así que ahora están todos atrapados conmigo.

Esto provocó más risas.

—En la India estudié literatura. Literatura occidental, por supuesto, como era costumbre. Obtuve un título superior; o bien podría haber trabajado en la administración pública india, que es un destino común para la gente con estudios. Pero me cansé de los libros. Así que me rebelé y dejé la vida académica para dedicarme a algo que me apasionaba: me convertí en mecánico. Todavía hoy me encanta correr y conducir coches. En fin, cuando llegué a Estados Unidos, trabajé como mecánico de automóviles. De hecho, creo que conozco al padre de alguien... —Miró a su alrededor y luego me miró a mí—. ¿Quizás a ti?

—Mi padre trabajó como mecánico de automóviles —dije.

—¿Richard Gray?

—Ese es él.

—¡Muy bien! Debes de ser Robbie.

—Sí. Encantado de conocerle.

—Igualmente. Solíamos llamar a tu padre Tricky Dick.

Risas.

—Sí —dije—. Todavía usa ese nombre.

—Muy bien. Para completar mi historia, también soy miembro de la Logia Teosófica de Santa Bárbara. Hace unos años contactaron con la Logia para ver si había alguien con experiencia en asuntos orientales. De alguna manera, terminé dando clases todos los martes y jueves aquí, en esta espléndida colina. En fin, ya he hablado suficiente de mí. A menos que haya preguntas, pasemos a la clase.

Pasamos un tiempo discutiendo qué era realmente una «idea», y luego Ram explicó que leeríamos los grandes libros, muchos de ellos orientales o influidos por Oriente, para ver qué ideas podían contener.

—Libros como *Siddhartha* y *El lobo estepario* de Hermann Hesse. Y *El camino del Zen* de Alan Watts. Un poco más tarde, si llegamos a ello, podríamos leer *El Bhagavad Gita*. Es un texto central hindú, la parte espiritual, podría decirse, de lo que está en el *Mahabharata*.

—¿Entonces se trata de una especie de clase contracultural? —dijo Cadogan.

Ram se rascó la barbilla a través de la barba.

—Quizás. Supongo que no hace falta decir que las ideas siempre son, en cierto modo, contradictorias con el entorno, si por cultura se entiende el statu quo. Pero nuestro propósito no es ser revolucionarios. Al menos, no todavía. Sois demasiado jóvenes para ser revolucionarios. Primero, aprended, convertíos en astronautas interiores, escalad la montaña de la visión. Entonces, con comprensión, con la vista puesta en el horizonte, en el destino —solo entonces debéis actuar. Estáis en la etapa inicial del aprendizaje. De hecho, Kickshaw es una oportunidad maravillosa para empapar vuestras jóvenes mentes de conocimiento, igual que Madge remojando sus manos en Palmolive.

Más risas. Todos parecían contentos con la clase de Ideas, hasta que Ram explicó que, además de la lectura, tendríamos que escribir ensayos.

—¡Ensayos muy largos! —dijo Ram, provocando quejidos—. ¡Será una exploración tanto del corazón como de la mente! ¡En un espacio seguro, podréis expresar vuestro corazón más íntimo! —dijo en voz alta, con los brazos extendidos, mientras salíamos apresuradamente.

*

Fue Christian quien lo inició, en busca de espacios seguros e interesantes donde fumarse un porro sin ser molestado, o simplemente relajarse lejos de miradas y preocupaciones. Su idea de astronauta interior era bastante distinta a la de Ram, pensé. Christian se escabullía del campus con regularidad —algo que yo no me había atrevido a hacer— y su descaro ante el peligro era emocionante de presenciar. Claro que era una locura tremenda, y la expulsión era una posibilidad real si lo pillaban. Pero parecía disfrutar del riesgo. Tener un espacio seguro en el campus haría nuestra propia variante de astronáutica interior —la del bong— bastante más fácil.

Así que salimos a explorar y descubrir. Era como construir fuertes, algo que los niños hacen por instinto natural. Éramos algo mayores, pero de algún modo parecía lo correcto, como un juego, encontrar el escondite secreto perfecto. Fue en una de esas incursiones cuando hice un descubrimiento importante.

He descrito el edificio de la «Escuela», que incluía el dormitorio de la enfermería en la planta de arriba y aulas en la de abajo, y unida a él estaba la antigua Biblioteca Branson, donde se celebraba el café de los mayores. Observé que ese edificio tenía una sala de calderas o semisótano. Me picó la curiosidad. Un día eché un vistazo y descubrí que se usaba principalmente como lavandería. Pero al fondo había una gran puerta cortafuegos. Era evidente que había algo más. Quizá una caldera u otro espacio de trabajo se ocultaba tras la gran puerta corredera metálica roja.

También me fijé en que al final del Branson había un pequeño panel de acceso, más o menos del tamaño de un hombre, y desde allí podía ver el interior. Parecía haber un pasadizo que se adentraba bajo la biblioteca. Conjeturando que podría haber acceso a las instalaciones interiores, igual que se sabe que la Gran Pirámide de Giza tiene pasadizos secretos, decidí explorarlo.

Era necesario esperar el momento oportuno. Quería ir de día, porque una linterna probablemente dejaría escapar demasiada luz visible por el pasadizo, así que esperé a un día en que la escuela estuviera casi desierta. El domingo por la mañana cumplía ese propósito. Caminé hacia la parte trasera del Branson y me senté junto al panel de acceso. Estaba en una especie de cuneta de hormigón viejo de unos pocos pies de altura. Me senté y me relajé como si esperara a alguien. Mientras tanto, escudriñé la zona y usé todos mis sentidos para detectar cualquier ser vivo en los alrededores inmediatos. Pero el lugar estaba en silencio. Entonces me lancé. Rápidamente me dejé caer en la cuneta y levanté la rejilla. Ni siquiera estaba cerrada. Con cuidado me arrastré por el pasadizo y volví a colocar la rejilla en su sitio desde abajo.

Mirando ahora por primera vez, pude ver que era en efecto un pasadizo de acceso que conducía bajo la biblioteca. Era un espacio de gateo, pero podía desplazarme con facilidad a cuatro patas. Seguí el pasadizo y fue oscureciéndose poco a poco. Pero me detuve, escuché y dejé que mis ojos se adaptaran. Avancé hasta una bifurcación: un ramal a la izquierda y otro a la derecha. En mi imaginación, el ramal de la derecha debería llevar al semisótano de la lavandería que había inspeccionado antes. Me arrastré por el pasadizo de la derecha. Al final pude ver que llegaba a su término. Había una luz tenue. Llegué al final del espacio de gateo y me asomé a otra habitación, no muy grande, y sí, allí en la pared del fondo pude ver este lado de la gran puerta corredera metálica roja, cerrada con candado por el otro lado. Me dejé caer despacio al suelo de la habitación. Apenas veía nada y busqué una luz. Encontré un interruptor en el extremo opuesto, después de tropezar con una mesa. La habitación era un taller; pude ver herramientas en un banco de trabajo, quizá para el personal de mantenimiento. Parecía haber pilas de sillas y montones de tubería metálica y otros trastos apilados y guardados a un lado.

De repente oí voces en el semisótano, al otro lado de la puerta roja. Apagué la luz y me quedé inmóvil en la oscuridad. Me di cuenta, con horror, de que había detergente, lejía y otros avíos del proceso de lavado en la habitación donde me encontraba, y sentí que el pánico me invadía. ¿Quizá algún empleado hacía colada los domingos? ¿Vendría alguien desde Carpintería a atender una urgente necesidad de manteles para el café de los mayores? ¿El viejo Kickshaw exigiendo servicio fuera de horario por algún desastre que había liado?

Pero mientras escuchaba, las voces tenían un tono familiar, y pude distinguir palabras como «tío» y *«gnarly»*. Tras lo que parecía ser el vaciado de una secadora, las voces juguetonas estallaron en carcajadas y luego se apagaron mientras los pasos se alejaban.

Respiré hondo y me dejé caer en una de las sillas de la mesa. De repente, desde ese ángulo, pude distinguir el destello de un llavero. Por una rendija en la parte superior de la puerta corredera metálica roja entraba algo de luz, y caía sobre lo que parecía ser un abultado llavero. Me vino a la mente el momento de *Viaje al centro de la Tierra* en que un rayo de luz se desliza en el instante preciso para revelar la entrada al inframundo. Me levanté y con cuidado descolgué el llavero de su gancho. Las llaves estaban numeradas y, en su mayoría, eran similares en cuanto al tipo de cerradura que abrían, pero algunas tenían etiquetas bastante intrigantes escritas en minúsculos trozos de papel pegados con cinta adhesiva en la cabeza de la llave. Una decía «Hitch bd.», lo que podría referirse a la puerta trasera del edificio del Teatro Hitchcock. Otra decía «Chem 132». Pensé que podría referirse al cuarto del conserje en el Laboratorio de Química.

«¡Santo cielo!», pensé. Tenía que tomar una decisión difícil. ¿Debía llevarme una o dos llaves, probarlas y volver a por más si las necesitaba? ¿O debía largarme con todo el manojo y confiar en que alguien pensara que las había extraviado?

Por pereza, y también quizá por codicia, opté por lo segundo. Si me pillaban con las llaves, siempre podría decir que las había encontrado tiradas en la hierba y que pensaba devolverlas. Pero que se me había olvidado. O algo así. Estaba convencido de que, dándome tiempo, podría inventarme una historia mejor.

Decidido no solo a allanar la propiedad del colegio, sino también a actuar como un ladrón, me armé de valor y me puse en marcha. Tuve que trepar de vuelta por el pasadizo de acceso, lo cual resultó ser más difícil de lo que parecía si no iba a dejar algo tan obvio como una silla bajo la entrada al pasadizo. Por fin logré auparme hasta la abertura y empecé a gatear. Me di cuenta de que estaba empapado en sudor y la ropa ya estaba sucia de gatear por el pasadizo de hormigón. Lo cual era un problema. Y ahora cargaba con un pesado llavero que no cabía en el bolsillo del pantalón. ¡Si al menos hubiera traído una mochila!

Era demasiado cobarde para llevar el llavero a la vista y salir del paso si alguien lo veía, así que lo escondí entre los arbustos cerca de la cuneta y volví a mi habitación. Este año estaba en Long House, lo cual era un fastidio, pero era lo que me había tocado. Al menos era una habitación con vistas, y por las tardes desde mi balcón se veía la puesta de sol, con Santa Bárbara y el mar a lo lejos. Mientras tanto, Christian había conseguido plaza en el Hermitage, una pequeña residencia de solo doce habitaciones individuales. El maestro de la casa era el viejo señor Bright, que daba Historia de Estados Unidos.

Regresé tras ducharme —por suerte, las residencias estaban más o menos desiertas por la libertad del fin de semana y la gente andando por ahí— y recogí el llavero, escondiéndolo en la mochila. Luego me dirigí directamente hacia el Hermitage, con intención de mostrarle a Christian mi increíble hallazgo.

—Señor Gray —dijo alguien. Me di la vuelta y vi el considerable volumen del cuerpo de Franklin Bright emergiendo de su apartamento.

—Buenos días, señor —dije.

—Sí que lo es. ¿Estás de buen ánimo, espero?

—Sí, señor.

—Como sabes, soy tu tutor este año. Deberíamos reunirnos pronto para hablar de cómo van las cosas.

—Sí, por supuesto —dije—. Tengo muchas ganas de tenerte como tutor. La Historia de Estados Unidos me fascina.

—Ah, ¿de verdad? —dijo. El hombre corpulento pareció aligerarse de repente—. ¡Eso es muy alentador!

—Sí, señor; de hecho, estaba pensando en presentarme al examen AP de Historia. —Esto era pura invención improvisada, claro está, pero lo cierto es que la historia me gustaba. Había oído que el maestro Bright era un hueso duro de roer.

—¿En serio? Eso es maná caído del cielo, en lo que a mí respecta —decía—. Y eso que eres de tercero, nada menos. Bueno, me alegra mucho oírlo. Hablemos de los detalles la semana que viene. A lo mejor puedo meterte en una de mis secciones.

—Muy bien, señor. ¡Hablamos pronto! —Y con eso me lancé hacia la entrada del Hermitage. Era dolorosamente consciente del tintineo que provenía de mi mochila. Claro que probablemente nadie más que yo podía oír el tintineo; parecía estar en su mayor parte dentro de mi propio cerebro. Bajé el tramo de escaleras hasta la planta baja y llamé suavemente a su puerta, una vez, dos veces, tres veces, y al cabo de un minuto dijo:

—¿Quién es?

—Soy yo, tío —dije.

Entonces abrió la puerta y se asomó.

—¡Eh, tío!

Entré y nos sentamos: él en su trono, el sillón reclinable que había conseguido de un mayor al final del año anterior, y yo en la cama.

—¡Mira esto! —dije. Saqué el llavero. Parecía incluso más pesado que la primera vez que lo había sostenido, como si la gravedad de nuestros asuntos le hubiera añadido masa.

—Vaya, vaya, vaya —dijo—. ¿Alguien se ha descuidado y lo ha dejado tirado por ahí? Vaya, vaya. ¿Es eso lo que creo que es?

—Todavía no he probado ninguna. La verdad es que no sé qué hacer. ¿Crees que si alguien las echa de menos pondrán el campus patas arriba?

—Mmm. —Christian se recostó y reflexionó—. No es imposible, pero supongo que tenemos todo el día, o incluso hasta mañana por la mañana, para pensarlo. Primero probemos con una o dos para ver si todavía funcionan. ¡Dios santo, tío!

—Oh, sí.

Tuvimos que hacer algo de investigación para ver si podíamos relacionar las llaves con números de habitaciones u oficinas. Desde mi punto de vista, las llaves más interesantes eran las de los laboratorios de química y biología, la sala de música y el despacho del director. La oficina de exalumnos también resultaba interesante.

—¿Y para qué querrías el despacho del director?

—Oh, no lo sé —tartamudeé. Estaba pensando en el doctor Kickshaw y su asunto con el señor Sauvage—. Seguro que hay todo tipo de información interesante ahí dentro.

—Eso sí que es atrevido, tío. *Axis Bold As Love*, colega.

—¡Claro que sí, ¿por qué no? —Y con eso me entregué a la pura bravuconería y la exageración, claro está. Las probabilidades de que realmente me armara de valor para entrar a la fuerza en el despacho del director eran probablemente nulas. Pero tenía muchas ganas de visitar el cuartito de química.

Para Christian, las llaves que le parecían más interesantes eran las de los Sheds —el nombre del lugar donde se guardaba la mayor parte del equipamiento deportivo, y también otro material útil de construcción y mantenimiento. Herramientas y demás. También sentía curiosidad por el Teatro Rayburn.

—Seguro que hay un montón de espacios raros ahí dentro. Es enorme. ¿Quieres ir a ver?

—Claro —dije.

El Teatro Rayburn era el edificio más grande del campus, y se encontraba al final de un camino en diagonal al Hermitage; así que en realidad era solo un breve paseo pasando la Casa del '27 y luego una caminata tranquila hasta la parte trasera del gran edificio. El sol seguía brillando y el viento soplaba con calma. Era un día espléndido para un allanamiento. Christian aportó cobertura trayendo un frisbee, y fuimos lanzándonoslo hasta que, casi por casualidad, nos encontramos en la parte trasera del edificio.

Habiendo guardado ya de antemano la llave que le parecía correcta, Christian miró a su alrededor y, viendo que la costa estaba despejada, probó la llave. No pareció funcionar.

—Mierda —dije.

—Ah, pero déjame probar con otra... —Sacó una segunda llave y la introdujo. Esta sí funcionó. Me miró con una sonrisa y luego echó un vistazo alrededor—. ¿Estás listo para esto, tío?

Asentí con la cabeza. La verdad era que estaba aterrado. ¿Y si había más gente dentro? No parecía imposible un domingo. Entramos moviéndonos en silencio, sin hablar ni reírnos, pues estábamos en una misión. El lugar nos era muy familiar —íbamos casi todos los días de clase—, pero ahora estaba en silencio y el eco de nuestros pasos resonaba. Se respiraba una sensación de amplitud.

—Venid a ver algo que he notado —dijo Christian.

Rodeamos el lateral y subimos un tramo de escaleras. Llevaba a una galería superior con vistas al patio de butacas del teatro. Christian señaló un hueco, una abertura a nivel del suelo, que parecía llevar a algún sitio.

—Espera aquí —susurró. Se puso a cuatro patas y se metió gateando. Pude ver que debía de haber algo, porque siguió gateando y pronto todo su cuerpo estaba dentro.

Me puse nervioso, pero al cabo de un momento su mano apareció como por arte de magia y me hizo señas de que avanzara. Me puse a cuatro patas y entré gateando. Estaba completamente oscuro, pero podía oír la respiración de Christian. Encendió el mechero, y entonces pude ver el interior del espacio.

—¡Qué pasada! —susurré.

—En sí mismo no es muy útil —dijo Christian—. Pero creo que si corto un panel de este tablero, probablemente haya un espacio interesante detrás.

Se oyó un clic-clac lejano. Resonó en el teatro vacío. Supe de inmediato lo que era: una de las entradas hacia la parte delantera del teatro había sido desbloqueada y abierta, y al cerrarse produjo ese sonido tan conocido. Los dos nos quedamos petrificados, escuchando. Durante un rato, parecía que no ocurría nada, pero pude distinguir claramente movimiento abajo, como si alguien caminara por el teatro.

—Mierda —susurró Christian—. Cálmate.

El tiempo transcurría segundo a segundo, quizás dilatado por la adrenalina que bombeaba en mi sistema. De pronto irrumpió la música, un sonido fuerte y algo distorsionado. Tardé unos segundos en identificarlo: ópera. El sonido era agudo y metálico, como si viniera de un pequeño tocadiscos (que, en efecto, era el caso). Alguien había instalado un pequeño fonógrafo en el escenario y había puesto un disco a girar. Mientras tanto, mientras escuchábamos, oímos una voz en vivo, una voz humana, masculina, potente y sin duda de tenor. Alguien cantaba al compás de la música.

Christian era mucho más valiente que yo. Lentamente comenzó a arrastrarse fuera del hueco. Tiré de su pierna, pero siguió avanzando. Al final desapareció por completo. Al cabo de un momento pude ver su mano en silueta, instándome a salir.

Tenía miedo de hacerlo, petrificado de que nos pillaran. Pero poco a poco fui saliendo. Luego me arrastré hasta donde estaba sentado Christian. Sonreía.

—Solo asómate un momento y mira quién es —susurró.

Reuní el valor y me asomé lentamente por encima del muro. «¡Hostia bendita!», pensé. «¡Es Martin!». Y sí que lo era. Estaba de pie en el escenario, con los brazos en jarras, y a medida que el aria cobraba fuerza, extendió los brazos hacia arriba y su voz se elevó con potencia, llenando el espacio.

Martin era un tenor bastante bueno, en la medida en que yo podía apreciarlo. Pero entonces Christian se había quitado los zapatos y gateaba lentamente hacia el fondo del teatro. No tuve más remedio que seguirle. Tras lo que pareció un gateo interminable, llegamos a la escalera del fondo y descendimos, peldaño a peldaño, en calcetines, hasta alcanzar la salida. Christian la abrió con cuidado —era una salida de emergencia; por suerte no tenía alarma— y salimos sigilosamente.

—¿Qué demonios era eso? —dijo Christian.

—Rigoletto.

—¿Rigoletto?

—Sí. Verdi. La mujer es voluble.

—Ah, ya veo —asintió Christian—. Es una canción sobre una chica.

—Sí. Otra canción sobre una chica.

Más tarde supimos que Lori había dejado plantado a Martin.

C'est la vie.

SEXTA PARTE — El Sr. Chunkie y la Guarida del Dragón

Había un chico que aprendió a fumar,
Y se perdió en la niebla al inhalar,
Pero lo que buscaba,
La vida que soñaba,
Era un amigo, un porro y un hogar.

—Tenemos que conseguir algo, colega —dijo Christian, mientras raspaba su pipa en busca de resina. Estaba sacando la pasta negra de la pipa de bolígrafo y recogiéndola en un trozo de papel blanco limpio—. Estamos en las últimas.

—¿Pero fumar esa porquería negra?

—Bueno, ¿a quién conoces en este vasto mundo? ¿A tu padre?

—No —dije—. Eso es impensable ahora mismo.

Larry había vuelto a imponer su postura sobre la hierba. Incluso mi padre estaba bajo estricta vigilancia. El bong del garaje había acabado en la basura.

—Allá vamos —dijo Christian, agarrando la cazoleta y encendiéndola con su mechero. Tosió con bastante fuerza—. ¡Uf! ¡Virgen santa!

—¿Qué tal está? —dije.

—Nada mal. Oye, ¿no conoces a algunos de los de último año? ¿Esos fumetas?

Se refería a AJ y Ringo. Sí, los conocía. Normalmente los alumnos de último año de Kickshaw no tenían nada que ver con los de cursos inferiores, pero habíamos compartido residencia con ellos desde el principio: AJ había estado en Lido y Ringo en High House, y siempre les había guardado el tipo de deferencia que ellos apreciaban. También les gustaba mi peinado, que para entonces era bastante largo para la época. Era como una dinámica de hermano mayor y hermano menor, o como en la clase del viejo Dent Head con Charlie y Tommy. Y además eran fumetas. Quizás como último recurso.

AJ era Alan Jensen, pero nunca lo llamábamos de otra forma que por sus iniciales, y Ringo era Ronald Bryant, aunque lo llamábamos Ringo por su actitud y su peinado. Estos dos eran amigos íntimos y yo los usaba casi indistintamente como asesores en materia de drogas, música y todo lo relacionado con el mundo prohibido. Hoy en día puedes buscar algo en Google o preguntarle a la IA y que te diga que eso no está permitido, pero en aquella época dependíamos de la gente;

de las estrellas del rock entre nosotros; si querías saber si Carlos Castaneda era de fiar, o qué se sentía al comerse unos hongos alucinógenos, o cómo preparar la coca para esnifar, ibas a ese tipo que probablemente lo sabía, sacabas el tema con cautela y esperabas lo mejor.

AJ fue quien me inició en el reggae, y yo luego le transmití ese particular virus jamaicano a Christian, que era un poco más circunspecto: sí, Christian era un esnob musical, un suicida del rock and roll sin duda, pero incluso él acabó siendo conquistado por la positividad desbordante de esos fanáticos de rastas fumadores de porros. El gran Bob Marley, a quien todos allí consideraban El Rey. AJ incluso lo había visto en concierto.

—¿De verdad lo viste? —dije.

—Sí. En 1976 en el Roxy.

—¿Fue un buen concierto?

—Vaya si lo fue, tío. El mejor concierto que he visto en mi vida.

—¿El *mejor*? —dije.

—Sí. Y he ido a muchos conciertos.

—Y que lo digas —añadió Ringo.

AJ empezó a hablar con entusiasmo poético, como hacía de vez en cuando al hablar de música. «He visto a los Rolling Stones. A los Grateful Dead dos o tres, o quizás diez veces. Pero el ambiente de aquel concierto de Bob Marley era todo amor, tío, ¿sabes? Todo amor y positividad. Y el público, tío. El público lo estaba disfrutando a tope».

Ringo era un poco más intelectual, a lo Timothy Leary: había probado el ácido, algo a lo que Christian y yo aspirábamos pero que aún no habíamos logrado. Y le encantaba Blue Oyster Cult. «¡No temas al Segador, tío!», esa era su coletilla. Estaba solicitando plaza en Caltech y probablemente la conseguiría, y con el tiempo haría un posdoctorado en Química. Pero en ese momento seguía hundido en lo más profundo de las residencias de Kickshaw, luchando contra sus adicciones y (en secreto) contra episodios ocasionales de depresión que iban y venían en la más oscura opacidad.

Un día estaba yo en su cuarto y me susurró: «Mira esto», y luego me hizo señas de que me asomara a su armario. Allí, en la oscuridad, detrás de su montón de ropa sucia, había un pequeño bloque envuelto en paja húmeda y atado con una cuerda. Pude distinguir unos cuantos hongos que brotaban de él, como los ojos de una salamandra de juguete.

—LBMs —dijo.

—¿LBMs?

—Sí. Setas pardas pequeñas.

—¿Pero son...?

—Eso nunca lo diré —respondió, arqueando las cejas.

Así que esos chicos eran fantásticos, ídolos crepusculares, sombras de los setenta, y ahora eran estudiantes de último año, investidos con el inmenso poder de las etapas finales de Kickshaw: el SAT y los exámenes de Colocación Avanzada, las solicitudes universitarias, damas en espera de la gran promesa de libertad que supone graduarse y matricularse en la educación superior: la universidad.

Justo cuando estaba reuniendo el valor para abordarlos, AJ me sorprendió en el comedor.

—Oye, ¿puedes subir a mi cuarto a hablar un momento?

—Claro —dije.

—¿Sabes dónde está?

—Tengo una idea. —Estaba en la Enfermería, una oscura caverna de residencia por la que había pasado exactamente una vez.

No perdí el tiempo y subí después de clase. Llamé a la puerta y me abrió en aquella, la más tranquila y apacible de todas las residencias. Sonreía con su sonrisa de millón de dólares, esa sonrisa de AJ el gran negociante. «Oye, amigo, pasa».

—¿Qué pasa? —Me sorprendió un poco ver a Ringo ya allí. Aunque vivía en la misma residencia, claro.

—Gracias por venir, tío. Verás, mi hermano mayor está pasando por un apuro económico. Tiene que pagar el alquiler y, por unos imprevistos con sus compañeros de piso y tal, anda corto de dinero. Así que me pidió que contactara con algunos de los chicos más puestos. Si puedes prestarle algo durante una o dos semanas, te lo puede devolver en efectivo o en hachís.

Ringo no decía nada, pero sus ojos se iluminaron, sus pobladas cejas se crisparon y su cabeza asintió con violencia de un lado a otro, como diciendo «sí, tío». Yo no lo cuestioné. Me quedaba algo de dinero de haber hecho trabajos de jardinería en *Rancho Bravos*, rematado con un Ben Franklin de Larry —un regalo anticipado de Navidad—, así que dije: «Claro, AJ. Me apunto. Con mucho gusto».

—¿Cuánto crees que puedes prestarle?

—Bueno, ¿qué tal doscientos dólares? ¿Ayudaría?

—Sí, trescientos estaría mejor.

—Vale, tío. Puedo llegar a trescientos.

AJ se alegró entonces. —¡Genial! ¡Genial! Bueno, avísame. ¿Esta noche quizás?

—Sí, paso después de cenar.

—Gracias, Robbie. ¿O ahora te llamas Sutra?

—Sí. Es solo una broma de la clase de Ideas. Pero sí.

—¡Sutra! —dijo Ringo—. Muy guay. Deberías estamparlo en una camiseta, tío.

Así que saqué el dinero para AJ del cajón de arriba de mi escritorio y no le di más vueltas hasta más tarde esa noche, cuando le dije a Christian que no lo había conseguido.

—Intenté hablar con él sobre hierba, pero necesitaba dinero para pagar el alquiler de su hermano.

Christian se rió. —Ay, tío, no lo pillas. Eres muy inocente.

—¿Eh?

Abrió la puerta de golpe, miró al pasillo para asegurarse de que estaba despejado y luego volvió a sentarse. —Sí. Están haciendo un negocio de drogas.

—¿Qué? O sea...

—Tranquilo. El hermano de AJ probablemente tiene una oportunidad y están juntando todo el efectivo que pueden. O quizás ya tiene el hachís y ahora está en proceso de distribución. Estas cosas pasan. ¿Sabías que el hermano de AJ estuvo un tiempo en Kickshaw?

—No.

—Pues a él también lo expulsaron. No puede subir al campus. Así que probablemente AJ lo esté ayudando.

—Vaya.

—Qué va. Deberías considerarte afortunado. AJ pensó en ti. Pero no se lo cuentes a nadie más, tío. ¿Me entiendes?

—¡Jolín! —dije. De repente caí en la cuenta—. Esos tíos se aprovecharon de mí. Me mintieron. Todo fue un engaño.

—Era una venta. A ver si no te estafan. ¡Puede que consigamos algo de hachís! Piénsalo.

—¿Está bueno?

—¡Y cómo!

—Sí. Vale. Supongo que ya veremos. —Fui parco en palabras.

Después de aquello me volví un poco más circunspecto, un poco más escéptico, con esa pareja. Mayores o no. Y tal vez con la gente en general. Fue una buena lección.

Pero así fue como nos hicimos con el Sr. Chunkie. Christian, que siempre fue muy creativo para ponerles nombre a las cosas e inventar palabras nuevas, lo llamó «Chunkerton», por la chocolatina *Chunky*. El trozo de hachís era sin duda tan grande como un *Chunky*, y de dimensiones parecidas. Yo no tenía báscula, pero Christian sí. Con cuidado, desnudó el pálido bloque de su envoltura de papel de aluminio y lo depositó en el aparato. Parecía hundirse bajo el peso.

—¡Mira esto! ¡Son casi treinta gramos!

—Es más de una onza —dije.

—Sí señor, Sr. Chunkie. Vaya, vaya, vaya. Eso sí que es mucho hachís. —Volvió a empaquetar el bloque con cuidado—. Voy a cortar una rebanada de trabajo, ¿de acuerdo?

—Desde luego.

—Será mejor que guardes bien a este bicho, Sutra.

—Tengo una buena idea al respecto —dije.

Me devolvió al Sr. Chunkie y luego metió la gomosa y pálida pasta de hachís rubio en un bote de carrete fotográfico. —¿No deberíamos celebrarlo?

—Claro. Pero tengo que esperar al fin de semana.

—¿Cómo?

—¡Tengo que escribir un trabajo!

—Está bien, tío. Está bien. Bajaremos a... ah, espera, todavía no has visto la Guarida del Dragón.

—No.

—Iremos este fin de semana.

*

El *Forest Sauvage* tenía muchos senderos secundarios y desvíos ocultos que llevaban a la travesura y la locura, y ese soleado sábado Christian me guió por el sendero principal pasando Long House hasta que llegamos a un nuevo atajo. Allí Christian se detuvo, mirando el camino a sus espaldas. Estábamos completamente solos, por lo que yo podía ver. —Ten cuidado de no desgastar esto. Mira cómo lo hago yo: empuja esta mata de salvia hacia atrás. —Recorrimos un sendero completamente nuevo que descendía en picado y luego giraba bruscamente a la derecha, y luego otra vez a la izquierda. Al final llegamos a una especie de cornisa. Pude ver que el terreno era traicionero sobre una garganta de tres o cuatro metros de profundidad. Era necesario saltar en ese punto. Christian lo hizo con facilidad; yo lo seguí, aunque con mucha menos destreza. Me observó con aprobación mientras saltaba sobre el borde. —¡Mecachis! —dije—. Sí, no queremos que nadie venga por aquí.

Nos detuvimos en un punto panorámico y di un jadeo audible.

—Bienvenido a la Guarida del Dragón —dijo.

—¡Vaya! —Abajo pude ver una excavación en la ladera empinada. Alguien había colocado unas tablas que quizás estabilizaban un poco la pendiente; y luego, increíblemente, el lugar estaba amueblado. Un sofá había aparecido allí de algún modo. Era más o menos del tamaño de un sofá de dos plazas, y junto a él había una nevera portátil roja de tapa blanca. Incluso había una mesita de madera, simplemente una caja de leche con un tablón encima, pero serviría.

—Siéntate, colega.

Nos acomodamos y Christian sacó un bong de cerámica de la nevera portátil. Tenía forma de dragón con la boca abierta hacia arriba, y dentro de la boca había una cazoleta de latón. El agujero de aire del bong estaba en la parte delantera, sobre el pecho. —Te presento al Dragón.

—Ah, sí. Ahora entiendo.

—Déjame echarle un poco de agua.

—Parece que lo has pensado todo. ¿Pero has traído el ingrediente principal?

—¡Ay, mierda! —exclamó. Luego, tras un instante, soltó una risita—. ¡Te engañé! No, no me olvidé. La hermanita pequeña del Sr. Chunkie, Chunkie Cutie, ha venido con nosotros. —Aquí sacó del bolsillo delantero de sus vaqueros el bote de carrete negro de tapa gris y lo plantó sobre la mesa como por arte de magia.

Mientras él preparaba los enseres, yo contemplé la vista, que era impresionante: podía distinguir claramente las lejanas Islas Catalina, pues el cielo de cristal estaba inusualmente despejado aquella mañana. Las colinas de Santa Bárbara, normalmente envueltas en la bruma, se veían magnificadas hacia el este, como bajo una lente.

—Fumemos esto —dijo Christian. Sus ojos brillaron con el destello del mechero mientras el bong gorgoteaba.

Fueron buenos tiempos, y me gusta recordar a Christian en ese lugar, un rincón secreto de belleza oculta, donde un instante de perfecciones podía expandirse en una alegría inmensa e inexpresable. Pero la vida no siempre puede ser así. La rueda del karma es inexorable.

*

—¡Le han disparado!

—¿Qué? —dije.

—¡Le han disparado! —repitió Christian—. ¡A John Lennon, lo han asesinado! ¡Está muerto!

Era el 8 de diciembre de 1980. Para Christian, el asesinato de Lennon fue tan difícil de asimilar como la muerte de Martin Luther King Jr., o quizás la de Jesús: quedó conmocionado hasta los tuétanos. Me quedé allí, sin saber qué decir.

Pasamos el día hablando en susurros, sin hacer gran cosa, y en Kickshaw había otros que también estaban afectados. La conmoción y la consternación se leían en los rostros de estudiantes y Masters por igual. Incluso celebramos un servicio especial en la capilla esa noche y cantamos canciones de los Beatles. Martin Quinn parecía especialmente consciente del sufrimiento de Christian, y me dijo: «Robbie, ¿puedes estar pendiente de Christian?».

—Claro —dije—. Si te refieres a lo de Lennon, está pasando por un mal momento, sí. Pero no creo que fuera a hacer nada, bueno, impulsivo.

—No lo sé —dijo Martin. Tenía aspecto pensativo mientras miraba a Christian, que lloraba desconsoladamente a solas junto al comedor—. Solo vigílalo por mí, ¿de acuerdo?

—Lo haré —dije.

—¿Y tú?

—¿Yo? —Pero no se me ocurrió ninguna respuesta ingeniosa. Me limité a negar con la cabeza.

Esa noche Christian hizo una de sus escapadas nocturnas a Carpinteria. Llamó a mi puerta muy tarde, quizás a la una de la madrugada. Me levanté y me asomé.

—Soy yo, colega —susurró.

Lo dejé entrar y se sentó en la cama a oscuras. —Oye, tío. Brindemos por John. —Llevaba una bolsa de papel en la mano, como un borracho de los de verdad.

—Vale, tío.

Él mismo dio un trago a la botella oculta y luego me la pasó. —Con calma.

Di un pequeño sorbo y me quemó. —Uf, ¿qué es?

—Whisky.

—Nunca había bebido whisky —susurré.

—No lo tengas en la boca. Trágalo de golpe —dijo—. Va a quemar, pero eso pega con, ya sabes, cómo nos sentimos.

—Sí. Vale.

No estaba tan destrozado como Christian, pero sí me sentía triste, y Christian era mi mejor amigo. Di un buen trago a la botella. Casi me atraganto; el licor me quemó la garganta. Christian me tapó la boca con la mano para hacerme callar. —Shhh —dijo.

Al final mandé a Christian a la cama. Nos bebimos quizás cinco o seis tragos. Más tarde esa mañana —probablemente estaba soñando— me pareció oír la ducha abajo. «Quizás Christian está tratando de asearse», pensé.

Me quedé dormido y me desperté con la boca como si me hubiera pasado un soplete, y me salté la primera clase para ir a vomitar.

Pero le dije a Martin que Christian estaba bien. —Se está recuperando —le dije—. Está superando esto a su manera. —Y al día siguiente pareció que incluso sonrió.

—Pronto serán las vacaciones de Navidad —dijo Martin.

*

Antes de Navidad tuvimos el obligatorio espectáculo navideño juvenil, una serie de sketches representados por la clase para el entretenimiento de todos en el Teatro Rayburn. William tuvo un papel protagonista, y pude ver que su creatividad fluía. El chico tenía una imaginación tremenda. Escribió la mayoría de los sketches, incluyendo una introducción en la que interpretó a Rod Serling de *La Dimensión Desconocida*.

«*El Hombre Sin Nombre, de 33 años, a quien algunos llaman Clint. Decano de Estudiantes en la Escuela Kickshaw para Chicos. Un hombre que se enorgullece de conocer cada cara que se ha sentado en la asamblea, y cada permiso otorgado en la hoja de registro. Pero esta mañana, las cosas han cambiado.*»

«*En una escuela donde los chicos desaparecen y las chicas aparecen en su lugar, donde los anillos de boda ya no les vienen bien y las voces suben una octava, Clint está a punto de descubrir que la identidad es algo frágil, y que el género puede ser más una ilusión de lo que nadie cree. Porque el decano Stacks acaba de entrar en... la Dimensión Desconocida.*»

La escuela se transformó, al estilo de *La Dimensión Desconocida*, en una escuela de chicas, y uno por uno los chicos surferos se convertían en chicas travestidas. El diálogo, que por desgracia ya no recuerdo, era desternillante. Pero lo más gracioso llegó cuando Cadogan, con peluca rubia, vestido y maquillaje de teatro espeso, representó una escena con «Clint», el vaquero decano, interpretado por Johan con atuendo del Oeste. Cadogan exclamó: «¡Oh, Clint, ¿qué hay aquí para mí?». Nos reímos y nos reímos con esa risa histérica que te entra cuando sabes que lo que estás haciendo se ha pasado de la raya.

Stacks y su esposa estaban entre el público, y era evidente que no les estaba gustando. Pude ver que el ojo izquierdo del decano temblaba, mientras su perpetua sonrisa de hierro seguía grabada en su rostro como una marca a fuego. Su esposa tenía el rostro cabizbajo. Sentí lástima por ella.

Después, al parecer «Clint» había tenido unas palabras con William y Cadogan, aunque yo no oí lo que se dijeron. William parecía arrepentido, pero Cadogan puso una mueca de desprecio y negó con la cabeza.

—¡Gran actuación! —dije.

—¡Sutra, capullo! ¡Deberías haber visto su cara!

Tenía un mal presentimiento, porque sabía que Clint era un auténtico cabrón. Pero no sabía ni la mitad.

PARTE SIETE — La Noche de la Chica Viviente

Una chica encontró un trabajo,
De frotar hasta el fin un badajo,
Pero era demasiado,
Para su pequeño privado,
Y apagó su ardor fogón abajo.

Isabella llegó a mi vida como suelen hacerlo los amantes: misteriosamente y sin una explicación clara. Estaba sencillamente destinado a ser, y así sucedió. Así lo sentí yo. Podría haber estado caminando por la calle y tropezado conmigo mientras intentaba atarme los zapatos; o podría haber salido disparada de un cañón y aterrizado sobre la caravana, para que yo la recogiera en brazos. Fuera cual fuera el proceso externo, de algún modo habría acabado insertada en mi vida y en mi corazón. Quizás suene un poco raro, o absurda e imposiblemente romántico, pero estoy bastante seguro de que tengo razón. Algunas cosas son, sencillamente, el Destino.

Cecilia era así también. Jamás la habría podido predecir. Le tenía un miedo terrible a la gente negra y terminé enamorado de una chica negra, la más dócil y dulce de todas, pero que no por eso dejaba de ser un fruto prohibido, una experiencia vedada y tabú. Hasta ese momento nunca le había confesado a nadie que mi primer amor era, en el argot de los intolerantes, un nigger. No tenía manera de enmarcar mi experiencia, y no creía que los demás pudieran entender lo que había pasado. Ni siquiera le conté a mi padre ni a Larry la historia completa. Solo mi madre lo sabía todo, y ahora estaba divorciada de mi vida.

Mi experiencia con Cecilia no me enseñó que el racismo fuera erróneo o absurdo, sino más bien que lo que yo valoraba en los seres humanos no tenía nada que ver con la raza ni con las circunstancias externas —absolutamente nada. Lo que más valoraba en la vida eran personas como yo, personas que viven en este mundo como extraños en tierra extraña; personas que flotan sobre las aguas de este mundo como un loto, en lugar de mantenerse a flote con la mayor parte del cuerpo sumergido, intentando en vano mantener la cabeza por encima de la superficie de un mar putrefacto.

Y luego, por supuesto, estaba Susana, que era la gran contradicción. No la entendía en absoluto. Lo había hecho todo, había hecho todos los sacrificios para crear el momento perfecto; estaba dispuesto a frotar la polla de chica de Susana, o incluso a chupársela, si eso era lo que hacía falta. Pero no. La Santa, la chica atrapada en aquel cuerpo masculino enclenque, extendida con los brazos en cruz en el crucifijo continuo que llamamos género, no me quería. Yo quería penetrarla con alegría mientras yacía extendida en ese crucifijo, con toda la culpa y la tensión que semejante acto conllevaba.

Aquello no pudo ser, y mi incursión en el mundo de lo salvaje fue, en el mejor de los casos, abortiva. Pero al menos lo intenté. Tenía madera de amigo. Al parecer, Dios me había enviado para serlo. Un amigo en la necesidad es un amigo de verdad. Bueno, de acuerdo. Pero me esperaban otros karmas.

*

Era la época del año del baile escolar. Kickshaw era una escuela solo para chicos, pero había algunas escuelas solo para chicas en Santa Bárbara, o al menos, en el condado de Santa Bárbara. Supongo que era lógico, esta idea de instituciones preparatorias recíprocas. Quizás existía un acuerdo permanente con esas escuelas, porque una noche en particular, a la hora señalada, varios autobuses llenos de chicas —chicas de colegios preparatorios, señoritas, mujeres, como prefieras llamarlas— llegaron traqueteando hasta la Mesa. No tengo ni idea de cómo aquellos autobuses fletados lograron subir por el estrecho camino hasta la cima de la Mesa sin caerse por el precipicio, pero de alguna manera, al final lo hicieron.

Esta explosión de faldas y la consiguiente descarga de energía Yin se extendieron por difusión y suave persuasión hasta los terrenos de la escuela Kickshaw, dispersándose por un tiempo, como en el viento, para luego concentrarse alrededor del comedor, que esa noche se había convertido en un improvisado espectáculo de luces y sala de baile. Era como una extraña invasión marciana; por dondequiera que caminaba, por dondequiera que miraba, había rostros y cuerpos de chicas. Partes femeninas sobresalían por doquier. Algunos chicos estaban eufóricos, como Félix, que ya se había puesto su mejor traje y lucía una corbata roja de poder mientras parloteaba sin parar, dando saltitos de baile en el pasillo. Pero otros, menos cómodos o menos familiarizados con el poder del Yin, evitaban los sentimientos y las sensaciones que la carne femenina provocaba. Era demasiado de golpe.

Para mí, había algo repugnante en la idea de que un grupo de tipos ricos de Kickshaw trajeran chicas en autobús para fingir que socializaban y luego manosearlas con avidez. Tal vez no llegar hasta tercera base, pero sí agarrarles un pecho. ¿Por qué no tener escuelas mixtas si era útil para conectar con chicas, con mujeres jóvenes? Pero a eso no había respuesta.

El mismísimo Viejo Kickshaw parecía deleitarse con estos sórdidos eventos sociales. No veía nada fuera de lo común en aquella procesión de chicas. A su llegada, salía a pasear por los jardines para verlas con sus mejores galas, admirándolas, saludándolas con la mano y a veces charlando con las chaperonas. Estas solían ser mujeres solteronas, casi tan mayores como el Viejo Kickshaw, y casi igual de sordas. O al menos así me lo parecía a mí.

En esa noche de baile en particular, Jonah pensó que la remesa de chicas dejaba bastante que desear y lo expresó en los términos más duros. —¡Otra vez Santa Anita! ¡Malditas!

—¿Qué, no te gustan? —dije.

—La verdad es que hay poco donde elegir, tío. ¿No te has ido enterando?

Para entonces, Jonah también se había mudado a la Casa Larga, pero estaba en un piso diferente, y yo lo visitaba porque tenía algunas preguntas sobre el examen de inglés del viejo Norwich.

—No —dije—. La verdad es que estos bailes me dan un poco de grima.

—Bueno, siempre es una lotería; pero a veces hay mejores opciones. Esta tanda son principalmente chicas locales de Carp. Dejan mucho que desear, aunque algunas sí que se acuestan. Hay algunas mexicanas —dijo—. Normalmente no se acuestan. Católicas, supongo. Pero hay una...

Con «Carp» se refería, por supuesto, a Carpinteria, ese tranquilo pueblo costero que se extendía, como una mujer, a los pies de las airadas colinas de la élite. Lo mirábamos con altivez cada mañana.

—¿Mexicanas, eh? —dije—. Joey estará contentísimo.

—Sí. Hay dos hermanas con cierta reputación. Carmelita es la mayor, conocida por ser muy amigable. Aunque eso fue hace dos años. Creo que ya se graduó. Pero la menor podría valer. Isabella.

—Es un nombre bonito —dije.

—Me entra por los ojos, si me entiendes. Tiene unas tetas estupendas.

—Bueno, mucha suerte con eso.

Sabía que Jonah había sufrido de cojones morados tras la última noche de baile y pensé en hacer una broma, ya que la frustración parecía ser la tónica habitual en estos eventos. Pero decidí dejarlo pasar por el momento. Ya habría tiempo. Cuando anduviera cojeando como un perro callejero con raquitismo.

Yo, planeé ignorar por completo el baile. No solicitar un permiso para salir del campus el fin de semana huyendo, como un nerd asustado, sino simplemente mantenerme discreto; tal vez sumergirme en *Ringworld*, o volver a visitar *Cita con Rama*, o incluso perder el tiempo en la *Guía del autoestopista galáctico*. En ese momento también me interesaban los libros que Ram sugería en Ideas, como el *Bhagavad Gita*, que yo consideraba una lectura ligera. Incluso habíamos ido de excursión a la Logia Teosófica, donde se podían encontrar algunos de estos maravillosos libros secretos y otros objetos esotéricos, como incienso de sándalo. Compré *El Evangelio de Tomás* en ese viaje, pero aún no había abierto la cubierta.

Estaba bastante seguro de que Christian iba a ir al baile, porque mencionó a una chica que vendría para el evento. —No es una de esas fulanas de Santa Anita —dijo—. Es Jill, la conocí en Santa Bárbara hace unas semanas.

—Qué bien —dije.

—Sí. Fue todo muy emblemático. Ya sabes, como si estuviera predestinado. Estaba en esa tienda de discos de segunda mano de State Street.

—¿Paradice Records?

—Esa misma. Le encantan los Beatles, tío. Estoy alucinado.

—Ya, me lo imagino. Bueno, que no te expulsen.

—Ah, ya me conoces.

De hecho, lo conocía, y estaba seguro de que tenía preparado un nuevo escondrijo perfectamente acondicionado para esa Jill. Me alegré por él, pero eso significaba que no estaría por allí para compartir una calada de bong que me ayudara a aguantar esta monstruosa Noche de la Chica Viviente.

Así que me puse los auriculares y escuché *Who's Next* a todo volumen y contemplé la batería de Keith Moon, a quien Christian describía como «batería solista». No se equivocaba, y Moon era claramente el líder de aquella banda. Distraídamente ojeé portadas de libros, cabeceé en la silla y finalmente me rendí y decidí dar una vuelta por los jardines como la señora Robinson en camisa de fuerza. Era noche de baile, así que no había ningún problema; no había ninguna norma que me impidiera deambular por los jardines como en una noche lectiva, y además solo eran las diez de la noche.

Salí de la Casa Larga y me entretuve un rato, contemplando el oscuro bosque que se extendía abajo, luego pasé por la Ermita, por el domicilio del señor Bright —la luz estaba encendida— y caminé lentamente por la carretera principal, observando el cielo a través de los eucaliptos que se alzaban como en parada militar. Las nubes ocultaban las estrellas y, finalmente, una neblina llegada del mar dificultó aún más ver los objetos que Aristóteles consideraba almas. De vez en cuando soplaba una suave brisa y las hojas de los árboles susurraban, pero, aparte de eso, el único ruido provenía del otro lado del campus, a la derecha, donde, al otro lado de la Biblioteca Branson, el baile estaba en pleno apogeo. Los Bee Gees vibraban en una cacofonía bajo algún tipo de luz estroboscópica.

Bajé las escaleras que llevaban a las aulas de ciencias, pasé por el pequeño puesto de bocadillos y finalmente me encaminé al Teatro Rayburn. Christian había avanzado bastante, según me dijo, con su nuevo y fantástico escondrijo, pero yo aún no lo había visto. Me pregunté si estaría allí arriba con Jill, la nueva chica que tanto le entusiasmaba. Decía haber subido un colchón, lo cual parecía físicamente imposible. Pero claro, Christian solía intentar lo imposible.

Me di la vuelta porque oí a alguien. Al principio pensé que era un animal herido o un pájaro moribundo. Pero era una chica. Lloraba en sollozos bajos, suaves y ondulantes, que no llegaban a ser gemidos. —¿Hola? —dije—. ¿Hay alguien ahí?

No hubo respuesta, pero el llanto cesó. Caminé en esa dirección hacia un banco y vi a una chica desplomada; básicamente estaba tumbada boca arriba en el banco, con una pierna doblada. Su vestido no tenía buen aspecto. No estaba roto, pero no le quedaba como debería. Supuse que habría un chico con ella, así que dije: —Oh, perdona —y me di la vuelta, pero entonces ella dijo: —No, la que lo siente soy yo. —Sollozó—. Solo estoy aquí llorando. No te molestes. Todo va bien. Tranquilo.

Me detuve y me di la vuelta entonces. Había citado *Animal House*. —Eeh, disculpa la intromisión. ¿Necesitas ayuda?

Ella se rió entonces, porque al parecer eso era algo gracioso que dijera un chico de Kickshaw.

—Oh, creo que ya he recibido suficiente «ayuda» de vosotros esta noche. Pero gracias.

Guardé silencio. —¿Eres Isabella?

—¿Qué? —Se incorporó un poco y me miró—. ¿Te conozco?

—No —dije—. Eres mexicana, supongo. Alguien me describió a una chica muy guapa. ¿Quizás tienes una hermana?

Ella negó con la cabeza con asco. —Vaya gente. Este sitio es de traca. Supongo que las noticias corren. No, no soy mexicana. Nací en San Diego. Mi padre es policía. ¿De acuerdo?

No dije nada. Estuvimos en silencio un momento. Estaba oscuro. — Ese edificio de allí, la primera puerta, es el aula de Química. Hay un lavabo con agua y jabón; podrías, ya sabes, asearte si quisieras.

—¿Qué, tienes una llave o algo así?

—Algo así. —No le dije que tenía una llave; sería demasiada información. Pero quería ayudar—. Puedo entrar. Si quieres. Aunque tendríamos que dejar las luces apagadas.

—Creo que no quiero hacer eso. Pero gracias.

—Bueno, está bien. Espero que te encuentres bien.

Me giré un poco para irme. Pero no me fui. Se estaba recomponiendo mientras hablábamos y ahora se había incorporado y se había vuelto a poner el sujetador —me di cuenta, con cierta torpeza, de que sus acciones implicaban que se lo había quitado— y, por arte de magia, ajustándoselo bajo el vestido, sus pechos volvieron a quedar bien colocados, y entonces sus brazos asomaron por las mangas. —¿Cómo te llamas? —preguntó.

—Me llamo Robbie, pero la gente me llama Sutra.

—¿Sutra?

—Sí.

—¿Te refieres al budismo?

—Sí.

—Ven aquí.

Me acerqué y ella me hizo sitio en el banco. —Siéntate. Aquí —dijo, señalando el lugar del banco junto a ella. Era como si le hablara a un perro, pero no me importó. Yo también era un perro mestizo. Me senté y el sitio estaba caliente por su cuerpo. Podía oler su olor corporal, un olor almizclado que hipoteticé que era el olor del sexo, de las partes íntimas femeninas. Se mezclaba con el aire nocturno, cargado de jazmín. Me fijé en que no llevaba zapatos.

—¿Qué opinas de estos bailes? —dijo.

Impulsivamente dije: —Creo que son una estupidez. —No estaba seguro de si era lo correcto decir, pero mi actitud en ese momento era de apertura y sinceridad. El caso es que Isabella —sí, esta era Isabella, la chica que Jonah había mencionado— aunque ella aún no me lo hubiera reconocido expresamente— Isabella era increíblemente hermosa. Al menos a mis ojos. Exactamente como Jonah había insinuado con su comentario casual sobre *El viaje fantástico de Sínbad*, una película que yo conocía bien, pero que los lectores modernos, por supuesto, no. En esa película, Sínbad sueña con una doncella exótica de tremenda belleza que lleva tatuado un ojo de cíclope en la palma de la mano; y unos días después, se encuentra con esa misma mujer y la toma como esclava. Pero ahora yo me encontraba con mi propia mujer exótica, y ella no era ninguna esclava. Era profundamente consciente de que, a diferencia de Sínbad, yo era inexperto y poco interesante. No tenía nada que ofrecer y me sentía avergonzado. Era tan hermosa en su angustia.

Una mezcla étnica, sin duda, pensé. Un híbrido, latino tal vez, pero quizás su padre era blanco, o negro, o algo así. En aquel entonces no comprendía el papel único de la contribución genética indígena del continente sudamericano en los pueblos de la diáspora latina. Más tarde, al ver una foto de la madre de Isabella, comprendí lo indígenas que eran sus rasgos.

No creo que la belleza sea un atributo objetivo, salvo en cierto sentido científico de proporción y simetría. Para un babuino macho adulto, el trasero rojo e hinchado de una babuina en celo es sin duda hermoso; pero no para mí. Aun así, el rostro dulce y la piel suave y morena de Isabella, sus ojos almendrados y sus pestañas naturalmente densas —su rostro no llevaba ni pizca de maquillaje, y sin embargo era perfecto, radiante, incluso en su estado desaliñado y desorganizado— verla me elevó a un plano superior. No podía mentirle. —Me parece una auténtica tomadura de pelo. No deberían traer aquí a las chicas en autobuses como ganado, como putas para entretener a niños blancos y ricos. Me siento culpable por eso. Lo siento.

Ella se rió. —Bueno, sí. No te sientas culpable. Ni lo lamentes. Pero tienes razón. Eso es lo que somos. Ganado. Ubres. A nuestra escuela le pagan por hacer esto. Supongo que eso es bastante putesco.

Me di cuenta de que la había insultado. —Oh, Dios mío, qué he dicho. Por Dios, soy un idiota.

Extendió la mano y me tocó el brazo, y la miré, porque había estado mirando hacia abajo. Negó con la cabeza. —Está bien. Tranquilízate. Y eso del nombre, ¿a qué viene?

—¿Te refieres a por qué me llaman Sutra? Oh, esa es una historia divertida.

—¿De verdad? Venga, cuéntame.

—Mira, tengo una clase que se llama Ideas. La imparte un tipo indio que se llama Ramaswami Onkar Ji. Es muy buena persona. Simplemente lo llamamos Ram. Porque, ya sabes, la mayoría de los chicos no pueden pronunciar su nombre. —La miraba para ver si me escuchaba, porque pensé que quizás lo que decía era una tontería. Pero me miraba atentamente, así que volví a apartar la mirada—. Bueno, un día estaba en clase y Cadogan —que es amigo mío— hizo una pregunta sobre el Dharma, y yo dije: «Bueno, según el *Sutra del Diamante*, todo es el Vacío, no hay Dharma», y entonces todos se rieron, hasta Ram, y Cadogan empezó a llamarme así. Me decía: «Sutra, pedazo de capullo, pásame el kétchup». Y yo simplemente lo acepté, luego lo hicieron los demás, y ahora incluso algunos profesores me llaman así. Ya sabes, los Masters.

—Entiendo. Es una historia bastante buena. Así que has leído el *Sutra del Diamante*, ¿eh?

—Sí. Quiero decir, sí. —Para entonces ya me sentía un poco cohibido.

—¿Has leído alguna vez *Vagabundos del Dharma*, de Jack Kerouac?

—Claro —dije. Estaba mintiendo, pero había leído *En la carretera* y *Los subterráneos*, así que supuse que todos sus libros eran más o menos iguales. Y había leído a algunos otros de los Beats, aunque no tantos como los que leería más adelante. Me había desanimado ante *Vagabundos del Dharma* porque no sabía mucho sobre Gary Snyder y creía que iba principalmente sobre él.

—Sutra, ¿crees que podrías acompañarme a un baño de verdad? ¿Hay algún servicio por aquí cerca? Me vendría bien.

—Sí. La verdad es que sí hay. Qué torpe soy al no haberme acordado antes. Hay uno allí —señalé—. Ese es el puesto de bocadillos. Hay un baño detrás. Aunque no creo que sea para chicas.

—No importa, me sirve. En tiempos de tormenta, cualquier puerto es bueno, como se dice.

—Eso se dice —dije.

—¿Me acompañas? Estoy un poco inestable. Por alguna razón. Dame la mano.

No le pregunté nada sobre «esa razón», y la verdad era que no quería saberlo, por temor a que pudiera llevarme de vuelta a Jonah y entonces probablemente acabaría teniendo una mala impresión de él para siempre. Si le hubiera hecho algo a este hermoso híbrido genético, posiblemente un androide o un fembot que había leído el *Sutra del Diamante* y entendía lo de Kerouac, si le hubiera hecho algo que la hubiera lastimado —incluso la idea de que él la hubiera tocado se había vuelto impensable. Así que simplemente no pensé en ello. Es curioso lo que uno puede reprimir si no le conviene. Caminamos despacio, a su ritmo, y le tomé la mano con mucha formalidad, como a una princesa. Finalmente subimos los escalones.

—Espera aquí —dijo—. Necesito que me acompañes dentro de un momento.

—Claro. No hay problema.

Esperé, y ella estuvo un buen rato en el baño, más del que yo habría imaginado; pero entonces recordé que era una chica y que yo no sabía nada de ellas; y finalmente salió con un aspecto algo más sereno. Se había lavado la cara y aún le brillaba.

—Cuéntame algo sobre esa sala de Química a la que, por arte de magia, tienes acceso.

—Oh. Bueno... hay algunos productos químicos muy interesantes ahí dentro. Christian y yo hicimos pólvora recientemente, solo como experimento. Fue divertido. Y al lado, en el laboratorio de Biología, tenemos unos microscopios geniales. ¿Has visto alguna vez una ameba?

—No. No una viva. Cuéntame algo interesante sobre las amebas.

—¿Algo interesante sobre una ameba?

—Sí.

Me sentía un poco presionado. —Bueno, creo que lo más interesante de ellas es que cuando una ameba tiene hambre, se mueve mucho más rápido que cuando ya ha comido. En otras palabras, gasta *más* energía, no menos, cuando tiene hambre. Su metabolismo se acelera, aunque tenga menos con lo que trabajar. Después de comer, le interesa mucho menos hacer cualquier cosa. Incluso se vuelven quiescentes. Pero deberían estar llenas de energía.

Ella lo pensó. —Sí, ya veo. Parece que quieres ser científico.

—Me encanta la ciencia, especialmente la biología y la zoología. Pero para estudiar zoología, ya sabes, como en la universidad, hay que hacer vivisección. Y lamentablemente eso va en contra de mis convicciones.

—¿Ah sí? Qué interesante.

Reuní valor y dije: —¿Paseamos un poco más?

—Sí. Llévame allí abajo. —Señaló en dirección a la Ermita—. ¿Hay algún sitio desde donde podamos ver las vistas?

—Creo que sí, claro.

Caminamos despacio, ya no de la mano, pero me invadía el temor de que se cayera en la oscuridad o se hiciera daño. Era como caminar con una muñeca de porcelana, o como cuando rompí el juguete de mi hermana y ella lloró. Había un lugar para sentarse al borde de la Mesa con una buena vista desde un banco, pero parecía que ya había alguien ocupándolo. Oí el ruido húmedo de lenguas.

—Puaj —dije.

—¿Qué hay allí? —Señaló hacia el norte—. ¿Qué es eso?

—Oh, esa es la bomba del rociador de mierda.

—¿El rociador de mierda?

—Sí. Kickshaw trata su propia agua y la bombea allí abajo. Se rocía por toda la ladera.

—¡No me digas!

—No, en serio, yo he estado allí abajo.

—Vamos a verlo.

—Bueno, de acuerdo.

Bajamos por el oscuro sendero y le mostré la estación de bombeo. Estaba cercada, pero se podía ver básicamente lo que pasaba. Una sola bombilla tenue brillaba en lo alto de un poste.

—Sentémonos aquí —dijo. Había un saliente de cemento. No estaba precisamente limpio, pero era un sitio donde sentarse. Parecía no importarle. Miró hacia el exterior y su expresión cambió. —Vaya. Menudas vistas.

Tenía razón, por supuesto; desde allí se podía ver toda Carpinteria, y desde allí, el oscuro Pacífico. Sin estrellas, todo estaba iluminado únicamente por las luces de la ciudad. Pero Santa Bárbara se divisaba a lo lejos, y luego Goleta, y más allá.

—¿A veces oyes el océano?

—No es el océano, creo —dije—. Sino la sirena de niebla. De Anacapa. A veces, en la madrugada.

—Ah. Debe ser agradable.

No dije nada durante un rato. Me iba dando cuenta de que estaba con una chica.

—¿Tienes novia? —preguntó.

—No.

—¿No? ¿Eres gay?

—¡Eh! Bueno, ¿qué clase de pregunta es esa?

—Ah, ya veo. He tocado un punto sensible.

—No, no, en realidad no. —No pude disimular con ella—. Mi padre.

—¿Tu padre?

—Sí, sí. Mi padre. Es gay. ¿De acuerdo? Es un maricón.

—Oh. No lo digas así. Es tu padre. Así que te preocupas un poco.

—En realidad no. Es un tipo genial. Simplemente no quiero que todo el mundo lo sepa. Dice que se volvió gay por ver porno gay.

—¿Porno gay? No estoy segura de cómo ver porno podría volver gay a alguien. Eso es algo que diría Anita Bryant.

—¡Exacto! —dije—. Eso mismo dije yo. Pero él está convencido de que fue eso lo que pasó. En fin, no tengo novia. Aunque sí me enamoré una vez.

—¿De verdad? ¿Cómo fue eso?

—Bien. Pero también creó complicaciones y provocó sufrimiento. Ya sabes, tal como dice el Buda.

Ella se rió. —Complicaciones.

—Sí.

—¿Cómo era ella?

—No sé si realmente quiero decirlo. —Pero Isabella sabía cómo manejarme a su antojo. No podía negarle nada—. Era negra, ¿de acuerdo? Una chica negra. Vivía en mi calle. Hacíamos ciencias juntos. Le regalé una regla de cálculo.

—¿Tu primer amor fue una chica negra? ¿Le regalaste una regla de cálculo?

La miré. —Pareces incrédula. Eso no es muy amable. Quizás debería explicar que soy de Florida. Allí hay gente negra. Y de vez en cuando, alguna regla de cálculo cae del cielo. Los niños las recogen y las usan para deducir nuevos teoremas matemáticos por diversión mientras despegan los cohetes. A veces los cohetes explotan. Pero eso no es culpa de los niños.

—Claro.

Observamos el horizonte un rato más.

—Eso es genial, Sutra.

—¿Qué?

—Que le regalaste una regla de cálculo a una chica.

—Pues sí. Fue genial. Ya sabes, los logaritmos.

—Tengo una teoría —dijo—: que la Ciencia es una religión. ¿Alguna vez lo has pensado?

—No.

—¿Y bien?

—¿Y bien qué? ¿La Ciencia y la religión? Pensaba que eran opuestos. Pero bueno, me alegra que me enseñen lo contrario.

—La Ciencia es un sistema de creencias, al igual que la religión. Supuestamente busca la verdad, quizás incluso verdades eternas. Y tiene un catecismo, un credo.

Lo pensé un momento. —Ah, el método científico.

—Exactamente. También tiene santos, como Einstein y Darwin, y mártires como Madame Curie, que murió por envenenamiento por radiación. Y tiene iglesias y monasterios —centros de investigación, institutos académicos. La gente que hay allí es como monjes y sacerdotes, sumos sacerdotes de la tecnología.

—¿Pero qué hay de Dios?

—Oh, sí. La Ciencia tiene un dios. El dios de la Ciencia es la Objetividad.

—Hmm... La Objetividad.

—Los científicos creen tan firmemente en su dios que están dispuestos a renunciarse completamente. Están dispuestos a negar la subjetividad —su propia conciencia— en aras de una visión objetiva de las cosas.

Miré hacia el banco que estaba a cierta distancia, ese que nos había llamado la atención, y alguien con una linterna se había acercado. La pareja que estaba sentada ahora se había dispersado como pájaros espantados por un zorro.

—¿Ves? —dijo—. La Ciencia es muy similar a una religión. La gente hasta dice que cree en la Ciencia, igual que dice que cree en Jesús o en quien sea.

Ya podía oír pasos, y la linterna parecía balancearse salvajemente de un lado a otro, como un péndulo.

—¿Qué está pasando aquí? —preguntó una voz. Era el señor Bright, el corpulento profesor de Historia Americana. Parecía sin aliento de tanto andar. Lo acompañaba una mujer mayor a quien supuse que era una chaperonea de Santa Anita. Habló con voz vieja, pero estridente—. ¡Isabella! Este no es un lugar apropiado para una alumna de Santa Anita de noche.

Isabella no estaba nada contenta. —¡Baje esa luz! Robert y yo estamos teniendo una discusión en profundidad sobre la ciencia y la religión. No agradezco esta intromisión.

—Pero Isabella —dijo la chaperonea.

—Lo lamento, señorita —dijo el señor Bright—. No pretendíamos interrumpir una conversación importante. No me sorprende. El señor Gray es uno de nuestros mejores alumnos, Marylin. Un prodigio de las letras y un genio de la comprensión. Actualmente estoy intentando reclutarlo para Historia Americana 201. Está tan avanzado que me parece bien que se salte la 101 por completo.

—¿Es así, Franklin? —La mujer pareció tranquilizarse—. Vaya. Muy bien entonces.

—No obstante —dijo, volviéndose hacia nosotros—, debo informarles a ambos que el autocar de vuelta pronto empezará a embarcar. Se está haciendo tarde. Pasa de medianoche.

—¿En serio? —dije. De repente me di cuenta de que ese tiempo precioso con una chica casi se había evaporado, dejándome seco y vacío; o más bien exactamente igual que antes, salvo que ahora me sentía cambiado. Había pasado tan rápido—. Lo siento, no tenía ni idea. Supongo que perdimos la noción del tiempo.

—Sí —dijo el hombre gordo, encendiendo de nuevo la linterna y empezando a alejarse pesadamente por la oscuridad—. Los dejamos ahora, pero por favor, comiencen su ascenso.

—Gracias, Master Bright —dije.

Comenzamos a «ascender» como Frank nos había indicado. Nos acercamos a los autobuses aparcados en el aparcamiento principal, no muy lejos de la Ermita. Me di cuenta de que ya era tarde y el baile se había sumido en un silencio sombrío. El espectáculo de luces parecía haberse quedado en un solo color; se había vuelto monocromo. La hora del cierre.

—Está bien, Sutra. Puedes dejarme aquí.

—Eh, bueno, pues me despido entonces. Gracias por hablar. Fue, ya sabes, realmente bueno. Quiero decir, fue un placer conocerte —dije. Empecé a alejarme. Con una mano sujetaba el dedo índice de la otra, con la cara hacia abajo. Noté que estaba bastante oscuro. Las almas estelares de Aristóteles seguían sin aparecer y el cielo estaba en blanco como una pizarra. Incluso las luces de la ciudad estaban apagadas.

—Espera. Idiota —dijo ella.

Me giré un poco. —¿Qué? —dije.

Negó con la cabeza. —Ve a buscarme un rotulador permanente, algo indeleble, o un bolígrafo. Pero preferiblemente un rotulador permanente.

—Eh, vale. —Me fui corriendo a buscarlo. Me detuve y di media vuelta—. ¿Necesitas papel también?

Ella se rió y negó con la cabeza.

Cuando regresé, me agarró del brazo y escribió con letras bastante grandes —básicamente para que cualquiera pudiera leerlas— con tinta indeleble:

ISABELLA TORRES - 275-1374

—Soy Isabella, como ya habrás adivinado. Quiero volver a verte —dijo con sencillez, sin aspavientos. No me tocó ni me besó ni nada de eso, pero me miró a los ojos un momento. Luego puso la mano en mi pecho. La dejó allí, muy despacio, solo las yemas de los dedos —noté que eran bastante femeninas—, y me sentí un poco emocionado, y probablemente sonreí, pero entonces me dio un capirotazo en el esternón con el pulgar y el dedo corazón.

—Ay —dije.

—Y lee *Vagabundos del Dharma*, que habrá un examen.

—Pero yo...

—Sí, claro. Ahora, cuando llames, si mi padre contesta, dices: «He encontrado una bufanda y creemos que es de Isabella; la dejó aquí en Kickshaw. Me gustaría devolvérsela». Ahora repite lo que acabo de decir.

—«He encontrado una bufanda, creemos que es de Isabella; la dejó aquí en Kickshaw. En la Mesa. Me gustaría devolvérsela».

—Correcto.

—¿Pero qué pasa si pregunta qué color es?

—Ah, ahora sí que le estás cogiendo el truco. A ver, di que es verde con pajaritos blancos.

—Es verde con pajaritos blancos. Entendido.

—Bien. —Hizo una pausa y nos quedamos allí un minuto sin decir nada. Curiosamente no sentí ninguna incomodidad. Todo era tan natural, como si nos conociéramos de toda la vida. Quizás estábamos esperando un autobús, que en cierto modo era lo que pasaba. El conductor del autobús había aparecido ya, al parecer, y un par de chicas merodeaban por allí. Entonces Isabella suspiró.

—Es hora. Buenas noches, Robert Sutra —dijo. Me dio un besito en la mejilla y pude oler su calor. Su cara había estado tan cerca de la mía que su forma oscura me llenó los ojos por completo. Sus ojos. Sentí una oleada dentro de mi cuerpo y luego me puse rojo como un tomate. —Dios mío —susurré. William había dicho que el sexo con una chica era mucho mejor que la masturbación. Pero esto no era sexo, era otra cosa.

Luego se dio la vuelta y caminó hacia el autobús. La vi por última vez en el escalón del autobús y entonces su cara se volvió hacia mí. Sus ojos brillaron. —Llámame —dijo.

Al día siguiente fui toda una sensación en el corral. Las noticias corren muy deprisa. La Casa Larga no es una casa muy unida, así que allí no pasó nada; pero en cuanto entré al comedor para desayunar, todo el mundo pudo ver. No pensé que tuviera sentido intentar disimularlo. AJ y Ringo estaban agachados sobre las bandejas tomando café, y AJ sonreía.

Ringo se quedó mirando fijamente un momento y luego se puso rígido. —*¡J'accuse!* —gritó. Todos se volvieron hacia mí mientras él seguía gesticulando salvajemente, casi volcando la silla, mientras AJ se destornillaba de risa. —¡Tío! —dijo—, ¿no sabes que el padre de esa chica es un narco?

—No —dije—. Estoy seguro de que no es de la DEA. Quizás solo sea un policía de barrio.

—Oh, tío —dijo—. Te espera una buena.

Pero la reacción de Jonah fue la más desconcertante, o quizás la más interesante. Estaba *perplejo*. Era como en *Un médico rural*, cuando el Doctor se pierde en una tormenta de nieve; así tenía Jonah la cara. Me miraba y me miraba de forma disimulada, como si no pudiera entender cómo había tenido tiempo de relacionarme con ninguna chica, y mucho menos con esa. No quise explicárselo, y él no preguntó, así que el tema no salió, ni entonces ni nunca. Pero siempre estuvo de algún modo en la parte de atrás de mi mente. Y quizás también en la suya. Después de eso, durante mucho tiempo, estuvimos los dos en ascuas el uno con el otro, andábamos de puntillas como amigos nuevos que necesitan una palabra amable.

Cadogan, en cambio, quedó profundamente impresionado. Me dio una palmada en la espalda de inmediato. —¡Hostia, Sutra! —exclamó—. ¡Menudo cabrón estás hecho! ¡Eso es!

*

Me costó unos días reunir el valor para llamar a Isabella. Toda la experiencia halcyon, esos breves momentos con una chica ideal, y luego las consecuencias de la celebridad en el campus, la conmoción de darme cuenta de que ahora tenía que seguir adelante y salir de verdad con una chica… todo eso era demasiado para tomárselo en serio. Necesitaba urgentemente una calada al bong.

—El Sutra está enamorado, tío —decía Cadogan a cualquiera que quisiera escucharlo, como si se tratara de una misteriosa revelación divina que necesitaba compartir, una especie de Evangelio.

Sin embargo, es muy posible que lo hubiera dejado todo tirado y me hubiera refugiado en mis libros y fantasías si Cadogan no hubiera venido a comprobar regularmente cómo iba.

—La llamada.

—¿Qué?

—La llamada. Ya es hora, tío.

—Pero si solo han pasado dos días.

—Bien. Mañana a cenar te pregunto. No te rajes, tío, tú puedes con esto.

Así que finalmente reuní el valor para buscar un teléfono. La verdad es que incluso me escribí algunas respuestas. Intenté ensayar un poco mentalmente. No tenía la suficiente confianza en mí mismo como para llamar a bocajarro, sin ningún apoyo. No, habría fracasado estrepitosamente. Pero resultó bien que lo hiciera. Contestó Sánchez padre. Era un auténtico cabrón.

—¿Hola? Soy Robbie Gray... Sí, señor. Me encontré con Isabella en Kickshaw... No, no, señor. Verá, dejó una bufanda aquí y me gustaría devolvérsela... cuando le venga bien. Sí, conozco Carpinteria, señor; mi padre se dedica a la venta de inmuebles. ¿La bufanda? Bueno, señor, es verde. Verde con pajaritos blancos... Sí, señor. Le espero.

Finalmente Isabella se puso al teléfono. —Hola, Robbie. espera un momento... —*sigue, papá.* —Lo estaba echando de la habitación para que pudiéramos hablar. Luego soltó una risita baja que sonó como un fliscorno en una cálida mañana de verano—. Lo lograste. Bien, Sutra. ¿Cuál es tu plan?

Esta respuesta no cuadraba del todo con mi estado mental; no tenía ningún plan. Mi objetivo —que ya me parecía bastante difícil— había sido simplemente conseguir que se pusiera al teléfono. Ahora tenía que pensar rápido. *¿Qué demonios hacen los tíos en las citas?,* me pregunté desesperado. —Me estás poniendo en un... sitio muy comprometido —murmuré.

—Ah —dijo ella—. Buena idea. ¡The Spot! Vendrá de maravilla. Muy buena idea, Robbie Sutra. ¿A qué hora, quizás el domingo a la una? ¿A la hora del almuerzo?

—Eh, claro. Todo bien. Gracias, Isabella.

—Puedes llamarme Isa, si quieres, Sutra. Para mis amigos soy Isa. Solo los profesores y mi padre me llaman Isabella.

—Eh, claro. De acuerdo, Isa. Hasta el domingo.

—¡Adiós, Robbie Sutra! —dijo riendo, y colgó.

*

—¿Qué demonios es The Spot? —le pregunté a Cadogan. Ni siquiera estaba seguro de a qué me había comprometido.

—Oh, es perfecto para un primer encuentro —dijo—. No creo que pudiera haber sugerido un lugar mejor en Carp. Es fácil llegar, no es muy caro, tardan mucho en servir la comida así que tenéis tiempo de sobra para charlar... y luego podéis bajar caminando a la playa... ¡Sí! ¡Es perfecto! —repitió.

—¿Pero qué es?

—¿Ah, The Spot? Es una hamburguesería pequeña. De hecho, es bastante famosa.

—Vaya, pues ahora soy vegetariano.

—Deja de quejarte. Cómprate unas patatas fritas. Escucha, Robbie —dijo—. Voy a hacer por ti lo que nadie hizo por mí. Voy a enseñarte a hablar con las chicas.

—Ay, tío. Esto ya es bastante difícil.

—No, en serio. Te enseñaré lo básico. Es muy sencillo. ¿Estás listo?

No creí que Cadogan se iría hasta que lo escuchara, así que dije: —Claro. Cuéntame.

—Bien, antes que nada, una pequeña teoría. Cuando hablas con alguien, con quien sea, surge la cuestión del dominio. Es natural, muy normal.

—Seguro.

—Quien habla primero, en realidad, cede el control. Por ejemplo, si te acercas a una chica y la saludas, y ella responde, has cedido el control. Pero a cambio, también la has hecho sentir segura. Al hablar primero, le has demostrado que está a salvo contigo, que no representas ninguna amenaza.

—No estoy seguro de entenderlo, pero continúa.

—Pensemos en la situación opuesta. Imagina que te acercas a una chica pero no dices nada. Ella no puede adivinar qué te pasa. ¿Eres una amenaza? ¿Un peligro? Eso es emocionante; le dará escalofríos pensarlo después. Así que ella hablará primero: «Robbie, ¿eres tú?». Es pura biología, en realidad. Las mujeres quieren sentirse seguras con un hombre, pero también quieren ser dominadas, controladas. No en ese sentido; me refiero a que quieren estar con alguien fuerte. Quieren ser dirigidas, guiadas en la vida. La vida es difícil; buscan a alguien que sepa adónde ir, qué hacer. Pasan años buscando a un hombre fuerte. Eso, para una mujer, es lo que representa un hombre. Quizás así suena mejor.

—Fuerte. Vale. Pero yo no soy fuerte.

—Bueno, no lo sé, Robbie. Todo el mundo tiene algo en lo que es bueno.

—No sirvo para nada.

—Eres un buen escritor.

—Sí.

—Eres bastante rápido. Piensas rápido.

—Sí.

—Cuando estés con una mujer, ve despacio. No hables rápido. No camines rápido. Mantén la calma. Pensar rápido, sí. Pero todo lo demás, tómate tu tiempo. Analiza siempre la situación. No cambies de opinión. Nunca te retractes, nunca des marcha atrás. Si tienes una opinión, mantente firme. Sé sólido, seguro de ti mismo.

—Bien.

—Lo que una mujer quiere es un hombre que, si las cosas se ponen feas, sienta que la va a defender. Que no se vuelva loco y corra como un pollo sin cabeza. Que tenga cojones.

—Exacto. Me estás haciendo pensar en el Aikido.

—Eso es. Las artes marciales. Fuerte. Pero no un cretino. Tranquilo, reservado. Generoso. Siempre dando. Pero no tímido. Dispuesto a tomar cuando eso es lo que toca.

—Tío, esto es difícil —dije.

Cadogan se rió. —Qué va. Imagínalo como una historia, una novela romántica, donde el ganador se lleva a la chica y los perdedores se quedan mirando, preguntándose qué demonios pasó. Es tu novela romántica. Se va desarrollando, siempre fue así, siempre estuvo destinado a ser.

—Vale, me gusta esa parte. ¿Eso es todo?

Cadogan se rió. —No, claro que no. Pero te pondrá en marcha. Recuerda. Deja que ella te salude primero. Tú estás al mando Ah, una cosa más.

—¿Sí?

—Vas a necesitar dinero. Muchísimo dinero.

Gemí.

Cadogan se rascó la cabeza. —Sutra, capullo. Asegúrate de pagar tú la comida. Nunca pagues a escote. Eso es de cobardes. Los hombres de verdad pagan la comida.

*

Se acercaba el domingo y mi ansiedad aumentaba con el paso de las horas. Aquella noche fatídica me había pillado por sorpresa; por eso me había sido posible ser tan abierto y directo. «Y hablé primero», me di cuenta. «Pero ella me dominó. Ella tenía el control». Bueno, quizás así era como me gustaba. Ella era fuerte. Pero yo también había sido fuerte, había hablado con convicción, había sido interesante, y al final ella se había abierto conmigo, incluso dándome su número y exigiéndome que la llamara. Tradicionalmente, esa era la prueba definitiva del éxito. Era así incluso en las películas, incluso en la televisión. Así que todo había funcionado; casi por pura suerte, había triunfado.

Pero ahora, en el contexto de una cita tradicional, con su protocolo y sus expectativas, estaba seguro de que lo arruinaría todo por completo.

De repente me di cuenta de que aún no había cumplido una de las órdenes de Isabella —básicamente la única exigencia real— que era leer *Vagabundos del Dharma*. *¡Santo cielo!*, pensé. *Ahora sí que estoy apañado.*

Pregunté por la residencia, pero, por supuesto, fue inútil. Corrí hasta la biblioteca de la escuela y empujé la puerta, solo para encontrarla cerrada con llave. Miré por la ventana y vi que las luces estaban apagadas. «Claro», me dije. «Es domingo por la mañana. ¿Quién demonios lee un domingo por aquí?». Consideré ir a casa de los Bosworth —la señora Judy Bosworth era la bibliotecaria—, pero su residencia estaba al otro lado del campus y el viejo Bradly Bosworth, que enseñaba griego o latín o alguna tontería parecida, era conocido por ser un rompecojones. No me apetecía explicarle mi desesperada situación amorosa. ¿Quién podría tener un ejemplar? ¿Quién? Pensé que quizás valía la pena intentarlo con William.

—¿*Vagabundos del Dharma*? No, no creo... a ver. —William rebuscó entre sus libros—. Aquí hay una copia vieja y maltrecha de *En la carretera*. Al menos es Kerouac, ¿eso ayuda?

—No, ya lo he leído. Tiene que ser *Vagabundos del Dharma*.

—Lo siento, Sutra. ¿Pero sabes quién podría tener un ejemplar?

—¿Quién?

—Martin. Martin Quinn.

—¿Crees que sí?

—Oh, muy posiblemente. ¿No has estado en su casa? Tiene muchos libros y, después de todo, tiene la edad perfecta para los Beats.

—Supongo. —Claro que había estado en el apartamento de Martin, pero no me había fijado en sus muebles—. Sí recuerdo una gran estantería.

—También estudió en la Universidad de California en Berkeley, ¿sabes? Eso tiene que significar algo.

—Claro.

Salí disparado de la habitación de William y bajé el pasillo a toda prisa. La puerta de Martin «siempre estaba abierta», le gustaba decir, pero yo nunca había puesto a prueba esa afirmación en particular. Y encima era fin de semana. Llamé a la puerta con cierta timidez.

No pasó nada. Lo intenté de nuevo; esta vez prácticamente aporreé la puerta. Entonces vi un timbre. Lo pulsé.

Nada. Estaba a punto de rendirme cuando la puerta cedió. La cabeza adormilada de Martin Quinn se asomó. —¡Robbie! ¿O debería decir Sutra? ¿Estás loco? ¿Qué pasa? Es domingo por la mañana.

—Lo siento, Martin, pero estoy pasando por una pequeña crisis.

—Oh —dijo. Hizo una pausa—. Bueno, no te quedes ahí parado; entra.

Me condujo a su guarida y pude ver los restos de la noche aún sobre la mesa. Botellas de vino, casi vacías. Podía percibir el aroma de una buena comida flotando en el ambiente, como un fantasma sabroso. Parecía que también había tenido compañía; probablemente alguna chica estupenda del Club de Polo a la que había traído aquí a escondidas y luego se había llevado, como a Cenicienta, antes de que dieran las campanadas. —Lo siento mucho —repetí—. Pero tengo que leer un libro inmediatamente y me preguntaba si lo tendrías.

—¿Tienes que leer un libro inmediatamente?

—Sí. —Señalé con el dedo enfáticamente—. Ahora mismo. Es cuestión de vida o muerte.

Martin no cuestionó el razonamiento. De hecho, parecía comprender perfectamente, sin necesidad de explicaciones, cómo algo así podía ser necesario. Se rascó la barbilla. —¿Qué libro?

—*Vagabundos del Dharma* —dije.

—*Vagabundos del Dharma* —repitió Martin—. Mmm.

—¡Es de Jack Kerouac! —dije, como un idiota.

Arqueó las cejas. —Sí —dijo—. Sí, en efecto lo es...

—¿Lo tienes? Perdona, quiero decir, solo me preguntaba si podrías ayudarme a encontrar un ejemplar. Es, eh... es importante. Para mí.

Martin guardó silencio un momento. —¿Por qué no te sientas? Me estoy despertando. Ya lo sé, ya lo sé —dijo, mirándome. Agitó los brazos con impotencia—. Pero algunas cosas llevan su tiempo. Dame un minuto para arreglarme.

Entonces me di cuenta de que iba solo en bata. La verdad es que tenía un aspecto horrible. Probablemente le dolía muchísimo la cabeza. Empecé a intuir que quizás no estaba solo.

—Siéntate, Robbie. No te preocupes, yo me encargo.

—Pero... ¿quieres decir que tú lo tienes?

Para entonces, ya se había adentrado en las entrañas de su apartamento. No me atreví a seguirlo. Podía oírlo revolviendo y moviéndose, haciendo las cosas normales de cualquier mañana. Y luego, al cabo de un rato, se encendió la ducha. No había nada que hacer más que sentarse en el sofá. Me dejé caer y suspiré, pero entonces me fijé en una cantidad considerable de libros en las estanterías de la pared del fondo. Me levanté de un salto y empecé a escudriñar su librería. Martin tenía muchos libros interesantes y me sorprendió, y me avergonzó un poco, no haber recurrido nunca a él como fuente intelectual. El Master Henler, el viejo Heine, había dicho que era «un hombre de cultura», pero claro, esa observación me pasó por la cabeza de oído a oído. Ahora descubría que Martin Quinn tenía un ejemplar muy leído de *El Señor de los Anillos*, en tres volúmenes antiquísimos, pero que al parecer no solo había oído hablar de Stanisław Lem, sino que poseía algunas de sus obras originales. Parecían estar escritas en un idioma extranjero.

Martin había regresado y sentí su mirada en mi espalda. Me di la vuelta. —¡Hostia, Martin! Esto parece ser una copia de *Cyberiada* en el idioma original.

—*Cyberiada*. Está en polaco, que yo no entiendo, pero no pude resistirme cuando lo vi en una librería de segunda mano. Estaba en Cracovia en ese momento. Las ilustraciones son geniales. Tengo mucho de Lem, pero la mayor parte de su obra todavía no está traducida. Pero pensé que estabas aquí por los Beats.

—¡Sí, sí, el Kerouac!

—Ven conmigo —dijo.

Regresamos a su dormitorio —que era sorprendentemente grande y estaba bien iluminado— y allí, en una estantería, había una colección de libros de muchos autores diferentes.

—¡Burroughs, Ferlinghetti, Allen Ginsberg! ¡Mira todo esto! —exclamé—. Y unos diez libros de Jack Kerouac... ¡Ahí está! —dije.

—También tengo algunos poemas de Gary Snyder, por si te interesan. El personaje de Jaffy en *Vagabundos del Dharma* está basado en Snyder. *Isla Tortuga* es uno de sus libros; *Poemas de la Montaña Fría*, esa es una traducción de Han Shan que hizo él.

—¡Hostia puta! —dije.

Martin sonrió. —Entonces, Robbie, dime...

Lo miré.

—¿Por qué necesitas leer a Kerouac hoy, en esta hermosa y cálida mañana de domingo?

Suspiré. —Le dije a una chica que lo había leído. Pero mentí. La veo hoy. Tenemos una cita.

—Ah —dijo. Volvió a sonreír—. Así que tienes que ponerte al día con Kerouac.

—Oh, ya sé mucho —dije, levantándome de un salto y golpeándome la cabeza con la lámpara—. Solo necesito, bueno...

—Está bien —dijo—. Ese no, esa es una edición posterior. Llévate este. —Sacó un ejemplar desgastado del estante—. Ten cuidado con él.

Era un libro de bolsillo pequeño, una edición Signet. —¿1959? — dije.

—Es la edición de bolsillo original, Robbie. Primera edición. No está firmada ni nada. Pero aun así es bastante chula.

Leí: «*Desde las profundidades paganas de los bares bohemios de Frisco hasta las vertiginosas cumbres de las nevadas Sierras... ¡Los Vagabundos del Dharma!*»

—Parece correcto —dijo Martin.

—Pero esto probablemente tiene valor, no lo sé.

—No te preocupes. Sé que lo cuidarás. Puedes enseñárselo a tu chica.

—Sí. Eso estaría muy bien —dije.

—¿Cómo se llama?

—Isa —dije—. Isabella Torres.

Se le abrieron los ojos. Pensé que quizás había oído algo. *Sí, claro,* pensé. *Lo sabe.* Pero lo que dijo en cambio fue: —«*Torres*» —dijo—. Significa «torres». —Hizo una pausa—. A veces significa «fortalezas».

—Oh, sí —dije riendo—. Sí. Desde luego que está bien amurallada.

Martin guardó silencio un momento. —Bueno, entonces más vale que te pongas en marcha. Tienes mucho que leer. Creo que al menos deberías llevarte también los *Poemas de la Montaña Fría.*

—De acuerdo —dije—. Gracias, Martin, esto es muy importante. Te debo una.

*

Me enganché a un coche hasta Carp y caminé desde el centro comercial de Casitas Pass Road hacia Linden Avenue. El día empezó nublado, pero la penumbra se levantó y el sol caliente me dio en la cabeza descubierta. Me vi reflejado en el cristal de un escaparate y me detuve un momento a estudiar mi cara. Tenía el pelo larguísimo, pero, por pura rebeldía, me negaba a cortármelo. *Parezco un vagabundo,* pensé. *O un payaso*. Llevaba unos Levi's y una camiseta negra de Journey, con zapatillas Chuck Taylor All-Star negras en los pies —un look muy sin adornos—. Cadogan quería vestirme, pero dije que no.

—Tengo que sentirme cómodo en mi propia piel, Cad. Tengo que ser yo mismo.

—¡Sutra, capullo! Menudo dejado. Al menos métete la camisa por dentro.

Pero no lo hice.

Sabía que The Spot estaría en Linden, así que caminé en dirección a la playa. No llevaba reloj —odio los relojes—, pero tenía buena noción interna del tiempo. No llegaba tarde. Ahí estaba: The Spot. Me reí. Era de lo más peculiar. Diminuto, con un cartel del menú en la fachada y una ventanilla para pedir, y mesas de picnic de madera en un corral a un lado.

Y allí estaba. Isabella en persona. Miraba a lo lejos, de espaldas a mí, sin haberme visto todavía. Y, por supuesto, había un tipo.

¿Qué coño?, pensé. *Por supuesto*.

Pero no, en un instante se marchó. Llevaba un delantal, me di cuenta. Un delantal blanco y grasiento. Y tenía aspecto de mexicano. Sí, habían estado hablando español. No representaba ninguna amenaza. Pero la adrenalina me corría por las venas.

Quizás por eso, en lugar de llamarla, me acerqué a su mesa. Reduje el paso un poco. Me coloqué del lado hacia donde ella miraba, de espaldas al lado del océano. De repente me vio, pero no dije nada. Me senté despacio y dejé mi pequeña mochila sobre la mesa de picnic. Seguía sin decir nada. Me senté frente a ella. Apoyé el brazo en la mesa y me sostuve la cabeza con él. Finalmente, dijo: —Sutra. Robbie Sutra. ¿En qué piensas?

—Oh, es algo que me dijo Cadogan. Cuando estás saliendo con alguien, se supone que no debes hablar primero. Me dijo que intentara que tú hablaras primera.

Pareció desconcertada. —Eso es raro.

—Estoy muy contento de estar aquí —dije.

—¿Sí?

Asentí. —Y tengo cosas que mostrarte. Pero todo eso puede esperar. Pensé en lo bien que sería mostrarle a Isabella los libros, la valiosa carga que Martin me había prestado. Estaba radiante. Fue solo un momento, pero era mío.

Ella seguía mirándome, casi incrédula. —De acuerdo.

—¿Tienes hambre? —dije.

—Sí. Sí, creo que sí. ¿Y tú?

—Muerto de hambre.

—Bien. Venga, vamos a ver el menú... —Entonces me tomó de la mano. *Isa me está tomando de la mano*, pensé. Estaba tranquilo sin razón aparente. Nos quedamos parados frente a aquel pequeño local, boquiabiertos ante el menú absurdo, que proclamaba en silencio: tamales, aros de cebolla y batidos, con hamburguesas como plato principal, y yo era una sonrisa de oreja a oreja. Era como hacer girar una guitarra al estilo Pete Townshend. Debieron pensar que estaba drogado o algo así.

*

En aquellos días, la clase de Ideas se convirtió para mí en un oasis de escapismo oriental. Me encantaba todo lo oriental: los jardines de rocas japoneses, el kung fu chino, las novelas de James Clavell, los rostros suaves y redondos y los pliegues epicánticos de las mujeres asiáticas envueltas en seda. Mis sensibilidades sobre estas cosas chocaban profundamente con lo que acababa de suceder históricamente (porque en la memoria reciente no eran pocos los estadounidenses que odiaban al «Jap» y despreciaban al «Chink»). Pero no era culpa mía. Luego, además de este amor por Oriente, por lo asiático, Ram añadió un nuevo ingrediente a esta sopa de siete tesoros de cultura y de lo distinto a Occidente: la India. Los secretos más profundos y oscuros de la humanidad estaban allí, allí y supongo que también en África, pero África era demasiado oscura para mí. Demasiado manchada por el crimen y el pecado de la esclavitud, así que psicológicamente nunca iría allí ni contemplaría la posibilidad de ver África, ni siquiera como turista.

India, por otro lado, desplegaba su magia como un puñado de joyas. Tentadora, seductora como una mujer extraña pero hermosa, como una mujer con tres pechos.

Dicho todo esto, podrías pensar que no me interesaban las cosas occidentales. Porque son opuestas, ¿verdad? Pero te equivocarías. Hoy en día es natural y normal que todos se especialicen; todo en nuestro mundo, entonces y ahora, clama por la especialización; pero mi especialización era ser generalista y solo quería pasión y verdad, y los detalles no importaban. Sí, solo quería aquello que me apasionaba y aquello que creía que podía contener la verdad: quería tragarme la copa entera aunque gran parte del vino se derramara por mi cara. A esa edad, sin saberlo, seguía el apasionado dictado de Stendhal, quien decía que aquello que no le conmovía no merecía la pena. Y había cosas en la literatura occidental, en el *Zeitgeist* occidental, que me conmovían, cosas como la historia europea, o las singulares biografías de los Padres Fundadores de Estados Unidos, o la historia más reciente de la tecnología que había logrado el impensable —casi espiritual— viaje a la luna, la historia de la ciencia, la historia del gran arte. También había cosas, cosas horribles, pesadillas espantosas, por descubrir allí, como el Holocausto; la creciente comprensión de que estábamos destruyendo el planeta; pero, como un cuento de Edgar Allan Poe, esos estudios tenían su propia fascinación enfermiza.

Todo esto se extendía ante mí como un plato de ostras sobre hielo. Y Kickshaw existía (al menos aparentemente) para mantener ese banquete abastecido, para que los platos siguieran llegando.

Pero, como en todo, la promesa no siempre se cumple, y las limitaciones de la gente, de los demás, se hicieron patentes una y otra vez. Y entonces, por supuesto, mis propias limitaciones, mi pereza, mi estupidez, mi cobardía pronto se convirtieron en un factor determinante.

*

El Master Norwich enseñaba Inglés de Penúltimo Año. Norwich era el jefe del pequeño Departamento de Inglés de Kickshaw. Durante el verano ya había hojeado el libro de texto, que era una antología de cuentos. Sabía que los leeríamos y escribiríamos ensayos sobre ellos, y repasé el índice con ansia. Suspiré. Era una lista deprimente: nombres como James Thurber, Guy de Maupassant, Stephen Crane, algo de Hemingway, que era bienvenido pero que yo ya conocía, y algunos relatos de autores que no conocía y en los que no podía depositar muchas esperanzas. Y entonces mis ojos se detuvieron en un nombre en particular: Kafka. Franz Kafka. Y el relato era *Un médico rural*.

«¡Ah!», pensé. «"Estaba en gran perplejidad..."» *Bueno, al menos habrá algo interesante que esperar.*

Pues bien, el viejo Norwich —que tenía el gen de la calvicie de patrón masculino pero expresado de forma incompleta, de modo que su cabeza era una cúpula redonda y lisa rodeada por una franja de pelo que a veces crecía demasiado, vagamente reminiscente de Bozo el Payaso— había organizado las cosas de tal manera que la lógica y la razón imperaban entre los zoquetes: empezamos a leer desde el principio del libro, un relato por semana, y luego dijo que tendríamos que escribir un ensayo de dos o tres páginas. Tal vez debíamos extraer el «tema» o algo igualmente literario.

Y cada jueves, el viejo Norwich escribía en la pizarra polvorienta el relato de la semana siguiente —solo para dejar las cosas claras a los menos inteligentes o menos interesados sobre lo que tocaba a continuación—. Durante la clase se sentaba tranquilo y sereno ante el pupitre del maestro al frente del aula, enmarcando la pizarra, y al ser de baja estatura, no siempre resultaba fácil verle detrás del gran sarcófago.

Con todo, era una buena clase, a mi manera de ver. La posibilidad de la literatura, de la discusión. Y Cad y William J. Brennan y otros estaban allí.

—¿Master Norwich?

—Sí, señor Brennan?

—¿Por qué hay tan pocas escritoras representadas en esta selección de relatos?

—Una pregunta justa —dijo, dejando el bolígrafo—. Necesitaríamos encontrar una selección especializada dedicada a escritoras del sexo femenino para explorar de verdad ese género. No son tan frecuentes, me temo. Tenemos a Flannery O'Connor en el programa. Una favorita personal.

Y lo de Kafka —estaba a tres cuartas partes del final del libro. Muy al fondo. Muchos relatos por delante, haciendo cola, que tendría que ir atravesando, como remar en el barro para llegar al único que me parecía realmente interesante, la joya en el fondo del barro. Lo misterioso, lo enigmático. Dios mío, ¡si el autor ni siquiera era estadounidense!

Pasaron las semanas, se debatieron palabras de vocabulario como «túrgido» y «gesticular», se escribieron listas reales de palabras de vocabulario, porque Norwich era un gran creyente en las listas para ampliar el léxico. A mí esa tarea no me molestaba en absoluto. Y se escribieron y evaluaron ensayos, y se entregaron trabajos o se entregaron tarde; o se veía a Cadogan apurado; o el desastre azotaba y todos fallábamos en encontrar el tema.

William J. Brennan, que ya entonces se proclamaba escritor y me reveló que albergaba la llama secreta, la ambición de ser poeta, mientras hablábamos de Hemingway —probablemente de *París era una fiesta*— me dijo en susurros que el viejo Norwich había enviado un relato a *The New Yorker*. Volvió con la nota: «Esto nos gusta mucho; por favor, reescríbalo una vez más».

Pero Norwich, dijo William, se negó rotundamente a siquiera considerarlo. Quizás por humildad y resignación, quizás por orgullo.

William había sacado esa información de su trato cercano con el viejo chocho, que se le parecía mucho en el temperamento —de voz suave, pero práctico y sólido, y además lector de *The New Yorker*—. William era del este de todos modos, a pesar de su etapa en Hawái. Sin duda habían hablado de la revista en algún momento, y fue entonces cuando el viejo Norwich admitió su intento.

Esos detalles sobre el Master de Inglés acrecentaron mi esperanza de que fuera un verdadero amante de la literatura del modo en que yo lo era, aunque *The New Yorker* me pareciera a mí una revistilla para que los nababs se limpiaran el culo. Las grandes cosas eran posibles. No todo era desesperanzador. Le expresé algo de esto a William, y él reflejó mi interés, pero ahí quedó la cosa.

Por fin, sí, por fin —llegó el día. Un gran día, destinado a estar lleno de triunfo. Los torpes quedarían expuestos a algo glorioso; sus pequeños cerebritos se verían sumidos en una gran perplejidad. Sin duda quedarían perplejos.

Habíamos consumido el penúltimo relato —algo de O. Henry, sin duda—, y el viejo Norwich se dirigió a la pizarra y escribió con su caligrafía limpia el título del siguiente relato que debíamos leer. Me preparé para una visión. Pero no era lo correcto. El negro espejo de pizarra estaba agrietado.

—¿Cómo? —me pregunté. —*La lotería*, de Shirley Jackson?

Hojeé el libro a toda prisa. Sí, se había saltado la joya. Había seguido adelante, plodding, como un sonámbulo, hasta el relato siguiente.

Después de clase esperé, abatido —y en verdad, en gran perplejidad—. ¿Se habría cometido un error? ¿Incluso un error burocrático, una errata en el temario? ¿Una misteriosa señal emanada desde lo más hondo del reino, y ahora disparada en falso?

—Master Norwich —alcé la voz para hacerme oír por encima del alboroto de los secuaces que salían—. Señor, creo que ha cometido un error.

—¿Oh? —El Master volvió la cabeza mientras los demás alumnos desfilaban hacia la puerta, ajenos e indiferentes, sumergiéndose en el aire limpio. Era una hermosa mañana —para ellos—.

—Sí, señor, el siguiente relato es en realidad *Un médico rural*. El Kafka. Se lo ha saltado.

—Lo sé. Pero no lo entiendo. Así que vamos a saltárnoslo.

Esa sombría admisión me produjo un shock. —¿Que no lo entiende? ¿Y nos lo saltamos? —Repetí sus palabras como un idiota. Me parecía evidente que si alguien no entiende algo, eso es precisamente lo que debería investigar. Pero no. No dije esas palabras. No dije: «¡Imbécil! ¡Déjeme que se lo explique!» Me quedé parado, como esperando una explicación, y empecé a piar como un pájaro. —¿O sea que no vamos a leerlo?

—Eso es lo que digo. —El viejo Norwich estaba recogiendo su bolsa. De pronto me di cuenta de que estaba en mal estado; la correa no cerraba y la dejaba colgando suelta. La ropa de Norwich también me pareció vieja y necesitada de atención. ¿Me lo imaginaba, o le faltaba uno de los botones del abrigo? Los zapatos, sin lustrar, de un gris apagado. Pero siguió adelante. Dijo: —¿Cómo voy a enseñar algo que no entiendo? Sería injusto. —O palabras en ese sentido. Me resultaba difícil oírle porque a veces murmuraba o hablaba tapándose la boca con la mano. Era un hombre tímido, y por eso le perdonaba. Pero iba captando la idea. Sencillamente no entendía a Kafka —sí. Porque en realidad era Gregor Samsa. Era alucinante.

Esa humillante declaración del gran hombre era tanto más inaceptable viniendo del principal defensor de la literatura, del saber literario, en Kickshaw. Si él no lo entendía, nadie lo hacía.

¡Qué fracaso de hombre tan odioso! Mi cólera no conocía límites. En un instante comprendí que el odioso Kickshaw, como institución, tenía el propósito de privarme del conocimiento, de la verdad, de la belleza. Ocultaba, escondía la verdad bajo un manto de banalidad y pretensiones de refinamiento, de elitismo. Mi padre había pagado tanto para que yo viniera aquí, una suma ridícula, una cantidad que Larry había dicho en broma que podría comprar una bonita casa en México o alimentar a mil biafranos hambrientos, y yo había penado en este lugar de eucaliptos y atardeceres, y había soñado con algo, un mundo más grande, un mundo más allá. Más allá de Florida, más allá de los idiotas de dedos gordos. Más allá de los fanáticos y las casas construidas sobre arena. Pero ahora todo estaba claro; sí, la escuela, como todo lo que me rodeaba de cerca, la escuela estaba aquí para tenerme bajo control.

Salí tambaleándome del aula, parpadeando como un búho, y caí en la luz del sol. Ya había leído el relato, por supuesto, y su significado me parecía cristalino. ¿Qué podía resultar difícil de entender? Los caballos místicos, la criada violada a la fuerza por el palafrenero. El niño con la herida sangrante. ¡Todo era tan claro!

*

Ese fue uno de los momentos aleccionadores, dolorosos y agridulces de mi penúltimo año: finalmente comprendí el alcance de mi educación en Kickshaw. Los «Masters» no eran más que hombres sencillos, hombres que se habían retirado del mundo, a este claustro de conversaciones agradables, deberes cotidianos, vistas oníricas de paisajes lejanos y paz entre la abundancia. Solo Ram, entre todos ellos, parecía libre de muchas de sus restricciones. Pero incluso Ram era simplemente un «Master». Necesitaba un *verdadero* Master, un maestro espiritual. Un gurú. Mientras tanto, el agitado mundo de la vida abajo resonaba en mis oídos, exigiendo mi atención. En algún lugar allá abajo, Isabella yacía desnuda en su cama, como una orgullosa joven diosa, hija del maya Kukulkán. Podía ver en mi imaginación su rostro, sus ojos marrones, sus iris apretándose mientras se incorporaba y estiraba su fuerte y joven cuerpo a la luz de la mañana. En algún lugar el mar rugía y se agitaba, golpeando la roca y rompiendo contra la arena. En algún lugar ídolos de piedra se alzaban sobre las cumbres de las montañas o tal vez miraban sin ojos desde solitarias plataformas de islas, esperando.

PARTE OCHO — Muerte por Paja

Un maricón al otro follaba
y el rabo entre nalgas enterraba,
cuando miró con sigilo
por el rabillo:
¡el paquete del otro le sobraba!

—¡Me ha dejado, Robbie!

Mi padre estaba bastante mal. Pero tengo que retroceder un poco para contarlo bien. Era el verano después del penúltimo año, y yo estaba en casa, es decir, en casa de mi padre en Santa Bárbara. Mis esperanzas de pasar una larga y lujosa temporada al sol con una Isabella brillante a mi lado, en bikini sobre la manta en Rincón, viendo a los surfistas retozar entre las olas, y más tarde, mucho más tarde, tumbado en la parte trasera de mi furgoneta con las persianas bajadas, meciéndola como la cama de un motel barato, con los labios de Isabella pegados a los míos —hacía tiempo que se habían desvanecido: Isa estaba con su madre oaxaqueña en San Diego y no volvería hasta el otoño. Fuera de mi alcance.

Pero seguía siendo verano, y yo seguía siendo dueño de una fantástica furgoneta camper de 1963, y algo de dinero sudado ahorrado, y una bolsita llena de hierba, buena hierba, *Thai Stick* de hecho, y llevaba una vida estupenda, sin grandes quejas, aunque algo preocupado por mi viejo.

Papá y Larry ya estaban en pie de guerra por su creciente consumo de drogas. Las cosas se descontrolaron del todo cuando decidió hacer brownies de marihuana. No sé qué le metió esa idea descabellada en la cabeza. Larry estaba en Los Ángeles en otro bolo de los *Linguals*, así que supongo que se sentía solo, o travieso, o una combinación de ambas cosas. Lo encontré confabulándose con una bandeja de horno y una batidora en la cocina. Cabe decir que normalmente era Larry quien cocinaba; Dick no tenía ni idea. Pensé que a lo mejor quemaba la casa.

—Papá —dije, mirando por encima de su hombro—. ¿En serio? Es mucha marihuana para echarle, ¿no te parece? No me entusiasmaba que gastara nuestra reserva colectiva de hierba en este proyecto; sí, la hierba la había pagado él, pero gracias al loco contacto que Christian y yo teníamos con el cultivador de tulipanes, así que me estaba arrogando un derecho un tanto discutible.

—¡Todo bien, hijo! ¡No seas aguafiestas!

Así que supongo que se desbocó.

Me desperté con la cara de Larry sobre la mía, sacudiéndome para que despertara. —¡Tu padre ha vuelto a las andadas! —dijo—. ¡Despierta, venga! Necesito tu ayuda.

Fuimos juntos a su despacho; de algún modo había conseguido llegar al trabajo por su propio pie conduciendo el beamer. Me sorprendió ver que la parte delantera tenía un gran golpe —todo el guardabarros estaba abolladísimo—. —Oh, no —dije.

Atravesé la sala de espera y entré en el despacho, y lo encontré en el sofá del fondo, aturdido e incoherente. Salí justo cuando Larry estaba hablando con unos hombres de traje en la entrada. Ni siquiera me había fijado en ellos.

—Tenemos una cita con Tricky Dick —estaba diciendo el principal, mientras los demás se reían—. Dijo que tenía un trato para nosotros. Queremos entrar en *Rancho Bravos*. ¿Lo ha visto?

—Lo siento —dijo Larry—. Me temo que Dick no está en la oficina hoy. Está enfermo.

El tipo y sus amigos se fueron, gracias a Dios, y la puerta del despacho se cerró de golpe tras ellos. Cerré con llave.

Al volver al despacho interior, eché otro vistazo a papá. Se había cortado al afeitarse, lo que le había dejado un rastro de sangre en la cara, y tenía los ojos vidriosos como los de un gato. Parecía estar en trance.

—¿Qué hacemos, Larry? —dije—. ¿Llamamos a una ambulancia?

—No, creo que no —dijo—. Habría demasiadas preguntas. Vamos a meterlo en el coche... Vamos, Dick, te llevamos a casa.

No podía creer lo pesado que estaba mi padre; Larry y yo tuvimos que ponerle uno a cada lado y cargarlo para que pudiera ponerse en marcha. —Lo siento, hijo —murmuró—. Estoy demasiado colocado... demasiado colocado... estúpidos brownies... no vuelvo a hacerlo nunca... ugh...

Lo metimos en el coche —íbamos en el de Larry— y él se tumbó en el asiento trasero murmurando.

Larry estaba de un humor de perros, os lo aseguro. —No sé qué hacer con él, Robbie. Tuve que volver en coche desde Los Ángeles por esta tontería.

—Es que se colocó demasiado. Le dije que no lo hiciera. Te lo juro.

Condujimos un rato y Dick se dio la vuelta y oímos un chapoteo. El olor acre a vómito impregnó el aire.

—Ugh... —dije—. Lo siento, Larry.

—No es culpa tuya, tío. Solo asegúrate de que sigue respirando.

*

Después de eso, las cosas parecieron calmarse, y quizás durante unas semanas volvió algo parecido a la normalidad: mi padre bromeando y Larry riéndose con su risa sarcástica. De hecho, todo iba tan bien que me fui el fin de semana —supuestamente a visitar a Jonah y a algunos de los otros de la Mafia de Malibú en Los Ángeles, pero en realidad añoraba a Isa. Tenía fantasías de conducir hasta San Diego, un lugar que nunca había visitado. Darle una sorpresa. Conocer a la madre de Mexicali. Pero algo me detuvo.

Estaba en casa de Jonah; él seguía viviendo allí. Sus padres no estaban —en parte por eso estaba dando una fiesta—, pero no importaba. No planeábamos causar grandes destrozos. Los padres de Jonah tenían una casa en la playa, y donde él vivía era una especie de apartamento anexo junto a la casa principal (al lado de la piscina), y allí me alojé. No voy a describir el fin de semana —no importa—. Lo único que importaba, o que realmente destacaba, fue que encontré una foto de Jonah e Isabella. Era una simple Polaroid, una instantánea informal de los dos juntos. Pero (al menos en mi imaginación) era reciente. Estaban sonriendo. Él la rodeaba por el hombro y ella lo rodeaba cómodamente por la cintura.

Me planteé robar la foto, gritar y armar un escándalo, como el idiota que era, o darle un puñetazo a Jonah en la cara, o hacer algo aún más estúpido como atropellarlo con el microbús. Pero todo era una especie de locura pasajera, y lo sabía. Eran solo las «complicaciones» de las que una vez le hablé a Isabella, el dolor y la estupidez del error, de no *grok*ear las Cuatro Nobles Verdades. Suspiré.

Así que no le dije nada a Jonah; absolutamente nada. Y me aseguré de dejar la evidencia exactamente donde la había encontrado, boca abajo sobre el escritorio de la casa principal.

¿Qué hago yo aquí, de todos modos?, pensé. *No es mi casa. ¿Por qué estoy aquí? Solo soy una sonda, metiendo la cabeza, o quizás la polla, en el agujero equivocado.*

Y en cuanto al fin de semana, supongo que fue bien —Joey O'Dell se prendió fuego y tuvieron que apagarlo haciéndolo rodar sobre el hormigón. Lo hice yo, actuando rápidamente mientras los demás miraban horrorizados, colocados o aturdidos, borrachos o estúpidos. Para rematar, lo tiramos a la piscina. Salió apagado y hecho polvo como un cupido errante, un gato doméstico perdido en un huracán y por fin encontrado.

—¡Mierda! —dijo Joey—. ¿Qué ha pasado?

—¡Idiota! ¡No se rocía líquido de encendedor sobre una barbacoa encendida! —fue la respuesta de Jonah.

Pero Joey estaba bien, solo tenía el pelo un poco chamuscado. Y las cejas quemadas. Media hora después ya se reía de nuevo. Había sido divertido darle golpes en el suelo (al parecer, yo era el único en la fiesta que entendía algo de seguridad contra incendios. Supongo que leer al final sí que sirve de algo).

Así fue el fin de semana. Fue como los Hermanos Marx con cerveza y caladas de bong. Pero yo ya no me reía.

Y al final no fui en coche a darle la sorpresa a Isabella en San Diego. Supongo que no tuve la confianza, o quizás la audacia, para hacerlo después de ver la Polaroid, la imagen tan inocente de mi amor y mi antiguo compañero de cuarto. Mi amigo, mi colega.

*

Así que volví en coche a casa de mi padre y la tregua se había roto como si de un ataque nuclear sorpresa se tratara: lo encontré tumbado de lado, desnudo e inmóvil, en el suelo del salón.

¿Está muerto?, pensé. Corrí hacia su enorme corpachón temiendo lo peor. —¡Papá! ¡Papá! ¡Despierta! ¿Qué ha pasado?

—Se ha ido, Robbie. Larry se ha ido.

—¿Ido? ¿Pero por qué?

No me contestó. Parecía estar llorando.

Al mirar alrededor, vi que el lugar era un desastre total: agua de bong derramada por toda la alfombra, el bong volcado, cerillas quemadas y ceniceros con colillas, latas de Coors Light y platos sucios sobre la mesa del comedor, todo hecho una ruina. Me pregunté ociosamente por qué Conchita no había pasado. Revisé los distintos escondites donde mi padre guardaba las drogas y los encontré todos saqueados.

—¿No habrás hecho más brownies?

Definitivamente estaba llorando. Pero esta vez reparé en la pistola.

Sí, acurrucado en posición fetal, como un enorme bebé hecho de plastilina blanca pálida sobre la alfombra de pelo largo todavía más blanca —ya sucia, y desnudo, con el pene flácido—, pude ver que sujetaba su 1911 Serie .45. El metal de la prodigiosa pistola presionado contra su vientre.

—Oye, ¿papá?

—Me ha dejado, Robbie. Se ha ido... se ha ido...

Me quedé muy callado y me senté a su lado. No dije nada. Al cabo de un rato, pareció más tranquilo.

—Tengo sed, hijo. Mucha sed...

—Déjame traerte un poco de agua, papá. Solo... cálmate.

Fui a la cocina y abrí el grifo para llenar un vaso de cerveza, cuando sonó un estallido ensordecedor. Se me cayó el vaso, que se rompió en el fregadero, el agua salpicando y los cristales volando por todas partes.

—Mierda —dije. Me había cortado la mano con el cristal. Me la envolví con un trapo de cocina. Tenía un poco de miedo de volver a entrar en la habitación, y me zumbaban los oídos por el disparo, pero (para mi crédito, creo) lo hice.

Y entonces casi me reí, lo cual, por supuesto, habría sido lo peor que podía hacer. Pero mi padre se había incorporado, y desde esa posición de borracho se encontró frente al equipo Marantz, con sus brillantes controles cromados; esa gloriosa máquina de música, y junto a ella estaba la gran caja de discos de Larry. Mi padre había disparado a través de la caja. Era la portada del álbum de *Larry and the Linguals*, por supuesto, a la que le estaba pegando un tiro, *Hollywood Useless*, que nunca entró en listas (los *Linguals* sí consiguieron al final un contrato discográfico, pero no sirvió de nada). Podía ver la cara de Larry, reaccionando a ella. Supongo que lo enfureció, o algo así.

Pero el disparo de pistola no fue como en la tele. La caja llena de discos prácticamente explotó, y los restos desmenuzados de vinilo, portadas y escombros quedaron esparcidos por la zona junto con la caja volcada. La bala no se había detenido ante unos pocos discos miserables; atravesó la pared de atrás y siguió su camino. Encontré el proyectil en el garaje, donde había hecho volcar su pesada caja de herramientas, dejando una abolladura en el acero. Menuda pistola.

Me quedé mirándolo fijamente un momento y luego me acerqué despacio y, con mucho cuidado, puse mi mano —la que no sangraba— sobre el arma. Estaba caliente, y noté que la habitación ahora apestaba a pólvora.

Con mucho cuidado, se la quité. No me detuvo. No sabía cómo sacar el cargador —todas las películas de guerra de aquella época no me habían enseñado gran cosa—, pero sí pensé en esconderlo.

Fue un día bastante malo.

No, no quería hablar de ello. Creo que nunca hablamos realmente del asunto. Pero al final sí dijo que Conchita había renunciado y que tendríamos que apañarnos solos por un tiempo.

—Ella también se ha ido. Larry se ha ido, Conchita se ha ido... Supongo que todo se ha ido al garete.

—No te preocupes, papá —dije—. Puedo, ya sabes, lavar la ropa o algo así. Pediremos comida para llevar.

No me caía muy bien Conchita, ni siquiera con sus grandes tetas caídas asomando de un sujetador andrajoso todo el tiempo cuando se agachaba, ni con sus interminables y divertidísimas palabrotas en español llenas de insultos que me esforzaba por recordar para usarlos después.

Conchita también fumaba donde no debía, aplastando las colillas en superficies inapropiadas, lo que volvía loco a Larry; y, en general, me estorbaba siempre que necesitaba un momento a solas —habitualmente cuando llegaba a casa con una revista porno nueva del 7-Eleven—. Pero la verdad es que era muy práctico tener la ropa lavada y a alguien que fregara los platos.

Me quedé unas horas, cuidándome la mano y vigilando un poco para asegurarme de que mi padre no seguía hundiéndose. Intenté pensar a quién llamar, pero no se me ocurría nadie. Curiosamente, pensé en mi madre. Pareció calmarse. Quizás el disparo le había despejado un poco la cabeza. Finalmente se arrastró hasta su habitación y le apagué la luz con las persianas bajadas. Al cabo de un rato oí unos ronquidos suaves. Por suerte, nadie denunció el disparo a la policía; o al menos, ningún uniforme de la Gestapo apareció aporreando la puerta para preguntar por maricones matándose entre sí. Me dolía la mano y tenía la cabeza llena de miedo mientras probaba algunas historias a ver qué tal quedaban.

Tenía una idea de dónde encontrar a Larry, pero cuando llegué, su estudio estaba frío y oscuro. Me dije que tendría que volver más tarde. Pero regresé pasadas las siete de la tarde y seguía sin aparecer. Claro que no tenía ni idea de dónde más podría estar. Me di cuenta de que la vida de mi padre con Larry era mucho menos transparente para mí de lo que pensaba.

De repente, era como un adulto, lidiando con cosas de adultos. No puedo decir que me hiciera mucha gracia.

Me llevó una semana encontrar finalmente a Larry. Fue necesario bajar otra vez a Los Ángeles en coche. Me enteré de que los *Linguals* tenían un bolo en el Club 88, no por mi padre sino simplemente buscando en el periódico. El Club 88 es donde *X* y algunos de los otros sonidos del punk angelino dieron sus primeros pasos.

Ese trayecto a Los Ángeles siempre fue una pesadilla para mí. Lo había hecho varias veces para ir a conciertos de rock con Christian. La furgoneta Volkswagen era estupenda en las cuestas, pero con una velocidad máxima de 50 millas por hora en cuarta, la experiencia en la autopista era aterradora. En aquella época, el límite de velocidad en la 101 era de 70 millas por hora a tope —perfecto para los camiones de dieciocho ruedas que bajaban a toda mecha intentando cumplir sus plazos, subidos a la Dexedrina, pero menos bueno para mí.

De algún modo, logré encontrar la salida de Santa Mónica. No sabía si me dejarían entrar en el 88, pero para mi sorpresa, no hubo problema. Quizás mi agitación me hacía parecer mayor.

Un grupo estaba en el escenario y generaba una agresión sonora a través de lo que parecían ser amplificadores Marshall de 100 vatios, como el que tenía Larry. Era el tipo de sonido que (como decía una viñeta de *Doonesbury*) podría haber esterilizado embriones de rana a cien yardas. Sentí que las frecuencias bajas me removían los órganos internos. El batería era salvaje e incontrolable, un batería de estilo gonzo que golpeaba los platillos con demasiada frecuencia; el bajista bailaba como un zombi drogado, mientras que el cantante aporreaba la cabeza arriba y abajo frenéticamente al ritmo, como si su vida dependiera de ello. Su cabello negro brillaba rojo bajo las luces de colores del escenario, un diente de oro relucía mientras gritaba diatribas inaudibles de letras concretas.

Era Larry, sin duda, pero una faceta de Larry que nunca había visto en plena efervescencia. Su presencia en el escenario era, diría yo, más intimidante que cualquier otra cosa. Supongo que todavía no entendía el punk. Era como el disco. Pero más fuerte. Mucho más fuerte.

Me quedé por ahí, principalmente en la parte trasera con los borrachos, deseando haber traído tapones para los oídos, y cuando los *Linguals* acabaron su actuación intenté colarme en los camerinos para encontrarlos. No hubo suerte. Un portero corpulento envuelto en cuero negro me cortó el paso.

—Aquí no puedes pasar, chaval.

—Pero soy Robbie Gray, vengo con Larry. Necesito hablar con él.

—No me parece.

—No, en serio —dije—. ¿No puedes decirle que estoy aquí? Es importante. No creía que fuera a funcionar, pero después de una espera interminable el portero volvió.

—No quiere hablar, chaval. Dice que te vayas a casa.

No quedaba más remedio que salir. Estaba oscuro y había chicos dando vueltas, punks quizás; era Santa Mónica, una zona no tan mala, supongo, pero me sentía totalmente fuera de lugar. Mentalmente estaba frito. Pensé en dar un paseo hasta el muelle (podía ver el brillo del agua a lo lejos), pero todo parecía tan inútil.

—¿Todavía aquí? —dijo una voz. Era Larry.

—Sí, tío. ¡Hola, Larry! —Sentí una oleada de afecto hacia él—. ¡Te he estado buscando por todas partes!

Se acercó y quise darle un abrazo, pero lo rechazó levantando la mano.

Lo miré como a un extraño. —¿Podemos sentarnos en mi furgoneta y hablar un momento?

—Sí —dijo—. Supongo que será lo mejor. Y luego, por favor, vuelve a casa.

Nos metimos en mi furgoneta y cerramos las puertas. Yo sostenía las llaves como si fueran un rosario. —Vi parte de tu actuación, Larry.

—¿Ah, sí? Bien. ¿Qué te pareció?

—Era como el disco. Pero más fuerte.

Se rió: —Sí. Esa es la idea. —Hizo una pausa—. Entonces, ¿por qué has venido, en realidad?

—Papá está mal. No quiere decir qué pasó.

—¿Y eso qué tiene que ver contigo?

—No sé.

—Nada, ¿sabes?

—Sí. Lo siento.

Nos quedamos un rato sentados en la furgoneta, sin movernos. Le pasé las llaves de una mano a la otra. Al cabo de un rato, Larry se derrumbó un poco.

—Se acabó lo mío con tu padre, Robbie.

—¿Se acabó?

—Sí. Hemos terminado. Iré a recoger mis cosas cuando pueda.

—¿Pero qué hizo?

—Como ya te dije, no es asunto tuyo.

—Pero quiero saberlo. Necesito saberlo.

—¿Sí? Bueno. De acuerdo. ¿Qué hizo? Me engañó.

—¿Papá te engañó?

—Eso es lo que he dicho.

—O sea, ¿que te engañó de la manera gay?

—Me engañó.

—Estoy seguro de que lo lamenta, Larry. Es decir, ya le conoces. Comete errores todo el tiempo. Es un ser humano. Pero sé que te quiere. Yo también te quiero.

Suspiró. —Me lo estás poniendo muy difícil, Robbie.

—Lo siento.

Bajó la cabeza. —Entré y lo pillé con las manos en la masa, ¿sabes? Me engañó. De la peor manera imaginable.

—¿Tenía a alguien en nuestra casa? Esa idea me inquietó, por alguna razón, más de lo que esperaba.

—No, Robbie. Mucho peor. Mucho peor que un extraño en la casa. Con eso quizás podría haber lidiado. ¡Pero esto!

Casi escupió las palabras. —Y llevaba mucho tiempo. Años, incluso.

Intenté imaginarme qué podría significar aquello, pero estaba desconcertado. Supongo que mi cara lo reflejaba.

—Era la perra —dijo—. La perra mojada.

—¿Quién?

—Ya sabes. Esa maldita Conchita.

*

Nunca había estado en casa de Conchita. Curiosamente, no la concebía como alguien que tuviera domicilio propio. Era simplemente una señora mexicana que llegaba como por arte de magia, hacía la limpieza y la colada, y luego se marchaba, desmaterializándose en la bruma de Santa Bárbara para reaparecer más tarde cuando se la necesitaba. Soltaba muchas palabrotas en español, lo cual era divertidísimo, pero por lo demás no tenía nada de especial. Tenía unas tetas grandes, sí, y le miraba el culo cada vez que podía, ¿pero qué más da? Yo miraba el culo de todas las mujeres, y de hecho todos los hombres, lo sabía, miraban el culo de todas las mujeres, incluso de las viejas y feas, cada vez que podían, y había hasta hombres que miraban el culo de otros hombres también. Supuse que las mujeres eran iguales. Era la naturaleza humana. Todo el mundo miraba el culo de todo el mundo.

Así que Conchita no era una amenaza, no era precisamente una rompehogares. Mi padre tenía dinero suficiente, pensé, para comprar diez Conchitas; podríamos conseguir que volviera, si hacía falta, podríamos darle una prima o algo así. No tenía ni idea de por qué Larry había perdido totalmente la cabeza; pero eso también se podía arreglar. Mi padre podía disculparse y podrían irse a Hawái de luna de

miel y visitar los lugares de su infancia. O lo que fuera. Seguía cre-
yendo que podía arreglarlo todo con palabras si me esforzaba lo suficiente.

Pero me llevé un chasco cuando vi la dirección: ella vivía en *Rancho
Bravos*. Al parecer, mi padre le pagaba a su criada-esclava sexual, en
parte, con una reducción del alquiler.

Me planté frente a su casita —la número 18, al fondo del todo—
intentando orientarme y pensar qué iba a decir. Todavía tenía la loca
idea de que quizás las cosas podían arreglarse.

La casita no se veía muy diferente de las demás —el césped sin cortar, la puerta parecía sucia, pero ¿quién era yo para juzgar?

Pulsé el timbre pero no pareció hacer nada, así que llamé a la puerta.
Abrió un hombre. Tenía todo el aspecto de un *machismo hombre* este-
reotípico: ni viejo ni joven, gomina en el pelo negro, camiseta de tirantes manchada, pantalones holgados con cinturón, colilla de cigarrillo atascada entre los dientes.

—Hola —dije—. Soy Robbie. Busco a Conchita.

—¿Conchita? —dijo.

—Sí. ¿La conoces? ¿*La conoces*? —dije.

—*Sí. Mi esposa*. Puedes hablar inglés, chaval. Así que, déjame adivinar, ¿eres el hijo de Tricky Dick?

—Pues sí —dije. Las cosas se estaban poniendo raras más deprisa
de lo que esperaba.

—Pues no vas a ver ningún alquiler. *Oye, Conchita* —dijo por encima
del hombro—, *¿quién está aquí? Es el hijo de Tricky Dick.*

—No vengo por eso —dije.

—¿No? ¿Entonces qué quieres?

—Solo busco a Conchita.

Entonces apareció Conchita. Iba medio vestida, con las tetas asomando de una bata diminuta, y no parecía muy contenta de verme. —
¿Qué haces tú aquí? —gritó.

—Yo, yo solo quería disculparme.

—¿Tú? ¿Tú te disculpas? —dijo—. ¿Por qué? ¿Qué has hecho tú?

—Quería decir que no sé qué pasó, pero sea lo que sea, lo lamentamos.

—*Él se está disculpando* —le dijo al hombre.

—¿*Ah, lo es*? Cuéntale lo que hacía Tricky Dick.

—Tu padre es un mal hombre.

—¿Ah, sí? —dije—. Lo siento. No lo sabía.

—Dice que no lo sabe —dijo ella—. Claro que no lo sabes. Pero deberías saberlo. Ya eres bastante mayor para ser un hombre, me miras, me miras sucio.

—Dice que nota tus ojos, tío.

—Tricky Dick —dijo—, me paga por hacerle la paja. Le hago la paja después de limpiar y hacer la colada. Mucho tiempo, años incluso. Siempre lo sucio. Me obliga a hacerlo cada vez. Y me roba el sueldo, me deja el alquiler, pero poco dinero.

—Lo siento mucho —dije—. Lo sentimos mucho.

—Pero luego quiere que haga más —continuó—. Discute con ese diablo de Larry, discuten. Y luego quiere más, quiere... —Hizo un gesto como si tuviera la mano cerrada alrededor de un palo, y lo entendí. Su asqueroso tipo se rió.

—Me forzó —dijo—. Lo haces o te vas. Eso está mal. Entonces ese diablo de Larry nos pilló. Estaba muy enfadado. Yo me reí de él. Le dije a Larry: llámalo maricón, hazlo llorar.

—¡Un maricón, un maricón loco, eh! —se rió el tipo repugnante.

—Lo siento, Conchita. Lo siento mucho.

—Danos *dinero*, chaval —dijo el tipo. Extendió la mano—. Dinero. Lo sientes, da dinero.

—No tengo dinero —dije—. No he venido a daros dinero.

El tipo negó con la cabeza con asco. Tiró la colilla por la puerta, justo delante de mí. Un poco de ceniza me cayó en el ojo. Se me llenaron de lágrimas.

—Vete ya, Tricky Dick Jr. —dijo Conchita—. Vete. —Me apuntó con el dedo, clavándolo hacia mi pecho—. Ya no trabajo para ti. No soy una puta. Tengo un hombre. Tengo hijos. *¡Vete a la mierda!*

La puerta se cerró de golpe, certificando la irreversibilidad de mi fracaso. Me alejé temblando, con la extraña sensación —una sorpresa perturbadora, emociones que no deseaba ni esperaba— de que Conchita era más atractiva de lo que había creído. Sin duda era más joven de lo que pensaba. Supongo que en realidad nunca la había mirado fijamente a la cara el tiempo suficiente para verla de verdad. Él conocía mejor su culo que su cara.

El pensamiento de que era una trabajadora sexual secreta a la que mi padre había abusado una y otra vez, infinitas pajas, el semen salpicándole la cara mientras entornaba los ojos —algo que, supongo, debería haberme dolido o entristecido al oírlo— fue esa noche una fuente de intensa excitación. Me sentí culpable por eso, terriblemente culpable. La piel morena de Conchita, la profunda curva de sus pechos meciéndose libremente bajo esa bata endeble —acababa de verla más que nunca mientras estaba de pie junto a su asqueroso cerdo de hombre, con criaturas llorosas colgadas a su espalda.

Ese cerdo también la había tocado; podría estarla tocando en este preciso instante, su semen salpicando su cara. Estaba mal. Pero también me preguntaba en secreto si me lo había perdido. ¿Era ella una especie de Virgen María de piel morena? ¿Deseaba en secreto que me hiciera las mismas cosas?

—No —me dije a mí mismo—. Eso sería muerte por paja.

Al parecer, mi padre era un idiota.

*

El resto del verano giró en torno a la mudanza. Mi padre decía que quería un cambio, hablaba de reducir, de empezar de cero, ese tipo de cosas. Pero en realidad solo necesitaba salir de Santa Bárbara.

Lo que había sucedido era esto: los problemas en la propiedad de *Rancho Bravos* a los que había aludido el hombrecillo asiático y ahora Conchita habían salido a la luz pública. Sí, la *Cottage Renter's Association*, como se hacían llamar, el conjunto de inquilinos de las 20 pequeñas viviendas con domicilio en De La Vina, más las dos que daban a Bath Street, se habían unido en una inusual muestra de unidad para denunciar lo pésimo que era el propietario.

—Nunca arregla nada. Pago 600 dólares al mes de alquiler, ¿te lo puedes imaginar?, por esta casucha de una sola habitación, y el fregadero lleva roto desde que me mudé.

Eso lo dijo una de las inquilinas descontentas, una tal señora Simper, que habló con KEYT Canal 3, la afiliada de NBC, durante la protesta callejera. Sí, hubo una protesta con todo: coches tocando el claxon en señal de apoyo, pancartas denunciando los problemas. La historia fue recogida por varias otras emisoras de California. «Tricky Dick», como llamaban a este casero deshonesto, fue señalado y avergonzado públicamente por la cadena. Parecía que ahora todo el mundo lo sabía.

—«Richard Gray, según documentos judiciales, agente inmobiliario y empresario» —dijo el reportero.

Y así fue como mi padre quedó en evidencia. La huelga de alquileres, como la llamaban, de la *Cottage Renter's Association* le hizo daño económico, afectó a la cuenta de resultados. Básicamente dejaron de pagar el alquiler por completo. Pero lo que de verdad le dolió fue el reportaje televisivo, porque hirió su orgullo.

Eso fue lo que motivó, creo yo, su salida del piso de la calle De La Vina, ese de las velas eléctricas, donde él, Larry y yo habíamos convivido como una especie de familia gay californiana de la Nueva Era.

Aquello me entrañaba algo de sentimentalismo; y el piso quedó vacío por un tiempo, para ser vendido después, probablemente a una simpática pareja mormona heterosexual de Utah con ocho lechores en la camada. Los hermosos dibujos gay se fueron con Larry, las guitarras también, todas excepto una que me dejó —una pequeña acústica de seis cuerdas de acero que había admirado más de una vez y juré que practicaría—, y luego el póster de Farrah Fawcett. Pero ese lo tiré al contenedor. Mis gustos estaban cambiando y los tiempos estaban cambiando. Estaba a punto de ser Kickshaw Senior. La esposa de Lee Majors no me interesaba en absoluto. Yo anhelaba carne más oscura.

Mientras tanto, durante el puente del 4 de julio, nos mudamos a un condominio en Carpinteria —para mi gran alegría—, pues me resultaría mucho más fácil coger un aventón a casa los fines de semana de asueto. Y más fácil acceder a mi furgoneta para esas aventuras nocturnas con Christian. Y, por supuesto, imaginé lo cerca que estaría de casa de Isabella. Nunca había entrado, pero durante ese verano a menudo pasaba despacio por su calle y me demoraba un momento frente a su casa, solo para pensar en ella. Una vez también vi a su padre trajinando por allí.

Parecía medir unos tres metros y pico.

PARTE NUEVE — El misterio del piano asesinado

El invierno de nuestro descontento
fue tiempo de llanto y lamento,
los seniors, volados,
de sueños dorados,
con futuros fijados en cemento.

—¡Por fin, los de último año! Creo que ya hemos llegado —les dije a William y a Cadogan.

Estábamos descansando en el Branson después de la cena formal del domingo, la primera del año de Senior. De algún modo había conseguido manchar con salsa de champiñones mi corbata de seda nueva, la que mi padre me regaló cuando vaciábamos su armario para la mudanza a Carpinteria. Era ancha y floreada, y ese día la anudé con un nudo Windsor sencillo. El sencillo siempre fue mi preferido.

De sophomore, no tenía ni idea de cómo hacerse el nudo de corbata; mi padre se encargaba y yo me pasé las primeras cincuenta noches poniéndomela como si fuera de lazo; pero finalmente llegó la crisis y entonces Jonah me enseñó entre risas. Aquel momento me parecía ahora Roma o Mesopotamia, arqueología, historia antigua, pero en realidad era solo la Casa Alta. A dos años luz de distancia. Dos siglos.

Recorrí con la mirada la antigua biblioteca, que ahora servía principalmente como escenario del café nocturno de los Seniors. Tenía un ambiente cálido y acogedor, y una chimenea en funcionamiento (apagada en ese momento). ¡Nada mal! William estaba cómodamente recostado cerca. Podía ver que se había dejado crecer el pelo durante el verano y su melena había cobrado vida propia. —Vaya afro que te has montado —le dije.

—Podrías probarlo tú también, con permanente y todo; según tengo entendido, a las mujeres les chifla.

—Eso es lo que dice Ray Davies.

William se estaba adaptando a la vida escolar sin Tony, que había terminado. Supuse que William sería ahora un maestro de D&D en solitario, pero me equivocaba; lo encontré en la misma habitación de siempre (se había quedado en ella, a diferencia de la mayoría de los chicos, que preferían cambiar de cuarto). Me asomé y estaba jugando a D&D con algunos estudiantes de primero, como si el tiempo se hubiera detenido o hubiera habido un eterno retorno. Pero parecía mayor de alguna manera, a pesar del afro.

217 DAVID R. SMITH

—Y Cadogan, qué elegante estás —dije.

Cadogan se mantenía erguido y su cara se veía más delgada. Lucía un traje de piel de tiburón y unas botas negras brillantes. Por alguna razón no paraba de disculparse. —Es un regalo de mi madre —dijo—. No soy precisamente un tipo de piel de tiburón.

—Ese material tiene un brillo especial —dije. Extendí la mano y pasé el dedo por la superficie—. ¿Es seda?

—No seas tonto. La piel de tiburón es lana mezclada con rayón. —Sacudió la cabeza murmurando—. Traje de seda. ¿Por quién me tomas? Dios mío. Todo el mundo sabía que la familia de Cadogan era rica, pero quizás eso le molestaba ahora que se acercaba el momento de recibir el dinero de su fideicomiso: significaría que tendría que madurar de verdad. Pero no me burlé de él por eso. Al menos no demasiado.

—¡Hola, chicos!

Era la señora Sauvage. Por poco me caigo. —No he oído el carrito —dije sin dirigirme a nadie.

La anciana era de baja estatura pero ancha de caderas, y no precisamente frágil. —Espero que el verano haya sido bueno para todos.

Entre risas y charlas, los nuevos Seniors se dirigieron alegremente a por el café, con Sauvage, *la femme ancienne*, ejerciendo de gallina clueca sobre el conjunto. Saludó a cada chico y arrulló y cacareó. Me sentí un poco mal; era como ver al mariscal de campo Von Goering pasando revista a las SS Waffen. Antes no me gustaba el café, pero ese año definitivamente me había aficionado; herencia de mis experiencias conduciendo la furgoneta hasta los conciertos. Así que, sí, esperé mi turno en la fila como un miembro de la Stoa. Por fin llegó mi turno.

—Robbie, ¿verdad? —dijo ella.

—Sí, señora.

—Me sorprende que todavía no te hayan expulsado.

Esto provocó un buen alboroto de risas entre los demás chicos. —Parece que ya conoces a Robbie —dijo Felix.

—Nos conocemos. Bueno, Robbie, déjame prepararte la crema para el café.

—Gracias, señora. Pero me gusta solo.

—¿Ah, sí? Quizás seas secretamente un buen europeo. Ellos no toman leche después de las diez de la mañana.

—Sí, señora. Quizás en otra vida.

—Es muy educado —dijo ella—. Siempre me ha gustado eso en mis chicos.

*

El último año solo tardó unas pocas semanas en fundir como Three Mile Island. El trimestre empezó bastante bien. Al fin y al cabo, todos aspirábamos a ser Seniors de Kickshaw.

Así que, sí, convertirse en Senior era una alegría. Nos regodeábamos mientras los de segundo año y sobre todo los de primero se afanaban.

Pero a unas tres semanas de empezado el nuevo trimestre de otoño, tuvimos lo que yo llamé el Momento Espartaco Fallido. Lo que ocurrió fue que en la asamblea matinal, Francis Remus, el maestro de música, irrumpió en el escenario. Todos guardaron silencio. Nadie había visto nunca así al grandullón.

—¡Quién lo ha hecho! —gritó—. ¡Quién lo ha hecho!

Nadie respondió.

—Señor Remus, cálmese —dijo el Director—. Qué ha pasado.

Remus paseaba arriba y abajo por el escenario. —Fui esta mañana a la sala de música y descubrí que, en algún momento durante la noche o las primeras horas de la madrugada, una persona o personas, aún en paradero desconocido, entraron en la sala y tocaron el piano clandestinamente.

—Eso no suena tan grave.

—No —dijo—. Pero también decidieron fumar. Eso ya es suficientemente grave en sí. Pero luego dejaron el cigarrillo encendido sobre la tapa del piano. Por lo visto, simplemente lo abandonaron allí encendido; se olvidaron por completo de él. El cigarrillo se consumió, y para la mañana toda la tapa del gran piano había ardido. El barniz, ¿saben?, es inflamable. ¡El instrumento está destruido!

Remus se volvió hacia la asamblea y siguió gritando. —¡Quiero saber quién fue! ¡Quién hizo esto!

Nadie habló, quizás porque en ese momento Remus daba francamente miedo de ver. Pero siguió despotricando. No se dejaba apaciguar. —Quiero saberlo ahora. Alguien aquí hizo esto. Alguien tiene que ser un hombre y dar un paso al frente. Han destruido un instrumento musical increíble, un Steinway Concert Model D. No tienen ni idea del valor de semejante instrumento. ¡Quiero saber quién lo hizo! ¡Levántense! ¡Sean hombres!

Por fin, cuando la mañana ya se iba alargando, me puse de pie y grité: —¡Yo soy Espartaco!

Todos me miraron. Pensé que al menos algunas otras personas se sumarían y también dirían ser Espartaco. No es que la película de

Kirk Douglas fuera desconocida para este público. Pero no. La sala estaba silenciosa como una iglesia. Y Remus me encañonó como un perro rabioso. —¿Tú? ¿Tú hiciste esto?

—No, solo he dicho «Yo soy Espartaco». Esto es ridículo. No van a descubrir qué pasó gritándole a la gente. —Me dejé caer en el asiento, sintiéndome muy mal al ver que mis camaradas no eran camaradas de armas en absoluto, sino simples cobardes patéticos ante el abuso. Nadie merece que le griten. Pero Remus, habiendo encontrado un blanco, no parecía capaz de soltarlo. —¡Venga al despacho del Director ahora mismo, Robert Gray! —Y se largó hecho una furia.

La asamblea parecía haberse truncado; todo el mundo hablaba a la vez o corría hacia las salidas. Finalmente el Director se acercó y dijo: —Robbie, eso ha sido bastante insensato. ¿Intentabas ridiculizarlo?

—No sea usted tonto.

—¿Cómo dice?

—Me ha oído. Si quiere saber qué pasó, póngalo en manos de Stacks. Él lo olfateará.

—Eso es muy grosero e insubordinado, señor Gray.

—Y el señor Remus también fue muy grosero, ¿no le parece?

—Sea como sea, esta mañana no me ha causado buena impresión. Venga a mi despacho.

—No diga tonterías —dije—. Tengo clase.

El Director pareció incrédulo ante mi negativa a cooperar. —Pero le he dicho que se presente en mi despacho.

—Pues qué pena. Si Francis quiere hablar conmigo, tiene que hacerlo con respeto. Necesita calmarse, evidentemente. Y usted necesita decírselo.

El Director no dijo nada. Sospeché que estaba de acuerdo conmigo pero que no estaba dispuesto a decirlo en voz alta, o al menos no aquí con otros mirando y escuchando. Me di cuenta de que quizás unos veinte alumnos se habían congregado a nuestro alrededor y escuchaban.

—Bien, todos —dijo mirando alrededor—. Por favor, vayan a clase. Estoy seguro de que habrá más que decir sobre todo esto esta noche.

Empecé a andar, pero él dijo: —Robbie, espera.

No me volví, pero me detuve y esperé.

—¿Tienes algo que decir?

—Sí —dije—. Lo siento... por todo eso. Me disculpo. Tengo mis propios problemas —el verano no fue exactamente estupendo— problemas en casa— y no necesito que Francis Remus me descargue sus problemas encima.

—Entiendo. Bueno, acepto la disculpa. —Reflexionó—. ¿No fumas cigarrillos, verdad?

—No —dije—. No creo que a mi padre le parecería bien. Era verdad; los odiaba.

—Tengo una lista de todos los que tienen permiso para fumar.

—Ya lo sé. No es una lista muy larga. Y también tiene una buena idea de quién se quedaría en la sala de música fuera de los límites permitidos. ¿Verdad?

—Quizás. Tengo algunas ideas.

—Como he dicho, estoy seguro de que el Decano averiguará quién es. Esa persona es claramente un cobarde. Yo no lo soy.

El Director reprimió una sonrisa. —Ahora lo veo. Pero ¿sabes quién es? Vamos, Robbie.

Negué con la cabeza. —Creo que es un crimen terrible matar un piano. Peor que matar a un hombre. Si lo supiera, lo diría sin dudarlo.

Por supuesto, estaba mintiendo. De repente supe quién era, o al menos tenía una idea bastante buena —una intuición. Y me abrumó un sentimiento de angustia. Pero no podía decírselo al Director. Volví a negar con la cabeza y alcé las manos en un gesto de rendición.

—Muy bien. A clase.

*

Para aclarar el misterio tendré que retroceder al año escolar anterior, hasta la primavera del penúltimo año.

En un fresco día de marzo, el señor Remus se sentó al piano de media cola en su salón y tocó notas staccato en las teclas blancas y negras mientras cantaba con una voz de barítono amplia y abierta. «¡*Martha, querida mía, siempre has sido mi ins-pi-ra-ción, por favor!*»

Era un sábado por la mañana; estábamos algunos allí, yo supuestamente escuchando, pero en realidad todos esperábamos a que la señora Remus acabara de reunir las tropas para la aventura del día. Aún faltaban unos pocos chicos por aparecer. Y una chica.

El Equipo Remus estaba compuesto por Elendra, la infatigable esposa y madre, que ejercía de tutora de un buen número de chicos; Francis, el profesor de música de Kickshaw, que también era tutor, y Julie, la joven y pícara hija, una chica rubia y esbelta de 15 años que aparentaba 25 y a quien Cadogan había empezado a prestar atención recientemente. Nuestra tarea para ese día era conducir hacia el sur y

visitar un destino un poco más allá de Laguna Beach, una ciudad llamada San Juan Capistrano. Allí viviríamos el espectáculo del regreso
de las golondrinas de Capistrano.

Recuerdo que consideré la hoja de inscripción —que normalmente
se encontraba colgada en los tablones del comedor o cerca de la hoja
de salidas del fin de semana— y pensé: «No, me quedaré este fin de
semana», pero luego Ram, en la clase de Ideas, dijo que él iría y que
pensaba que algunos de nosotros también deberíamos ir. —Oh sí, he
ido varias veces. Es una cosa gloriosa de observar. La Misión es antigua para ser un edificio en California, del período español, y hay algo
sagrado en ella. Allí predicaban monjes franciscanos. Y un día, tradicionalmente el 19 de marzo, un día soleado al principio de la primavera, unas aves que han volado desde Argentina llegan por fin, completando una vasta migración. Allí, en nidos de barro que construyen
bajo los aleros de la iglesia, crían, y el ciclo de la vida continúa.

—Pero Ram —dijo William—, ese período colonial fue horrible
para los pueblos nativos.

—No tengo ninguna duda —dijo—. Pero creo que deberías juzgar
la Misión y los terrenos por ti mismo. Algunos lugares tienen un
cierto carácter, una sensación de lo sagrado. No hay que ir al Ganges
para eso. Incluso aquí en California.

William era escéptico, pero por alguna razón Cadogan intervino.
—Yo voy —dijo. Después de eso pensé que quizás valía la pena verlo.

—Sutra, quédate después de clase, ¿quieres? —dijo Ram.

—Claro, Ram —dije.

—Sutra, hay alguien que creo que se beneficiaría de este viaje. ¿Sabes a quién me refiero?

No capté de inmediato la pregunta, así que siguió orientándome. —
Estoy pensando en Calvin. Es católico. Quizás lo disfrutaría de verdad.

—Hmm. De acuerdo. Pero es una inscripción abierta. Si Calvin
quiere ir, ¿no puede simplemente hacerlo?

—Pero es muy tímido, por lo que parece. Lo he visto. Parece que
está solo con frecuencia. ¿Quizás podrías sugerirle que venga?

—Claro —dije—. Aunque no sé si servirá de mucho. Él, es decir ella,
no parece querer socializar demasiado.

—¿Por qué has dicho «ella»?

Ram era un tipo muy perspicaz. Probablemente también sabía más
de lo que dejaba entrever. Se tironeó la barba y le brillaron los ojos.
Así que dije: —No estoy seguro de si debo revelar una confidencia.

—Entiendo. Pero quizás esto es una manera de ayudar a Calvin. Como suelo decir, Robbie, ayudar de verdad a otra persona es lo más difícil que uno puede lograr en este mundo. Y, podría decirse, ayudar a los demás es incluso más importante que la búsqueda del autoconocimiento. De hecho, podría decirse, con toda razón, que ayudar a otra persona es la demostración del autoconocimiento. La verdad es lo más alto, pero vivir en verdad es todavía más alto.

Suspiré. Cuando Ram estaba en ese estado de ánimo, cuando manifestaba algún poder superior y sus ojos empezaban a parecerse a los de un icono de Andréi Rubliov, no había mucho que hacer salvo dejarse llevar. —De acuerdo. Cómo decirlo... Calvin es de esas personas que creen que han nacido en el cuerpo equivocado. Calvin es un chico por fuera, pero una chica por dentro —en sus pensamientos—. Todo el mundo piensa que es gay, pero no es eso.

—¿Y cómo lo sabes?

—Porque hablamos de ello. Ella me contó en confianza su nombre secreto, y yo incluso acepté llamarla por él. Una vez que empecé a hacerlo, finalmente comencé a ver a Calvin como «Susana» y ahora siempre pienso en ella como una chica. No puedo pensar en ella de ninguna otra manera.

Ram reflexionó. —Así que ves el yo interior. Eso está bien. No estoy seguro de que Kickshaw sea un lugar sano para alguien así. Sin embargo, como católico, él, o ella, probablemente disfrutaría de visitar la Misión. ¿Le preguntarás... a ella?

—Por supuesto.

Pero en realidad no tuve que hacerlo, porque Ram era tan curioso que ese mismo día abordó a Susana después de Aikido por la tarde. Los vi sentarse en un banco junto al comedor. No podía oír lo que decían. Pero sí podía ver que tenían una animada conversación, y los espié más o menos sin disimulo; fingí leer mi inseparable *El retorno del rey* desde una distancia prudente. Los delgados brazos de Susana gesticulaban, y luego Ram sacudió la mano en señal de negación y señaló enérgicamente con el índice hacia su propia frente. Le estaba explicando alguna verdad interior; pero Susana se persignó. Al hacerlo, Ram reparó en su mano derecha, la mano con la palma que había sido perforada con un clavo de veinte. Parecieron hablar de ese estigma. Ram parecía profundamente conmovido.

Más tarde me dijo: —Está arreglado, Robbie; ella se apuntará al viaje. Creo que tienes razón; percibo allí una presencia femenina. Pero esto no es bueno. Es demasiado frágil para este mundo.

*

No obstante, en la mañana del viaje Susana apareció, y la señora Remus la saludó calurosamente con un abrazo.

—Yo no he recibido un abrazo —dijo Cadogan más o menos para sí, con sarcasmo, a lo que Francis, que le oyó, respondió de inmediato:
—¿No? ¡Oh, bueno, entonces ven aquí! —e insistió en darle un abrazo de oso. El señor Remus medía por lo menos metro noventa y cuatro, así que Cadogan, que era de complexión media, quedó más o menos engullido. Me pareció desternillante.

—Muy bien —dijo Francis—, creo que ya estamos completos. ¡Y con ganas de arrancar! Por favor, todos al furgón. Julie, siértate cerca del frente.

El viaje discurrió por la cinta de autopista conocida como la 101 hacia el sur, pasando por Los Ángeles, y yo siempre esperaba el momento en que coronábamos el puerto de montaña y se abría ante nosotros la cuenca de la gran conurbación de L.A.

—¿Qué buscas, Sutra? —dijo Ram. Estaba sentado a mi derecha y Cadogan a mi izquierda.

—Espero ese momento en que puedes ver la línea de contaminación. Lo he hecho siempre desde pequeño.

—Creía que habías crecido en Florida —dijo Cadogan.

—Y así fue, pero mis padres se divorciaron. Nací no muy lejos de aquí, en Long Beach.

—Así que eres una persona del mar —dijo Ram—. Eso lo explica todo.

—Hmm.

—Como bien sabes —continuó—, las personas que viven cerca del mar tienden a una naturaleza espiritual rica. Mira a los vikingos, con su compleja mitología.

—Naturalmente —dijo Cadogan—. Si arriesgas la vida en el mar, necesitas dioses poderosos.

—Muy perspicaz, Cad —dijo—. Los vikingos también tenían instintos poderosos. Sus dioses reflejaban las vicisitudes internas del vikingo. Sus deseos. —Al decir esto, creí ver que su mirada se posaba un instante en la joven Julie. Por supuesto, Cadogan la había estado estudiando cautelosamente. Me di cuenta en ese momento de que la única razón por la que Cad había venido al viaje tenía que ver con ese interés bastante lascivo.

Mientras tanto, Susana recibió el lugar de honor: le tocó ir de copi-loto. La señora Remus insistió y se sentó justo detrás de ella, haciendo conversación de vez en cuando. Resultó que el Equipo Remus era ca-tólico. Elendra contó historias sobre su visita a la Roma papal, reco-rriendo los museos y la Basílica de San Pedro. Susana parecía estar de buen humor. Charlaba con Julie. Nunca la había visto interactuar con una chica.

Llegamos alrededor de las 11 de la mañana y pude ver que ya había algunos festejos en marcha. —He sacado entradas para todos —dijo Elendra—. Quedamos para comer alrededor de la una, ¿de acuerdo?

La Misión celebraba el Día de San José en esa fecha, y supongo que por alguna feliz coincidencia, las golondrinas quedaron integradas en esa festividad.

—¿Quién es San José? —dijo Cadogan.

—Pues... es, ya sabes, el padre de Jesús —dije.

—¿El que se acostó con María? —Cadogan lo dijo de manera que Susana y Julie pudieran oírlo perfectamente.

—Qué tonto eres —dijo Julie—. Ella era virgen. El padre fue Dios.

—Vaya fecundación tan impresionante.

Esta respuesta de Cadogan arrancó risitas tanto de la chica como de la otra chica.

Los dejé para seguir a Ram, que caminaba despacio sujetándose la barbilla con una mano y el codo con la otra. Miraba alrededor las pa-redes de la Misión, caminando lentamente. Pudimos ver muchos ni-dos de barro de pájaros, pero ni un pájaro.

Entramos en la estructura y noté un frescor bajo la piedra que me sentó bien en la cara. Se podía ver una zona cubierta que se abría a un patio amurallado. Dentro, a la sombra, estaba sentada erguida en un sofá de dos plazas colocado allí una anciana; delante de ella había unas pocas filas de sillas, y en las sillas, niños.

La mujer estaba en medio de una charla sobre el pueblo nativo que una vez habitó esa zona, dirigida a un grupo de niños. No queríamos interrumpir, pero ella misma nos hizo señas. —¡Está bien! ¡Vengan a unirse a nosotros si quieren!

Ram sonrió y avanzó, y yo lo seguí. Nos sentamos en la fila de atrás, que estaba vacía, y ella siguió narrando algo de la historia de la Nación Acjachemen. —Mi pueblo dice que vivimos aquí desde el principio de los tiempos. Y eso no está muy lejos de la verdad, porque los ar-queólogos dicen que llevamos aquí miles de años. Nuestros asenta-mientos abarcaban gran parte de este valle y más allá, hasta los con-dados cercanos.

—El pueblo vivía en paz; consideraba la Tierra sagrada y fuente de vida. También tejían vínculos mediante el matrimonio con pueblos de otras zonas, y eso fortalecía los lazos de amistad entre ellos.

—Cuando llegaron los españoles, se pusieron a convertirnos a su religión, el cristianismo. Al margen de que nosotros teníamos nuestra propia religión y muchos rituales y ritos que la gente practicaba. Pero por desgracia, casi todos ellos se han perdido ahora. Ya no sabemos mucho sobre ellos.

—¿Pero por qué se perdieron? —preguntó un niño.

—Porque los españoles tomaban a los niños, los bautizaban y luego los separaban de sus padres, criándolos en dormitorios. Los mantenían aquí, en la Misión. Era para evitar que aprendieran los rituales y las ideas religiosas de los Acjachemen.

—Los españoles transformaron el paisaje de aquí en tierras de pastoreo y la población de ganado creció; también comenzaron las obras de la Misión que ven ahora, aunque tardaría muchos años en llegar a ser como lo que ven hoy.

—Por desgracia, al mismo tiempo, las enfermedades traídas por los españoles empezaron a diezmar al pueblo. Sus números fueron disminuyendo. Con el tiempo fueron declarados «libres» y se les permitió vivir su propia vida sin estar bajo el control de los sacerdotes y los monjes, pero tenían muy poca libertad real y siguieron siendo utilizados como mano de obra y para cultivar los campos de los invasores. A mediados del siglo XIX, alrededor de 1850, los americanos se hicieron con California y todo este territorio quedó bajo control americano. Lamentablemente, los americanos continuaron las mismas prácticas destructivas, no en nombre de la religión, sino simplemente para apropiarse de las valiosas tierras y ocuparlas. Enfermedades como la viruela siguieron matando a más gente. La escasa extensión de terreno que los Acjachemen podían reclamar legalmente fue perdiéndose con el tiempo a manos de los anglos que llegaban del este de los Estados Unidos. El remanente de los españoles, los californios, perdió la mayor parte de sus ranchos en ese período.

—Eso suena muy triste —dijo otro niño.

—Lo es, mi cielo. Pero podemos aprender mucho de nuestra historia, aunque gran parte de nuestra rica cultura haya sido borrada. ¿Les cuento una de las historias de nuestro pueblo? Esta es una que todavía conocemos.

Algunos niños asintieron.

—Muy bien. Allá vamos.

*

Mientras la anciana contaba la historia —que era cantarina y en una lengua desconocida y estaba llena de encantadores gestos y arru-llos—, me di cuenta de que los niños se iban marchando uno a uno. Se escabullían en silencio, como ratones. Era como si la historia no fuera suficiente para retener su atención. Algunos se quedaron, pero al final todos se habían ido. Solo quedamos Ram y yo. Aplaudimos.

—Gracias —dijo ella—. ¿Están visitando la zona?

—Una excursión escolar —dijo Ram.

—Pues gracias por escuchar. Han venido en un buen día. Las golon-drinas están llegando.

—Aún no hemos visto ninguna —aventuré.

—No. Pero las siento —dijo—. Están cerca.

—¿De verdad puede sentirlas? —dije.

Ram me lanzó una mirada y susurró: —Eso no es cortés. Pero la an-ciana sonrió.

—No, es una pregunta muy buena. ¿Cómo te llamas?

—Robbie, señora.

—He vivido cerca de aquí toda mi vida, Robbie. Puede que simple-mente tenga ese ciclo anual dentro de mí, como un hábito, que me dice cuándo van a llegar. Pero también soy una persona mayor, como ve, y creo que porque estoy más cerca de la muerte, siento más de ese mundo de lo que el ojo o el oído revelan de este. Así que sí, en mi co-razón creo que puedo sentirlas. Están cerca. Ve, son seres espiritua-les. Mi pueblo las consideraba sagradas.

Completamente por casualidad, estoy seguro, en ese momento un pájaro pareció volar cerca de nosotros. Dio unas cuantas vueltas y luego se posó en el borde del tejado, a pocos metros de distancia.

—¡Es una golondrina! —exclamé.

Ram y la anciana se rieron los dos.

—Así es —dijo—. Esperen un momento.

Entonces, con un revoloteo, oímos un batir de alas, y más pájaros empezaron a llegar. Uno tras otro. Pronto fue como una ola y el cielo se llenó de picos y aleteos.

Ram y yo nos despedimos de la anciana después de darle las gracias y salimos al patio. Las golondrinas estaban ya por todas partes y me daba miedo pisar una o perder un ojo ante un pico afilado. Estábamos de pie mirando, y pude ver al Equipo Remus al otro lado de la Misión, boquiabierto ante las golondrinas. Francis Remus bromeaba y sonreía mientras cogía de la mano a su esposa. Cadogan seguía charlando con Julie y Susana.

Ram me miró. —Cadogan tiene muy buena mano con las señoritas —dijo.

—Algo así.

En ese momento ocurrió algo memorable. Susana había estado tirando trozos de pan a las golondrinas sin ningún resultado; por lo visto eran insectívoras y no les interesaba el pan. Pero ahora se había adelantado hacia el espacio abierto, y varias golondrinas parecían volar a su alrededor en tropel para entrar en el patio. Pronto había diez o quince pájaros. Se asustó y empezó a correr. —¡Me persiguen! —gritó. Agitaba sus delgados brazos. Nos reímos.

—Una especie de San Francisco al revés, ¿verdad? —dije.

*

Dos meses después, hacia finales de mayo, el Equipo Remus celebraba una barbacoa de fin de curso en su recinto. Cadogan era uno de los aconsejados de la señora Remus y me invitó a acompañarle.

—Pero ya no suelo hacer barbacoas —dije—. Lamentablemente. Me encanta la salsa barbacoa. Pero así son las cosas.

—Ven y ya está. Hay algo que quiero enseñarte.

—Claro, de acuerdo.

Bajamos paseando por la *Eucalyptus Parade* charlando sin rumbo. El recinto del Equipo Remus consistía en la casa principal, un garaje independiente y una especie de apartamento para invitados situado hacia el fondo (en el lado del campo de deportes). Después de saludar y pasar un rato, Cadogan me echó una mirada. Yo estaba atacando un trozo de ensalada de patata sin sabor. Dejé el plato en la mesa de picnic, me levanté y fui con él. Intentaba parecer despreocupado.

—Señora Remus, ¿puedo usar su baño? —dije.

—Claro, querido, entra nada más.

Cadogan me encontró en la casa unos minutos después. Sabía por qué me había invitado: parecía que había algo que quería enseñarme, quizás en la habitación de Julie. Asintió en silencio con la cabeza, y me sorprendió que me condujera hacia la puerta trasera. Caminamos hacia el pequeño apartamento. Cadogan parecía conocer bien el terreno. No llamó.

—¿No hay alguien posiblemente ahí? —dije.

—No, Julie está en el colegio.

—Claro. Va al colegio público ahí abajo en Carp.

—Exacto. Bien, ¿qué te parece esto?

Eché un vistazo a lo que era claramente la habitación de una adolescente: fotos de ídolos juveniles en la pared e incluso un póster de unicornio. Había el pequeño escritorio y silla de tamaño escolar, un futón en el suelo y algo de ropa sucia tirada por aquí y por allá. También había algo de maquillaje, algo de lo que yo sabía poco. —Supongo que esto es pintalabios.

—Sí, está aprendiendo. Experimentando. Todo ello en contra de sus padres hippies adoradores de la naturaleza.

Recogí un sujetador del montón de ropa sucia. —Este tiene relleno —dije.

—Es un sujetador de iniciación, capullo. Déjalo estar.

Cadogan miró el escritorio. —Ven aquí. Mira esto.

Era un pequeño diario, como una agenda diaria, con una cubierta de polipiel rosa estampada con un poni unicornio con arcoíris. Lo abrió. Era el día 12. Pasó una o dos páginas hacia atrás. —El 10, creo... sí... ahí lo ves, ¿verdad?

La página que miraba estaba en blanco. Pero muy pequeño, en la esquina inferior derecha, casi al límite de la visión, había un diminuto «69» garabateado allí. Una mano infantil, claramente de niña. En lápiz.

—Dios mío, Cadogan —dije.

—Es una lanzada.

—¡Qué cabrón eres!

—No, no, ella es quien lleva el volante. ¡Lo juro! Yo solo soy el maestro. Es una salvaje total. Tengo que decirle constantemente que vaya con cuidado. A veces pienso que quiere que la pillen.

Salimos en silencio volviendo a través de la casa, y no pude evitar pensar que Cadogan estaba como una cabra. No tenía ni idea de que hubiera llevado las cosas tan lejos. Volvimos a la barbacoa por un rato —nunca avancé más con la ensalada de patata, el plato quedó abandonado y olvidado mientras miraba alrededor, algo atónito, a los demás chicos y al viejo Remus riendo y bromeando—. Por fin, volvimos caminando hacia la Casa Larga.

—¿Y haces a menudo el peregrinaje nocturno al país de las hadas? —dije.

—No tan a menudo.

—Hmm. Bueno, tío, yo diría que es un riesgo enorme el que estás corriendo. El unicornio es símbolo cristiano de la pureza, como Ram sin duda explicaría.

Hizo esa expresión de cejas alzadas, labios fruncidos y brazos extendidos con las palmas hacia arriba. Algo así como «sí, ¿y?». —Solo estoy haciendo lo que me sale de forma natural.

—Claro. Hmm. Espero que no se quede embarazada.

Cadogan se rió. —Oh, no llegaré tan lejos. Al fin y al cabo, es menor de edad.

—Ajá.

Ahora se juntaba las yemas de los dedos. —No soy completamente irresponsable. Ya sabes. Además.

—¿Además qué?

—Dejar embarazada a una chica es mucho más difícil de lo que se podría pensar. Hay que trabajárselo de verdad.

Me reí. —Supongo que no tengo ni idea. Pero no lo sabía. Yo creía que el líquido entra por el agujero. Y de ahí hacia arriba, para unirse con el óvulo en santo matrimonio.

—Sí, sí, esa es la versión resumida. Pero tiene que ser el momento adecuado del mes, y el esperma tiene que entrar de verdad, no salpicarse en la pared ni ser matado por el espermicida, ni frenado por un condón, ni resbalarse muslo abajo, y tienen que pasar tantas otras cosas. Los ángeles tienen que cantar.

—Exacto. Los ángeles tienen que cantar.

Al cabo de un rato dijo: —Es católica, capullo. ¡Son unas reproductoras como la copa de un pino, Sutra! —Y subió las escaleras al dormitorio.

*

Avancemos la cinta hasta el principio del año de Senior. Cadogan sabía que yo tenía acceso a una llave del Teatro Rayburn. No sé si se lo dije yo o si él olfateó el secreto del Misterio de la Llave Desaparecida, o cómo fue, pero el caso es que llegó un día en que quiso pedir prestada la llave.

—Vamos, Sutra, sé que tienes una llave.

—Pero no la prestamos.

—¿Nosotros? Ah, ya veo, así que esto es una conspiración; tú y Christian sin duda. Pero mira, esto es por una buena causa. Muy educativa.

Negué con la cabeza. —Déjame adivinar... ¿implica al miembro más joven del Equipo Remus en algún tipo de partida nocturna de twister? ¿Twister desnudo? ¿Equitación de unicornio?

—Oh, en absoluto.

—Entonces supongo que estás aprendiendo a tocar las castañuelas y quieres entrar en las salas de música para practicar. ¿Bongos sin sujetador, quizás? ¿Pero a las 2 de la madrugada?

—La necesito durante 24 horas... quizás unos días. Como mucho.

—De acuerdo. Dame un día para recuperarla del... depositario.

*

Al día siguiente hablé con Christian y era reacio a desprenderse del preciado objeto. —*El Crash Pad* vino muy bien al final del año pasado. No me gustaría perder el acceso. —*El Crash Pad*, como lo llamaba él, era el espacio que habíamos descubierto juntos en el año de Junior. Había dedicado considerables esfuerzos clandestinos: primero cortando cuidadosamente el panel de la pared de manera limpia, y luego construyendo el espacio interior con tablas, cartón, y finalmente había arrastrado de algún modo un colchón hasta allí arriba y lo había metido por la entrada. La primera vez que vi el espacio me quedé boquiabierto. Así que entendía su reticencia.

—Mira —dije—. Me aseguraré de que vuelva. Es Cadogan, al fin y al cabo, es un buen tipo, si bien algo loco. Bueno, totalmente loco. — No había revelado todo lo que sabía, ni siquiera a Christian, pero ciertos rumores se difunden fácilmente y la voz tiende a correr en una comunidad tan pequeña.

—Sí, estoy de acuerdo. En lo de que está como una regadera, digo. —Buscó y luego entregó lentamente la llave, que guardaba bajo un ladrillo detrás de su cama. A su tiempo, al día siguiente, Cadogan tomó posesión de la llave.

Eso fue entonces. En realidad no relacioné a Cadogan con el estallido del señor Remus y la Gran Inmolación del Piano de inmediato. Sabía que Cadogan fumaba un cigarrillo de vez en cuando, lo había visto, pero no era algo por lo que fuera conocido, y no podía relacionar el tabaco con la chica. No tenía sentido para mí.

Pero resultó que sí había una conexión. Parecía que Julie se estaba convirtiendo rápidamente en una rebelde; la exploración sexual era solo una parte de ello; se estaba metiendo en el punk —decía ahora que amaba a los *Sex Pistols*— y quería hacerse un piercing (que Francis había rechazado de plano) y como sus padres no fumaban, naturalmente ese era otro punto en el que la experimentación era necesaria. Según Cadogan, fue idea de ella, no de él, fumar en la sala de música. —A mi padre esto le va a poner furioso —le dijo a él mientras echaba el humo hacia el alto techo prístino de la bóveda.

—Se rió, la muy diablesa —dijo él.

El día anterior —o más bien la noche anterior, mientras yacían juntos en su futón, con su leche «sin entrar», sino fuera, recogida en su paño de manos—, ella le pidió que llevara cigarrillos a su próxima cita.

—Después de la primera calada ya no hay vuelta atrás —le dijo

—Pero quiero probarlo. Vamos, Cad. ¿No puedes conseguir alguno? ¿Por favor? ¿Por favorcito?

—Puedo birlárselos a alguien. Chickie siempre tiene un pitillo.

—Quedemos en la sala de música —le dijo—. ¡Le va a putear a mi padre una barbaridad!

Estaba bastante en conflicto con toda esa situación, ahora que Remus me había echado el ojo encima —seguía en pie de guerra al día siguiente, mirándome con mala cara en la asamblea y en la cena de esa noche. Parecía haberse vuelto loco. Era solo un piano, y los chicos hacen tonterías. Pero presentía que tendría que hablar con él con el tiempo.

Se lo dije a Cadogan. Estaba en proceso de devolver temblorosamente la llave del Rayburn. —Mejor cógela, tío —dijo, mientras me metía la llave en la mano vuelta hacia arriba—. No sé qué va a pasar. Pero ahí va. Si yo fuera tú la escondería bien. O la tiraba por el borde de la meseta.

—No es mala idea. Pero el depositario la quiere de vuelta. —Miré alrededor —estábamos sentados en el césped después de la clase de Ideas— y dije: —Entonces... ¿qué pasó?

—¿Qué quieres decir?

—Vamos, tío. Suéltalo.

Estaba tenso, no era el Cad de siempre, seguro y bromista —y habló bastante en voz baja—. Estuvimos haciendo el tonto un rato en el sofá. Se estaba haciendo tarde. Ya habíamos hecho algunas cosas; ella se había quitado la parte de arriba y estaba saltando, haciendo algo de gimnasia. Y entonces tocó algunas cosas en el piano así —pequeña tease, con las tetas al aire—; en realidad toca bastante bien el piano —sus padres insistieron en que aprendiera, aunque ella dice que no le interesaba. Fue entonces cuando quiso probar a fumar. Me dijo: «Venga, enciéndeme uno». Y entonces le enseñé a sostener el cigarrillo. Yo le tocaba las tetas y ella fumaba, el pitillo colgándole de la boca como una profesional, mientras aporreaba las teclas. Supongo que en algún momento lo dejó sobre el piano. Ni siquiera recuerdo que pasara eso.

Alguien pasó por delante y los dos guardamos silencio. Luego Cadogan dijo: —Nunca puedes hablar de esto, Sutra.

—Lo sé —dije—. Se te ha ido la mano incluso para tus estándares.

—Capullo.

*

—Creo que debe decirnos lo que sabe, señor Gray. —Era Remus otra vez; no podía dejarlo estar. Estábamos en el despacho del Director y yo me sentía acosado. Sabía que no había forma de evitarlo, sin embargo. Era predecible. Todo en Kickshaw se estaba volviendo así.

Pero sabía que era un territorio extremadamente delicado. Me imaginé que a esas alturas de su «relación», Cadogan había penetrado cada orificio del suave cuerpo angelical de la núbil Julie, empujándola a profundidades de depravación no vistas desde el Marqués de Sade. Y ella, participante voluntaria. Su leche manchando las sábanas y atascando el pequeño desagüe que había en el cuarto de baño del apartamento. Si Remus llegaba a enterarse de *eso*, quizás hubiera llegado a las manos —o Cadogan podría acabar en un reformatorio.

—Mire —dije—, ya le he dicho al Director que no sé nada. Además, lo correcto es que el Decano Stacks se ocupe de este asunto. Desde mi punto de vista usted se está extralimitando. Usted es solo el profesor de música. Tengo ganas de poner una queja.

—¿Y a quién se la pondría, Robbie? —preguntó el Director.

—A mi padre, para empezar. Estaba pensando en hacer una donación considerable al fondo de exalumnos de la escuela cuando me gradúe.

—Se lo agradecemos mucho, seguro —dijo Remus—. Pero eso no le va a librar del aprieto en que está. —Sus ojos estaban completamente rojos, como si hubiera comido demasiado colorante rojo número 3 o se hubiera dado un rayo de calor marciano en la cara.

—Bien. De acuerdo —dije—. Primero, el cigarrillo.

El Director se animó. —¿Sí?

—¿Se destruyó la colilla?

—¿Remus? —preguntó.

—No.

—¿Y de qué marca era?

—¿Y yo qué sé? Pero la tengo aquí mismo en el bolsillo.

El Director, pensé, estaba tan harto de Remus como yo. —Déjenos verla, Francis —dijo.

Bajo la presión del Director, Remus extrajo lentamente una bolsita de plástico usada y la dejó sobre el escritorio del Director. Contenía los restos arrugados de dos colillas de cigarrillo.

—Hay dos —dijo el Director.

Remus parecía reacio a dar detalles. —Una estaba en la papelera junto a la puerta, y la otra estaba en el piano.

—Esta de la papelera apenas está fumada —aventuré— Le propongo algo: compruebe si son del mismo tipo que fuma Chickie — Ciccariello.

—¿El señor Ciccariello? —dijo el Director.

—Es conocido por tener un cigarrillo disponible de vez en cuando, señor. Yo no fumo, pero eso es lo que he oído.

—Está usted diciendo que si fuera de su marca...

Quería decir «evidentemente», pero no podía permitirme ser demasiado listo. —Era mi idea —dije por fin—. Si es de su marca, hablen con él. A lo mejor alguien le birló un par de cigarrillos no hace mucho. A lo mejor él sabe quién fue ese alguien.

—¿Algo más? —dijo Remus.

Me estaba empezando a irritar bastante con el tipo. —Sí. He oído un rumor de que Julie estaba preguntando por los cigarrillos.

—¿¡QUÉ!? Pensé que la cabeza del grandullón iba a estallar. — ¿Quién ha dicho eso?

—Por favor. Esta es una comunidad muy unida. Las cosas se saben. Y sí, quizás es ella quien empieza a moverse. ¿Qué hace una chica o joven suelta en un colegio de chicos?

—¡No me gusta lo que está insinuando!

Pensé que Remus estaba a punto de hacérselo encima. Sin embargo, el hecho era que, mirando las colillas, estaba bastante seguro de que una de ellas tenía restos de pintalabios. La mancha se había vuelto marrón donde antes probablemente era roja. Pero se veía, incluso desde donde yo estaba sentado.

El Director y yo cruzamos una mirada entonces, y estaba bastante seguro de que él veía lo mismo que yo. Intervino en ese momento. — Francis, creo que hemos obtenido información útil de Robbie, y le agradezco su franqueza y cooperación. Es un poco insubordinado, pero he aprendido que forma parte de su naturaleza. Dejemos esto por ahora y yo mismo hablaré con Albert. Me quedé con esta evidencia, si no le importa.

*

Sabía que tenía que hablar con Cadogan de inmediato, pero no iba a ser fácil. En el espacio de una hora, se corrió la voz de que el Director había pasado por la zona de fumadores y probablemente Chickie lo había contado todo. Las cosas sucedieron rápido, y pronto pudimos ver a los Masters reuniéndose cerca de la Casa Alta por el lado oeste.

—¡Es una reunión del Comité de Disciplina! —dijo Fish—. ¡Van a pillar a alguien! Estábamos en el comedor. Si incluso Fish conocía los contornos del asunto, entonces sí, el desastre estaba a punto de estallar.

Fui a Español 201 buscando a Cadogan, y podía verle en clase a través de la ventana pero no lograba llamar su atención. Estaba a punto de dar unos golpes en el cristal cuando oí a alguien detrás de mí.

—Buenas, señor Gray.

Era Charlie, el mismísimo Clint, el Decano Stacks. —¿Buscando a alguien? —Su ojo parpadeaba y su sonrisa era la de un diablillo de caja sorpresa.

A Christian le gustaba llamarle «Clint» por su parecido con Clint Eastwood (y su marcada propensión a fusilar a los alumnos díscolos). Y el apodo le venía como anillo al dedo. Yo mismo tenía el proyecto personal de difundirlo a los cuatro vientos.

—¿Intenta decirle algo a nuestro amigo común?

—No —dije—. Simplemente pasaba por aquí.

—Mejor siga su camino. —Stacks avanzó como un tren de mercancías y aporreó la puerta del aula pero entró de inmediato. Al momento le vi escoltando a Cadogan hacia fuera por el otro lado, por la otra entrada, con el brazo sobre el hombro de Cadogan. No podía ver la cara de Cadogan, pero estaba claro que miraba al suelo. Puede que estuviera llorando.

*

Así que el Comité de Disciplina estaba en marcha, y yo no tenía manera de saber cómo iba a terminar. Los DC eran infrecuentes y muy temidos; en esas reuniones era como los chicos acababan expulsados, y no había proceso de apelación; simplemente te ibas. Y por supuesto, el colegio no devolvía la matrícula, y la del año se pagaba por adelantado.

No albergaba muchas esperanzas para Cadogan, pero por casualidad, mientras pasaba por allí, casi me tropecé con William J. Brennan. —¡Oh! Hola, William.

—¿Qué hay de nuevo? —dijo.

—Pues que Cadogan está en un DC. Está pasando ahora mismo.

—Interesante. Hmm.

Miré a William y parecía estar pensando.

—¿Sí? —dije.

Siguió dudando, como si sopesara algo. Por fin dijo: —Ven conmigo, hay algo que quiero enseñarte.

Subimos a la habitación de William, que estaba físicamente más o menos encima del Despacho del Director. —Pasa —dijo—. Ahora, Sutra, no puedes decir nada sobre lo que voy a mostrarte. ¿Honor de exploradores?

—¿Honor entre ladrones?

—Claro. De acuerdo. Te tomo la palabra. —Cerró la puerta con llave, y supuse que quería fumarse un porro o hacer lo que fuera que hacía William —digo, todo el mundo hacía algo—, y en su caso no tenía ni idea, el tipo era un espécimen quijotesco como pocos —pero no, se llevó el dedo a los labios como señal de que había que guardar silencio. Y luego abrió el armario y empezó a sacar sus zapatos y otros objetos apilados allí.

Me senté en la cama mirando. Empecé a impacientarme y quise hablar, pero me frenó con una mirada. Después de haber hecho espacio en el armario, levantó con cuidado algunas de las tablas. Empecé a ver lo que parecía un vano. Sí, ¡esto era una novedad! Parecía que había un espacio de paso entre los pisos. Mi cara estalló en una sonrisa. Él también sonrió de una manera que no le había visto antes. Luego me hizo señas de que me acercara. —Este edificio es viejo —dijo en un susurro—. Fue una de las primeras construcciones en la meseta.

Asentí. *Dios mío*, pensé.

William fue a su escritorio y abrió el cajón inferior y sacó un fonendoscopio, del tipo que un médico llevaría colgado al cuello. Y en efecto me di cuenta de que William tenía «médico» escrito por todas partes. En silencio me entregó el instrumento. —Baja al espacio de acceso del desván. Tiene unos setenta y cinco centímetros de profundidad y unos noventa de anchura. Ten mucho cuidado de no hacer ningún ruido. Luego pon el fonendoscopio en el suelo.

Entendí el plan de inmediato. Me bajé lentamente, con los pies por delante, pero cuando mi trasero tocó el suelo —que supuse que era el techo del piso inferior—, William puso en marcha su reproductor de casetes —la canción era *Are We Not Men*, de DEVO—. Luego empecé a aporrear sus zapatos contra su propio suelo. Lo miré desde el nivel del suelo con terror. Pero él me hizo señas de que siguiera. Me di cuenta de que estaba haciendo ruido para cubrir lo que yo hacía. Probablemente el Director y los demás que usaban el despacho estaban acostumbrados al ruido de los dormitorios de arriba.

William es un puto genio, pensé, aunque por poco me había dado un infarto. *Todo ese juego de rol de D&D y esa imaginación puestos al servicio de algo. Santo cielo. Así que para algo sirve al final.* Ese era el tipo de pensamientos que me cruzaban la mente.

Estaba ya en el espacio de acceso, y William fue aminorando sus pisotadas pero dejó la música puesta. Sin embargo, usando el fonendoscopio, podía oír claramente las conversaciones de abajo; el instrumento médico funcionaba para bloquear los sonidos exteriores al tiempo que amplificaba los de abajo. Parecía que la reunión estaba empezando.

*

—Gracias a todos por venir con tan poco tiempo. Necesitamos considerar la triste situación del señor West.

—Pero yo...

—No hables, Cadogan —dijo el Director—. Tendrás oportunidad de responder en unos minutos si lo deseas. Pero te aconsejo que no te caves tu propia tumba más profunda.

—Hablé esta mañana con Alberto Ciccariello y dijo que el señor West vino a él hace unos días y le pidió un cigarrillo, y Ciccariello, siendo un hombre generoso, le dio dos. El señor Ciccariello fuma Marlboro Lights. Pueden ver claramente que estas colillas son de esa marca.

—¡Lo sabía! —gritó otra voz. Estaba bastante seguro de que era Francis Remus.

—Sin embargo —continuó el Director—. También pueden ver que en una de estas hay marcas de pintalabios.

—¿Pintalabios? —No reconocí de inmediato esta voz, pero el acento sugería que era Heine Henler.

—Sí, Heinrich. Pintalabios. No creo que pueda ser otra cosa.

—¿Y qué deduce de eso? —gruñó Remus.

—Por favor, cálmese, Francis. —Parecía ser del Director—. Lo siento, pero he tenido que acudir a Elendra.

—¿Mi esposa? —Remus parecía asombrado.

—Sí —continuó—. Nos enteramos esta mañana de un rumor de que Julie estaba interesada en fumar. Quería saber si Elendra pensaba que eso era posible.

—¡Pero debería haberme hablado a mí! Soy su padre.

—Lo siento, Remus. Elendra dice que Julie está atravesando una fase, una fase de rebeldía. Especialmente hacia las figuras de autoridad masculinas. No repetiré aquí todo lo que me contó, pero...

—Está usted tratando de decir que mi hija fue a la sala de música en mitad de la noche, con este chico, y le prendió fuego a mi piano.

—Cadogan —dijo el Director—. Tiene que ser sincero. ¿Le pidió cigarrillos al señor Ciccariello?

Cadogan pareció murmurar algo.

—¿Podría repetir eso, por favor?

—Sí —dijo.

—¿Y se los dio a Julie?

—No.

—¿No? —El Director estaba sorprendido.

—Me pidió que le enseñara. Que lo hiciéramos en la sala de música. Dijo que eso iba a poner furioso a su padre.

—¿Entonces quedó con ella allí?

—Sí. Dejé la puerta abierta antes con un palo para poder entrar esa noche.

—¿Y fumaron cigarrillos?

—Yo solo di una calada. Como suelo decir, con la primera calada ya está. Lo demás es todo cuesta abajo.

Alguien soltó una risita a esto, pero era indistinto y no pude distinguir quién era.

El Director dijo: —Por favor, aquí todos, esto es serio. —Tras un momento continuó—. Entonces, ¿le enseñó a Julie a fumar?

—Sí.

—¿Y dejó Julie el cigarrillo sobre el piano?

Aquí Cadogan no pudo responder de inmediato, porque Remus empezó a quejarse del proceso. —¡Esto es inaceptable, Scott!

—Por favor, espere, Francis —dijo el Director—. Cadogan, por favor responda a la pregunta.

—En realidad no sé qué hizo con él —dijo—. No recuerdo que lo hiciera. Pero tiene que haber sido ella. Yo apagué el mío y lo puse en la papelera.

—¿En cuál? —dijo Remus.

—En la de junto a la puerta.

—¿Y bien, Remus? —dijo una nueva voz. Era Charlie Stacks—. Usted recogió la evidencia. ¿Vino una de ellas de la papelera? ¿Cuál de esas colillas estaba en el piano?

Esta pregunta no recibió respuesta de inmediato. Oí el brusco chirrido de una silla al ser empujada hacia atrás; en mi imaginación el grandullón había saltado a sus pies. —¿Está usted insinuando que mi hija quemó el piano?

—¿Quiere responder a la pregunta, por favor, Francis?

—¡No! No, no lo haré.

Luego pude oír lo que me pareció el pisoteo de unos pies de la talla 46, y una puerta se cerró de golpe.

Hubo silencio por un momento. Intenté quedarme muy quieto.

—Bien —dijo el Director—. Parece que Francis quiere hablar de esto con su hija. Y debería hacerlo.

—Es un asunto de familia —dijo Heine—. Debemos respetar a la familia Remus y permitirles resolver sus propios asuntos. Ya no nos incumbe a nosotros.

—Estoy de acuerdo —dijo el Decano—. Pero ¿qué hacemos con Cadogan?

Aquí parecía que Cadogan hizo algo que me pareció un tanto impropio de él: sollozó. —Por favor, no me expulsen. Por favor, no vuelvo a fumar fuera de los límites.

El grupo parecía ahora hacer una votación a mano alzada. —¿Cuántos a favor de la expulsión? ¿Heinrich?

—No. En absoluto.

—¿Charlie?

—Sí.

—¿Martin?

Me sorprendió enterarme de que Martin estaba presente. No había hablado hasta ese momento. Pero dijo: —No. Solo era un piano.

El Director suspiró. —Si Remus estuviera aquí, tendría un voto, pero claramente ha decidido abandonar el proceso del Comité Disciplinario, y por tanto marcaré su voto como abstención. En cuanto a mí, no creo que la expulsión sea necesaria. Cadogan está evidentemente angustiado por esto y arrepentido. ¿Verdad, Cadogan?

—Sí, señor.

—Pero eso no parece suficiente —dijo Stacks—. ¿No deberíamos dar un escarmiento?

Oí un sollozo de Cadogan, y sentí un aguijonazo de rabia en el pecho. *Ahora sí estás definitivamente en mi lista negra, Stacks*, pensé.

—No —dijo el Director—. Mi ira en realidad apunta a otro lado.

—¿Ah, sí? ¿Acaso la chica? ¿Se refiere al jardinero? —dijo Heinrich.

—Creo que la zona de fumadores debe cerrarse por un tempo. Y tendré que hablar con Glen sobre el contrato de Alberto —continuó el Director—. Quizás necesitamos un cambio allí.

En ese momento, parecía que el Viejo Kickshaw irrumpió en la reunión. —¿Qué es todo esto? —murmuró—. El truculento y sin resolver asesinato del piano... ¿es este el culpable?

—Está todo bien, doctor Kickshaw —dijo el Director—. Todo está bajo control...

*

Ya había oído suficiente —parecía que el Viejo Kickshaw iba a necesitar varios minutos de explicaciones redundantes, y mi pierna empezaba a acalambrarse—. Me saqué el fonendoscopio de los oídos; intenté incorporarme muy despacio. William, en su honor, había prestado atención y subió el volumen de la música y empezó a pisotear entonces. Me extraje del espacio de acceso con cierta dificultad —me había quedado rígido de mantener una sola posición—. Pero luego William me ayudó suavemente a salir del espacio y pronto devolvimos su armario a su configuración original.

Por fin le entregué el fonendoscopio. Lo había llevado colgado al cuello. —Estos son muy prácticos.

—Ah sí, yo siempre digo que hay que tener un fonendoscopio a mano. Nunca se sabe cuándo puedes necesitar comprobar tus propias constantes.

—¿Quieres decir, para ver si no estás muerto?

—Exactamente.

PARTE DIEZ — Caos en el Kumbh Mela

Había una jovencita india traviesa
que en el Kumbh Mela no era francesa:
se bañó contenta
en la ola violenta,
y salió del agua con sorpresa.

—No lo sé, Robbie —dijo William—. Quiero hacer una carrera en lenguas antiguas —probablemente sánscrito. Quiero ser académico. Así que para mí, ir a la universidad es lo más lógico.

—William J. Brennan, doctor. Bien —dije—. Pero, en cuanto a filosofía —no la filosofía occidental—, ¿qué hay de la filosofía oriental? ¿La religión?

—Hoy en día el estudio de la filosofía o la religión, de cualquier tipo, es un ejercicio académico. Es bastante patético.

Esto me desanimó porque podía ver la verdad que contenía. —Sí. Es justo.

William y yo estábamos hablando del futuro. Supongo que era la única persona en Kickshaw con la que sentía que podía abrirme de verdad.

—¿Por qué le tienes tanta manía a la universidad? —preguntó.

—No lo sé. —Lo pensé—. Solo quiero trabajar con lo esencial. Quiero reír y llorar.

—Sí, lo entiendo.

—Contar es cosa de máquinas, no de hombres. Además, tengo una sensación de inquietud sobre... bueno, sobre todo.

—Desde luego, la idea básica del crecimiento económico —el crecimiento sin límites— como condición necesaria para la economía es insostenible. De hecho, desde el punto de vista biológico, el crecimiento ilimitado e incontrolado tiene un nombre: cáncer.

—¡Exacto! Exactamente.

—También hay otras cosas. ¿Has leído a Marshall McLuhan?

—No.

—Bueno, podrías investigar sobre él. Desgraciadamente acaba de morir el año pasado. Pero su obra gira en torno a los medios.

—«El medio es el mensaje». ¿Ese es?

—Sí. Crítica cultural. Quiero decir, eso es lo que hacen los académicos, muchos de ellos. Así que claramente eres un académico, Robbie. Quizás todavía no puedes verlo.

—Pero... ¿y si quiero hacer algo más que escribir cosas ingeniosas sobre la sociedad? ¿Y si quiero cambiarla? ¿Joderla o destruirla?

—Sí. Por supuesto. Tienes toda la razón. Eso es más bien, ya sabes, un viaje interior, primero.

—Exactamente.

*

—Lo odio, William. Lo jodidamente odio.

—Es una fase que estás atravesando. Ya saldrás al otro lado.

Había un destello de luz, pensé —*Star Trek* mostraba el camino, aunque con importantes contradicciones internas: la Enterprise era a la vez una nave científica destinada a la exploración y un brutal buque de guerra, un arma de violencia. Los de camisa roja morían en cada episodio; era inevitable derramar sangre. Esa contradicción se fue haciendo más evidente con el tiempo y evidenció las limitaciones de la ciencia ficción. Fue un duro golpe.

Kung Fu, también, con su filosofía oriental, hablaba de un camino diferente. Me encantaba *Kung Fu*. William nunca había visto *Kung Fu*, pero, para su mérito, cuando le hablé de ello, durante las vacaciones se propuso verlo. Pronto se obsesionó con la serie. Habló de ella durante semanas. Pero incluso eso, coincidimos, era simplemente entretenimiento. No una filosofía política. Uno no puede andar por ahí haciendo intervenciones.

¿Pero cómo me dejé corromper por los ideales de la educación superior? ¿Dónde me equivoqué? Ese era mi pensamiento dominante. Y entonces lo recordé.

Le dije a William: —Creo que me envenenaron a una edad temprana con ese anuncio de televisión para los exámenes de ingreso a la universidad, el que promovía la idea de obtener créditos universitarios por conocimientos previos. ¿Recuerdas ese anuncio?

—No, no era muy aficionado a la televisión de niño.

—Bueno, en él, un Abraham Lincoln adulto se apunta a un curso de historia de segundo año universitario. El profesor observa que Lincoln es un estudiante de primer año y se pregunta en voz alta si podrá seguir. Pero Lincoln explica que ya sabe bastante sobre la historia de Estados Unidos y pasa a demostrárselo a la clase estupefacta.

»Me gustó ese anuncio, pero siempre me chocó que en la realidad Lincoln nunca fue a la universidad ni necesitó un título. Era autodidacta. ¿Entonces por qué necesito yo un título? ¿Por qué no puedo ser como Lincoln?

—Es un buen punto —fue todo lo que William dijo.

Ahora en mi tercer año en Kickshaw, sin duda las vendas habían caído de mis ojos y algo del brillo se había desprendido de las paredes doradas de la jaula. Y sin embargo era un lugar hermoso y podía imaginar cómo la universidad sería igual de buena; el campus encantador, las chicas encantadoras, los libros encantadores y las bibliotecas repletas de conocimiento. Quizás Berkeley, pensé, las glorias de San Francisco, podrían abrirse a mí como una mujer tal como habían hecho para tantos de los Beats. Pero luego la oscuridad se cernía sobre mí. ¿Acaso no era todo una imagen idílica de caladas de bong, tías y grandiosas ideas expuestas en cúpulas solares no muy distintas de las descritas por Ray Bradbury en *El hombre ilustrado*? ¿Sol y juerga mientras el mundo se ahogaba en un torrente de mierda capitalista y belicista? William tenía razón, la biología de todo esto era cáncer. Enfermedad.

Sin embargo, mis vagas sensaciones de desconfianza e inquietud tardaron en convertirse en acción. Meses incluso. Era perezoso. Lo sabía, pero saberlo no me hacía menos perezoso. Necesitaba un catalizador.

*

Ideas 201 era una ampliación de Ideas 101, y los asistentes eran todos fervientes admiradores y acólitos de Ram. Lo adorábamos. Llevábamos unas semanas dentro del nuevo año.

—Tengo un anuncio que haceros —dijo—. Un invitado muy especial vendrá a visitarnos la semana que viene. Se trata de Malcolm Walters. Es un graduado de Kickshaw de la promoción del 76. Algunos de vosotros quizás lo conozcáis o al menos hayáis oído hablar de él.

—Sé que su padre fue senador —dijo Cadogan.

—Ah, ¿en serio? —dijo Ram—. Vaya, vaya. No tenía ni idea. Todo un caballero distinguido.

Por supuesto, Ram sabía muy bien que su protegido provenía de una familia acomodada.

—Pero, al margen de su familia y sus contactos, Malcolm es muy especial en otros aspectos. Su interés por la espiritualidad lo llevó a abandonar la universidad por un tiempo y a viajar a la India en busca de un gurú viviente.

—¿Un gurú? —dije—. ¿Existen gurús de verdad?

—Sí, claro, Sutra —dijo—. Algunos consideran su libro sagrado como su gurú. Ese es el caso en la religión en la que nací, el sijismo. Creen que el Adi Granth es su gurú. Pero otras tradiciones se centran en un maestro vivo, un guía espiritual viviente. En cualquier caso, Malcolm y yo hemos estado intercambiándonos correspondencia y ya ha vuelto de Pune; le gustaría contarnos sus experiencias.

—¿Encontró un gurú? —pregunté.

—Eso parece. Pero esperemos a escuchar a Malcolm directamente.

El hombre en persona apareció el siguiente martes por la mañana. Llegó tarde y se perdió nuestra clase habitual. Esperábamos que llegara alguien en un buen coche o quizás en taxi. Pero resultó que Malcolm había tomado el autobús Greyhound desde el LAX. Hizo autoestop hasta la Mesa, lo que explicaba su tardanza. Ram lo saludó cordialmente y sugirió que nos reuniéramos todos a la hora del almuerzo.

—¡Comeremos algo en el césped. ¡Será un *satsang* de verdad!

—¿Qué es eso? —dije.

—Es solo una palabra india —dijo William—. Significa reunión espiritual.

Ram y Malcolm se fueron a charlar y nos reunimos todos en el comedor un poco después de las 11:30. Sacamos nuestras bandejas de la cafetería al patio; había una zona de césped con partes al sol y partes a la sombra que parecía ideal para sentarse. No teníamos sillas; nos sentamos en el suelo, a la manera india.

Ram hizo las presentaciones. —Hola a todos, este es Malcolm Walters, como os prometí. Así que, Malcolm, ¿podrías contarnos algo sobre tu aventura india?

—Por supuesto —dijo—. Recuerdo algunas de vuestras caras.

—Yo era de primer año cuando tú eras de segundo —dijo William.

—Sí, William, hola. Tu cara ha engordado bastante —afirmación que arrancó carcajadas al grupo reunido—. Bueno, permíteme empezar diciendo que tras graduarme no sabía muy bien qué hacer, en cuanto a estudios. Y realmente necesitaba un año fuera. Ese «año fuera» se convirtió en dos y luego en tres. Pero ahora estoy de vuelta en Estados Unidos, por ahora.

—¿Qué vas a hacer? —dije—. ¿Y la universidad?

—Oh, iré a la universidad algún día, creo. Pero ahora mismo me interesa más ayudar al Bhagwan a establecerse aquí.

—¿Bhagwan? —dije.

—Sí, el Bhagwan Shri Rajneesh. Es un gurú que conocí cuando estaba en Pune.

—¡Así que sí que encontraste un gurú! —dijo William.

—Creo que sí. ¡Pero me estoy adelantando! Permíteme volver al principio. Primero de todo, volamos a Delhi. Está en el noreste de la India, cerca del Punjab. Mi compañero de viaje era Rob Standish, el hijo de la enfermera de la escuela; a lo mejor la conocéis.

Por alguna razón esto provocó risas, y Malcolm no pudo entender por qué.

—Rob es otro de mis alumnos de Ideas —dijo Ram, para agilizar las cosas (y quizás evitarme pasar vergüenza).

—Así que Rob y yo volamos a Delhi con la idea general de visitar el Ganges. Está bastante al norte; el río sagrado se alimenta del deshielo del Himalaya. Todo ese trayecto fue en tren, y fue a ratos impactante, a ratos exasperante y a ratos hermoso.

—¿Así que os bañasteis en el Ganges? —dijo Ram.

—Sí, aunque estaba justo enfrente de una central eléctrica. Por todas partes se veía el contraste entre la India antigua y la moderna. Y distaba mucho de ser espiritual. Pero luego viajamos río arriba un rato y conocimos a unos yoguis. Nos hablaron del Maha Kumbh Mela.

—Es un festival fluvial hindú que atrae a millones —dijo Ram—. Millones y millones de peregrinos.

—Suena a caos total —dije.

—Claro que sí —dijo Malcolm—. Y sin saberlo nosotros, el gran festival estaba a punto de empezar. Ese año se celebraba en Allahabad, que no quedaba muy lejos; a unos 100 kilómetros en línea recta. ¡Pero esto era la India! Podía llevar mucho tiempo llegar hasta allí. Aun así, nos pusimos a caminar.

—¿A caminar? —dije.

—Claro. También hicimos un poco de autoestop. El festival... no sé si hay palabras para describirlo. Pero cada doce años hacen uno grande. Y este fue enorme.

—Millones de peregrinos hindúes vienen de toda la India —dijo Ram—. Y sobre todo sadhus y distintos hombres santos. Con prácticas, ideas y filosofías de todo tipo.

—La multitud era difícil de imaginar siquiera. Millones de personas. Un día estábamos en el Ganges. Vi una calavera humana en la arena; y cerca, alguien había improvisado su retrete, y allí yacía un montón de excremento humano. La entera extensión de la condición humana parecía quedar expuesta en esos dos hallazgos.

William no pudo evitar soltar una risita. —La India no es todo de color de rosa, ¿verdad?

—Es cierto. La India, la India moderna, es uno de los lugares más duros del mundo. Especialmente para un occidental, para un americano. La contaminación en las ciudades, la basura, las aguas residuales sin tratar. Recuerdo estar en Delhi y oler a hamburguesa. Llevo años siendo vegetariano, pero ya sabéis cómo es: hueles algo y huele bien. Pero esto no era hamburguesa. ¿Alguien quiere adivinar qué era?

Ram sonreía. —Lo sé, pero no lo diré.

—Venga, nos has pillado, ¿qué era? —dije.

—Cadáveres. Hay *ghats* de cremación encima de los edificios por toda la ciudad. El olor a grasa humana quemándose de los cuerpos impregna la ciudad por la noche.

—Uf —dije—. Eso es bastante duro.

—Lo es —dijo Malcolm.

—Pero cuéntanos sobre el Kumbh Mela —dijo William.

—El primer día en Allahabad pensé que estaba abarrotado. Me equivocaba. El festival ni siquiera había comenzado. Pronto aparecieron sadhus y figuras misteriosas, hombres santos semidesnudos con taparrabos, por todas partes. Llegaban a raudales. Los peregrinos se congregaban en torno a estas figuras, rindiéndoles culto y dándoles limosna, en grupos y hordas. Nos vimos arrastrados por el fervor religioso de los peregrinos, muchos de los cuales hablaban inglés. Y, por supuesto, éramos extranjeros allí, extranjeros en tierra extraña, y por eso los peregrinos también se acercaban a nosotros, queriendo a veces enseñarnos, o ayudarnos, o explicarnos cosas, pero también, en ocasiones, para ver si éramos quizás seres espirituales, vestidos de americanos, venidos a entregar un mensaje. Parecía que cada sadhu tenía un mensaje, que cada hombre santo tenía algo que decir. Y supongo que para ellos nosotros no éramos la excepción.

—¿Y qué les dijisteis? —dije asombrado.

—Principalmente intenté canalizar a Ram —dijo, lo que hizo reír a Ram—. Hablé sobre la clase de Ideas. Peregrinos e incluso algunos sadhus escuchaban y miraban con asombro. «¿De verdad sucede algo así en Estados Unidos?», preguntó un sadhu. «Lo juro, es verdad», dije. «Aprendimos sobre el Bhagavad Gita en clase», y repetí algo de ese libro, aunque, claro está, traducido al inglés. El sadhu quedó atónito. «Esto es asombroso», dijo. «Sois Devas que habéis bajado para mostrarnos algo». Pero mi actitud era: recordad ser humildes, deberíamos marcharnos. Nos fuimos antes de que se armara demasiado revuelo.

—Al día siguiente nos dirigimos despacio hacia el río, el Ganges. Ya nos habíamos bañado en él, pero ese era el día del festival, un día sagrado para hacerlo. Llegamos hasta la orilla. Rob entró, pero antes de que yo pudiera hacerlo, un sadhu en la orilla me tomó de la mano. Me dijo: «Después de bañarte, ven a verme; tengo un mensaje para ti». No entendí bien lo que quería decir y temía no poder encontrar jamás el camino de vuelta a aquel hombre, cubierto de ceniza y con el pelo sin cortar que parecía un gran nido de ratas.

—Pero teníamos que seguir adelante. Entré en el Ganges y sumergí la cabeza, como había hecho Rob, y luego lo tomé de la mano y lo llevé de vuelta a la orilla. Pero el sadhu había desaparecido. Lo busqué durante mucho tiempo, probablemente horas. El día se fue nublando y mi cerebro carecía de calorías. Estaba agotado tanto mental como físicamente. Al final tuve que rendirme, y regresamos lentamente a la ciudad a intentar encontrar algo que comer. Pero justo cuando había perdido las esperanzas, allí estaba él, de repente, frente a nosotros. «¡Ah!», dijo. «Esperaba toparme con vosotros. Soy uno de los *Mahanirvani*; adoramos al Señor Siva. Anoche soñé que me encontraría con un occidental. El Señor Siva se me apareció en sueños; es un presagio muy propicio, pero también muy inquietante. En el sueño, el Señor me habló de tu llegada. Debo decirte que tu maestro no está aquí; vive en el extremo oeste de la India, en Poona.» «¿Y te dijo el Señor el nombre de ese maestro?», dije. Negó con la cabeza. «No, lo siento. Pero te sugiero que te marches de inmediato y viajes hacia el oeste. Debo irme ahora. Buena suerte.»

—Y sin decir una palabra más, se marchó. No estaba seguro de si debíamos hacerle caso, pero Rob estaba convencido. «¡Está claro que es un mensaje, quizás El Mensaje que hemos estado esperando!». Así que poco a poco fuimos saliendo del festival. Tardamos unas semanas en llegar a Poone, o Pune, como acababan de rebautizarla.

—Nunca he estado en Pune —dijo Ram—. ¿Cómo es?

—Es cálida y exuberante, muy verde. Con un ambiente tropical. Es un centro cultural, y mucho más occidentalizado que el campo de los alrededores.

—¿Y qué hicisteis? —dije—. Parece una tarea imposible encontrar a alguien en una ciudad enorme. Yo apenas puedo orientarme en Carpinteria.

Malcolm se rió. —Sí, teníamos un rompecabezas imposible. Pero Rob y yo estábamos decididos a quedarnos el tiempo que hiciera falta. Debo decir que, para entonces, teníamos una pinta y un olor bastante sospechosos. Los dos llevábamos barba y, en su mayor parte, íbamos vestidos con ropa india. Nos estábamos convirtiendo en vagabundos, según los estándares occidentales. Encontramos un sitio barato en las afueras de la ciudad —básicamente en un barrio miserable; de esos hay muchos— y sufrimos durante semanas. En algunos lugares de la India se habla mucho inglés; pero, por alguna razón, en Pune no era así. La gente con la que nos encontrábamos hablaba varios idiomas, aunque el inglés no solía ser uno de ellos. Fue una época solitaria.

—Finalmente, después de unas semanas, conocimos a un profesor universitario, un hombre culto. Se llamaba Sundar Singh, y Rob se lo encontró literalmente por casualidad en la calle. Empezamos a conversar y se mostró curioso.

«¿Qué hacen dos jóvenes americanos por aquí?»

—Es una historia algo larga —dije—, pero si te interesa, me encantaría contártela.

—Sí, por supuesto. Tomemos un té.

—Le conté a Sundar el «mensaje» del sadhu, que le pareció muy interesante y se lo tomó en serio. «Eso es importantísimo», dijo. «Conozco a muchas figuras espirituales aquí en Poona. ¿Y no os dio ningún nombre?»

—Ninguno —dije—. Solo que debíamos irnos de inmediato hacia el oeste.

«Eso me hace pensar en un joven gurú que tenemos aquí en Poona que está empezando a reunir a muchos discípulos occidentales. Se llama Rajneesh. Me pregunto...»

—Entonces se rascó la barbilla, y tanto Rob como yo nos ilusionamos con la idea de que quizás eso era lo que el sadhu quería decir. «¿Dónde está ese Rajneesh? ¿Quién es?»

—La verdad es que no sé mucho sobre él... es un poco controvertido... parece que mezcla tradiciones... pero puede que encaje con la descripción.

—Agradecimos efusivamente a Sundar y nos pusimos a buscar a este Rajneesh. No fue tan difícil encontrarlo; Sundar tenía razón. estaba reuniendo estudiantes. Fuimos tan pronto como pudimos a un discurso público, un *satsang*, como lo llaman.

—¿Cómo es él? —preguntó Ram.

—Difícil de describir. Habla muy despacio y hay que dirigirse a él; nunca habla primero. Es tranquilo y emana una sensación de divinidad. Es diferente, en el sentido de que no se opone a la sexualidad... y está mezclando distintas tradiciones. Está creando lo que él llama un «neosannyasin», un nuevo tipo de seguidor.

—Un sannyasin es un renunciante —dijo Ram—. Eso significa dejar el mundo atrás, incluso a las mujeres.

Pero Malcolm no se dejó amilanar. —Rajneesh propone que seamos renunciantes, pero también que abramos los brazos a la energía, la actividad y el ser parte del mundo para hacer el bien. No tiene nada en contra del dinero. Tiene grandes planes. ¡Quizás algún día incluso venga a América!

Pensaba que mucho de todo esto no tenía demasiado sentido, pero Malcolm parecía tremendamente entusiasmado con este nuevo maestro espiritual, así que me quedé callado.

*

En la siguiente clase de Ideas hablamos de la visita de Malcolm y, la verdad, no puedo decir que el gurú de Malcolm me interesara mucho; pero sí empezaba a formular mi propio plan. Era un buscador. Me identificaba con eso. Y la India sonaba mágica.

—Veo que tus ojos brillan, Sutra. ¿En qué piensas? —dijo Ram.

—Estaba pensando en si quizás debería seguir el ejemplo de Malcolm e ir a la India. Claro que necesitaría un compañero de viaje —dije, mirando a William. Pero él solo sonrió y negó con la cabeza—. No te sirvo de nada en ese sentido, Sutra. Soy un ratón de biblioteca. No aguantaría ni un día sin mis comodidades.

—El viaje a la India no es poca inversión de tiempo y energía —dijo Ram—. Y, obviamente, no todo es de color de rosa. Sigue pensando en ello, Sutra. Quizás el camino se abra para ti.

Ram bajó la mirada. —Mientras tanto —dijo—, debo informaros de que el director ha pedido que Malcolm no vuelva a visitarnos y que debemos dejar de hablar de este tema.

—¿Por qué? —dije.

—Al parecer, el doctor Kickshaw ha expresado algunas preocupaciones. Vio a Malcolm en el campus el otro día y le preguntó al respecto. Dijo que teme que los estudiantes sigan el ejemplo de Malcolm y se pongan a seguir a un «gurú indio chiflado». Así lo expresó.

—¡Qué vergüenza! —exclamé.

—No, Sutra. No, no. No te resistas. Acepta. Al fin y al cabo, pudimos reunirnos con Malcolm, ¿no es así? Fue una gracia. Siempre agradece lo que llega.

—¡Pero Ram! —continué.

—No, Robbie —dijo con tristeza—. Escúchame. Debemos considerar nuestro tiempo juntos en esta tierra como una gracia. Nadie sabe cuánto tiempo le queda. Sé siempre agradecido.

Pero estuve echando chispas durante días.

Y entonces nos llegó la noticia de que las clases de Ideas se habían cancelado abruptamente. Todo, de golpe, terminado.

—Estamos reconsiderando el valor de ese programa de estudios —fue todo lo que dijo el director.

—¿Y qué pasa con Ram?

—Eso no es de su incumbencia, señor Gray. Por favor, siga con lo suyo.

—¡Sois unos miserables! —dije.

Ojalá hubiera podido decir algo más profundo, obviamente. Pero fue lo mejor que pude hacer entre lágrimas. Fue un auténtico Caos del Kumbh Mela, y solo quedó ligeramente por debajo de la Masacre de My Lai del 68. Al menos en mi estimación.

Mientras tanto, mi relación con mi padre, a quien idolatraba con devoción casi de enamorado desde el primer día, también estaba cambiando. Hacía tiempo que había superado todo el asunto de «uy, es gay». Mirando hacia atrás, me daba pena no haberlo entendido antes. Mi padre simplemente hacía lo que le hacía feliz, y yo estaba bien con eso; ojalá pudiera volver con Larry, que había sido una fuerza tan positiva en su vida. Echaba de menos a Larry; él hacía que las cosas funcionaran. Incluso echaba de menos a Conchita.

Pero ahora una distensión parecía improbable. Y mi padre estaba ocupado enseñándome una faceta diferente de sí mismo.

La situación con la «huelga de alquileres» en *Rancho Bravos* había escalado hasta el punto de que mi padre había involucrado a los tribunales. Una vez que obtenía una sentencia civil contra un inquilino en particular, actuaba sistemáticamente para aplastarlo. Explicaba con regocijo lo útil que resultaba el sheriff del condado de Santa Bárbara. «En cuanto obtengo una sentencia, les embargo el sueldo. Y si no tienen trabajo fijo —algunos no lo tienen—, entonces hago lo necesario para que los desahucien.»

Se llamaba desahucio, y Conchita fue una de las primeras en irse. No me daba pena ver a su hombre en la calle, pero sin duda parecía una falta de gratitud tirar a Conchita como un trozo de pizza de la semana pasada. La consideraba casi de mi familia.

Quería hacer una broma, algo como «¿no puedes dejarla pasar después del trabajo que ha hecho para ti?» o «¿no podría echarnos una mano a los dos?», pero me pareció de mal gusto.

PARTE ONCE — *Rope-a-dope* en el baile de graduación

Había una jade con buena figura,
que aprender quería con locura,
mas un tipo llegó
y arena al ojo me echó,
y en sombras le metió la hechura.

El viejo Kickshaw me pilló un día a finales de mi último año. No estaba haciendo mi exploración privada entre las maderas, como una termita, ni arrastrándome por las tuberías bajo las residencias y las aulas, ni merodeando por los senderos, sino simplemente dando una vuelta. Era un día espléndido y estaba pensando en el baile de graduación.

A Kickshaw le encantaba deambular por los terrenos del colegio y era la pesadilla de más de un plan de fuga para los alumnos que intentaban escabullirse del campus sin permiso. Pero ese día, con el sol brillando en lo alto del cielo, me atrapó.

—¡Joven Gray, un momento de su tiempo!

—Eh, hola, doctor Kickshaw.

Se me había acercado sigilosamente, o bien estaba dormido al volante durante mi paseo diario, después de haber fumado uno o tres calados a escondidas en el armario de Christian. Tenía los ojos empapados de Visine, y un caramelo de menta me daba la confianza para hablar, pero estaba colocado.

—Me ha asustado, señor.

—¿Soñando despierto, eh? Muy bien, muchacho. Ahora, ¿qué tal si charlamos un momento?

—Eh, bueno, de acuerdo, ¿pero podemos caminar? Verá, este es mi paseo diario. Necesito el ejercicio. Y me ayuda a pensar y, ya sabe, a rendir mejor en mis estudios. —Estaba activando mi modo de improvisación total, en piloto automático, pero Kickshaw tenía problemas de audición, así que no estaba seguro de que importara. Aun así, algunas de mis mejores ideas eran fruto de este pensamiento rápido (como me gustaba llamarlo).

—Sí, claro, muchacho. Caminaremos, tú y yo. A mí también me encanta un buen paseo. —El viejo Kickshaw tenía, ya ves, unos noventa años y caminaba con bastón, así que aflojé el paso un poco, por pura cortesía. Pero seguimos aminorando la marcha, gradualmente, mientras hablaba—. Tengo entendido que le fue muy bien en el Examen de Nivel Avanzado. —Lo dijo sin más contexto, y hasta donde yo sabía, los resultados aún no se habían publicado.

—No lo sé, señor; no he visto los resultados. Pero desde luego tenía mucha confianza cuando me senté a hacer el examen.

—Permítame ser el primero en felicitarle entonces, muchacho. Obtuvo un muy respetable 780. Sus habilidades en Matemáticas de Nivel Avanzado fueron significativamente más bajas, apenas un 550, pero esa nota de Inglés es suficiente para situarle entre los mejores de su clase. Quedé muy impresionado.

—¡Dios mío! —dije—. Quizás debería dejar de leer; me podría estallar la cabeza.

—Sí —reflexionó—. En efecto. En efecto. Una puntuación de lo más respetable.

Caminamos un rato y entonces Kickshaw soltó su idea.

—Verá, joven Gray, nuestra intención aquí en la Escuela Kickshaw para Muchachos es ayudar a los chicos a encontrar las cosas que aman, a desarrollar sus habilidades, sus necesidades y deseos interiores; es decir, para su carrera. Para su futuro. Me parece que usted sería un excelente escritor. ¿Le gusta escribir?

—Eh, sí. Sí, señor. Llevo escribiendo desde que era pequeño y me regalaron mi primer Etch-a-Sketch.

—Excelente. Ahora bien, como sabrá, hay una vacante en el equipo que elaborará el anuario de 1981. No hay ningún director asignado actualmente. Ni tampoco ningún redactor. Quizás pueda encontrar a un maestro que ayude con la función editorial; no quisiera presionarle hasta ese extremo. La función editorial es una gran responsabilidad. Pero un redactor de plantilla...

Ahora entendí adónde quería llegar. Quería meterme en el equipo del anuario y ayudar a diseñarlo. El equipo actual estaba formado por James Goldstein, a quien había visto deambulando y desperdiciando mucho carrete con su Canon AE-1, y probablemente la señora Jones, la esposa ocasional del maestro de Geometría, que ayudaría con el aspecto financiero de «coordinarse con la editorial».

—No sé, señor, tengo mucho que hacer este semestre... —Intenté pensar en alguna excusa, pero, aún colocado, me faltaron las fuerzas. «Maldita *Thai Stick*», pensé. «Es demasiado potente.»

—Tonterías —decía el viejo Kickshaw. Se había detenido, misión cumplida, y di varios pasos adelante antes de darme cuenta de que se había parado y ya no estaba a mi lado. Me giré y lo miré. Parecía viejo. De cerca parecía un poco más joven, porque cuando se le veían bien, sus ojos solían estar muy abiertos y desorbitados. Esos ojos estaban ocultos bajo unas gafas de montura redonda y negra montadas sobre su cabeza calva con forma de cúpula, y los marcos actuaban como lentes telescópicas. Pero cuando la pasión lo encendía, las córneas ocultas afloraban con un destello, como los ojos de un gato montés que de pronto avista un arrendajo azul. Solo a través de su figura encorvada y la disolución general de su forma corpórea se manifestaba su verdadera edad.

Cuando me giré, ya se estaba despidiendo y tenía la mano en alto, quizás en un gesto altivo de despedida; o tal vez simplemente había terminado y su señal de mano significaba: «Paso a lo siguiente.» No lo sabía. Pero lo que dijo fue:

—¡Me ocuparé de que la señora Jones esté al tanto de su nuevo cargo! ¡Buena suerte, muchacho!

Y siguió su camino, partiendo en una dirección completamente distinta a través del césped, en dirección general al comedor.

Solté un suspiro de alivio general al saber que se había ido. Me dirigí lentamente hacia la habitación de Christian. Estaba de nuevo en la Ermita; se había instalado con su caja de alijo secreta e inventado una forma ingeniosa y completamente funcional de dispersar el humo de la hierba. El artilugio, que parecía un tubo de estufa, funcionaba de maravilla, según él, siempre que el viento soplara en la dirección correcta.

—Lleva el humo justo por encima del borde de la Meseta, y luego fuera de la zona.

—¡Ingenioso! —anuncié, sin tener la menor fe en el aparato.

—Escucha, Christian, el viejo Kickshaw me atrapó durante mi paseo y me ha asignado al equipo del anuario. ¿Quieres unirte a mí?

—Qué va. Bueno, quizás. —Pude ver que Christian tenía una idea—. A mi padre le encanta hacer álbumes de recortes. Lo que hace es coleccionar un montón de fotos, recortarlas y organizarlas en collages.

—Suena genial —dije.

—¿Crees que podríamos hacer el anuario como un gran collage?

—No sé —dije—. Suena bastante *rad*.

—¡Sí, *totally*!

Christian parecía muy entusiasmado, así que cuando tuve mi primera reunión con Fish y la señora Jones, los convencí de que dejaran que Christian diseñara el anuario.

—Le apasiona el diseño —les dije—. ¿Qué les parece?

—Supongo —dijo Fish.

—Le das tus fotos —llévate un montón— y él las organizará en páginas del anuario. —No dije demasiado sobre el collage; pensé que era mejor no mencionar ese aspecto «artístico». Claro, razoné, el diseñador de la maquetación del anuario tendría cierta libertad, y la creatividad era el precio de la entrada. Fish no lo sabía, pero le gustaba la idea de poder tomar todas las fotos que quisiera.

—Claro, supongo —dijo—. Cuantos más, mejor. Sigan sacando fotos.

—No sé, Robbie —dijo el señor Jones.

—Dale una oportunidad, ¿quieres? —dije.

—Muy bien. Informaré al director de nuestros planes. Christian se encargará de la maquetación.

Y Christian se alegró. Por mi parte, la tarea del anuario de último año consistía simplemente en escribir cosas graciosas sobre distintas personas, quizás uno o dos limericks, que pudieran usarse para decorar una página o como pie de foto de alguna instantánea encantadora. Así lo entendí yo. El viejo Kickshaw no había dicho casi nada útil sobre la tarea, y no tenía ningún interés en pedir aclaraciones; decidí hacer simplemente lo que quisiera. Ahora era el redactor de plantilla, según él; bueno, de acuerdo. Tenía unas cuantas cosas que decir. Teníamos una bonita foto de Charlie Stacks en un pasillo, y pensé que Christian podría hacer un collage suyo con estas palabras para acompañarla:

El decano era frío y temido,
como Harry el Sucio, enfurecido,
con mirada asesina
y mente de máquina,
«¿Te sientes con suerte, querido?»

Para el doctor Kickshaw, escribí:

El rey del viejo Kickshaw, eminente,
trataba de guardar la mente,
prohibió la marihuana,
y toda polla cercana,
pero soñaba con algo caliente.

Para Remus, consideré:

La hija del maestro era un encanto,
fumaba sin vergüenza ni quebranto,
prendió, ¡ay, oh no!
¡el gran piano!
y ardió igual que su pelo, con espanto.

*

No he hablado mucho aquí de Susana. Para el último año se había mudado a una habitación individual en la planta baja de la Ermita. así que vivía justo al final del pasillo de Christian. Susana y yo solíamos coincidir en la clase de Aikido, pero siendo ya de último año, ya no tenía la obligación de practicar deporte, y nuestros intereses parecían diverger; rara vez la veía, salvo a veces en la asamblea, donde nuestras miradas se cruzaban. Ella siempre sonreía con su sonrisa tímida y amigable de chica, y yo asentía con la cabeza. Su tutor seguía siendo Martin, pero yo no me sentaba con ellos.

Para Susana, tenía varios limericks, pero no creía que pudiéramos usar ninguno de ellos:

Un chico con un alma muy pura,
que en su interior fue siempre hermosura,
amó a un viejo amigo,
que juró sin testigo,
pero el alma quedó en rotura.

Y

Un chico de corazón blando y sincero,
que en su interior llevaba algo entero,
cayó por aquel,
con su ojo infiel,
que buscó una novia más austera.

Sin embargo, pensé que eran demasiado personales y reveladores para usarlos.

A veces la veía en el pasillo de la Ermita cuando visitaba a Christian; y a veces me preguntaba qué estaba leyendo.

—Siempre recuerdo que me diste *Un extraño en tierra extraña* —dijo—. Al principio no entendí el libro. Pero ahora lo entiendo. Fuiste muy amable conmigo ese año.

O bien:

—¿Cómo está tu padre? Espero que no se haya metido en líos. —Se refería a la .45. Nuestra broma sobre pistolas aquella noche que vimos *Rocky Horror* se le había quedado grabada.

*

—Lo siento, tío, pero no me apetece socializar.

—Está bien, tío. Lo siento.

Parecía que Christian estaba pasando por cosas difíciles, y aunque el proyecto del anuario le mantenía la mente ocupada, tenía períodos de oscuridad. A veces yo llamaba a la puerta y no respondía, y luego, al rato, asomaba la cabeza y tenía una pinta de miseria total.

Llegué al punto de empezar a preocuparme por él.

Claro que otros podían decir lo mismo de mí, no porque estuviera triste, sino porque parecía importarme cada vez menos el futuro. Hablaba abiertamente de regalar mis pertenencias, y cuando intenté hacerlo, Martin vino y me pidió que no lo hiciera.

—Es una locura, Robbie.

—Pero es lo que quiero —dije—. No necesito todas estas cosas.

—¿Y qué pasa con la universidad?

—¿Sí? ¿Y qué?

—Robbie —dijo—, no te importe que te pregunte, pero ¿por qué no hablas con el orientador escolar sobre qué universidad elegir? Quieren saberlo.

Era Martin, así que le di una respuesta seria.

—No estoy del todo seguro de ir.

—Pero Robbie, esto es un colegio preparatorio. Por supuesto que vas a ir.

—No sé, tío. Quiero decir, ¿y si lo que quiero en la vida es simplemente vivirla? ¿Y si no importa qué tipo de trabajo tenga, o qué tipo de casa, o qué tipo de coche?

—Pero te gusta la cultura. La universidad es donde está toda la gente interesante, todas las mujeres que quieres conocer.

—Quizás. Pero puede que no me importe demasiado lo que digan los demás. Quizás tenga que averiguar qué es lo que importa de verdad.

—¿Aunque sea por el camino difícil?

—Bueno, eso sí que suena a mí, ¿no?

—Sí —dijo. Pero no sonreía.

—Necesito más experiencia, no más educación. Estoy harto de lo falso. Estoy harto de practicar. ¿Cuándo empieza lo de verdad?

Me miró.

—Ten cuidado con lo que pides. En mi caso la realidad se impuso a la fuerza. Tuve que ir a la guerra. Disparábamos a la gente y a veces las balas daban en el blanco. Yo no quería hacerlo, me llamaron a filas, me convirtieron en soldado, y lo odié. Me cambió y aprendí cosas importantes sobre la vida y todo eso. Pero luego fui a la UC Berkeley. Fue como el paraíso. Pasé del infierno al paraíso en el transcurso de apenas unos pocos años.

—Quizás tenga que librar mi propia guerra, seguir mi propio camino.

—Claro. Pero te digo con toda honestidad: todas esas cosas que te interesan, esas experiencias vitales, llegará un día en que desearás haber obtenido créditos universitarios por ellas.

Lamentablemente, no me convenció. No escuché. Probablemente debería haberlo hecho.

*

Nuestro trabajo en el anuario avanzaba bastante bien (según mi parecer), y aunque tenía ciertas dudas sobre sabotear el proyecto —una sensación de ansiedad, pero también el placer de la *schadenfreude*— pensé que el viejo Kickshaw iba a obtener lo que había pedido, y con creces. Aun así, todos parecían muy contentos de que lo estuviéramos haciendo. Incluso el director intervino.

—Tú y Christian estáis haciendo un trabajo maravilloso. Estoy impaciente por ver el estupendo anuario que tendrá la promoción del 81.

—Gracias, señor. Sí, estoy seguro de que será memorable. —Eso era todo lo que realmente decía: «Será memorable». Y no era ningún cuento. Era la pura verdad.

Pasó el tiempo y Christian creyó que había terminado con el collage; o tal vez simplemente se quedó sin fuerzas. Escribí un último limerick sobre la esposa de Clint, a quien habíamos oído el día anterior, con total claridad, quejándose a su marido, el decano. Por pura casualidad, Christian y yo íbamos camino de la guarida del dragón y pasamos por delante del Longhouse.

—¿Qué se supone que tengo que hacer aquí arriba, Charlie? ¿Qué hay para mí? —Era la pobre Angela Stacks. Estaban discutiendo.

Christian esbozó una sonrisa burlona, pero yo sentí un poco de lástima por ella. Era guapa y bastante joven, quizás a finales de los veinte, y estaba atrapada en un colegio de chicos con un montón de patanes lujuriosos, viejos inútiles y un marido pijo al que todo el mundo odiaba. Cadogan presumía de haber conseguido acercarse a ella, pero yo estaba bastante seguro de que era todo cuento.

*

Pensé que la señora Jones participaría en el proceso de corrección del anuario, pero dejó bien claro que solo se encargaría de hacer el pedido. Parecía que faltaba un papel en el equipo: un editor adulto de verdad. Pero a ella no le preocupaba.

—Si crees que está lo bastante bien, hagamos el pedido. Parece que la promoción de 1980 compró 300 ejemplares. ¿Crees que es suficiente?

—Oh, no, al menos 400, diría yo. Esto va a ser memorable, muy memorable. ¡Seguro que alguno querrá dos ejemplares! —La estaba dándole jabón, como el perfecto cabrón que era, pero ella se lo tragó todo, gota a gota.

—De acuerdo —dijo—. Enviaré el pedido la semana que viene.

No me di cuenta de que su falta de interés también era falta de responsabilidad. Nos lo endilgó todo a Christian y a mí. Vieja holgazana.

*

—¡Oye, Sutra! —dijo Fish—. He encontrado un sitio genial en los senderos. ¡Tiene un sofá!

—¿En serio? —dije—. Qué interesante. —Se me cayó el alma a los pies. Era interesante, sí, pero por las razones equivocadas: si Fish había ido a la guarida del dragón, la noticia se estaba corriendo y no tardaría en enterarse el personal de mantenimiento. Sabíamos que había un par de espías hablando de los estudiantes que andaban fuera del límite y de otras actividades. Nunca se me había ocurrido que mi comportamiento, mi sola presencia, probablemente molestara a ciertas personas. Pero así era. Quizás eran celos. Pero también es cierto que a veces tenía una actitud de capullo, de «que os den», que probablemente tenía algo que ver. Y supusimos que Clint no tenía reparos en buscar y cultivar fuentes de información entre el alumnado.

Espías.

Christian decidió bajar esa mañana a deshacerse de cualquier cosa incriminatoria. Regresó sujetándose el ojo con la mano; lo tenía hinchado.

—¿Qué pasó, tío? —dije.

—Había dejado una botella de zumo de uva *Welch's* allí abajo. La recogí y el tapón salió disparado y me golpeó en el ojo.

—¡Tío! —dije—. Tenemos que llevarte a la enfermería.

—No, puedo arreglármelas.

Pero yo estaba convencido de que necesitaba atención médica. Pensé que se le iba a salir el ojo. Al final cedió. Al parecer tenía razón: la señora Standish lo llevó inmediatamente a urgencias.

Poco después, el personal de mantenimiento destruyó la guarida del dragón. Lo más triste era que se podían ver los escombros desde lejos, incluso al acercarse a la Meseta: allí estaba el sofá milagroso, destrozado, y las tablas que Christian había subido con tanto esfuerzo en la oscuridad de la noche, esparcidas por la ladera. Era horroroso.

—¡Está destrozado, tío! —dijo. Pensé que iba a llorar.

—Lo sé. Lo sé…

Y luego tuvimos que aguantar otra cacería de bichos en la asamblea, mientras Clint intentaba descubrir quién lo había construido.

—El personal de mantenimiento encontró parafernalia allí abajo. ¡Quienquiera que haya construido ese escondite está en serios problemas!

*

Ese año también hubo cosas buenas; no todo era tristeza y penumbra, idiotas y notas de examen. Era mayo y se acercaba el baile de graduación. Con Larry fuera de escena, tuve que buscarme yo mismo el frac. Al final acabé con un conjunto de lo más extravagante: corbata blanca, guantes, frac y todo. Pero pensé que me veía bastante apuesto. En fin, me lo iba a tomar en serio.

Isabella fue mi pareja de baile de graduación. No siempre era fácil acercarse a ella, y algunos días anhelaba con ver tan solo un rastro suyo, un trozo de papel con su letra, un aroma en mi chaqueta; además del colegio, que le ocupaba todos los días de la semana, su padre policía no era un tipo fácil de tratar. Finalmente lo conocí, no en las mejores circunstancias, sino en un control de tráfico. Christian y yo íbamos en doble en su ciclomotor camino a Carp. El coche patrulla nos paró con sirena, luces y todo.

Del vehículo salió un tipo que parecía sacado de *CHiPs*: un Eric Estrada envejecido.

—¿Adónde van, muchachos?

—A casa de mi padre, señor —dije—. Yo vivo aquí.

—¿Ah, sí? ¿Tienes carnet? —le dijo a Christian.

Sin decir palabra, Christian sacó su cartera y le entregó el carnet.

—¿Y tú? —me dijo.

—Bueno, yo no conduzco, señor —dije—. Pero claro. —Y le mostré mi carnet de conducir.

Esperamos mientras el policía hacía lo suyo. Cuando regresó, parecía endurecido. Dos chicos blancos ricos. Y uno en particular.

—¿Así que eres Robbie Gray?

—Eso es lo que dice el carnet, señor.

—¿No te he visto en una furgoneta Volkswagen color tostado?

—Es posible, señor.

—¿Esa es tu furgoneta?

—Bueno, señor, sí. El título está a nombre de mi padre.

—¿Y quién es ese?

—Richard Gray. Es agente inmobiliario.

La expresión del policía pareció cambiar.

—Ah. Sí. Hemos oído hablar de él por aquí. Lo llaman *Tricky Dick*. Salió en las noticias locales.

—Algo así —dije, con el rostro cabizbajo.

—Bueno, quizás conozcas a mi hija. Isabella.

Interiormente me puse pálido. *Mierda*, pensé.

Christian había escuchado todo aquello en silencio, pero ya no pudo contenerse.

—Si no le importa, creía que esto era un control de tráfico. Hemos tenido paciencia, pero tenemos que ir a algún sitio.

—¿Ah, sí? —dijo el policía.

—Hay un partido.

—Estás equivocado. Hoy no hay fútbol.

—Se llama Copa Mundial Juvenil. Esperamos que el padre de Robbie pueda conseguir que lo pongan por cable.

El policía pareció impresionado.

—Ya veo. ¿Así que sabes de eso?

—De hecho juego de delantero. Solo son las finales juveniles. Pero para mí importa. —Christian era un chico con agallas y no se dejaba pisotear por nadie. Ni siquiera por los policías.

El policía no pudo evitar sonreír.

—*Bueno.* Pero escucha. No se supone que vayas en doble, y tu amigo Robbie ni siquiera lleva casco. Podéis iros. Id a ver vuestro partido. Pero consíguete un casco —me dijo.

—Sí, señor —dije.

—*¡Adios Cabrón!* —dijo Christian.

Y así fue como conocí al padre de Isabella.

—Menudo rompebolas —dije en voz baja.

—Menuda la tienes —dijo Christian.

*

Aun así, el baile de graduación era el baile de graduación, con papá rompebolas o sin él. No podía creer que tuviera pareja (algo que jamás habría contemplado). E Isabella era una joya. Todos los chicos lo pensaban. Yo también lo sabía, y eso era parte del asombro. O sea, ¿quién era yo? No era guay. No era *Simbad el Marino* de los cojones. Ni siquiera sabía surfear.

Me quedé esperando impacientemente fuera del local del baile, un restaurante de tres estrellas de Santa Bárbara con una terraza interior, un atrio, abierto al cielo como una villa romana.

Por fin el padre de Isabella llegó en su viejo Chrysler e Isabella bajó de un salto. Estaba preciosa con su vestido blanco de baile. Llevaba flores en el pelo. Habló con su padre a través de la ventanilla bajada y yo le dije *¡Hola!* al señor Sánchez de *CHiPs* y lo saludé con la mano; él me miró frunciendo el ceño y se marchó. Pero no me importó: Isabella estaba radiante y riendo, y nos quedamos un rato admirándonos mutuamente y las circunstancias tan favorables en que nos encontrábamos.

—Tengo algo para ti —dije.

—¿Qué?

—Es una flor. O mejor dicho, varias flores.

—Ah, te refieres al ramillete.

—Claro. —Intenté torpemente prenderlo en su pecho izquierdo hasta que toqué piel; entonces ella me detuvo y me tomó de la mano. Luego le tendí la mía, y con la destreza de una experta me prendió el ojal a la chaqueta.

—Se te da bien —dije.

—Sí, todos los mexicanos somos unos excelentes criados —dijo riendo.

—¡Mama Mia! —me reí.

—Eso es italiano, idiota.

Nos miramos a los ojos y apoyé mis manos en sus hombros mientras ella ponía las suyas en mi cintura. Era como una pose de baile, pero simplemente disfrutábamos del momento de cercanía. Podía oír a los demás dentro del local y pensé en entrar, pero me costaba soltar esa unión. Era como un cerdo codicioso haciéndose pasar por un niño que se hacía pasar por un hombre.

Entonces ocurrió algo que, si lo pusiera en un libro, el lector diría: «Qué ridículo; es pura invención y fantasía, como un cuento de hadas.» Y es cierto: es difícil convencer a alguien de que algo es posible si nunca le ha ocurrido personalmente. Pero en este caso lo que ocurrió fue que, mientras observábamos, las nubes se abrieron y el cielo cambió de color; no fue exactamente un arcoíris, sino un fenómeno atmosférico de luz, de tal forma que el cielo y las nubes adquirieron tonos rosados, azul profundo y morado, y luego relucieron. Fue como si Walt Disney o los extraterrestres nos enviaran una bendición.

—¿Ves eso? —dije.

—¡Sí! ¡Madre mía, es increíble!

Nos quedamos mirando al cielo, era como un espectáculo de luces, los dioses sonriéndonos, y entonces Isabella dijo:

—Oye, deberíamos contárselo a la gente, ¿no?

Y empezó a moverse para entrar al local, porque era así de ella, quería que compartiéramos la experiencia, pero la sujeté y le dije:

—No. Esto es nuestro, Isa. No lo creerían, o si entráramos, cuando volviéramos ya no estaría.

—Sí. Probablemente tengas razón.

Me dejó besarla entonces. Fue un beso agradable; todavía no besaba demasiado bien en el gran esquema de las cosas, pero estuvo bien, creo. Sabía a sirope de arce oscuro y brillo de labios.

Al final dejamos de hacer eso y por fin entramos al local. Era un restaurante y bar, abierto y lleno de gente, así que cruzamos el salón y una anfitriona nos llevó a la parte de atrás, donde estaba el atrio. Estaba reservado para una fiesta privada. La anfitriona se retiró y pude ver a varios compañeros de clase transformados en sus atuendos de fiesta: allí estaba Félix con frac, acompañado de una pareja bastante redondita que había conseguido de algún modo; varios miembros de la Mafia de Malibú con chicas guapas, en su mayoría rubias, con bronceados de cabina y vestidos con volantes. Christian tenía pareja, al parecer alguien de Palo Alto que había volado esa tarde, se llamaba Shelly; y Cadogan había venido solo, pero ya estaba hablando con una de las jóvenes camareras.

Estaba pensando en cómo conseguirle algo de champán a Isabella cuando Joey O'Dell, que ya estaba claramente borracho, se me metió en la cara de un empujón.

—¡No puedes traer aquí a tu frijolera espalda mojada, Sutra!

—¿Cuál es tu problema, Joey? Quítate de en medio. —No estaba de humor para él.

—¡Nada de espaldas mojadas! —Su cara estaba demasiado cerca de la mía, y entonces ocurrió algo que me sorprendió. Quise golpearlo, y básicamente me estaba preparando para hacerlo, pero sentí que Isabella me apartaba.

—Yo me encargo, Sutra. —Se plantó frente a Joey y, sin decirle una palabra, le lanzó una patada baja y contundente directamente a los cojones. El golpe aterrizó con un crujido sordo, como al golpear un *Hacky Sack*, probablemente inaudible para todos excepto para Isabella y para mí (y para él, claro), y al exhalar gimió y pareció que se le salía la lengua. Tenía los ojos desorbitados. Ella lo empujó con la mano, luego con la palma en el pecho, y él simplemente se desplomó y cayó hacia atrás. Fue como una caída de payaso, y se desplomó agarrándose las partes íntimas, revolcándose en el suelo de dolor.

—¡No soy una frijolera, pedazo de mierda! —gritó. Parecía que iba a darle una patada en la cara.

Algunos de la Mafia de Malibú se percataron, pero, curiosamente, no salieron en su defensa. No lo entendí hasta que miré hacia atrás y vi que Jonah y Christian estaban detrás de Isabella y de mí. Los dos tenían pinta de ir en serio; y sin duda Christian, que había ganado corpulencia y llenaba su esmoquin alquilado de tal manera que el pecho le abultaba como el de un joven Doc Savage, con los brazos a los lados en puños cerrados, era una figura imponente. Entonces Jonah se acercó, levantó a Joey y lo apartó; hablaron en voz baja junto a la barra, el barman y los camareros reprimiendo la risa, mientras Joey seguía agarrándose, pálido como el papel, gimiendo y con cara de que iba a vomitar.

—No tienes que defenderme, Robbie —dijo Isabella—. Puedo cuidarme sola.

—Ya veo —dije—. ¿Te lo enseñó tu padre?

—No, tenemos una clase de autodefensa femenina en Santa Anita.

—Pero creía que desaprobabas la violencia.

—Qué va, estás proyectando. Patear a los nazis en los cojones es buena idea prácticamente en cualquier momento.

—Joey es un cerdo, intenta ignorarlo —dijo Christian—. Todos lo hacemos, de algún modo.

—¡No me caes bien, tío! —le gritó Joey a Christian, señalándolo desde la barra.

—Lo mismo digo —respondió él.

La reacción de Isabella me había sorprendido de verdad. Pero el consenso en la sala parecía estar de su parte y muchos de los chicos ahora se reían y nos sonreían. Si yo hubiera golpeado a Joey, se habría armado un buen lío, quizás incluso una denuncia policial. ¿Pero Isa? Ni hablar. No sé si Joey lo superó alguna vez.

—¡Bien hecho, Isabella! —dijo Félix, dándole una palmada en la espalda como haría con un chico—. ¡Le has dado una lección!

—Sí, estuvo bien colocada —dijo Fish, que tenía a su lado a una chica delgada y esbelta. Llevaba un vestido de gasa con estampado floral y el pelo arreglado con mucho gusto, pero tenía los ojos apagados. Pensé que podría tener malaria. Se parecía un poco a Ana Frank necesitada de alimento. Fish le cogía la mano y ella sonreía, era divertida y valiente.

—Deberías haberle pegado más fuerte, maldito nazi pitufo —dijo, y entonces ambos se rieron. Creo que habían bebido del champán. La chica era muy guapa y quizás tenía la cara más parecida a la de un pez que James, pero nunca supe su nombre.

Fue genial ver a James contento. Sus gafas redondas brillaban y reflejaban la luz del sol que se filtraba en el espacio celestial del atrio. Por un momento, me pareció que un ángel cantaba. Me di cuenta de que me alegraba de haber pasado tiempo juntos trabajando en el anuario, porque James y yo podríamos haber sido buenos amigos si me hubiera esforzado. Murió de la enfermedad de Tay-Sachs con apenas treinta años.

Al final Jonah regresó con el ahora afligido Joey, que dijo:

—¡Lo siento, tíos!

Y nos dimos la mano, y él dijo, principalmente a Isabella:

—Está bien. Aceptaremos a los frijoleros. Pero no queremos. ¡A los irlandeses!

Joey había citado Blazing Saddles y todos, incluida Isabella, se rieron. Supongo que no era tan malo después de todo. Joey O'Dell era, ya se sabe, irlandés.

Nos adentramos en el local y un camarero trajo unas copas de tallo largo con algo burbujeante dentro, e Isabella y yo nos quedamos bebiéndolas y admirando la luz del sol y las enredaderas que trepaban por las paredes hacia el cielo como nuestros espíritus.

Uno de los chicos, quizás Jonah, descorchó otra botella de espumoso y ocurrió algo que no habría podido predecir, completamente fuera de mi carácter, y que solo pudo ocurrir porque ya estaba borracho: el corcho de la botella de *Moët* salió disparado hacia mi lado desde el otro extremo del atrio, y lo atrapé fácilmente al tender la mano. El gran arco del vuelo del corcho había estado en contacto con mi Chi, mi fuerza vital. Fue como una confirmación de que las cosas estaban destinadas a ser. Todos aplaudieron.

Pero entonces Jonah hizo un brindis.

—¡Por todos los que vamos a la universidad, y por Sutra, que es demasiado bueno para eso!

Todos se rieron, porque llevaba al menos un mes diciéndole a la gente que no quería ir a la universidad, que quería aprender del Libro de la Vida, que era demasiado bueno para ir a la universidad, que la universidad era para tontos, etc., etc. Me había volcado de lleno en mi plan, que seguía siendo secreto, de ir a la India. Pero de algún modo nunca logré contárselo a Isabella. Para ser justos, había estado muy ocupada. Pero no la preparé. Me miró con dureza durante un momento y tuve una sensación de fatalidad inminente, como si se estuviera preparando una patada en los cojones.

No estaba tan equivocado.

*

—¿Qué quieres decir con que no vas a ir a la universidad?

Ya habíamos pasado el baile de graduación y todo se había derrumbado más o menos. Nunca llegué a saber si Jonah había hecho su brindis sin ninguna malicia, si había sido cuidadosamente concebido —asesinato premeditado, por así decirlo— o si, quizás, fue simplemente karma. El destino. Probablemente lo último. Me era imposible atribuirle a Jonah mala intención. Claro, en el amor y en la guerra todo vale. Pero era mi amigo.

—¿Vas a contestarme? —dijo Isabella.

—Siento no haberte hablado de esto antes.

—¿Eso es todo?

—Hay más. ¿Estás dispuesta a escuchar?

Eran alrededor de las diez de la noche, y deberíamos habernos estado besando y yo debería haberla manoseado, al menos, como todos los demás chicos. Pero eso ahora era totalmente imposible. Conocía a Isabella.

—Lo que pasó fue esto —dije—. En primer lugar, hay una sensación de falsedad en nuestras vidas. ¿No lo sientes?

—No.

—Bueno, espera un poco. Quizás lo sientas. De todos modos, llevo mucho tiempo pensando en esto. No es solo una ocurrencia caprichosa. Necesito hacer algo que no sea la escuela. Creo que la escuela es un simulacro. Es un juego para encajar a la gente en una sociedad que ni siquiera me gusta. Yo no encajo. ¿Sabes? Kickshaw... en realidad no encajo allí. Me gustaba ir y todo eso.

—¡Y disfrutaste de todos los privilegios! —dijo ella.

—Sí, así es. También empecé a ir a la clase de Ideas.

—Ya me lo has contado. Lo de tu precioso Ram.

—Bueno, sí, es un buen tipo.

—¿Y?

—Hace unos meses Ram invitó a uno de sus antiguos alumnos, Malcolm, a dar una charla. El padre de Malcolm es senador de los Estados Unidos, Isa.

—¿Se supone que eso me impresiona? Es privilegio. Vosotros os estáis empapando de él como en Palmolive.

—Creo que yo te enseñé esa expresión, pero bueno. Es verdad. En fin, lo dejó todo para ir a la India. Buscaba un Maestro, un Gurú, y al final lo encontró.

—¿Y vas a irte con ese gurú? ¿Es eso?

—No. No lo creo. Ese no. Pero quiero encontrar uno. Quiero ir a la India. ¡La India, Isa!

—La India —dijo con una sonrisa burlona—. Eres un idiota.

—Lo sé —dije—. Es verdad. Soy un idiota. No soy digno de ti.

Por un momento pareció calmarse. Pero entonces volvió a estallar.

—Si crees que con eso te vas a acostar conmigo esta noche, te equivocas. Si crees que te voy a dejar tocar esto —dijo, alzando sus pechos—, te equivocas.

—Tienes un instinto bastante cruel. ¿Lo heredaste del viejo papá Eric Estrada?

—Maldito seas.

Nos quedamos sentados un rato, creo que los dos intentando entender cómo todo se había derrumbado de repente. Todo iba tan bien.

—Dime una cosa, Isabella. —Usé su nombre completo, lo que no le gustaba mucho, pero era su nombre verdadero—. Dime una cosa. ¿Por qué está tan mal que no vaya a la universidad? ¿Y si solo me tomo un año o dos de descanso? ¿Qué importa eso?

—Lo que no entiendes, Robbie Sutra, lo que ninguno de vosotros, los cabrones de Kickshaw, entendéis, es lo que es ser pobre. Lo que es luchar. Para vosotros todo es tan jodidamente fácil. Pero para alguien como yo... Piensa en las desventajas que tengo, en las cosas con las que tengo que lidiar: soy mujer, ese es el primer strike. No soy blanca, soy una frijolera, como dicen, ese es el segundo strike. Y por último, soy pobre, mi padre me cría solo y no gana suficiente para mandarme a la universidad. Tengo que intentar conseguir una beca, tengo que matarme a trabajar, solo para llegar a donde vosotros estáis sin ningún esfuerzo. No es justo.

No dije nada.

—Pareces creer que no es nada, que no vale nada. Esto de la educación. Pero no entiendes lo que significa para gente como yo. Es la diferencia entre ser criada y tener una carrera digna, una vida.

—Tienes razón —dije.

—No te es posible entenderlo.

—No, no lo es.

Nos quedamos en silencio un rato. Pensé vagamente en Conchita, con sus grandes tetas balanceándose frente a la cara de mi padre, y en cómo dijo que se rió cuando Larry los pilló juntos. Pero quizás mi padre se lo había buscado. Quizás había sido un completo idiota. Y yo era el hijo del idiota.

Estábamos fuera del local del baile; había un parque a unas manzanas, y más de una pareja de Kickshaw estaba allí. Sentía sus energías amorosas flotando en el aire nocturno. Pensar brevemente en Conchita me conectó de algún modo con Isabella, que estaba en una liga completamente diferente, pero ahora se decía en desventaja. Estaba de acuerdo con todo lo que decía, pero no entendía cómo se aplicaba a mí. Quería liberarme del mundo que según ella la oprimía, el mundo que, coincidíamos, la castigaba injustamente. ¿Acaso no lo veía? Yo estaba con ella. Estaba de su parte. Pero ella no estaba de la mía.

—Podríamos haberlo hecho esta noche, Robbie —dijo. Sus ojos parecían apagados a la luz de la farola—. Estaba preparada. A mi padre no le caes bien, pero no me importaba. Empecé a tomar la píldora para esta noche, cabrón.

No dije nada ante eso. Por dentro tenía mucho que decir, pero no creía que nada de ello fuera bueno. Y entonces hice algo realmente estúpido.

—Entonces... supongo que será mejor que vayas a buscar a Jonah.

Ella me miró.

—¿Qué?

—He visto la polaroid. Tú y él juntos. ¿Cuándo fue eso?

—Vaya, Robbie, esta noche sí que vas en un tren desbocado.

—Venga, dilo ya.

—No.

—¿No? ¿Nada que decir? Bien. —Entonces hice lo impensable, claro, como suelo hacer. Me levanté y empecé a caminar. No creo que Isabella esperara eso.

—¿Robbie? ¿Dónde vas... adónde vas?

Pero yo seguí caminando.

—¿Cómo llego a casa?

—¡Pregúntale a Jonah! —grité. Creo que todo el parque me oyó.

*

Así que, desde mi punto de vista, el baile de graduación fue un fracaso. Christian parecía feliz esa noche, pero la alegría duró poco. No he dicho mucho de Susana. Sí, Susana fue al baile. Fue sola, pero fue. La vi de reojo bebiendo de una copa de tallo largo. Se estaba permitiendo un poco de champán, y pensé que era sano. Todo el mundo necesita relajarse de vez en cuando.

Pero no pude evitar notar que sus ojos seguían yendo a Christian. No pensé en esto hasta uno o dos días después. Me estaba ahogando en mis propias emociones; parecía que todo había terminado con Isa. Había sido un idiota total, un cretino de primera. ¿Debería llamarla? ¿Disculparme? ¿Qué? Así que eso ocupó la mayor parte de mi atención. Pero una pequeña parte de mí, la parte clínica, la parte lógica, debió de haber estado trabajando en ello en mi mente inconsciente. Até unos cuantos cabos en mi cabeza: el hecho de que Susana hubiera decidido vivir en la Ermita, que era donde estaba Christian; el hecho de que lo había conocido desde el principio en Lido; las duchas que se daba, que todo el mundo sabía que ocurrían a medianoche porque quería intimidad. Habría estado sola y nadie habría considerado entrometerse. Y entonces recordé que cuando murió John Lennon, ella pareció conmovida, y no porque supiera algo de John Lennon (no sabía nada), sino porque Christian parecía muy triste. Entonces me preguntó por Lennon, incluso quiso escuchar *Imagine*, lo cual me pareció inusual. Christian era el nexo de unión. Esa noche que nos emborrachamos, el whisky, y luego la ducha corriendo y corriendo.

«¡Mierda!», pensé. «¡Alguien en su corazón, sin duda!»

*

No le dije nada a Christian. Y no había razón para pensar que el año terminaría con la revelación de su secreto. Pero Christian tenía sus propios problemas. Nos enteramos de que no lo habían admitido en sus universidades de primera ni de segunda opción. Emocionalmente, eso debió de ser un golpe duro.

—¡Supongo que me queda Chico State! —exclamó riendo. Pero pude ver que estaba destrozado. Se había «conformado» con UC Santa Cruz, que no era exactamente una porquería, en lo que yo sabía, y se lo dije, pero él no creía que su padre fuera a quedar satisfecho. Y desde luego, no le impresionaría.

Y entonces llegó un día en que se podía sentir que algo andaba mal. Entré a la asamblea matutina y oí mucho ruido, mucha charla, y los Masters haciendo callar a la gente. El director se acercó al frente.

—Por favor, permítanme su atención. Lamento informarles que anoche ocurrió algo que es motivo de grave preocupación. Esta mañana hay una reunión del Comité Disciplinario, y les agradecería que cada uno se ocupara de sus propios asuntos. Por favor, no difundan rumores. Es un asunto delicado.

—¿Pero qué ha pasado? —Esta era una pregunta general que no venía de ninguna dirección en particular.

El director tenía un semblante sombrío.

—Se ha sorprendido a un alumno manteniendo relaciones con otro alumno.

Se oyó un jadeo audible.

—Eso es todo lo que voy a decir al respecto. Cada uno que se ocupe de sus propios asuntos, como ya he dicho.

*

Tenía la esperanza, contra toda esperanza, de que no fuera Christian, pero cuando fui a comprobar su habitación, no estaba. Llamé a la puerta de Susana, al final del pasillo, y tampoco obtuve respuesta.

Pero entonces ocurrió algo curioso. Llamaron a mi puerta. Clint —el mismísimo decano Charlie Stacks— estaba allí, enmarcado en el umbral.

—¡Hostia! —dije sorprendido—. Me has asustado.

—Eso no está muy bien, señor Gray. Venga conmigo. Se le necesita para prestar declaración ante el Comité Disciplinario.

*

—Señor Gray, tenemos un informe de que unos chicos se han estado reuniendo en las duchas a altas horas de la noche en la Ermita. ¿Sabe algo al respecto? —El director estaba haciendo las preguntas y yo sabía que tenía que ir con mucho cuidado. Christian tenía los ojos enrojecidos, como si hubiera llorado. Y Susana tenía un aspecto terrible. Parecía que había más Masters presentes que en el DC de Cadogan: al menos diez alrededor de la mesa. No podía creer que estuvieran haciendo esto.

Y el viejo Kickshaw estaba allí, lo cual me pareció preocupante. Sospechaba que se encontraba peligrosamente aturdido.

—¿Y bien? —dijo el director.

—Sé algo de eso —dije.

Hubo bastante movimiento alrededor de la mesa.

—Continúe —dijo el director.

—Quisiera explicar algunas cosas. En primer lugar, son mis amigos. ¿De verdad son tan estúpidos como para pensar que diría algo que pudiera hacerles daño?

—Eso es una gran insubordinación, señor Gray —dijo Stacks.

—Pero también muy loable —respondió Heinrich.

«Buen viejo Heine», pensé.

—Quisiera que no me interrumpieran, por favor. Gracias. Ahora, en segundo lugar, puede que algunos de ustedes lo sepan o no, pero me di cuenta muy pronto, cuando estábamos en segundo año, de que Calvin, aquí presente, era en realidad una chica. Calvin es un chico por fuera, pero una chica por dentro. No sé cómo es posible, pero solo puedo suponer que es el resultado de una variación genética natural en el cerebro. El cerebro es algo curioso. Como sabemos por las culturas antiguas —Master Bosworth, allí presente, puede explicárselo— los pueblos antiguos entendían que esta confusión era posible. Incluso tienen un término para ello: hermafrodita.

—Calvin me dijo que su nombre interior, su nombre verdadero, era Susana, y llevo tanto tiempo llamándola Susana que ya no puedo pensar en ella de ninguna otra manera. Y seguiré haciéndolo.

—Susana es católica. Es muy devota. Lo único que sé con seguridad de ella es que jamás haría nada pecaminoso ni iría en contra de su religión. Nos hicimos amigos, en cierto modo, y quise ayudarla.

—¿Y cómo «ayudó», señor Gray? —dijo el decano.

—Bueno, pensé que le vendría bien leer *Un extraño en tierra extraña*. Trata sobre un ser humano criado por extraterrestres que luego tiene que ir a vivir a la Tierra. Todo le resulta muy difícil. Pensé que Susana podría sentirse así, al ser la única persona negra en el campus.

—También la llevé a ver *Rocky Horror Picture Show*.

—¿Ah, sí? —dijo el director—. No lo sabía. ¿Cuándo fue esto? ¿Estaban ambos de permiso para salir?

—Puede comprobarlo usted mismo, señor. Estoy seguro de que el decano Stacks guarda esos registros. O puede llamar a mi padre. Él nos llevó en coche y se quedó a ver la película. Le pareció fantástica. Así que sí, por supuesto que teníamos permiso.

—¿Por qué llevaste a Calvin —a Susana— a ver *Rocky Horror*? —preguntó Martin en voz baja.

—Porque pensé que si veía a personas transexuales, quizás se sentiría menos sola. Pensé que, tal vez, ella era transexual. Estaba intentando ayudarla a encontrarse a sí misma.

—¿Y qué pasó? —preguntó el director.

—Bueno, puede preguntárselo a Susana usted mismo. Pero creo que le disgustó. Como buena católica, Susana se opone a las relaciones extramatrimoniales. ¿Verdad, Susana?

—Que Dios te bendiga, Robbie —dijo ella.

—¡Pero si se ducha tarde por la noche! —exclamó el viejo Kickshaw—. ¿Qué esconde? ¿Qué dice usted?

—Susana quiere intimidad —dije—. ¿Por qué le resulta tan difícil? Si usted fuera una chica en un colegio solo para chicos, ¿no querría un poco de intimidad, por amor de Dios?

Esto fue demasiado para el viejo Kickshaw, quien pareció descontrolarse. Ya estaba de pie.

—¡Ya he oído suficiente! —gritó. Sus manos se abrían y cerraban convulsivamente. Pensé que podría sufrir un ataque epiléptico.

—Doctor Kickshaw, por favor —dijo el director—. Siéntese.

La cabeza redonda del viejo Kickshaw se movía furiosamente de arriba abajo.

—¿Crees que puedes burlarte de todos nosotros? ¿Es eso? ¿Crees que puedes burlarte de mí? —Parecía dirigir su ira exclusivamente a Susana.

Ella se había encogido ahora, inclinada hacia delante con sus delgados brazos levantados a la altura de la cabeza como para protegerse de los golpes.

—¡No, no señor, jamás!

—¡No puedes comportarte así en Kickshaw! ¡No permitiré que mi colegio se convierta en una... una guarida de homosexuales! —Balbuceó, sin encontrar las palabras adecuadas para expresar lo que quería decir—. ¡O lo que sea que seas!

El director, habiendo recobrado la cordura, intervino.

—Por favor, doctor Kickshaw, pare. Esto debe terminar. La está acosando. Además, yo estoy a cargo de las reuniones del Comité Disciplinario.

—¡Pero sigo siendo el fundador del colegio! —exclamó—. En circunstancias extraordinarias, aún puedo tomar decisiones. Y esta situación es intolerable. —Señaló a Susana—. ¡Él no es una ella! ¡Deja de animarla... a él... a eso!

—Por favor, Howard —dijo Master Henler.

Pero Kickshaw se mostraba cada vez más obstinado a medida que se enfadaba más.

—Diré lo que tenga que decirse. Y te pago a ti, Scott, para que te ocupes del aspecto administrativo. Lo que ocurre en el colegio, quién acude a mi colegio, es enteramente mi decisión.

El director suspiró.

—Sí, Howard. Pero este es un asunto muy delicado; hay mucho en juego. El mundo está cambiando. América está cambiando. El colegio tiene que cambiar con él.

—¡No! —El viejo Kickshaw era inflexible—. Quiero que se resuelva este problema. —Señaló a Susana—. Y vamos a solucionarlo de una vez por todas. Te someterás a un examen. Te presentarás en la enfermería a las dos en punto con la enfermera, la señora Standish. A las dos en punto. En punto. Si se determina que eres de hecho una chica, algo que dudo mucho, pero si es así, serás suspendida y enviada a casa. Según el reglamento del colegio, el Internado Kickshaw para Chicos solo acepta alumnos varones. Pediremos disculpas sinceras a tus padres por cualquier confusión. Pero si la enfermera determina que eres un chico, entonces serás castigado severamente por intentar burlarte de nosotros. El Comité Disciplinario se reunirá esta noche y decidirá qué hacer contigo. De todos modos, podrías ser expulsado.

—No me dejaste terminar —dije. Pero para entonces ya no importaba.

Susana salió llorando del despacho del director. La seguí.

—Susana —dije—. Espera.

—¡Robbie! No quiero someterme a una «inspección».

—Lo sé —dije—. Siéntate un momento.

Nos sentamos junto a la capilla, irónicamente, en el frío escalón de cemento, y ella parecía fría y vaciada de vida, como una estatua de plomo.

—Me pregunto si así se siente estar muerta —dijo.

—No te rindas, Susana. Reza el rosario, ¿por qué no?

—Tienes razón, Robbie. Yo... necesito ir a confesarme.

—Claro. Me pregunto...

Pensé que Martin Quinn podría tener alguna idea al respecto, y me abrió la puerta cuando llamé.

—Tienes toda la razón, Robbie. Incluso conozco a la persona adecuada. Déjame hacer una llamada.

*

La enfermera Standish fue muy amable cuando Susana abrió la puerta de la enfermería. La campanilla tintineó.

—Pasa, querida —dijo—. Robbie, ¿qué haces aquí?

—Solo soy un amigo, señora Standish. Esperaré fuera.

—No, Robbie puede estar aquí —dijo Susana—. Quiero que esté conmigo.

—Mmm —dijo la enfermera—. Puedes sentarte aquí fuera, Robbie, o junto a la zona de fumadores; hay sillas allí, pero no puedes entrar en la sala de exploración. ¿Entendido?

—Por supuesto —dije—. Solo estoy aquí para apoyarla moralmente.

—Me obligaron a venir —dijo Susana. Sus pequeñas manos le temblaban—. El director y el doctor Kickshaw.

—Lo sé, cariño. No te preocupes. ¿Por qué no hablamos un rato? —Hizo un gesto y Susana se sentó en una silla cerca del mostrador de la enfermera—. Tengo entendido que te gusta que te llamen Susana.

—Sí.

—De acuerdo. Me llamo Sarah Standish. Soy enfermera titulada. Puedes llamarme Sarah.

—Sí, señora. Sarah.

—Esa medalla de San Cristóbal que llevas es muy bonita.

—Gracias.

—¿Eres católica, Susana?

—Sí, señora.

—Bueno, yo también. Así que tenemos eso en común. El director decía que guardas las Horas, ¿es cierto?

—Sí, siempre lo hago.

—Dice que también te levantas muy temprano. ¿Así que incluso mantienes la vigilia?

—Me gusta rezar durante las horas nocturnas. Es un momento muy tranquilo, muy bueno para la meditación.

—¿Y tienes rosario? —preguntó la enfermera.

—Por supuesto. Pero solo lo uso en privado. No quiero que la gente piense que soy vanidosa por tener algo así. Aquí se vería muy pretencioso. Nadie más tiene uno.

—Hmm. Sí. Susana, ¿también te levantas temprano por la mañana para que los chicos no te vean en el baño?

Susana pareció un poco avergonzada.

—Es cierto.

—¿Es porque eres una chica?

—No es apropiado.

—Claro. Bueno, estoy de acuerdo. Una chica no debería bañarse ni ducharse con los chicos. Susana, ¿entiendes lo que me pidió el director?

—No exactamente.

—Bueno, me pidió que te hiciera un reconocimiento físico. No soy médico, pero desde luego puedo examinarte y ver si hay algo preocupante. También quiero decirte que las ideas del doctor Kickshaw son muy anticuadas y absurdas. Si no quieres hacerlo, no tenemos que continuar. Me ha pedido que informe sobre tu salud física.

—Yo... estoy sana. Estoy segura de ello.

—Bueno, es cierto que estás bastante delgada.

—Sí, señora.

—¿Ayunas? ¿Ayunas con regularidad?

Susana no respondió de inmediato.

—A veces.

—De acuerdo. —La enfermera cogió el estetoscopio y un tensiómetro—. ¿Podría tomarte la tensión?

—De acuerdo.

—Hmm... 100 sobre 60. Está bajo. ¿Qué has comido hoy?

—Bueno, he tomado unas tostadas. Y un poco de zumo.

—¿Nada más en todo el día?

—No.

—¿Por qué no tomamos un poco de zumo ahora mismo? ¿Te gustaría? ¿O quizás un té caliente?

—Zumo, por favor.

La enfermera fue a buscar algo de comer, y al parecer, después de que Susana se tomara un poco de zumo de naranja y unas galletas, estaba de mejor humor.

—Bueno, Susana. Ha llegado el momento de decidir si quieres dejarme examinarte.

—¿Pero qué le dirás al doctor Kickshaw? —preguntó—. ¿Qué me va a pasar?

—El motivo por el que creo que deberías dejarme examinarte es que simpatizo con tu situación. Pero tengo que decirle la verdad al doctor Kickshaw y al director.

—¿Pero cuál es la verdad?

—Eso es lo que quiero saber.

—Sarah. Escucha. Tengo los atributos de un chico. Por fuera soy un chico. Pero por dentro, en lo más profundo de mi ser, soy una chica. Sé que soy una chica. Robbie lo sabe; se lo dije hace mucho tiempo. Siempre ha sido así. Incluso cuando era muy pequeña, sabía que mi cuerpo no era el correcto para mí. Dios me hizo diferente. No tanto en el cuerpo, sino que puso a una chica en el cuerpo de un chico.

La enfermera lo reflexionó un momento.

—¿Así que crees que se ha cometido un error?

—Antes sí. Pero me di cuenta de que debo ser así. No sé si es un castigo o una bendición. Pero es mi cruz. La llevo cada día, cada hora.

—Sí, lo entiendo. Pasemos a la sala de exploración.

Después de un rato salieron.

—No te preocupes, Susana —dijo la enfermera—. Todo saldrá bien. ¿Sabes cómo lo sé?

—¿Cómo? —dijo Susana.

—Porque eres católica. Dios cuidará de nosotras. Lo crees, ¿verdad?

—Sí, señora. —Parecía resignada al desastre.

—Robbie, ¿podrías asegurarte de que Susana se acueste y descanse en su habitación? Asegúrate de que llegue allí.

—Por supuesto —dije.

*

No me invitaron a la sesión vespertina del Comité Disciplinario, pero encontré mi manera de escuchar lo que ocurría.

—William —dije—. De verdad que eres un santo.

Él sonrió.

—Voy a poner David Bowie.

*

—Enfermera Standish —dijo el director—, antes de que los alumnos acusados entren en la reunión, ¿podría darnos los resultados de su examen?

—Sí, director. Susana, como le gusta que la llamen...

En ese momento, el viejo Kickshaw interrumpió.

—¿De verdad tiene que usar ese nombre?

—Sí, doctor Kickshaw. Así lo he decidido. La estudiante en cuestión tiene unos 17 o 18 años, está muy poco desarrollada físicamente, presenta características sexuales masculinas y genitales masculinos...

—¡Tal como lo esperaba! —exclamó Kickshaw triunfalmente.

—...Pero con claros indicios de desnutrición, aparentemente a causa del ayuno. La estudiante también admitió guardar las Horas. Para quienes no lo sepan, se trata de una serie de vigilias de oración durante todo el día y hasta bien entrada la noche. Está sometida a un gran estrés mental autoinfligido.

—¿Qué está diciendo, enfermera Standish? —preguntó el director.

—Lo que digo es que Susana, o Calvin si lo prefiere, es beatífica. Por si no se ha dado cuenta, tiene un estigma en la mano derecha.

Esto generó una considerable discusión alrededor de la mesa. El director dejó que la conversación se prolongara un rato.

—Centrémonos en el asunto. Doctor Kickshaw, ¿entiende lo que acaba de decir la enfermera?

—¿Qué, qué, qué? —dijo Kickshaw.

—La enfermera acaba de decir que la estudiante es una persona muy religiosa, una católica devota, y posiblemente una santa. ¿De verdad está dispuesto a profundizar en este tema?

—¿Pero qué quiere decir? ¿Está insinuando que no hizo nada malo? Me dijeron que la pillaron teniendo relaciones sexuales con un alumno en la ducha. ¡Eso no me suena a una persona devota!

—Muy bien. Creo que debemos hablar en grupo sobre cómo proceder, y hacerlo con mucho cuidado, con mucha delicadeza. La reputación del colegio está en juego.

Pude oír a Stacks carraspear.

—Para mí está claro —dijo el decano— que ambos deben ser expulsados inmediatamente. Tenemos que erradicar la actividad homosexual. Así de simple.

—Me gustaría señalar —dijo Martin— que he estado en contacto con el confesor de Susana...

—De Calvin —interrumpió el viejo Kickshaw.

—Con el confesor de Calvin. El padre Ferapont. Ayudó a identificar a la estudiante en cuestión como una persona extraordinaria, alguien que haría un honor a este colegio.

—Hmph —gruñó Kickshaw.

—Y hoy viene al colegio.

—¿Qué? —dijo Kickshaw.

—Así es, Harold —dijo el director—. He aprobado su visita.

—¿Pero cuál es su propósito? —gritó Kickshaw.

—Nos visita en calidad de religioso. Pensé que tranquilizaría a la estudiante en cuestión. Y tal vez pueda ayudarnos a evitar un desenlace terrible en esta... situación.

Kickshaw parecía escéptico.

—Bueno, esperemos que sí.

—Debemos retomar ahora el problema que nos ocupa —dijo el director—. ¿Estamos de acuerdo en qué haremos al respecto si se ha producido una conducta sexual inapropiada?

—¿Se han enumerado los hechos? ¿O se trata simplemente de una decisión basada en rumores? ¿Cuáles son las pruebas? —preguntó la enfermera Standish.

—Tenemos el informe del señor Joseph O'Dell, quien afirma haber visto a Calvin y a Christian juntos en la ducha. Afirma que esto ha ocurrido repetidamente, pero solo ahora se ha presentado.

—¿Y dijo qué estaban haciendo? Es una ducha comunitaria. ¿Quizás simplemente se estaban bañando? —preguntó Master Henler. Martin pareció reírse entre dientes.

—Según el señor O'Dell, se estaban masturbando mutuamente. Afirma haber presenciado otros actos, pero no quiere dar detalles.

—¿Pero es esto realmente un asunto para el Comité Disciplinario? —preguntó Master Henler—. Quizás el primer paso correcto sería que los tutores de esos alumnos trabajen con ellos sobre el comportamiento esperado en las residencias. ¿Por qué se ha llegado al extremo de la expulsión?

—¡Porque debe ser así! —exigió el viejo Kickshaw.

—¿Y por qué, Harold? —preguntó la enfermera Standish.

—Porque... porque es homosexual.

—La homosexualidad —dijo Martin— no es un delito en el estado de California, doctor Kickshaw. Se legalizó en 1976.

—¡Pero seguro que el reglamento del colegio lo prohíbe!

—No estoy tan seguro, Harold —dijo el director—. Le advertí que este curso de acción podría traer problemas. Hay cuestiones legales técnicas, cosas que la junta de patronos debe considerar, y no necesitamos una demanda. No hay nada específico en los estatutos del colegio, ni en el reglamento, que prohíba que dos chicos estén enamorados. No necesitamos convertirnos en una *cause célèbre*. No necesitamos publicidad.

—Pues yo, desde luego, no lo voy a consentir.

Parecía que Kickshaw no estaba dispuesto a cambiar de opinión. Tenía la sensación de que era un viejo testarudo. Me preguntaba si alguno de los otros Masters compartía mi opinión.

El director suspiró.

—Si es así, que las consecuencias recaigan sobre su cabeza.

—Al fin y al cabo, es mi colegio —afirmó el viejo Kickshaw—. ¡Que traigan a los chicos! Se lo preguntaremos directamente. No hay otra manera.

—Quiero dejar constancia de que esto está mal, Harold —dijo la enfermera—. Podría afectar al bienestar mental de uno o ambos estudiantes.

—¡Tráigalos! —exigió Kickshaw.

*

—No sé si puedo seguir escuchando esto, William —dije.

—¿No va bien?

—No. Me dan ganas de lanzar un cóctel Mólotov a la reunión.

Pero William era sabio, más inteligente que yo.

—Intenta anotar algunas de las declaraciones más escandalosas. Podemos presentar una queja.

—¿A quién? —pregunté.

—A la prensa, por supuesto. Estoy seguro de que a Kickshaw le horrorizaría la mala prensa; podría arruinar el colegio.

Y entonces empecé a tomar notas.

*

—Señor Beniot, tenemos un informe de que fue sorprendido participando en una actividad sexual lasciva en la ducha. ¿Lo niega?

Christian no respondió durante un momento.

—¿Cuál es la definición de «lascivo»?

—¡Vamos! —dijo el director—. Seguro que no necesitamos un diccionario.

—No estoy de acuerdo —dijo Master Henler—. Si se va a usar una palabra, el alumno tiene derecho a conocer su significado preciso. Yo mismo desconozco el significado exacto de esta palabra. Recuerdo que, cuando era joven, los nazis decían muchas cosas sobre los judíos, y también sobre los artistas y los disidentes; entre ellas, que eran lascivos. Díganos la definición de esa palabra.

Parecía que el director se había quedado desconcertado ante la vehemencia del Master de Física. Pero al momento dijo:

—Bien. Es razonable. Tengo aquí el Diccionario Oxford de Inglés. Veamos. «*Lewd*. Adjetivo que significa referirse al sexo o involucrarlo de manera grosera u ofensiva.»

—Entonces puedo responder a esa pregunta y decir que nunca he hecho nada relacionado con el sexo que fuera grosero u ofensivo. Jamás.

«Bien por ti, Christian», pensé.

—¡Pero tuviste sexo en esa ducha a las dos de la madrugada o no! —El viejo Kickshaw se había puesto beligerante. Imaginé que probablemente estaba comenzando su ocaso—. ¡Respóndeme, jovencito!

—Yo, no puedo mentir. Toqué a Susana. La toqué.

—¿Y ella te tocó? ¿Lo hizo?

—Sí. —Christian parecía estar llorando.

—¡Ya ves! —gritó Kickshaw, como si hubiera ganado un premio.

—¿Y tú, Susana, o Calvin, o como quieras que te llamen? ¿Acaso tocaste a este buen joven? ¿Fuiste tú quien provocó esto? ¿Eres tú la causante de todo este problema?

Susana parecía aterrorizada. No respondió.

—¡Respóndeme! —gritó Kickshaw.

—No hice nada más que dar amor y recibir amor. Somos seres humanos y has decidido inmiscuirte en algo privado, algo personal, entre... entre dos jóvenes. Dos personas que se quieren. Eso está mal.

—Pero lo que hiciste, lo que hiciste en la ducha, en medio de la noche... eso es un pecado mortal en tu religión, ¿no es así?

—Creo que eso es un asunto para mi confesor, no para usted —dijo Susana en voz baja.

—Esto no puede continuar —dijo Master Henler—. No lo permitiré.

—No hay necesidad de ir más lejos —dijo Stacks—. Es obvio que debemos votar ahora. Los dos alumnos deben esperar fuera el resultado.

Oí el chirrido de las sillas cuando Susana y Christian se marcharon. Christian seguía llorando, claramente. Susana parecía extrañamente serena.

Hubo un silencio durante un momento, mientras la sala parecía sumirse en un estado de reflexión, tal vez incluso de arrepentimiento. Finalmente el director habló.

—Votaremos ahora sobre si Christian Benoit y Calvin Tyrone Gay —ese es su nombre legal— deben ser expulsados de la Escuela Kickshaw para Chicos. Dado que sospecho que esto podría dar lugar a una demanda, registraré los votos. Sobre el asunto de la expulsión, ¿la recomienda, decano Stacks?

—Sí.

—¿Para ambos chicos?

—Sí.

—Master Henler, ¿recomienda la expulsión?

—No.

—Master Quinn, ¿recomienda la expulsión?

—No.

—¿Master Remus?

—Sí.

—¿Para ambos chicos?

—Sí.

Y así sucesivamente por toda la sala. El director fue anotando debidamente las respuestas.

—Muy bien, el resultado es el siguiente...

Kickshaw dejó escapar un grito agudo.

—¿Pero qué hay de mí?

—Usted no es miembro con derecho a voto del Comité Disciplinario.

—Oh —dijo Kickshaw—. Bueno, no voy a discutir eso ahora. Continúe. ¿Cuál es el resultado?

El director hacía meticulosas marcas de verificación.

—Permítanme recontarlo. Sí, parece que hay un empate: siete votos a favor de la expulsión y siete en contra. Yo tengo el voto decisivo. Y voto por...

En ese momento llamaron a la puerta y se abrió. Era Christian.

—¡Señor Benoit, aún no hemos terminado nuestras deliberaciones! —gritó Kickshaw.

—¿Qué ocurre, Christian? —dijo el director.

—Creo que deberían saber que Susana se ha ido. Creo que deberían saber que estoy preocupado. Creo que deberían saber que es capaz de hacerse daño. Ya ha ocurrido antes. Si se hubieran tomado el tiempo de hacer las preguntas adecuadas, lo sabrían.

En ese instante, ocurrieron varias cosas a la vez. Oí el chirrido de múltiples sillas y voces hablando todas al mismo tiempo. Pero Christian siguió hablando. Su voz sonaba hueca, casi mecánica.

—Creo que deberían saber que han tratado muy mal a uno de sus alumnos, sin tener en cuenta su salud mental. Han hecho algo criminal aquí... ¡son unos monstruos!

Pero los Masters ya se habían levantado y se pusieron en marcha, y lo apartaron a un lado. Al final parecía que solo quedaban Christian y el mismísimo viejo Kickshaw en la habitación. Reinaba el silencio. El anciano parecía confundido.

—¿Señor Benoit? ¿Qué dijo? ¿Qué ocurrió? No entendí muy bien...

No podría asegurarlo, pero parecía que Christian se dio la vuelta y se marchó sin responder.

PARTE DOCE, SANTA SUSANA — (Antecedentes)

Un dios al hombre de barro amasaba
a y a duras jornadas lo condenaba;
mas llegó una tentadora,
seductora y amadora,
que sus cuitas y penas aliviaba.

El padre Ferapont cargaba la pesada cruz de madera que llevaba consigo los domingos después de misa. Le daba un aspecto un tanto extravagante el vagar por las calles de Watts, en el sur de Los Ángeles, cargando, e incluso arrastrando a veces, esa enorme cruz; pero esto no le preocupaba. De hecho, cuando la gente pasaba en coche y se reía, o gritaba obscenidades, o lanzaba botellas y basura, él sonreía con satisfacción. La Caminata de la Penitencia, como él la llamaba, solía incluir a feligreses de San Bartolomé, su parroquia. A veces alguien caminaba detrás de él en oración; a veces le pedían cargar la cruz durante un tramo mientras él caminaba a su lado. Para Ferapont, la cruz era una forma de dar un toque de dramatismo e inmediatez a su misión, y la comunidad solía responder bien en cuanto comprendía que él estaba allí para todos —blancos, negros y morenos— sin distinción ni prejuicio.

Ferapont era capuchino, lo que significa, en esencia, que era un sacerdote católico de una orden similar a la de los franciscanos (quienes siguen las enseñanzas de San Francisco). Salvo que la orden de Ferapont era más extrema: una orden volcada en la pobreza, el servicio, la conexión con la naturaleza y la adoración a través de las criaturas de Dios; la austeridad y la renuncia absoluta, todo en persecución de Cristo. Para ello, Ferapont vestía una sencilla túnica marrón del color del café con leche, ceñida con una sola cuerda en lugar de un cinturón, y sandalias. Las sandalias eran, quizás, una suerte de aceptación de la vida en California y de su arraigo al lugar. La mayoría de los capuchinos contemporáneos usaban zapatos; pero aquí las sandalias daban la nota precisa.

Esa mañana arrastró la pesada cruz de roble pulido, ayudándose de los hombros para soportar su peso, y caminó lentamente hacia el sur en dirección a las Torres Watts, la maravillosa e inexplicable obra de Simon Rodia que se alzaba visible desde lejos. Esas torres se llamaban en verdad *Nuestro Pueblo* —el nombre dado por Rodia—, y Ferapont agradecía que su misión siempre se viera beneficiada al poder explicar, incluso al pandillero más endurecido, que Watts era "nuestro pueblo", un pueblo para todos. «Simon Rodia lo dijo. Todos en Watts estamos juntos, amigos», solía decir. «Somos hermanos y hermanas, negros, morenos y blancos. Y aquí estamos todos, en medio de todo. Tenemos que sacar lo mejor, juntos.»

Watts era un trabajo duro. Ferapont había desafiado a la policía en varias ocasiones cuando estallaron tensiones e incluso tiroteos en años anteriores; era respetado tanto por la comunidad negra como por la latina por su valentía al luchar por la paz y la justicia contra el LAPD. Era un hombre joven, veterano de Vietnam, y eso solía tener peso ante los agentes. Los infames disturbios de 1965 habían sido antes de su época; pero la mancha de aquellos disturbios y la brutalidad cotidiana del LAPD, visible para todos en forma de sangre y agujeros de bala, desde luego que no. A veces no importaba que fuera blanco, sacerdote o veterano. A veces, los agentes maltrataban a todos más o menos por igual. Era su particular forma de igualdad.

En ese momento, caminaba también por las calles con un propósito claro: buscaba a alguien que lo necesitara. No sabía con exactitud a quién buscaba, pero tenía el mensaje de un feligrés y una descripción: un chico, muy delgado y de aspecto frágil, de unos trece o catorce años. «Al parecer, su padre lo echó de casa», le había dicho un vecino y feligrés. «No creo que aguante mucho en la calle; parece una hoja arrastrada por el viento.»

Ferapont pensó que tal vez el chico se sentiría atraído por las torres —muchas personas en apuros lo hacían, de forma natural. Las torres eran como un imán espiritual, o quizás una invitación al carnaval, según el tipo de persona. Claro que quienes vivían cerca olvidaban con rapidez la maravilla que tenían entre sí, o incluso la despreciaban. Así funcionaba la naturaleza humana, bien lo sabía.

«Ahí», se dijo. Vio una figura tendida, debatiéndose casi en agonía, bajo unas cajas de cartón cerca de un contenedor de basura. Ferapont apoyó la pesada cruz contra la valla del recinto de las Torres Watts y estiró los brazos y la espalda un momento para descansar. Luego se acercó con los brazos en alto, las manos abiertas y levantadas, y se aseguró de sonreír. «Es importante sonreír siempre al encontrarse con los pobres y desamparados. No la sonrisa del necio, sino una sonrisa de calma, de paz y de amistad.» Así le habían enseñado.

—Hola, amiguito —dijo—. ¿Estás bien ahí debajo?

El niño se asomó sin ver nada desde detrás del cartón. Parecía débil.

—Tengo sed —dijo.

El sacerdote jadeó. Pudo ver la mano derecha ensangrentada del adolescente. Un clavo de diez peniques le atravesaba la palma.

—¡Estás herido! —exclamó.

El niño no respondió de inmediato. Ferapont retiró el cartón y rompió a llorar.

—No podría habérselo hecho él solo —estaba diciendo el médico de urgencias.

—Entonces fue un crimen —dijo Ferapont.

—Diría que sí. Algo horrible. Pero el chico no habla.

—¿Puedo verlo?

—Le estamos administrando suero intravenoso. Estaba deshidratado. Probablemente esté bien. ¿Unos minutos, entonces? La policía llegará enseguida.

—Sí, gracias, doctor.

Ferapont se acercó a la camilla donde descansaba el chico.

—Hola de nuevo.

El chico le dedicó una débil sonrisa.

—¿Tienes ganas de hablar? ¿No? Bueno, al menos necesitarán saber tu nombre y con quién contactar.

—Prefiero no decirlo.

—Creo que la policía no va a aceptar un no por respuesta. Querrán saber cómo pasó eso. —Ferapont señaló la mano del chico—. Yo también quisiera saberlo.

—Yo... yo mismo me lo hice.

—Ya veo. —Ferapont hizo una pausa y luego habló en voz más baja—. El médico cree que sería muy difícil.

El chico no dijo nada.

—Eso... eso lo fue.

—¿Eres católico?

—Sí.

—Hmm. ¿Quieres que escuche tu confesión?

El chico parecía incrédulo.

—¿Qué, aquí mismo?

—Puedo correr esta cortina. —Ferapont tiró de la cortina que había cerca para darse un poco más de privacidad—. No tengas vergüenza. He dado la absolución muchas veces en zonas de guerra, en Vietnam, y también aquí, en la zona de guerra que es Watts. ...Ya ves que soy sacerdote, ¿verdad? Estoy listo para escuchar tu confesión.

«Bendígame, Padre, porque he pecado. Hace unas semanas desde mi última confesión. Me clavé un clavo en la mano porque quería sentir la agonía de Cristo. Estoy seguro de que eso es pecado de algún modo. Además, le contesté mal a mi padre y no quiero obedecerle.»

—¿Ah? ¿Qué te pidió?

—Quería que le hiciera una felación a uno de sus clientes. Es un proxeneta, ¿sabe?, mi padre. Dice que ya tengo edad para trabajar. Al fin y al cabo, es verano.

—No veo ningún pecado en negarse a realizar un acto sexual.

En ese momento un agente se asomó por la cortina. Vio al sacerdote y cerró la cortina mientras Ferapont le hacía señas para que retrocediera.

Pero el chico ahora estaba asustado.

—¿No le dirá nada al policía, verdad? ¿Lo de mi papá?

—No pueden obligarme a decir nada. Pero tal vez te convenga que lo haga. ¿Cómo te llamas?

—Calvin Tyrone Gay —dijo el chico, lentamente.

—Calvin, ¿tienes algún otro pecado que confesar?

—Me negué a hacer lo que mi padre me pedía. Eso debe ser pecado, ¿no?

—No honraste a tu padre. Entiendo que eso te pese. Muy bien, reza cinco Padrenuestros y cinco Avemarías.

—Sí, Padre. Yo... no puedo mover el brazo para persignarme.

—Entonces lo haré yo por ti. Ya está. Ahora da gracias al Señor, porque Él es bueno.

—Él es bueno.

—Ahora descansa, Calvin. Te absuelvo. Te absuelvo en el nombre de nuestro Señor Jesucristo.

—Gracias, Padre.

Ferapont hizo una pausa, pensativo.

—¿Calvin?

El chico abrió los ojos. Los había cerrado y ahora parecía temeroso de una nueva carga.

—¿Sí, Padre?

«Por favor, no te impongas ninguna penitencia, como la que hiciste con el clavo, sin consultarme primero. Soy tu confesor ahora; quiero guiarte. ¿Me aceptas como guía espiritual y consejero, en Su Nombre?»

—Sí, Padre. Es muy amable de su parte. Ahora lo entiendo todo. Él le ha enviado.

—Es muy amable de tu parte aceptar. Y sí, estoy al servicio de todos los hijos de Dios si puedo. Cuando te recuperes, quiero que vengas a San Bartolomé. Hablaremos más.

—Me queda claro que trae un mensaje. Lo escucho y lo obedezco. Es Su Voluntad.

Ferapont no le dio mucha importancia a esa declaración en ese momento. Afuera habló con el agente que esperaba.

—Se llama Calvin Gay. Dice que su padre le pidió que se prostituyera y que él se negó, pero que luego se castigó por no haber obedecido.

—Parece un chiflado.

—Por favor, no sea duro con él.

—Tendré que hablar con él.

—Sea amable. Es un alma muy frágil. Tengo una idea de cómo ayudarle. Y, por cierto, estoy completamente seguro de que jamás implicaría a su padre ni presentaría cargos.

—¿Uno de ésos, eh?

—Sí. Uno de ésos.

Más tarde ese mismo día, Ferapont hizo una llamada telefónica a un amigo que vivía más al norte por la costa. Un compañero de armas.

—...Así que ya ves, Martin, podría ser un buen candidato para Kickshaw. Es de baja estatura; pensé que tendría solo trece o catorce años, pero según la policía ha completado noveno grado. Podría entrar como alumno de segundo año.

—Va a ser difícil venderle la idea al viejo Kickshaw. Pero le caigo bien. Hablaré con Terry Hawk en Admisiones. ¿Te acuerdas de él?

—Recuerdo que me abrió la puerta con una botella de vodka en la mano y le dio un buen trago cuando necesitaba ayuda con geometría.

—Más o menos así es. Pero ahora ha vuelto con su esposa. Y todo el mundo dice que se le da bien recaudar fondos.

—Sí, el dinero. Tuvimos nuestro momento de gloria allá arriba, ¿verdad?

—Y armamos bastante jaleo. Pero supongo que eso ya no entra en tus planes.

—Bueno, Watts no es precisamente un paraíso terrenal. Pero hacemos lo que podemos.

—La paz sea contigo, Padre.

—Y contigo, querido amigo.

FINAL — «Un anuario muy memorable»

Al final del día reina la agonía,
un chico, una chica, sin armonía;
mas tras el aguacero,
queda el dolor sincero,
y solo queda el coño... ¡vaya día!

Supuse que Susana habría ido a la capilla a rezar. El edificio de amplios arcos, lleno de vidrieras, estaba abierto, pero dentro reinaba la oscuridad. Tiré de una de las grandes puertas de madera y se abrió de par en par.

—¿Susana? —llamé.

Pero no hubo respuesta.

Al salir, vi a Martin corriendo hacia mí. Con él venía otro hombre que parecía llevar un vestido.

—¿Robbie?

—Pensé que podría estar aquí —dije.

—Fue una buena suposición. ¿Pero sin suerte?

—No.

—Robbie, este es el padre Ferapont. Es amigo mío; luchamos juntos en Vietnam. Conoce a Susana.

—Hola —dije—. Creo que la he oído hablar de usted. Tenemos que encontrarla rápido, Martin.

—Lo sé —dijo. Martin no pareció sorprendido de que yo supiera que Susana había desaparecido, ni me preguntó cómo había obtenido la información—. ¿Dónde crees que deberíamos buscar ahora?

—Bueno, ¿quién más está buscando?

—Tenemos a profesores recorriendo las residencias y los terrenos. El padre Ferapont y yo acabamos de salir de la Ermita. Christian está en su habitación, pero Susana no.

—¿Tienes alguna idea? —dijo Ferapont.

—Sí —dije—. Venid conmigo.

Cruzamos rápidamente el campus hasta el Teatro Rayburn.

—El Master Henler habrá estado aquí, Robbie —dijo Martin.

—No es adonde vamos —dije. Cruzamos el gran espacio abierto donde celebrábamos la asamblea matutina, y los conduje escaleras arriba y luego por una pasarela. De repente oí un grito de dolor. Empezó en voz baja pero fue ganando intensidad, como si alguien se estuviera desgarrando por dentro.

—¡Algo está pasando, Robbie! —gritó Martin—. ¡Pero dónde está!
Llegamos al último piso del teatro, la zona donde colgaban las luces
y los telones, y señalé el hueco donde estaba oculta la rejilla de acceso.

—Quedaos aquí un momento —dije. Me deslicé por el hueco y encontré el panel oculto a tientas. Llamé en voz baja.

—¿Susana? Soy Robbie. ¿Puedo entrar?

Al cabo de un rato oí una vocecita.

—Entra, Robbie.

Abrí el panel y lo aparté a un lado. Dentro de la habitación escondida pude ver el parpadeo de una vela.

—Voy a entrar —dije. Siempre era difícil colarse en ese espacio;
nunca había entendido cómo Christian había conseguido meter un
colchón allí. Me dejé caer por el agujero unos metros hasta el acolchado del colchón y solté un grito de sorpresa. Ella estaba en una postura de angustia, como sacada de una película de terror.

—¿Susana? —dije.

—No mires, Robbie.

—¿Estás bien?

—No mires. Yo... hice algo.

—Oímos un grito.

—¿Está bien Christian? —dijo—. ¿Qué pasó con el DC? ¿Lo expulsaron?

—No lo sé, Susana. —Pude ver sangre en el colchón—. ¿Estás sangrando? —dije.

—No mires.

—Tengo que mirar. —Entonces comprendí lo que había hecho.
Christian había dejado algunas herramientas allí arriba —siempre estaba trabajando en el espacio, seguro de que nadie sabía del acceso
oculto— y ella había encontrado un martillo y unos clavos grandes.
Un clavo le atravesaba la palma de la mano izquierda, y había sangre
en el martillo, en sus manos y en su rostro.

—Susana, ¿te hiciste eso tú misma?

—Tenía que hacerlo, Robbie. El doctor Kickshaw tenía razón. Pequé. Christian, todo fue culpa mía. Mi vanidad, ducharme por la noche...

Ahora jadeaba en busca de aire, visiblemente adolorida. Parecía a
punto de desmayarse.

—Kickshaw... me dio un mensaje, por cruel que fuera. Tuve que
aceptarlo.

—Escuché lo que dijo. Me puso furioso.

—¿Lo oíste?

—Sí. Estaba escuchando.

—¿Pero cómo? Oh... sí, eres mi ángel... Mi dulce amigo, el único que intentó ser mi amigo... de alguna manera lo sabías...

La cabeza de Martin se asomó entonces a la habitación por la pequeña entrada.

—¿Susana? —dijo.

—Lo siento, Martin, no mires.

—El padre Ferapont está aquí, Susana.

—¿El padre Ferapont? —dijo. Su voz se elevó. Lo interpreté como una señal de esperanza.

—Estoy aquí, Susana —dijo él—. Todo saldrá bien. Por favor, déjanos sacarte de aquí.

*

No entendía por qué Susana había decidido clavarse un clavo en la palma de la mano, pero supuse que tenía algo que ver con Jesús, con el sufrimiento y con la necesidad de castigarse por lo que hubiera estado haciendo con Christian, noche tras noche, en la oscuridad. Pero el padre Ferapont no estaba de acuerdo.

—Es beatífica, Robbie. Eso significa que siente una conexión tan estrecha con nuestro Señor Jesucristo que experimenta su dolor y necesita también revivir sus heridas. Cuando hace eso, siente una conexión más profunda con Dios.

—Pero, bueno, eso suena un poco descabellado.

—Quizás —dijo—. Quizás no. A veces la vida es un misterio. No siempre nos corresponde resolverlo. Voy con ella en la ambulancia al hospital. ¿Quieres venir también?

—No —dije—. Creo que tienes todo controlado. Haz lo tuyo.

Él sonrió.

—Sí. No te preocupes, haré lo mío.

—Necesito encontrar a Christian —dije—. Querrá saber lo que ha pasado.

—Buena idea. Con toda esta atención centrada en Susana, Christian estará sufriendo muchísimo. Hablaré con el colegio en su nombre; pediré clemencia.

*

Bajé a la Ermita y me detuve a lavarme las manos en el baño compartido. Miré hacia la zona de las duchas, ahora oscura y fría, y aparentemente inofensiva. No estaba seguro de poder ducharme allí nunca más.

Llamé suavemente a la puerta de Christian.

—¿Christian? —dije—. Soy yo, Robbie.

Pero no hubo respuesta. Pensé que quizás estaba durmiendo. Me fui a mi habitación y me senté en la cama, pero había una nota sobre mi cómoda. Se me cayó el alma a los pies. «No», pensé. Alargué el brazo y cogí el papel, en cuyo encabezado ponía «Robbie». La nota decía:

Eh, tío,

Lo siento por todo. Es mejor que no entres en mi habitación ahora mismo. He puesto mi reserva y algunas cosas comprometedoras debajo de tu cama. Espero que no te importe. Supongo que ya no las voy a necesitar, así que considéralas tuyas.

En mi habitación hay una nota para mi padre. Creo que no podría mirarle a la cara después de esto, por eso me estoy largando del Hotel California. También hay una nota para el director. Me hago responsable de lo que pasó. Susana no provocó nada. Fui yo. Ella no tiene la culpa. Es definitivamente una chica; solo tiene la herramienta de un chico. Así que no soy gay. Al menos eso creo. No hicimos nada raro ni asqueroso. Fue todo muy amoroso.

Eres un buen amigo, Robbie. Te quiero como a un hermano. Por favor dile a todo el mundo que me despido.

Tu amigo,
Christian Benoit.

Me levanté de un salto y corrí a su habitación. La puerta estaba cerrada con llave. Bajé corriendo por el pasillo y subí las escaleras, y aporrié la puerta de Franklin Bright, pero no hubo respuesta. Eché a correr entonces hacia los despachos. La primera persona que vi fue el director. Estaba hablando con la enfermera Standish.

—¡Director! —grité—. ¡Es Christian! ¡Consiga la llave de su habitación!

Pareció entender. Me desplomé de rodillas y rompí a sollozar. Tenía una idea bastante clara de lo que Christian había hecho, pero pensé que quizás aún estaría vivo.

Pareció pasar una hora, pero al final Stacks salió de su despacho junto al director. Stacks quizás pensó que estaba bromeando; no parecía tomárselo muy en serio. Pero el director entendió. Se apresuraron a pasar por mi lado hacia la residencia. Mientras tanto, la enfermera Standish se había acercado y se había sentado a mi lado en el césped.

—¿Qué ha pasado, Robbie?

—Creo que Christian se ha suicidado. Dejó una nota. —Saqué la nota de Christian del bolsillo. Ya era una bola arrugada; parecía tan pequeña en mi mano.

—Oh, no —dijo. Leyó la nota rápidamente—. ¡Dios mío!

*

Así fue como resultaron las cosas. Tuve que hablar con la policía y hubo algunos detalles macabros. El padre de Christian vino al colegio; hubo denuncias airadas y gritos que llegaban desde las salas de los despachos en las que yo había estado tan recientemente. Hubo un funeral en algún lugar, aunque no me invitaron; creo que se llevaron su cuerpo de vuelta a Palo Alto. Yo no quería saber nada. Solo me importaba el Christian vivo, siempre tan lleno de vida, de cariño y de vitalidad. Sus restos no me importaban lo más mínimo. Imaginé que reencarnaría pronto, quizás como una ballena, o un león, o una cobra. Para mí fue siempre un campeón y un semidiós, de eso no me cupo nunca la menor duda.

Quedaban más o menos dos semanas para el fin del curso, y lo lógico habría sido que lo adelantaran o tomaran alguna medida humanitaria, pero no lo hicieron. Y eso dejó tiempo para algunos «desenlaces finales», como suele decirse.

Con el tiempo, el colegio experimentó grandes cambios. Al año siguiente, en el otoño de 1982, las chicas florecieron en el campus. Kickshaw se convirtió en mixto. Al principio fueron solo unas pocas, pero después llegaron más. Ese cambio, decía la gente, llevaba mucho tiempo pendiente. Pero supongo que nadie lo ve hasta que pasa algo malo. Entonces todo parece evidente.

Un aspecto positivo fue que pude leer la nota de Christian en voz alta en la asamblea matutina. Quería asegurarme de que todo el mundo supiera la verdad, y no alguna historia de mierda fabricada por el colegio. El Comité Disciplinario había acosado a Christian hasta la muerte. El director no quería que leyera la nota, pero Martin salió en mi defensa.

—Necesita leerla, director. He visto la nota. No hay en ella nada más que la verdad.

Otro aspecto positivo fue que el padre Ferapont informó de que Susana iba a estar bien. No regresaría al colegio, pero él se aseguraría de que encontrara el apoyo que necesitaba.

—He escuchado su confesión y ha sido absuelta.

—Eso mola bastante. Ojalá funcionara para todo.

—Bueno, Robbie, funciona. A lo mejor deberías probarlo.

Me reí.

—Vosotros los curas, siempre proselitizando.

Sin embargo, mi avance en la recuperación del shock por la pérdida de Christian quedó hecho añicos cuando por fin se abrieron las cajas del anuario. Fue unas dos semanas más tarde, un día o dos antes de la graduación.

La primera señal de que algo explosivo había en el anuario fueron las risas y las burlas de los distintos alumnos que fueron recibiendo su copia. Se había formado una cola ante la Oficina de Antiguos Alumnos —eran ellos quienes gestionaban la distribución— pero pronto quedó claro que algo iba mal. Yo no me enteré del revuelo hasta la hora de comer.

—¡Sutra, capullo! ¡Ahora sí que la has cagado, tío! —dijo Cadogan.

—¿Qué?

—¡Este anuario!

—¿Qué pasa con él?

—Pues que está como una cabra. Es arte y todo eso, pero el conjunto es un enorme collage. Página tras página de locuras. Y luego los limericks...

—Ya —dije sonriendo—. Esos los escribí yo. Divertidos, ¿eh?

—Son la hostia de divertidos, pero algo me dice que no van a sentar demasiado bien a quien tú ya sabes.

Pensé que Cadogan exageraba, que la mayoría de los chicos amaría lo que habíamos hecho. Pero en realidad, la reacción general fue bastante mala. De hecho, pronto se formó una multitud a mi alrededor para protestar. El único que parecía receptivo era William.

—¡Está genial, tío, me encanta! ¡Mi página es hilarante! Pero, bueno, puede que tengas que agachar la cabeza una temporada.

Entonces oímos gritos por el interfono.

—¡Señor Gray! ¡Señor Robert Gray! Preséntese inmediatamente en el despacho del decano Stacks.

No tenía ningunas ganas de «presentarme en el despacho del decano», así que me fui en dirección contraria. «Cabrón», pensé. Fui a mi habitación y decidí que había terminado. Terminado con todo aquel lugar. Simplemente terminado. «Que les den.»

Saqué el bong de Christian de su escondite y llené el cuenco. Lo encendí allí mismo en mi habitación. ¡Ah, qué bien sentó! Pensé en mi amigo y en cómo yo era el superviviente. Eso me parecía un poco una tomadura de pelo. Christian, pensé, era mucho mejor persona que yo. Pensé en Obie Blackmore y en cómo se había hundido en el desastre en cuanto se fue su compinche.

«¡Suicidio!», pensé. Bueno, yo no tenía ese valor, ni mucho menos. Pero me sentía autodestructivo.

—Que les den —dije de nuevo mientras le daba una calada fuerte al bong. Era el bong de cerámica con forma de dragón, y nunca podía mirarlo sin pensar en nuestra Guarida de la ladera. La base estaba agrietada. Christian lo había recuperado entre los escombros, llorando. Y ahora él ya no estaba.

Llamaron a la puerta de un modo que sonó un poco como el Destino: ya saben, el «ta-ta-ta-TÁN». Abrí. «Ugh», dije. Era el decano Stacks. El mismísimo Clint Eastwood en persona, en carne y hueso, con el tic y la sonrisa marcada a fuego aún más fija que de costumbre. Le eché el humo encima.

—Señor Gray —dijo—. Vaya, vaya, vaya. Es tal como sospechaba. ¿Hablamos un poco, quiere?

—¿En su casa o en la mía?

—¡Muévase!

*

Un momento después estaba desplomado en su despacho. Me habían pillado con las manos en la masa y los dos lo sabíamos. Prácticamente me había arrastrado del cuello. Se lo estaba pasando en grande.

—Señor Gray, me parece a mí que ya no quiere seguir en Kickshaw. No quiere seguir las reglas, nunca las ha querido. Pero ahora, visto cómo están las cosas, simplemente ha pasado de todo.

—Ha resumido la situación admirablemente, decano Stacks.

Volvía a sonreír, pero su ojo izquierdo parpadeaba. Ya lo había visto antes.

—Permítame que le haga una sugerencia. Puedo darle su diploma ahora mismo y asunto concluido. Realmente concluido. Pero no podrá ir a la ceremonia de graduación. Coge este papel —y sí, parecía ser efectivamente mi diploma de bachillerato, lo levantó en el aire—.

Lo coges ahora y estás fuera de aquí y del campus antes de mañana por la mañana.

—¿O qué? —dije.

—O bien tenemos que pasar por los trámites de otra Vista del Comité Disciplinario. Esta vez, solo para ti. No has tenido ese placer todavía, ¿verdad?

—Oh, pero tengo una idea bastante clara de lo que pasa ahí.

—No es muy divertido.

—No, no me lo imagino.

Stacks me miró, con el ojo izquierdo casi cerrado.

—¿Cuál es su decisión?

—Me quedo con el diploma, claro. Me importa una mierda vuestra estúpida ceremonia de graduación.

Pude verle los dientes.

—Bien. Muy bien. Entonces. Aquí tiene —y me entregó el valioso papel. Supongo que lo tenía preparado y había planeado toda la escena de antemano. Pero me daba igual.

—Gracias por tomar la decisión correcta —dijo—. Nunca perteneció aquí, ¿verdad? Bueno, no tendremos que volverte a ver a ti ni a tu padre el maricón en este campus.

Se me cayó la mandíbula.

—Vaya que sí te has encontrado tu hogar aquí, Clint. Apuesto a que te encanta todo esto. Pero ¿qué piensa tu señora?

—¡Fuera! —gritó.

*

Estaba más o menos escondido a causa del asunto del anuario, y pasé una noche inquieta con las persianas echadas en las ventanas de mi habitación. Soñé con Christian con clavos en ambas manos, y Susana se convertía en una chica de verdad, con pechos grandes y vagina. Pero la vagina estaba en el sitio equivocado. Se parecía un poco a Conchita, pero más joven. Poco a poco fue transformándose en una versión de Isabella que me gritaba, y me desperté sintiéndome miserable y con un poco de lástima de mí mismo.

La verdad, me di cuenta, era que estaba cabreado con Christian: después de todo mi trabajo con Susana, después de todo lo que hice, Susana lo eligió a él. Yo nunca recibí ninguna paja ni duchas nocturnas ni besos a escondidas. Ni siquiera me llevé el tan alabado coño del baile de una chica de verdad, que debería haber sido *de rigueur*.

No. ¿Yo? Había perdido ante otro tío musculoso, quizás dos si contaba a Jonah. Pero al menos era libre. Todo había terminado. Nadie se había salvado, al parecer, como en *Eleanor Rigby*, salvo quizás Susana, pero ella también se había ido.

Así que, a tomar por saco, decidí fumarme un porro de celebración ahí mismo en la terraza trasera de mi habitación. O sea, ¿qué podían hacerme ya? Ya me había graduado. Tenía mi diploma. Ahí estaba, encima de mi escritorio, con la prolija firma del director en tinta negra y todo. Era libre de sus reglas, de sus gilipolleces.

Jamás ningún porro había sabido tan bien. No era muy de porros, en realidad; eran para compartir. Pero pensé: este me lo comparto con Christian. Y con Susana. Nunca nos habíamos colocado los tres juntos; me preguntaba cómo reaccionaría ella. Probablemente se reiría. «Este porro es para ti, Santa Susana, y para todos los tuyos. Que calme vuestros espíritus, que calme vuestras mentes.»

Pensé en el padre de Christian, que ahora se revelaba como nada más que un gilipollas de mucho ruido. Y de hecho me recordaba al gilipollas hablador de *The Wall*. Aquello había sido bastante difícil de asimilar ácido mediante —la idea del ácido había sido de Christian— pero la realidad de Benoit padre no era mucho mejor.

—Sabía que nunca llegaría a nada —gruñó—. Era demasiado parecido a su madre. Ni siquiera pudo entrar en una buena universidad. Y parece que tú y otros le ayudasteis a caer y arder.

—Supongo que estás escuchando al colegio.

—Tú eres el chico ese, Robbie, ¿verdad? El decano no te tiene en muy alta estima.

Me reí.

—Supongo que ese sentimiento es mutuo.

—¿Y quién es esta chica del gueto? ¿Esta travesti?

Me limité a negar con la cabeza.

—¡Córtate el pelo, chico!

No teníamos nada más que decirnos. Hizo un gesto desdeñoso con la mano y se fue. Observé cómo se asentaba el polvo mientras su Cadillac rugía calle Paradice abajo, templo ahora de sueños rotos. A los árboles no pareció molestarles su humo de escape. Pero a mí sí.

—¿Quién era ese? —dijo William.

—Un capullo —dije—. Christian estaría vivo de no ser por ese viejo petardo y su máster de la Harvard Business School. Las expectativas.

Así que sí, los padres a veces eran una mierda de verdad. Y luego pensé en su madre, con la que intenté hablar por teléfono unos días después de la muerte de Christian, pero que no parecía demasiado interesada.

—¿Cómo conseguiste este número? —dijo.

—Lo busqué en la guía telefónica.

—Pues no llames aquí. Habla con su padre. Hace diez años que no veo a Christian ni a su hermano.

Vaya arpía.

Así que me quedé tomando el sol, soltando humo como un señor. Un hombre libre. Alguien, un novato creo, pasó mirando boquiabierto. Era finales de mayo y el verano llegaba con fuerza. Y seguía siendo California. Era jodidamente glorioso. Y yo estaba bien colocado. En un rato recogería la furgoneta con mis escasas pertenencias y me marcharía al atardecer.

No tenía muy claro el futuro inmediato, para ser sincero. A mi padre no le hacía ninguna gracia mi situación. Me había cambiado la cerradura, descubrí, la última vez que intenté volver a «casa».

Fue un poco un shock, y hasta me enfadé un rato. Pero estaba bastante chamuscado con todo el tema de la «India». Probablemente era justo. Solo necesitaba que Conchita le diera unas pajas y ya se calmaría, calculé. Me descubrí deseando haberle robado el Rolex. Nunca se me había ocurrido que me cortaría el grifo.

Entonces vi lo que en un primer momento tomé por una aparición.

—¿Robbie?

—¿Mamá? —dije—. ¿Mamá? ¿Eres tú? —Me levanté de la tumbona y me caí de espaldas. Todavía estaba bastante colocado. No estaba seguro de si aquello era un sueño—. ¿Qué haces aquí?

Había subido por el estrecho sendero que había detrás de la Ermita hasta la puerta trasera de mi habitación, ya casi vacía.

—Me dijeron que viniera por aquí.

—Pero ¿eres tú de verdad?

—He venido a ver la graduación de mi hijo, claro. No pensabas que me la iba a perder, ¿verdad?

Me sentí un poco derrotado.

—Hola, mamá —dije al fin.

Ella alargó los brazos y me dio un abrazo.

—Hijo, hueles un poco a hierba. Y necesitas un corte de pelo.

—Sí —dije.

—¿Estás bien? Me dijeron que un amigo tuyo se había suicidado.

—Sí.

—Lo siento mucho, Robbie.

—Es una historia larga, mamá. —Fue muy bueno verla; me sentí abrumado de repente. Nos dimos un momento. No me había dado cuenta de cuánto la echaba de menos—. La he cagado un poco —dije.

Ella miró hacia mi habitación y vio el último de mis bolsos.

—¿Ya te marchas?

—Sí, mamá. Me echaron del colegio, más o menos.

—Pero hoy es el día de la graduación. ¿Cómo te van a echar hoy?

—Es una historia larga, pero básicamente el decano me dijo que podía irme; me dio mi diploma. —Fui a mi habitación y lo saqué para enseñárselo—. ¿Ves? Pero dijo que no podía ir a la Ceremonia si me llevaba el diploma. Dijo que no me querían aquí. Que me marchara antes de que empezara. Ya he terminado.

—¿Pero qué hiciste?

—Oh, muchas cosas.

—Hm. —No estaba muy convencida—. Creo que tengo que hablar con ese decano. ¿Dónde está?

—No va a servir de nada, mamá.

—¿Ah, no? ¡Pues ya veremos! Vamos.

No tenía ningunas ganas de volver a encontrarme con Clint en ese momento, pero mi madre había aparecido de la nada como una Deva y de repente caminábamos en el aire. Era como entrar en el reino de los espíritus o tomar ayahuasca. Algo sacado de Carlos Castaneda.

—Oye, ¿y Sam y los niños? —pregunté con despreocupación. Pensé que cualquier momento podrían materializarse más fantasmas de mi pasado.

—Solo vengo yo, Robbie.

—Ya.

Era un paseo corto hasta el despacho del decano; como ya he descrito, estaba en esa sección inferior del complejo Casa Alta/Lido donde había transcurrido buena parte de mis primeros tiempos en Kickshaw. Me parecía que había pasado tanto tiempo, y en una galaxia muy, muy lejana.

Abrí con precaución la puerta del despacho del decano y dije «¿Hola?», y mi madre me pasó por delante. Pude ver a Clint en su mesa, en el despacho que doblaba la esquina desde la recepción, con los ojos entornados. Por casualidad, el viejo Kickshaw estaba allí, de espaldas a nosotros, al parecer charlando con Clint.

—Decano Stacks —dije.

Los dos hombres dejaron de hablar, y el viejo Kickshaw se volvió.

—Señor Gray —dijo, y entonces reparó en mi madre detrás de mí. Su cara cambió.

—Soy la madre de Robbie —anunció ella.

—Muy buenos días, señora —dijo Kickshaw.

Stacks también sonreía, al menos al principio.

—Pues desde donde yo estoy, no —dijo ella—. Tengo entendido que este hombre —señaló a Stacks— ha prohibido a mi hijo asistir a la Ceremonia de Graduación. He venido todo el camino desde Florida para verle graduarse. ¿A qué estáis jugando?

Mi madre se dirigía principalmente a Kickshaw, que estaba algo desconcertado. Posiblemente ni siquiera conocía la situación. Fue Stacks quien respondió.

—Su hijo ha demostrado una inusitada resistencia a seguir las normas, uh, señora...

—¿Qué clase de resistencia? Está aquí, ¿no? —dijo ella, ignorando su intento de cortesía.

—Estoy seguro de que no fue exactamente... —comenzó Kickshaw, pero Stacks tuvo la desfachatez de interrumpirle.

—Le pillé fumando marihuana —dijo Stacks—. Entré y le pillé con las manos en la masa.

—¿Fumando marihuana? Pues todos los jóvenes lo hacen hoy en día, ¿no? —dijo ella—. ¿Y usted no fumó algún cigarrillo en el instituto?

—Puede que sí, señora Gray, pero no es ese el tipo de cosas que permitimos aquí.

—¿Y era esta la primera vez que le pillaban?

—Ha habido muchas ocasiones en las que el comportamiento de Robbie ha sido insubordinado. Su mejor amigo iba a ser expulsado por algo realmente horrible...

—El comportamiento de su amigo no me interesa, ni tampoco sus ideas sobre la insubordinación. Mi hijo acaba de atravesar un trauma terrible. Un amigo ha muerto. Cualquiera pensaría que la respuesta inteligente sería darle un poco de manga ancha. Mi hijo también es un espíritu libre, y muy inteligente. Supongo que habrán visto sus puntuaciones en los exámenes.

Aquí Kickshaw tomó parte.

—Sí, señora, por supuesto que las hemos visto. Es un alumno modélico en, bueno, en ciertos aspectos.

—Siempre ha necesitado más estimulación intelectual de la que podíamos ofrecerle allá en Florida. Se supone que este colegio debía suponerle un desafío y motivarle.

—Eso puede ser... —dijo Stacks.

Kickshaw escuchaba este intercambio pasado por encima de él sin entenderlo del todo, pero probablemente empezó a caer en la cuenta de que yo era el editor del desastroso anuario del colegio.

—Pero señora Gray... señora, lamento informarle de que Robbie, su hijo, y el chico fallecido, juntos han conseguido provocar una catástrofe con el anuario del colegio.

—¿El anuario del colegio? —repitió mi madre. La forma en que cambió su lenguaje corporal, con los brazos cruzados sobre el pecho y una ceja arqueada, me hizo sonreír. Mientras tanto, Stacks puso los ojos en blanco. Probablemente sabía lo que se avecinaba.

—Sí, el Anuario de Kickshaw de 1981. Se suponía que el joven Master Gray debía escribir historias halagadoras sobre el colegio y sus recuerdos de su tiempo aquí, pero en cambio, escribió limericks —limericks asquerosos—. ¡No se puede imaginar el tipo de cosas que quería meter ahí! Y ahora tenemos montones y montones de estos anuarios, que son completamente inaceptables... —Kickshaw procedió entonces a encontrar y abrir un ejemplar —quizás había traído una caja consigo; podría haber sido el tema de su conversación anterior con el decano, no lo sabía—. Pero allí mismo comenzó a enseñarle a mi madre el ahora vetado anuario—. ¡Mire esto! —dijo—. ¡Y esto!

—Parece muy moderno —dijo mi madre—. ¿Quién hizo todo ese trabajo de collage tan estupendo? —dijo, mirando en mi dirección.

—Mi amigo Christian, mamá —dije—. Le expulsaron también a él. Antes de matarle.

—¿Qué?

—Su hijo está haciendo un chiste horrible, aunque no del todo incorrecto —dijo Stacks con su acostumbrado tono untuoso—. El chico que menciona fue sorprendido manteniendo relaciones homosexuales.

—¿Con *mi* hijo? —dijo ella.

—No, por supuesto que no, estimada señora —dijo Kickshaw—. Con un triste caso del gueto al que financiamos para añadir color al alumnado. Por la diversidad. Un chico muy extraño que afirmaba ser una chica. Pero la enfermera demostró que era mentira. Aunque nunca llegamos del todo al fondo del asunto, los dos jóvenes implicados...

—Esto es un colegio solo para chicos —dijo mi madre con contundencia—. Ni una chica a la vista. ¿Qué esperaban que pasara en esa situación? ¡Los chicos siempre serán chicos!

Sí: mi madre acababa de llamar «idiotas» al decano y al fundador epónimo del colegio. Se me cayó la mandíbula.

—Los dos suenan como Anita Bryant —continuó—. Si así son las cosas por aquí, con el tipo de prejuicios que solo deberíamos ver en los ignorantes, entonces no tengo muy claro en qué se gastó todo el dinero de mi exmarido en la matrícula de Robbie. ¡Pero en cuanto a este anuario! —Mi madre lo cogió y hojeó unas páginas—. Robbie, ¿escribiste estos poemas?

—Sí, señora —dije.

—¿Todos?

—Por supuesto, señora. Solo son limericks.

—A mí me parecen poemas —dijo—. ¿Y qué es esto de Clint Eastwood?

—A veces llamamos al decano Stacks, decano Stacks, *Clint*.

—Hm —dijo—. Robbie, eso no es muy amable.

—No, señora —dije, bajando la cabeza.

—No es amable. Pero tiene gracia. —Se estaba riendo ya, casi burlándose de él en su propia cara—. Mira este sobre su esposa... —intentó contenerse—. Perdona —dijo, mirando al decano Stacks, que ahora estaba claramente enfadado. Cerró de golpe el anuario, se lo metió bajo el brazo y centró su atención en los dos hombres.

—Quiero que mi hijo asista a la Ceremonia de Graduación hoy. ¿Entienden? —dijo, con énfasis, mirando al viejo Kickshaw. Habló en voz alta, quizás porque percibía que Kickshaw tenía problemas de audición—. Quiero que asista —repitió, señalando con el dedo índice hacia su débil pecho, hasta que Kickshaw pareció captar la solución a la difícil situación actual con los antiguos alumnos.

—Por supuesto, señora —dijo—. Por supuesto que puede asistir. Lamentamos mucho haberle causado molestias. Todo esto ha sido un grave error.

Stacks no estaba nada satisfecho con esa respuesta y comenzó a interrumpir, pero en ese momento el director entró en el despacho y buena parte de las conversaciones anteriores tuvieron que reanudarse. Mi madre fue despiadada en sus críticas. La actitud del director ante la situación, sin embargo, era notablemente diferente a la de su decano. Se apresuró a apaciguar a quien, que él supiera, podía ser una futura donante del Fondo de Exalumnos.

—Le rogamos que disculpe las molestias, señora Gray —dijo el director, repitiendo el error del viejo Kickshaw, pero mi madre se lo dejó pasar. Estaba ganando.

Salimos del despacho y cerré la puerta, que hizo un chasquido satisfactorio. Sentó bien. Dentro, a través de los cristales de la puerta, oscuramente, podía ver a Stacks hablando en tono apagado con el director, mientras el viejo Kickshaw los miraba con tristeza, sacudiendo la cabeza.

Sonreí.

*

—Robbie, vamos a sentarnos en algún sitio. ¿Podemos?

—Claro, mamá. Vamos al comedor. Probablemente todavía podamos conseguirte café. Creo que incluso es posible desayunar.

—Estupendo; esta mañana no he comido casi nada, solo un bocado en el aeropuerto.

Cruzamos hacia el comedor y vi que se estaba preparando café para los padres visitantes, y quién estaba a cargo sino la señora Sauvage.

—Señora Sauvage —dije—, hola, soy Robbie Gray. Tengo el honor de presentarle a mi madre.

La anciana se había dado la vuelta hacia mí y luego miró a mi madre. Su cara se transformó en una cálida sonrisa de bienvenida. Me pareció que tenía cara de manzana vieja y reseca.

—Encantada de conocerla —dijo la cara de manzana—. Así que Robbie llegó a la graduación al fin. Para ser honesta, no creía que lo conseguiría.

—Sí —dijo mi madre—. Probablemente fue cosa de poco.

—Una madre siempre lo sabe... ¿Le apetece un poco de café, querida?

—Sí, por favor —dijo mi madre—. Estoy muerta de hambre.

—Haré que le traigan unas tostadas.

—¡Muchas gracias!

Nos sentamos en el comedor —supongo que aún era temprano; solo había unas pocas personas deambulando, vi a Fish en un rincón con sus padres— y disfruté del hecho de que el sol entraba a raudales en la sala. No dijimos nada, mi madre y yo, durante unos minutos, mientras yo disfrutaba de la luz y ella del café.

Por fin ella me miró y dijo:

—Veo que ahora bebes café. ¿Solo?

—Sí. Empezó cuando Christian y yo fuimos a ver un concierto en Los Ángeles... era The Who. Dios, fue genial, aunque Pete Townshend llevaba el brazo escayolado. Y después, al volver conduciendo, era tarde, casi me quedé dormido al volante.

Ella me miró de esa manera suya, y entonces dije:

—Bueno, sí, vale, en realidad me quedé dormido al volante dos veces, antes de decidir que sería buena idea parar. Así que entramos en un Denny's y pedimos café. Nunca me había gustado el sabor, ya sabes, pero esa noche me apeteció, y además estaba bueno. Era solo café barato de restaurante, pero cumplió su función, y entonces pude conducir.

—Y de repente te gustó. —Parecía muy serena y «presente», como el viejo *Bárbol* en *Las Dos Torres* cuando quería hablar de la actualidad.

—Sí, exactamente, mamá. Ahora me encanta el café.

—Este Christian, ¿se gradúa hoy?

—No, mamá. Christian fue el chico que murió.

—Oh. Lo siento, Robbie. —Se quedó un momento en silencio y luego dijo—: Sam y yo... nos estamos separando. Vamos a divorciarnos.

—¿Qué?

—Nos vamos a divorciar —repitió.

—Pero, pero... —No conseguía *grokarlo*.

—Se fue hace unos meses.

—¿Por qué?

—Bueno, supongo que no era feliz.

La miré más o menos de la misma manera que ella me había mirado cuando dije que «casi» me había quedado dormido al volante. Ella sonrió. Estaba un poco avergonzada de lo que vino a continuación.

—Encontró a otra mujer.

—¡¿QUÉ?!

—Robbie, no tan alto —dijo, mirando alrededor—. Encontró a otra mujer. Sam ha tenido algunos problemas de hombre. Pensó que yo tenía la culpa.

—Problemas de hombre —dije.

—Algunos problemas en el dormitorio.

—Ah, ya. El síndrome de la polla floja.

—¡Robbie! —Me regañó—. Por favor, no me digas esas cosas. Soy tu madre.

—Sí, mamá. Pero ya sé lo que quieres decir.

—Sí. Bien. En fin, tenía problemas. Pensé que podría tener que ver con la cantidad de vodka que consumía por las noches; se quedaba frito en cuanto llegaba a casa. Sam se está haciendo mayor. Pero él pensó que era culpa mía. No era suficientemente emocionante para él, supongo. Puede que no quisiera hacer lo que él quería. Soy una persona muy tradicional, Robbie. Eso ya lo sabes. Así que, en fin, encontró a alguien con más tetas.

Nunca había oído a mi madre usar esa palabra y me sorprendió.
—Ya veo. —Casi parecía que estuviera hablando de su vida sexual.
—Supongo que pensó que ese era el problema. Tengo una copa A.
Él quería más. Siempre se había quejado de eso. Pero al cabo de un
mes, después de que hubiera estado con esa mujer y estuvieran ha-
blando de casarse, ella me llamó a mí. Tenía el mismo problema con
ella y quería saber qué estaba pasando.
Me reí.
—Oh, dulce venganza. Me imagino que esa llamada fue buena.
—Venga, Robbie.
—Sí, mamá, perdona.
—En fin, ya no estamos juntos.
—¿Y los niños?
—En un divorcio, por lo general la madre obtiene la custodia. Pero
habrá que ver qué pasa. A lo mejor el juez nos da la custodia compar-
tida. No veo cómo podría hacerlo, sin embargo. Sam se fue. Es un des-
tructor de hogares. Y me estará pagando pensión de manutención du-
rante mucho, mucho tiempo.
—Ya. —Me quedé digiriendo esto.
—Robbie —dijo—, me preguntaba si querrías volver a casa.
Tuve una reacción visceral ante esto.
—Mamá. Sabes muy bien que odio Florida. A Kwai-Chang lo mató
una serpiente allí, ¿recuerdas?
—Sí. Ya lo sé.
—Lo siento, pero no voy a volver a Florida. Ni ahora ni nunca.
—Ya lo sé. Pero, bueno, ¿qué te parece esto? ¿Y si me mudo yo aquí?
Me quedé atónito.
—¿Te mudarías a California?
—He hablado con tu padre varias veces últimamente, Robbie. Sé
que no vas a ir a la universidad. Tu padre estaba indignado.
—Sí. Eso fue un poco duro. Últimamente no lo está pasando muy
bien; no sé cuánto te habrán contado de su situación...
—Bastante, en realidad. Tu padre y yo estuvimos casados mucho
tiempo, siete años. Y le conocía del instituto; fue mi primer novio de
verdad. Así que no es ningún gran misterio para mí. Sé leer entre lí-
neas.
—Hm. —No supe cómo tomarlo—. Pero ¿sabías lo de... lo de Larry...?
—¿Que tu padre dice que es gay? Sí, lo sabía.
—¿Qué, no te lo crees?

—No es exactamente gay; es que de pequeño vio demasiado porno gay. Todavía le gustan las mujeres también. Tu padre, bueno, es un poco travieso.

Me reí.

—Ahora sí que suenas como Anita Bryant.

—*El desayuno sin zumo de naranja de Florida es como un día sin sol* —dijo—. Ya lo sé.

—Pero mamá —dije—, ¿por qué os separasteis vosotros dos? ¿Por qué os divorciásteis, si no fue porque papá es gay?

—Es un poco embarazoso, Robbie.

—Bueno —dije. Estaba decepcionado. Puede que ella lo notara, porque dijo:

—La verdad es, Robbie, que a tu padre y a mí simplemente no nos caíamos muy bien el uno al otro. Nos casamos muy jóvenes, y luego yo estaba embarazada de ti. Eso fue un accidente.

—¡¿QUÉ?!

—Estas cosas pasan, Robbie. No sabíamos mucho. Hicimos lo que se debía hacer en aquella época, que era casarse si había un hijo en camino. Pero la verdad era que teníamos muy poco en común. Tu padre es un poco raro.

—¡Eh! —dije.

—Ya lo sé. Pero no es mi tipo. Yo soy bastante convencional, como sabes. Voy a la iglesia. Necesitaba a alguien más responsable, más normal. Así que simplemente no éramos el uno para el otro. Nos mantuvimos juntos por tu bien durante mucho tiempo, más de lo que habría hecho mucha gente, pero al final conocí a Sam. Y Sam me llevó a Florida, lo que estuvo bastante bien, al menos al principio.

No estaba seguro de que esa explicación me satisficiera del todo, pero no quería tentar a la suerte.

—Gracias por explicármelo, mamá.

—En fin, Robbie, tu padre dice que quieres ir a la India. No creo que te dé más dinero si haces eso. Es un hombre rico, por lo que parece. Quizás deberías tenerlo en cuenta. Dijo que te dio un coche y algo de dinero.

—Lo hizo. Y luego cambió la cerradura de su casa.

—Lo mencionó. Pero si fueras a hablar con él y le explicaras, y le presentaras un plan mejor, quizás las cosas cambiarían.

—Ya. Pero no le necesito a él ni a su dinero. Trabajaré. Puedo ahorrar. Sé economizar. Como en *Siddhartha*, que dice: «¡Puedo pensar, puedo esperar, puedo ayunar!»

Ella me miró.

—Robbie, me alegra que hayas pasado tiempo con tu padre. Me alegra que hayas venido aquí. Pero te necesito a ti. Yo soy quien te necesita ahora. De verdad. Tengo a los niños, y tengo que pensar en cómo trabajar, al menos con el tiempo.

—¡Pero, mamá!

Siguió mirándome y cedí bastante deprisa. Era mi madre, al fin y al cabo.

—Está bien —dije.

—Podemos vivir juntos aquí en California; será como un nuevo comienzo.

—¿Pero dónde en California? ¿Aquí en Santa Bárbara?

—Si quieres.

—Quieres decir —dije con cautela— ¿que me dejarías elegir dónde vivimos?

—Claro —dijo—. ¿Dónde quieres vivir, hijo? —Miró su taza de café, porque las tostadas habían llegado—. Piénsalo mientras voy a por más café. —Se levantó y fue hacia la cocina.

Mi imaginación se desbordó. «¡Dios mío!», pensé. Parecía hablar en serio. Había todo un mundo ahí fuera. Mi madre me estaba volando la cabeza minuto a minuto. Por fin ella volvió y me sentí tímido y apocado, de repente.

—¿Ya lo has pensado? —dijo.

—Bueno, ¿podríamos vivir en San Francisco?

—Claro.

Me la quedé mirando boquiabierto.

—¿Y Berkeley?

—Claro. Nunca he estado en Berkeley. ¿Crees que es un buen sitio? ¿Quizás pensando en la universidad? ¿Es eso?

—Ay, mamá.

—Con el tiempo, me refiero. Con el tiempo.

—Sí. Con el tiempo. —En realidad estaba pensando en Martin Quinn—. Este profe tan guay que hay aquí fue allí... y quizás sea adonde yo querría ir, si tuviera que ir de verdad a la universidad. Pero necesito tiempo. Tiempo para hacer lo que me importa una temporada.

—De acuerdo, hijo. Bien. Así que pasaremos un tiempo juntos aquí en California, en Berkeley, antes de que te vayas a las partes desconocidas de la India. O a la universidad. O lo que quieras hacer. Seremos una familia, en cierto modo.

—¡Claro, mamá! ¡Esto va a ser genial! —Estaba pensando en el budismo, y a lo mejor Ram estaría en la graduación —echaba mucho de menos a Ram—, y a lo mejor mi mamá querría conocer a Isabella, a pesar de que me había dejado por Jonah. Sí, había confirmado lo que sospechaba. Jonah se hacía el tonto, pero estaba bastante seguro de que Isabella estaría en la ceremonia de graduación. Sonreí imaginando cómo los asustaría a los dos dándole a Isabella un gran beso y presentándole a mi madre. «¡Ah, la vida!», pensé. Tenía muchas ganas de llegar a San Francisco.

—Sabes, mamá, incluso el sexto Patriarca, antes de irse a buscar a su maestro, hizo los arreglos necesarios para el mantenimiento de su madre. Y así fue como nació el budismo zen.

—No sé lo que significa eso, pero me lo quedo —dijo.

FIN

El pollo desplumado

David R. Smith es un expatriado estadounidense. Actualmente vive en algún lugar del misterioso continente boscoso de Australia. Está felizmente casado y tiene cuatro hijos adultos.

Sus seudónimos incluyen *David Apricot* y *Mia Sandalwood*. Tiene cuatro novelas anteriores y varias traducciones.

Hay un sitio web:

https://www.metamadbooks.com/

Las consultas al autor pueden dirigirse a:

metamadbooks@gmail.com